書物の王国

20

義経

国書刊行会

『書物の王国』編纂委員会——須永朝彦*—東雅夫—国書刊行会編集部
(*は本巻の責任編者)

目次

義経

＊與謝野寛

清水詣

——源九郎義経の幼時を歌へる

一

家門は平氏、地は平安、
時は平治ぞ、天に謝せ。
村鳥《むらどり》しのぐ白鷹《しらたか》の
英姿猛《きほひまう》なる左馬頭《さまのかみ》。
天魔や魅入《みい》る、おろかにも、
不覚人《ふかくじん》なる瘦公卿《やせくげ》の
信頼《のぶより》ばらに加担して、
我から首を持《も》て来るは。

しやつ、小童《こわつぱ》の悪源太、
親を見真似《みまね》の雑言《ざふごん》か、
安倍野《あべの》に来れば、出迎《でむかへ》の
三千余騎は影いづこ。
待賢門の夜あらしに
矢声《やごゑ》たかきも興こそ有れ、
まじる雨雪《みぞれ》とちりぢりに
消えを急ぎぬ、源氏がた。

入道太政大臣の
鎧《よろひ》のうへの緋の法衣《ころも》、
帝を掩《おほ》ひ、世を圧《つつ》み、
最《いと》ふくよかに見よげなれ。
公卿将相《こうけいしやうしやう》、一門の
栄華の花に、釘《くぎ》ひとつ
打つ子もあらば招《せう》ぜむと、
紅衣《こうえ》の僮子《どうじ》眉やさし。

入道殿のおもひもの
常磐《ときは》の前《まへ》が、清水《きよみづ》へ、
微行詣《しのびまうで》の日は今日《けふ》と
洛中こぞる五条坂《でうざか》。
被衣《かつぎ》、伏目《ふしめ》の小女房《こにようばう》、
銀鞍《ぎんあん》、頬赤《ほあか》の田舎《ゐなか》武者、
車ひかせて、巻纓《けんえい》の
公卿《くぎやう》も混《まじ》り見ておはす。

弥生《やよひ》の空の眼も彩《あや》に、
柳の萌黄《もえぎ》桃の朱《しゅ》や、
紺青《こんじゃう》ながす加茂の水、
淡 紫《ほのむらさき》の山の靄《もや》、
さながら京は、錦もて
七重につつむ絵巻物、
一枚《ひとひら》くれば、金泥《こんでい》の
清水詣《きよみづまうで》あらはるる。

あはれ、まばゆさ、華美《あでやか》さ、
これや微行《しのび》か、六波羅の。
褐色《かちん》、葡萄染《えびぞめ》、水干《すいかん》の
色まじへたる五十人、
御酒《みき》たまはらば、一さしを
柳かざして舞ひぬべき
うらわかげなる雑色《ざふしき》ぞ
群れて、先追ひ、後《あと》追へる。

女ぐるまの貝ずりに
黄金《こがね》の紋は揚羽蝶《あげはてふ》、
(内ぞゆかしき、玉だれの、)
鳳凰繡《ほうわうぬ》ひし出だし衣《きぬ》、
だんだら綱《づな》に牛かけて
いと徐《しづ》やかに、長閑《のど》やかに、
この一《ひと》しきり廻《めぐ》る時
春日《はるひ》も伴れて転《うつ》るらし。

二

『富貴の門《かど》に、指かみて
狗《いぬ》を羨《うらや》む痴者《しれもの》の、
他人《ひと》もさぞやと、汚《けが》れたる
己《おの》が心に推しはかる、
斯《か》かる歎《こ》ちたき世にありて
切《せち》に我こそなげかるれ、
心ふかかる人とても
やはか知るべき、わが今を。

頼みきこえし頭《かう》の殿《との》
わりなきなかを訣別《わか》れては、
おくれまつりし女子《をみなご》の
羈絆《ほだし》は重き恩愛《おんない》や。
母が命をすくひたさ、
遁《のが》れし宇多《うだ》の里いでて
復《また》も都へ、有ることか、
讐敵《かたき》の門《もん》をくぐりたる

母がいのちを赦《ゆ》る上に
三人《みたり》が子をも助けむと、
（鬼の口なる花はちす、）
嬉しと見しは仇《あだ》なさけ。
引かるとは無し寄ると無し、
無体《むたい》の恋もつひ其《そ》れに、
荆棘《おどろ》を抱く心地《ここち》して
わが夫《つま》ならぬ夫《つま》がさね。

心は故殿《こどの》に、身は亡骸《むくろ》、
御《み》後逐《あとお》ひても死ぬべきを、
これ煩悩《ぼんなう》か、迷執《めいしふ》か、
女人輪廻《によにんりんね》の罪業《ざいごふ》か、
忘れがたみの牛若《うしわか》が
前途猶《おひさきなほ》も見まほしく、
笑《ゑ》みさへ作れ、六波羅の
黄金《こがね》の柱、身は痩せて。

今日《けふ》の一日《ひとひ》の山詣《やまうで》、
まことは過ぎし頭《かう》の殿《との》
後世《ごせ》安穏《あんのん》におはせとて、
冥福いのる我が供養。
極悪底下《ごくあくていげ》の女人《によにん》さへ
救ひ給はむ本誓《ほんぜい》に、

縋《すが》りてこそは、喃薩埵《なうさつた》
汚《けが》れぬる身も参りつれ。

憶《おも》へば、妾《わらは》、九歳《ここのつ》の
夏《げ》にぞ覚えし普門品《ふもんぼん》、
十五へかけて、月ごとに
三十三巻《ぐわん》読みまつり、
十九二十《はたち》は、年ごとに
法華経百部浄写しぬ。
今も日毎に、端厳《たんごん》の
三十三体《たい》絵にぞする。

ああ我が薩埵《さつた》、一生《いつしやう》の
信心功徳《しんじんくどく》ことごとく、
慈悲のうてなに迴向《ゑかう》して
二つの祈誓《きせい》こめまつる。
いかで、故殿《こどの》の成仏《じやうぶつ》に
利験《りげん》のひかり与へませ、
これなる童髫《うなゐ》牛若が
現世《げんぜ》の福に障《さは》りあらすな。』

三

柳の袿《うちぎ》、やまぶきの

唐衣《からぎぬ》すがた優《いう》なるに、
心にくしや、紅梅の
おん衣《ぞ》重ねて数しらず。
丈の黒髪《くろかみ》、あなかしこ、
下座《げざ》に曳いても行くものか。
檜扇《ひあふぎ》もるる容顔《ようがん》よ
是《これ》しら梅の凝る所。

九条《くでう》ノ院《いん》の中宮《ちゆうぐう》に
よき女房を召されしに、
天《あめ》が下なる稀《まれ》びとの
千《ち》人《たり》がなかの百《もも》を選《え》り、
百のなかなる十《と》人《たり》選《え》り、
十《と》人《たり》のなかの第一と、
選びに入りし此の君を
ああ顕証《けしよう》にも見まつるよ。

こは可憐《いたいけ》の少人《せうじん》ぞ
当歳六つの牛若君《うしわかぎみ》、
白綾《しらあや》裁《た》ちし狩衣《かりぎぬ》に
むらさき末濃《すそご》の刺貫《さしぬき》や、
童《わらは》すがたの美くしう
羞《は》ぢて隠るる母が袖、
女房二《ふ》人《たり》に手を執られ

御《み》堂《だう》に上る春の昼。

六孫王《ろくそんなう》は跡古《あとふ》りぬ、
白河殿《しらかはどの》にわが父の
舌捲《ま》かせつる為朝《ためとも》を
伯《を》父《ぢ》と仰ぐも愉快《おもしろ》し。
八幡公《はちまんこう》はほど経《へ》たり、
待賢門に重盛《しげもり》の
胆冷《きもひや》しつる義平《よしひら》を
兄といつくも心地よし。

母は二十四、うれひては
少し憔悴《やつれ》の見ゆるこそ、
玉《たま》を相《さう》する貴人《あでびと》が
痩せて死ぬべき姿なれ。
少人《せうじん》凜《り》々しき眼眸《まなざし》は
源家《げんけ》の血なり、声ひそめ、
これ獅子の児《こ》を野におくと
験者《げんじや》おどろき訴《うた》へまし。

母子《おやこ》しづかに、参籠《さんろう》の
道俗《だうぞく》わけて進むとき、
あはれ、微妙《みめう》のうしろ影
円光《ゑんくわう》かざすけはひあり。

末代稀有《まつだいけう》の影向《やうがう》と
今日《けふ》の御堂《みだう》に拝むもの、
本尊薩埵《ほんぞんさった》の外にまた
この二菩薩《にぼさつ》や加はれる。

斯かる殊勝の結縁《けちえん》に
遭《あ》ひぬるものか、忝《かたじ》けな、
山に余れる老若《らうにゃく》の
貴賤群衆《ぐんじゅう》手を合せ、
七条かけし大徳《だいとこ》の
僧都《そうづ》の坊《ばう》も珠数《じゅず》もみて、
随喜《ずいき》に湧ける感涙を
雨しづくとぞ流しける。

*『義経記《ぎけいき》』　須永朝彦訳

牛若物語

義朝都落の事

本朝の昔を尋ねれば、田村（坂上田村麻呂。征夷大将軍、平安朝初期の伝説的英雄）、利仁《としひと》（藤原氏魚名《うおな》流。鎮守府将軍）、将門《まさかど》（桓武平氏。平安朝初期、東国にて反乱を起すも滅亡）、純《すみ》友《とも》（長良《ながら》流藤原氏。平安朝初期、西海にて反乱を起すも滅亡）、保昌《ほうしょう》（武智麿流藤原氏、道長近侍の武人）、頼光《らいこう》（清和源氏。道長に近侍した伝説的武人）、漢土に目を転ずれば、樊噲《はんかい》、陳《ちん》平《ぺい》、張良（何《いず》れも劉邦《りゅうほう》に仕えた前漢の名将）などは、武勇の聞え高しと雖《いえど》も、名を聞くのみにて、正目《まさめ》に見た訣《わけ》ではない。翻《ひるがえ》って、目《ま》の当りに武芸のほどを示し、万人の目を驚かし給うたのは、下野《しもつけ》ノ左馬頭《さまのかみ》（下野守、左馬寮長官）義朝の末の子、源《げん》九郎義経と申し上げる方にて、我が朝《ちょう》に双《なら》び無き名将軍にて坐《おわ》した。

父の義朝は、平治元年（一一五九）十二月二十九日に、衛門督《えもんのかみ》藤原信頼（道隆流。後白河院の寵臣）に与《くみ》して、京の軍《いくさ》（平治の乱）に打ち負け、重代の郎等《ろうどう》（先祖代々の家来）どもも皆討たれた為、その勢《せい》三十余騎となり、東国の方を指して落ちて行った。成人の子供は引き具したが、幼き子らは都に棄て置かれた。同行の子は、即ち嫡子たる鎌倉ノ悪源太《あくげんだ》義平《よしひら》（当時、人名の上に冠した「悪」は剛勇の意）、次男の中宮大夫進《たいふのしん》朝長十六歳、三男の兵衛佐《ひょうえのすけ》頼朝十二歳であった。

義朝は、「北国《ほっこく》の軍勢を集めよ」と悪源太に命じて、越前の浦へ向わせた。然《しか》し、それも叶《かな》わぬと見えて、近江ノ国石山寺に籠《こも》っている所を平家方が聞きつけ、妹尾《せのお》（太郎泰兼《やすかね》。瀬尾とも）と難波《なんば》ノ次郎（経遠《つねとお》）を差し遣わし、生捕りにした。悪源太は都へ引き立てられ、六条河原にて直ちに斬られた。

弟の朝長も、千束《せんぞく》ケ崖《がけ》（京都北方八瀬《やせ》より比叡山に至る途中の崄所）と申す所にて、山法師（比叡山の法師）大矢ノ注記なる者の放った矢に弓手《ゆんで》の膝口《ひざぐち》（左足の膝）を射られ、美濃ノ国の青墓（現在の大垣市内）という所にて亡くなった。

義朝には、他にも母を異にする子供が数多《あまた》あった。尾張ノ国熱田ノ大宮司の娘の腹にも子があり、遠江《とおとうみ》ノ国蒲《かば》という所にて成人したので、蒲ノ御曹司《おんぞうし》（範頼《のりより》）と申し、後には三河守《みかわのかみ》となった（熱田大宮司の娘を母とするのは頼朝。範頼の母は、一説に遠江国池田宿の遊女という）。
九条院（藤原呈子《ていし》。近衛天皇の中宮）の雑仕《ぞうし》（雑役に従事する下働きの女性）常盤《ときわ》の腹にも三人の子があり、即ち今若七歳、乙《おと》若五歳、牛若当歳（零歳）である。

常盤都落の事

やがて、清盛（義朝を追い落した平氏の長）がこれらの子供を捕えて斬るとの風評が聞えた為、永暦《えいりゃく》元年二月十日（平治二年正月に改元）の暁、常盤は三人の子供を引き具して都を逃れ出た。大和ノ国宇陀《うだ》ノ郡《こおり》岸ノ岡という所に外戚《げしゃく》（母方の親戚）の親しき者があったので、これを訪ねて行ったが、斯様《かよう》に世間の乱れる折節なれば、頼りにはならなかった。止むを得ず、当国の大東寺という所に隠れていたところ、楊梅町《やまももまち》（京都下京）なる所に住む常盤の母の関屋と申す者を六波羅《ろくはら》（京都東山六波羅の清盛の邸宅）へ呼び出して糺問しているとの風評が聞えてきた。常盤はこれを悲しみ、「母の命を助けんとすれば三人の子供が斬られ、子供を助けんと思えば老母の命が奪われよう。親への嘆き、子への思い、何《いず》れも疎《おろそ》かには出来ぬが、子を親に代える術《すべ》は無い。親に孝養《きょうよう》（孝行）する者は堅牢地神《けんろうぢしん》（仏説に出る神女。大地を堅め教法を守るという）も納受し給うと聞くゆえ、母を助けるその事が却《かえ》って子供の為となろう」と思い決め、三人の子供を引き具して、泣く泣く京へと戻って行った。

常盤の帰京を伝え聞いた六波羅では、悪七兵衛景清《あくしちびょうえかげきよ》（藤原氏。平家方の侍大将）と堅物《けんもつ》太郎（頼方）に仰せつけて、子供もろとも捕えさせた。清盛は、常盤を見給うや、それまでは火責めにも水責めにもしたく思うておられたのに、怒りの心地を和らげ給うた。常盤と申す者は、日本一の美人である。事（催し）を好み給うた九条院が洛中より容顔美麗なる女を千人召され、その中よりまず百人を選び、百人より十人を選び、更にその中より選び給うた一人の美女が常盤であった。

清盛は、「常盤が我が意に従うならば、末代（将来）、その三人の子供が、我が子孫にとっての敵《かたき》になろうとも構いはせぬ。三人の命を助けて遣ろう」と思い給うた。そこで、頼方と景清に仰せつけて、常盤母子を七条朱雀《しゅじゃく》なる所に置かしめ、非番当番（毎日の見張番）をも頼方の計らいに任せて守護させた。

清盛は度々常盤の許に文（手紙）を遣わし給うたが、常盤は手に取ろうともしなかった。然し、子供を助けんが為に、終《つい》に清盛の意に従うた。さればこそ、常盤は子供たちを所々にて成人させる事を得たのである。

今若は、八歳と申す春の頃より観音寺《かんのんじ》（東山の今熊野観音寺かという）に上らせて学問を修めさせた。十八の年には受戒（仏門に入るに際し戒律を受ける事）して、禅師《ぜんじ》ノ君（法名は全成）と呼ばれた。後には、駿河ノ国は富士の裾野なる阿野と申す山寺にて、仏法の興隆に努めて坐したが、世に悪禅師殿と称された。

乙若は八条ノ宮（後白河院第四皇子円恵法親王）の許に坐《おわ》したが、僧とは申すものの、腹悪《あ》しく恐ろしき人にて、賀茂（上賀茂社と下賀茂社）・春日（奈良の春日大社）・稲荷（伏見稲荷）・祇園（八坂神社）の御祭のたびに平家を附け狙い、後には、紀伊《き》ノ国に在った叔父の新宮十郎行家（源為義の十男）が世を乱した時、一味に加わり、東海道の墨俣《すのまた》川にて討たれた。

弟の牛若は、四つの歳まで母の許にあったが、世の幼き者よりも心ざま（性質）や振舞（挙止）に於て立ち勝っていた。その為、清盛が常々気に懸けて、「敵の子を一つ所（自分の傍）に置いては、終《つい》には如何《いか》なる事が出来《しゅったい》するやも知れぬ」と宣《のたも》うた。これを案じた常盤は、京より東の山科《やましな》という所に世を遁れて隠れ住む源氏相伝の者（源氏代々の家来）の許に牛若を送り、七歳になるまでその家に置いて育てた。

牛若鞍馬《くらま》入《いり》の事

常盤は、子供が成人するに従い、「元服させ武士《もののふ》となしては、却って案ぜられる。初めより人に臣従させるのも由なきこと、さりながら、習い覚えねば殿上人《てんじょうびと》（公卿）との交わりも難しかろう。ただ法師となして、阿弥陀経の一巻《いちかん》なりとも読ませれば、亡き人（義朝）の菩提を弔《とぶら》う事にもなろうか」と思うて、義朝の祈りの師（祈禱僧）であった鞍馬寺の別当（寺務を司る要職）なる東光坊の阿闍梨《あじゃり》（蓮忍）に使を遣り、「義朝の末の子にて牛若と申す幼き者、知《しろ》し召すように、平家の世盛りなれば、女の身として身近に置く事も気懸りに存じられまする。鞍馬に参らせたならば、猛々しき質《たち》ではありまするが、穏やかなる心も附こうかと存じまする。何卒《なにとぞ》、文（書物）の一巻なりとも読ませ、御経の一字なりとも教えて給わりますよう、よしなに頼み入りまする」と申された。東光坊の阿闍梨は返事を寄越され、「故頭《こう》ノ殿（左馬頭ノ殿の略）の君達《きんだち》にてあらせられる事、殊に喜ばしく存じまする」と申して、急ぎ山科へ迎えの者を差し遣わされた。そこで、牛若が七歳と申す二月の初めに、鞍馬へ上らせた。

その後は、昼間は終日《ひねもす》、師の御坊（東光坊の阿闍梨）の御前にて経を読み、書《ふみ》を習い、白日（太陽）が西に傾き、夜が深更に至っても、仏前の御燈《みあかし》（燈明）が絶えぬ限り、物を読んでいた。五更の天（午前四時～六時頃の空）になろうとも、朝も宵もひたすら学問にのみ心を傾けた。

東光坊も、「山（比叡山延暦寺）にも三井寺《みいでら》（長等山園城《おんじょう》寺《じ》）にも、これほどの児《ちご》（稚児）はあるまい」と思うた。学問の精進と申し、心ざま（性質）、眉目《みめ》かたちといい、何ら不足が無かった。良智坊の阿闍梨や覚日《かくにち》坊の律師も、「かくして廿歳《はたち》ばかりまで学問を積み給えば、鞍馬の東光坊より仏法の種（教え）を受け継がれて、多聞天《たもんてん》（毘沙門天。

鞍馬寺の当時の本尊）の御宝の如く崇められる人となられるであろう」と申した。

母の常盤もこれを伝え聞き、「牛若が能《よ》く学問に精進致し居ると聞き、喜び入っておりまする。仮《たと》え『里へ下りたい』と申しても、下山を許し給うな。如何《いか》ほど学問に精進しようとも、『常に里に在りたし』などと思うていては、心も不用（不精）になり、学問も怠りがちとなりましょう。『母が恋しく逢いたし』と申した時は、わざと（特別に）人を遣わし給え。わらわ（私）がそこまで参り、対面致しまする」と申した。寺にても、「仰せられるまでもなく、児を里へ下すなどと申す事は、たやすからぬ事にござりまする」と申して、一年に一度か、二年に一度しか下山を許さなかった。

然《しか》し、斯様《かよう》に学問に精進していた者が、如何なる天魔の勧めを容《い》れたものか、十五と申す秋の頃より、向学の心に以ての外なる変化を来《きた》した。

少進坊の事

その故（訣）は、次の如くである。

四条室町に古びた羅漢堂があり、一人の法師が住んでいた。これは、恐ろしき者の子孫である。左馬頭《さまのこう》ノ殿の御乳《おんめの》母子《とご》（義朝の乳兄弟）鎌田ノ次郎正清の子息にして、平治の乱の時は十一歳であった。乱の後、長田《おさだ》ノ庄司（忠致《ただむね》。正清の舅、源氏相伝の家人なれど、叛して義朝と正清を謀殺）がこれを捕えて斬るとの風評が聞えた為、外戚の親しき者が辛うじて匿《かくま》い置き、十九歳にて元服させ、鎌田ノ三郎正近と名乗らせた。

正近は廿一歳の時、「保元の乱にて為義（義朝の父）殿が誅せられ給い、平治の乱にて義朝殿が討たれ給うた後は、源氏の子孫も絶え果て、弓馬の名（武門としての家名）を埋《うず》めたまま幾星霜（長年月）が過ぎた。義朝殿が討たれ給うた時、我が父正清も共に亡びた上からは、出家して諸国を修行して巡り、主《しゅう》の菩提を弔い、併せて親の後世《ごせ》（来世の安楽）をも弔う事と致そう」と思い、その年に出家して、北国《ほっこく》（北陸）を経て鎮西《ちんぜい》（九州）の方へと修行の途についた。筑前ノ国は御《み》笠《かさ》ノ郡《こおり》太宰府の安楽寺（太宰府天満宮の前身）という所にて学問を修めていたが、偶《ふ》と故郷の事を思い出して都に帰り、四条の御《み》堂（四条室町の羅漢堂ならん）にて行い澄ましていた。法名を少進坊（異本に正門坊・聖門坊とある）と申し、また四条ノ聖とも申した。

さて、少進坊は、勤行《つとめ》の暇（合間）に平家の繁昌するさまを見て、浅ましくも目に余る事と思うた。「如何なるゆえを以て平家は太政大臣の官に上がり、一門の末の者までも臣下卿相《けいしょう》（高位高官）に成り給うのか。源氏は保元・平治の合戦にみな亡び、大人は斬られ、幼き者は此処《ここ》彼処《かしこ》に押し籠められ、今日まで頭角を顕す事もお出来にならぬ。あわれ（ああ）、誰《たれ》か、果報を担うて生まれ且《か》つ心も剛胆なる源氏の御《おん》大将よ、早々に平家討伐を思い立ち給え。この少進坊、何処《いずこ》へなりとも御使いして世を乱し、本意を遂げんものを」と思い、勤行の隙《ひま》に指を折って、諸国に残る源氏を数え上げていた。

「紀伊ノ国には新宮十郎行家、河内ノ国には石川ノ判官義《はんがんよし》兼《かね》（八幡太郎義家の曽孫）、津ノ国には多田ノ蔵人《くらんど》行綱（源満仲七代の裔）、都には源三位《げんざんみ》頼政（頼光の玄孫。鵺《ぬえ》退治の伝説で名高い。歌人）、卿ノ君円済（乙若。義円とも）、近江ノ国には佐々木ノ源三秀義（宇治川の先陣で名高い佐々木高綱の父）、尾張ノ国には蒲ノ冠者《かんじゃ》範頼、東山道《とうせんどう》には木曽ノ冠者（義仲）、駿河ノ国には阿野ノ禅師（今若）、伊豆ノ国には兵《ひょう》衛《え》ノ佐《すけ》頼朝、常陸《ひたち》ノ国には志田《しだ》ノ三郎先生《せんじょう》義教《よしのり》（為義の三男。「先生」は帯刀《たてわき》先生の略）、佐竹ノ別当昌義（新羅三郎義光の孫）、上野《こうずけ》ノ国には利根、吾妻《あがつま》。されど、これ（関東の源氏を指すか）は国を隔てて遠ければ、力及ばず（頼みには出来ぬ）。されど、都近き所には、鞍馬にこそ、頭《こう》ノ殿の末の御子にて牛若殿と申し上げる方が坐すゆえ、参って見奉り、心柄が剛胆に坐すならば、その時は御文（書状）を賜わり、伊豆ノ国に下り、兵衛ノ佐殿（頼朝）の御許に参り、国々の源氏を催して（招集して）、世を乱したきものよ」と思い立ち、折しも夏《げ》（夏行《げぎょう》、夏安居《げあんご》。陰暦五月十六日より八月十五日までの九十日間、他出せず修学座禅する行）の最中なるにも関わらず、それを打ち捨て、早速に鞍馬へ上って行った。

寺に到り、別当の御坊の辺りに佇《たたず》んでいたところ、少進坊を見かけた者が、「四条の聖が坐してござる」と申して取次いでくれた。東光坊の阿闍梨が現れ、「鞍馬の夏《げ》を勤める志がおありか」と申されたので、「左様にござる」と答えると、「左様なれば」と申されて、阿闍梨の許に置かれる事となった。この者が内々に剣を持ち、悪心（叛意）を起して来《きた》った事を、阿闍梨は知る由もなかった。

或る夜の事、人々が寝静まった後、少進坊は牛若殿の坐す所に参り、御耳に口を当て、「君（主筋に対する尊称）は何も知《しろ》し召されぬゆえ、これまで平家の討伐を思い立たれなかったのでござりまするか。君は清和天皇の十代の御末、左馬頭《さまのこう》ノ殿の御子に坐しまする。かく申す己は、頭ノ殿の御乳母子《おんめのとご》なる鎌田ノ次郎兵衛《びょうえ》が子にござりまする。御一門の源氏が国々に打ち籠められて坐するを、君には心憂し（無念）とは思し召されませぬか」と申し上げた。その頃は平家の世盛りゆえ、牛若殿は、この者が謀って賺《すか》す（騙す）のであろうと思い、打ち解けなかったが、源氏重代の事を委しく語り、また見知り給わねども予《かね》て然《さ》る者ありと聞いておられたので、「されば、一つ所（同じ場所）にて会う事、よくはあるまい。所を変えて会おうぞ」と仰せられて、少進坊を帰された。

牛若貴船詣の事

それより、牛若殿は学問の志を跡形もなく忘れ果て、明《あけ》暮《くれ》ただ謀叛の事のみを嗜《たしな》み思し召された。「謀叛を起すならば、馳引《はせひき》（戦の駆引）や早業《はやわざ》（敏捷なる身のこなし）を知らずばなるまい。まず早業を習わん」と思し召したものの、東光坊の許は諸人の寄合所《よりあいどころ》ゆえ、如何にも具合が悪かろうと思われた。

鞍馬の奥に僧正ケ谷《だに》という所があり、昔より如何なる人が崇め奉ってきたものか、貴船ノ明神と申して、霊験《れいげん》殊勝《しゅしょう》なる神が渡らせ（坐し）給う。されば、昔は知恵深き上人《しょうにん》（学識具わる名僧）も詣でて修行し給うた。当時は、勤行《ごんぎょう》の鈴《れい》（密教の修法に用いる金剛鈴）の音も絶えず、正しき《まさ》（正真正銘の）神主も奉仕し、御神楽《みかぐら》の鼓の音も止む事なく、巫《かん》者《なぎ》の振り鳴らす鈴《すず》の音色にて人の眼を覚まし、霊験灼《あらた》かに渡らせ給うたが、世も末代となり、仏の方便も神の験徳も衰え、境内は荒れ果てて、偏《ひと》えに天狗の住家《すみか》となり、夕日が西に傾けば、物怪《もののけ》が喚《おめ》き叫ぶ有様とはなった。されば、参り寄る人々にも物怪が取り憑《つ》き悩ますに至り、自ずと参籠する人も無くなった。

かかる所のある由を耳にした牛若殿は、昼は学問に励む体を装い、夜となれば、日頃は一つ所にて起臥《おきふし》を共にして「いざという時には力になって差し上げよう」と申してくれた衆徒《しゅと》にも知らせず、別当より御護り（護身用）として頂いた敷妙《しきたえ》という腹巻（略式の鎧）を着し、黄金《こがね》作りの太刀を帯《は》いて、唯一人にて貴船の明神へ参り給い、祈念を籠め給うた。「南無大慈大悲の貴船明神、八幡大菩薩（源氏の守護神）」と掌《たなごころ》を合せ、「源氏を護らせ給え。宿願が真《まこと》に成就したその時には、玉の御宝殿を造り、千町《ちょう》（三百万歩）の神領を寄進し奉らん」と祈誓し、さて、念誦を終えると、正面より未申《ひつじさる》（西南）の方へ向かって出《い》で給うた。

牛若殿は、四方《よも》の草木《そうもく》を平家の一類に擬《なぞら》え、二本の大木の一本を清盛と名づけ、いま一本を重盛（清盛の長子、小松殿）と名づけて、太刀を抜いて散々に斬り、懐より毬打《ぎっちょう》（正月行事にて童子の遊戯）の玉の如き物を二つ取り出し、一つを清盛の首、一つは重盛の首と申して、木の枝に懸けられた。かくして、暁にもなれば、忍んで己の坊（僧坊、宿所）に帰り、衣《きぬ》（夜具）を引き被《かず》いで臥し給うたが、人々はこれを知らなかった。

然し、身辺の御世話を致す和泉と申す法師が気づいて、「牛若殿の御様子が只事ではない」と思い、目を離さずにいたが、或る夜の深更、御身に添う影の如くに御後をつけて行った。草叢《くさむら》の陰に忍んで様子を窺っていたが、牛若殿の振舞に驚き、急ぎ鞍馬へ取って返し、東光坊にこの由を申し上げた。これを聞き給うた阿闍梨は、まず良智坊に告げ、その日のうちに衆徒にも触れを出し、「牛若殿の御髪《おぐし》を剃り奉れ」と仰せられた。

この事を聞いて、良智坊が、「幼き人の剃髪も、様《よう》（事情）の如何《いかん》により申す。学問と申し、容顔といい、世に越えて坐すれば、今年《こんねん》の受戒（出家の儀式）は傷《いた》わしく存ぜらるる。明年の春の頃に剃り奉り給え」と申されたが、東光坊は尚も、「誰《たれ》も、児姿《ちご》への御名残は一入《ひとしお》であろう。さりながら、斯様に御心が不定《ふじょう》（不安定）になり給うた上は、我が寺の為にも、御身（牛若の身）の為にも、良き事とは思われぬ。必ず近寄って剃り奉れ」と宣うた。然し、牛若殿は、「誰にてもあれ、近寄って剃らんとする者は、突き遣るぞ」と、刀の柄《つか》に手を掛けて坐した為、左右《そう》なく（たやすくは）寄って剃り得るとも見えなかった。

この時、覚日坊の律師が、「ここは諸人の集う談義所なれば、静かならず。それゆえ、牛若殿も学問に御心が入らぬと見える。我が坊は傍ら（寺の中心から外れた場所）なれば、今年ばかりは我が許にて、御心静かに学問をなされませ」と口添えした為、東光坊も流石《さすが》に傷わしく思われたのであろう、「されば」と仰せられて、覚日坊に預け給うた。この時、牛若殿は改名を余儀なくされ、遮那王《しゃなおう》殿と申し上げる事となった。それより後は貴船への物詣《ものもうで》は止《とど》めたものの、日々多聞天の御堂に籠り、謀叛の事をのみ祈り給うた。

吉次の奥州物語の事

かくてその年も暮れ、遮那王殿は明けて御《おん》年十六になり給うた。正月の末から二月初めの事、多聞天の御前《おんまえ》に参り、常の如く祈念を籠めて坐した。

その頃、都の三条に、名を吉次《きちじ》宗高（橘次末春、吉次信高とも）と申す大福長者（大金持）が住んでいた。年毎に奥州へ下る金商人《こがねあきうど》（砂金の売買に従う）であった。日頃から鞍馬を信仰致す者にて、折から多聞天の御前に参って念誦《ねんじゅ》していたが、遮那王殿を見奉り、「何とまあ美しき児《ちご》であろう、如何なる人の君達《きんだち》であろうか。然《しか》るべき人にて坐しますならば、大衆《だいしゅ》（身分の無い衆徒）も数多《あまた》附き従うておる筈なれど、度々お見受けするのに、常に唯一人にて坐すのは怪しき事よ。この山に左馬頭《さまのこう》ノ殿の君達が坐すと聞くが、誠であろうか。秀衡《ひでひら》（奥州藤原氏。鎮守府将軍、陸奥守《むつのかみ》）も、『鞍馬と申す山寺に、左馬頭ノ殿の君達が坐すという。太《だ》宰大弐《ざいのだいに》（太宰府の二等官。保元の乱後の清盛の官職）清盛が日本六十六ケ国のうち六十四ケ国をば手に握り、いま二ケ国（秀衡が押える陸奥《みちのく》・出羽）をも従えんものと常々狙い給うゆえ、誰か一人、源氏の君達に御下りを願い、岩井ノ郡（陸奥国磐井郡）に京（都）を建て、二人の子供（秀衡の嫡出子たる泰衡・忠衡を指すか）を二ケ国の受領《ずりょう》（国司）となし、この秀衡が生きて在るうちは大炊介《おおいのすけ》（宮内省大炊寮次官。ここでは代官の意）を勤めて、源氏の君達に傅《かしず》き奉り、上見ぬ鷲の如くに世を眺めたきものよ』などと宣うて坐したものを」と呟き、「この君達を攫《さら》い奉り、秀衡の見参《げざん》に入れ、引手物（褒賞）に与《あず》かり、徳（利益）を得ん」と思い立ち、さて、遮那王殿の御前に畏《かしこ》まり、「君は、都の如何なる人の君達にて坐せられまするか。これ（己）は京の者にござりまするが、金《こがね》を商う為、毎年奥州へ下りまする。君には、奥の方（奥州方面）に知《しろ》し召す人がおいでになりまするか」と申し上げたところ、「身（己）は片ほとり（田舎）の者じゃ」とのみ仰せられて、御返事も無かった。

然し、「此奴《こやつ》か、世の噂に高き金商人《こがねあきうど》の吉次とか申す者は。奥州の案内（事情）は知っておろう。彼に問うてみよう」と思し召し、「陸奥という所は、如何ほど広き国ぞ」と問い給うと、「広大なる国にござりまする。常陸ノ国と陸奥との境は菊田ノ関（勿来《なこそ》ノ関の古称）と申し、出羽と奥州の境は伊《い》奈《なむ》ノ関（うやむやノ関。現在の笹谷峠）と申し、関の内は五十四郡と申しまする。たとえば両国と申す時は、出羽ノ国十二郡を総《ふさ》ねて（総括して）、両国六十六郡となりまする」と答えた。重ねて遮那王殿が、「仮に源平の間に戦《いくさ》が起ったとして、その中《うち》に、合戦に役立つ者は如何ほどあろうか」と問い給うと、吉次は「国の案内は、この吉次、よく存じておりまする」と答えて、奥州の物語を始めた。

「昔、両国の大将軍を、おかの大夫（頼時の父ならば、陸奥《むつ》ノ大掾《だいじょう》忠良）と申し、その一子を安倍《あべ》ノ権守《ごんのかみ》（頼時）と申しました。子供が数多《あまた》あり、嫡子は厨川《くりやがわ》ノ次郎貞任《さだとう》、次男は鳥海《とりうみ》ノ三郎宗任《むねとう》、家任《いえとう》、盛任《もりとう》、重任《しげとう》と続きまする。六人の末の子は境ノ冠者良増《りょうぞう》と申し、霧を起し霞を立て、敵勢の優る時は水底《みなそこ》や海中に身を潜めて日数《ひかず》を尽す（過す）曲者にござりまする。これらの兄弟は、何《いず》れも身丈骨柄《みのたけこつがら》が常人の比ではなく、貞任の背丈は九尺三寸（約二・八米）、弟の宗任は八尺五寸（約二・六米）、他も八尺（約二・四米）に劣る者はおりませぬ。中にも、境ノ冠者は背丈が一丈三寸（約三・一米）もありまする。

安倍ノ権守の世までは、宣旨（勅命）や院宣（上皇の命令）にも恐れ畏《かしこ》み、毎年上洛して逆鱗《げきりん》（天皇の怒り）に触れぬよう慎しんでおりましたが、安倍ノ権守死去の後は、宣旨にも背きましてござりまする。偶々《たまたま》院宣の下った時、北《ほく》陸道《ろくどう》七ケ国往来《ゆきき》の費え（費用）の片道分を賜わらば上洛仕るべき旨を申し越したゆえ、片道分賜わると仮に決したところ、公卿僉議《くぎょうせんぎ》あって、『これは天命（勅命）に背く事なり。源平の大将を下し、追討させ給え』との奏上があった為、源ノ頼義殿（清和源氏の棟梁。頼信の長男）が勅宣を承り、十一万騎の軍兵を率いて、安倍を追討せん為、陸奥へ下り給うたのでござりまする（前九年の役《えき》）。

駿河ノ国の住人高橋ノ大蔵大夫《おおくらのたいふ》に先陣（先鋒隊）をさせ、下野ノ国いりこふちと申す所に着到。貞任はこれを聞き、厨川ノ城を去り、阿津賀志《あつかし》の中山（現在の福島県国見山という）を背にして、安達《あだち》ノ郡《こおり》（福島県二本松附近）に木戸を立て、行方《ゆきかた》ノ原に馳せ向い、源氏を待ち受けました。大蔵大夫を大将として、追討軍の五万余騎が白河ノ関を打ち越え、行方ノ原に馳せ着き、貞任を攻め立てました。その日の戦に安倍方は脆《もろ》くも打ち負け、浅香《あさか》ノ沼（安積沼。歌枕として名高い）に引き退き、その後は伊達ノ郡阿津賀志の中山に引き籠り、一方の源氏方は、信夫《しのぶ》ノ里の摺上川《するかみ》（阿武隈川支流）の畔《ほとり》なるはやしろという所に陣を取り、七年に亘《わた》り互いに戦い暮したのでございまする。

然《さ》る間に、源氏の十一万騎も皆討たれた為、とても敵《かな》わぬと思し召されたのでございましょう、頼義殿が上洛して内裏へ参り、敵し難き旨を奏上致したところ、『汝、敵わずば、代官を下して、急ぎ追討せよ』と重ねて宣旨が下されましたので、頼義殿は急ぎ六条堀川の宿所に帰り、十三になり給う子息を内裏へ参らせました。

さて、上《かみ》より『汝、名は何と申すぞ』と御尋ねがあったので、『辰の年の辰の日の辰の時の生まれとて、名を源太《がんた》と申しまする』と申し上げますると、『無官の者が合戦の大将を勤める例《ためし》なし。元服させよ』と仰せつけ、後藤内ノ則明《のりあきら》（藤原利仁の末裔。義家の乳兄弟）を介添として、八幡《やはた》（石清水八幡宮）へ参らせ、元服させて、八幡太郎義家と名乗らせました。その時、内裏より賜わった鎧を『源太が産《うぶ》衣《ぎぬ》』と申しまする。

此度《こたび》は、秩父ノ十郎重国（武綱の誤り。畠山氏の祖）が先陣を承って奥州へ打ち下り、阿津賀志ノ城《じょう》を攻めましたが、また源氏が打ち負け、『何ぞ悪しき事のあらんか』と申して、急ぎ都へ早馬をたて、この由を奏上致したところ、『年号が悪し』と仰せられて、康平元年（一〇五八）と改め給うたのでございまする。

同じ年の四月廿一日、源氏方が阿津賀志ノ城を追い落し、更にしから坂を経て、伊奈ノ関を攻め越えた為、敵は最上《もがみ》ノ郡（出羽国）に籠り、源氏方が続いて攻めると、雄勝《おかち》ノ中山（現在の雄勝峠）を打ち越えて、仙北《せんぼく》金沢（出羽の清原氏の根拠地。安倍貞任が籠ったという史料は無い）に引籠りました。

そこにて敵は一両年を送って戦いましたが、鎌倉ノ権《ごん》五郎景政（平氏。後三年の役に於ける伝説的英雄。次の為継共々ここに出すのは誤り）、三浦ノ平大夫為継《ためつぎ》、大蔵大夫光任《みつとう》らが命を棄てて攻め立てた為、金沢ノ城《じょう》をも追い落され、白木山（現在の黒沢峠。秋田県と岩手県の境）を経て、衣川ノ城《じょう》に籠りました。然し、為継、景政が重ねて攻めたので、敵勢は厨川ぬかふノ城《じょう》へと移りました。

さて、康平二年六月廿一日、貞任は大事の手負（重症）となり、梔子《くちなし》色（濃黄色）の衣《きぬ》を着て、磐手《いわで》の野辺にて最期を遂げ、弟の宗任は降参致し、境ノ冠者は後藤内に生け捕られて直ちに斬られました。

義家公は都へ馳せ上り、内裏の見参に入り、末代までの名を上げ給うたのでございまする。その時、御供申し上げた藤原ノ清衡《きよひら》（俵藤太秀郷《ひでさと》の末裔）と申す者、これは三浦ノ少将（不明）より十一代の末《すえ》、淡海公《たんかい》（藤原不比等）の裔なる由、この者を奥州の警護に留《とど》め残しましたが、亘理《わたり》ノ郡（阿武隈川南方）に在ったゆえ、亘理ノ権太《ごんだ》清衡と申しまする。この者が両国を手に握り、党（一族より成る武士団）を

十四、その他の弓取（武士）五十万騎を従え、その子の秀衡も伺候《しこう》する郎等《ろうどう》十八万騎を有しておりまする。この秀衡こそ、源氏が立つ時には、御《お》方人《かたうど》（味方）ともなるべき者にござりまする」

遮那王殿鞍馬出《いで》の事

遮那王殿は、奥州の物語を聞き給い、「予《かね》て聞きしに違《たが》わず、秀衡は威勢ある者かな。あわれ（ああ）、奥州へ下りたきものよ。もし、左右《そう》なく（容易に）望みが叶うならば、十八万騎の軍勢のうち、十万騎をば奥州に留《とど》め、八万騎を率いて坂東に打って出よう。坂東の八ケ国は源氏に志あり（心を寄せている）、また、下野ノ国は曾《かつ》ては頭《こう》ノ殿（義朝）の国であった。この下野をはじめとして関東にて十二万騎を催し、奥州勢八万騎と併せて廿万騎となし、半ばの十万騎をば伊豆の兵衛佐殿（頼朝）に奉り、また十万騎をば東山道《とうせんどう》の木曾殿（義仲）に附け、我が身は越後ノ国に立ち越え、鵜川《うがわ》・佐橋・金津《かなづ》・奥山（何れも当時の越後国内の荘園）の軍勢を催し、越中・能登・加賀・越前の軍兵を打ち従えて十万騎となす。それより愛発《あらち》の中山（越前と近江の間、北陸路の要害）を馳せ越え、西近江を経て、大津ノ郷《ごう》に着き、さて、坂東の二十万騎を待ち受けて合体致し、逢坂《おうさか》ノ関（山城と近江の境）を打ち越えて都に攻め上ろう。都にては、十万騎をば内裏へ、十万騎をば院の御所（仙洞。上皇の御所）へ、十万騎をば殿下（摂政・関白）の御所へ参らせ、源氏の健在を奏上致そう。それにても、なお平家が都に繁昌して、源氏の奮わぬその時は、命をば左馬頭に奉り（父義朝の跡を追い）、名をば後代に留《とど》める働きをなし、屍《かばね》を内裏に曝《さら》そうとも、この身にとって何の不足があろう」と思い立ち給うたが、その覚悟のほどは、とても十六歳とは思われず、末恐ろしく仰がれた。

さて、遮那王殿は、「この男に身分を明かそう」と思し召し、側近く召して、「汝には教えよう。他人に披露してはならぬぞ。我こそ、左馬頭の子じゃ。秀衡の許へ言づけを致そう。何時《いつ》頃、返事を取り来《きた》って呉れるか喃《のう》」と仰せられた。吉次が座敷を滑り下り、烏帽子《えぼし》の先を地につけて、「君の御事《おんこと》は、秀衡も懇切に申しておりました。文を遣わすよりも、御《おん》自ら奥州へ御下りなされませ。道のほど（道中）は、この吉次が御宿直《おんとのい》（世話・警固）仕りまする」と申し上げると、「文の返事を待つのも心もとない（待ち遠しい）、されば、この者を連れて下る事としよう」と思し召し、「何時頃下るつもりか喃」と問い給うた。「明日は吉日にござりますれば、形の如く門出《かどいで》致し（形式的な出立の儀式をして）、明後日には必ず下りたく存じまする」と申し上げると、「されば、粟田口《あわたぐち》（東海道へ通ずる京都七口の一）十《じゅう》禅師《ぜんじ》（日吉山王の摂社）の御前にて待つとしようぞ」との仰せゆえ、吉次は「承知致してござりまする」と申して、その日は帰って行った。

遮那王殿は別当の坊に帰り、心秘かに出立の意を決した。七歳の春の頃より十六の今に至るまで、朝には迷いの霧を払い、夕べには三光の星を戴き、日夜朝夕馴染み給うた師匠とも今日を限りに別れねばならぬ悲しみを、頻《しき》りに忍ばんとなされたが、堪《こら》え得ず涙に咽《むせ》び給うた。

されど、心弱くては遂げ得ぬことゆえ、承安《じょうあん》二年（一一七二）二月二日の曙に鞍馬を立ち出で給うた。出立《いでた》ちの衣裳は、白き小袖（下着）に唐綾《からあや》（綸子《りんず》。中国伝来の織物）を引き重ね、播磨《はりま》浅葱《あさぎ》の帷子《かたびら》（播磨国飾磨《しかま》産の薄藍色の単衣《ひとえ》）を引き被《かず》き、白き大口袴に唐織物の直垂《ひたたれ》を着用、その下に敷妙《しきたえ》という腹巻を着込み、紺地錦にて包んだ守刀と黄金作りの太刀を帯《は》いて、薄化粧の上に眉を細やかに引き、髪を高く結い上げ（稚児髷）、心細げに、壁を隔てて（人目を避けて）身支度を調え給うたが、「誰か、寺に詣でて此処《ここ》（起居した部屋）を通るたびに、さる者（遮那王）が此処に在ったと思い出して、我が亡き跡を弔うて欲しきものよ」と思い給うて、漢竹《かんちく》（中国原産にて紫色を帯びる）の横笛を取り出だして半時ばかり吹き、その音を形見に残し、泣く泣く鞍馬を出で給うた。

その日、四条の少進坊の許に入り給うて、奥州へ下る由仰せになると、少進坊も「是非とも御供仕らん」と申して身支度を始めた。その時、遮那王殿は、「御辺は都に留《とど》まり、平家の成行くさま（動向）を見聞きして知らせよ」と宣うて、少進坊を京に留められた。

さて、遮那王殿は粟田口まで出でて、十禅師の御前にて吉次を待ち給う。少進坊もそこまで出でて送り奉った。吉次も未だ夜深きうちに京を出で、粟田口へ参った。種々の宝を廿余匹の雑駄《ぞうだ》（荷物運搬用の馬）に負わせて引き連れ、己は晴着を纏うての出立ちである。所々に柿渋を引いた摺《すり》尽し（草木染料にて種々の模様を摺り出す）の直垂に、秋毛の行縢《むかばき》（鹿・熊・虎などの秋毛にて作った腰覆い）を穿《は》き、黒栗毛の馬に角覆輪《つのぶくりん》の鞍（鞍の前後の縁を角で縁取る）を置いて跨《また》がっている。また、児《ちご》殿（遮那王）を乗せ奉らんと、黄月毛《きつげ》（薄紅色の毛並に黄色が少しかかる）の馬に沃懸地《いかけぢ》（黒漆塗装の上に金か銀の粉を流す）の鞍を置き、その覆いとして大斑《おおまだら》の行縢（白斑鮮やかなる鹿の夏毛にて作る）を被せて牽き連れていた。

待ち受けた遮那王殿が、「如何に、約束は」と宣うと、吉次は馬より飛び下り、用意の御馬を引き寄せて乗せ奉った。遮那王殿も、かかる縁に巡り合うた事を、世にも嬉しく思い給うた。

さて、遮那王殿は吉次に対《むか》い、「馬の腹筋（腹部の筋肉）の切れるまで馳せよ、雑人《ぞうにん》（馬の口を取る付添いの従者）めらが追いつけぬとも顧みるな。逃足にて下るべし。鞍馬に居らぬと知れば、都を尋ね捜すであろう。都に居らぬと知れば、大衆《だいしゅ》どもは定めて東海道を追いかけて来よう。摺針《すりばり》山（近江国彦根の北東）より此方《こなた》にて追いつかれて、『帰れ』と言われて拒めば、仁義礼智（人の道）に外れよう。都は敵の辺土（ここでは本拠の意）なれば、足柄ノ山（相模国）を越すまでが大事（危険）じゃや。坂東と申す所は源氏に志（好意）ある国ゆえ、言葉の末（口先）を以て、宿々《しゆくじゆく》の馬を取って下るべし。白河ノ関さえ越えれば、秀衡が知行の所ゆえ、雨が降ろうとも風が吹こうとも、知る事ではあるまい」と宣うた。

吉次はこれを聞いて、「斯様に恐ろしき事はあるまい。気のなだらかなる（温順な）郎等（立派な家来）一騎すらも具し給わずに、現在の知る郎等（立派な家来）一騎すらも具し給わずに、馬一疋さえ持ち給わず、恥を敵が知行する国々の馬を奪って下らんと宣うとは、何とも恐ろしきこと」と思うた。されど、命《めい》に従い、駒を早めて下るほどに、松坂（粟田口より山科日岡へ至る途中）を打ち越え、四宮《しのみや》河原（山科より大津へ至る途中）を見て過ぎ、逢坂ノ関を越えて大津ノ浜も通り過ぎた。やがて、瀬多ノ唐橋を打ち渡り、鏡ノ宿《しゆく》（近江国蒲生郡鏡山の北麓）に着き給うた。長者（宿駅の長）は吉次の年来の知り人ゆえ、傾城《けいせい》（遊女）が数多出て、一行をもてなした。（巻第一）

＊謡曲　須永朝彦訳

橋弁慶

比叡山の西塔《さいとう》の傍らに住む武蔵坊弁慶は、予《かね》て宿願の仔細（太刀奪い。人の太刀を千振奪う。千人斬ともいう）あって、五条の天神（天使社。空海の創建と伝える）へ丑《うし》ノ時詣《ときもうで》（時刻を午前二時頃に決めて夜毎に詣でて祈願を籠める）を続けていた。その日も、出かけるに際して、従者《ずさ》を呼びつけた。

「今日は満参（参詣最後の日）なれば、只今参らんと存じ候。如何《いか》に、誰《たれ》かある」

「御前《おん》に候」

「五条の天神へ参るぞ、その分、心得よ」

「畏《かしこ》まって候。また、申すべき事がござります。昨日、さる者が五条の橋を通りたるところ、十二三ばかりの幼き者が、小太刀にて切って廻り、髣《さなが》ら蝶鳥《ちょうとり》の如くなる由、申して候。まずまず今夜の御《おん》物詣は、御止《おんと》まりあるが肝要と存じ候」

「言語道断（けしからぬ）の事を申すものかな。たとえ天魔鬼神なりとも、大勢には敵《かの》うまい、押っ取り籠めて討たば済む事ぞ」

「押っ取り籠むれば、不思議に外《はず》れ（逃れ）、敵を手元に寄せつけず、手近く寄れば、目にも見えずと申しまする。神変《じんぺん》奇特《きどく》不思議なる化生《けしょう》の者と手合せし給わば、討たるるやも知れませぬ。都広しと申せども、これほどの者はありますまい、実《げ》に奇特なるものかな」

「されば今夜は思い止まる事とせんか。いや、弁慶ほどの者が、聞き逃げは無念なり。夜も更けなば橋に行き、化生の者を平らげん」

かくて、弁慶は五条の橋へと赴いた。

〽夕べ程なく暮方の、夕べ程なく暮方の、雲の気色《けしき》も引きかへて、風凄まじく更くる夜を、遅しとこそは待ち居たれ。

ここに、牛若は、「母（常盤）の仰せの重ければ、明けなば寺（鞍馬寺）へ上るべし。今宵ばかりの名残なれば、五条の橋に立ち出《い》でて、月の光を待つべし」と思し召し、薄衣《うすぎぬ》を被《かず》いて九条の御所（常盤の再婚先、一条大蔵卿長成《ながなり》の館か）を立ち出で給うた。

〽夕波の、気色はそれか夜嵐の、夕べ程なき秋の風。

〽面白の気色やな、面白の気色やな、そぞろ浮き立つ我が心、波も玉散る白露の、夕顔の花の色、五条の橋の橋板を、とどろとどろと踏み鳴らし、音も静かに更くる夜に、通る人をぞ待ち居たる、通る人をぞ待ち居たる。

〽既にこの夜も明方の、山塔の鐘も杉間の雲の、光り輝く月の夜に、着たる鎧は黒革《くろかは》の、縅《をどし》に縅せる大鎧、草摺《くさずり》長《なが》に着なしつつ、もとより好む大薙刀《おほなぎなた》、真中取つて打ちかつぎ、ゆらりゆらりと出でたる有様、如何なる天魔鬼神なりとも、面《おもて》を向くべきやうあらじと、我が身ながらも物頼もしうて、手に立つ敵の恋しさよ。

早や更け過ぎる頃、牛若は川風を受けて橋の上に立ち、通る人はなきかと休ろうていた。それとは知らぬ弁慶が、橋に差しかかり、さも荒らかに踏み鳴らせば、牛若は、これを見て、「鷲破《すわ》、嬉しや、人来《きた》るぞ」と独り言《ご》ち、薄衣を猶も引き被き、傍らに寄り添うて佇んだ。

弁慶もこれに気づき、言葉を掛けんと思えども、見れば女の姿ゆえ、「我は出家の事なれば」と思い煩《わずら》いつつ、過ぎ行かんとした。牛若はこれを揄《なぶ》ってみんと、行き違いざまに、弁慶の薙刀の柄元を発止《はつし》と蹴上げれば、「鷲破、痴《しれ》者《もの》よ、物見せん(思い知らせん)」と、薙刀を取り直し、「いで、物見せん、手並のほど」と言いざま、斬ってかかった。牛若は少しも騒がず、突っ立ち直って、薄衣を引きのけつつ、静々と太刀を抜き放ち、薙刀の鋒《きつさき》に太刀を打ち合せ、詰めつ開きつ戦うた。右に左にと素早く立ち働く牛若の手並に、流石《さすが》の弁慶もたじたじとなる。

〽何とかしたりけん、手元に牛若寄るとぞ見えしが、たたみ重ねて打つ太刀に、さしもの弁慶合はせ兼ねて、橋桁《げた》を二三間、しさつて肝をぞ消したりける。あら物々しあれ程の、あら物々しあれ程の、小姓一人を斬ればとて、手並にいかで洩らすべきと、薙刀柄《え》長く押つ取りのべて、走りかかつてちやうと切れば、そむけて右に飛びちがふ。取り直して裾を薙ぎ払へば、跳りあがつて足もためず、宙を払へば頭《かうべ》を地に付け、千々《ちぢ》に戦ふ大薙刀、打ち落されて力なく、組まんと寄れば切り払ふ、縋《すが》らんとするも便りなし。詮方なくて弁慶は、希代《きたい》なる少人かなとて、呆れ果ててぞ立つたりける。

「不思議や、御身《おんみ》、誰《たれ》なれば、まだ稚《いとけな》き姿にて、かほど健気に坐《まし》ますぞ。委しく名乗り給え」

「今は何をか包むべき、我は源牛若なり」

「義朝殿の御子か」

「さて、汝は」

「西塔の武蔵弁慶なり」

互に名乗り合い、弁慶は降参して、主従《しゆうじゆう》の契約を結ぶ。

〽互に名乗り合ひ、互に名乗り合ひ、降参申さん御免なれ、少人の御《おん》事、我は出家、位も氏も健気さも、よき主《しゅう》なれば頼むなり、麁忽《そこつ》にや思し召すらん、さりながら、これまた三世の機縁の始、今より後は主従ぞと、契約堅く申しつつ、薄衣被《かつ》かせ奉り、弁慶も薙刀打ちかついで、九条の御所へぞ参りける。

＊謡曲　須永朝彦訳

鞍馬天狗

鞍馬山の奥の僧正《そうじょう》が谷《たに》に住む山伏が、当山に於て花見が催されると聞き、よそながら梢の花を眺めんものと、東谷の辺りに出かけてきた。

折しも、西谷の僧坊に仕える能力《のうりき》（力仕事に従事する低位の僧）が文（手紙）の使として東谷の僧坊を訪ね来《きた》り、「申し、西谷より御使に参って候。これなる文を御覧下され」と申して、身分ある僧に差し上げた。この僧に従う稚児たちの中に、牛若の姿があった。

「何と、西谷よりの文とな、されば見ると致そう」

「急いで御覧下され」

「何々、『西谷の花、今を盛りと見ゆるに、何ゆえ御音信《おんのとずれ》に与《あず》からぬかと存じ、一筆啓上致し候。古歌に曰く、今日見ずは悔しからまし花盛り咲きも残らず散りも始めず』とある。いや、実《げ》に面白き歌の心、たとえ御誘いの音信なくても、立ち出《い》でて、花の木蔭にて待つべきに」

〽花咲かば、告げんと言ひし山里の、告げんと言ひし山里の、使は来り馬に鞍、鞍馬の山の雲珠桜《うずざくら》、手折《たをり》枝折《しをり》をしるべにて、奥も迷はじ咲き続く、木蔭に並み居て、いざいざ花を眺めん。

一同は立ち出でて、一帯に咲き続く桜の木蔭に着座した。時に、東谷の高僧は、件の能力を召し、「少人《しょうじん》（稚児達）を伴うておるゆえ、何にてもよい、一曲舞うて見せよ」と命じた。「畏《かしこ》まって候」と承って、能力は謡い且《か》つ舞い始めた。

〽いたいけしたるもの（小さく可愛らしきもの）あり、張子の顔（張子製人形の顔）や塗り稚児（陶製の稚児人形）、しゆくしや結びにさゝ結び、山科結びに風車、瓢箪に宿る山雀《やまがら》（小鳥の玩具か）、胡桃《くるみ》にふけるともどり（小鳥の玩具か）、虎斑のゑのころ（子犬の玩具）、起き上がり小《こ》法師（人形玩具）、振鼓《ふりつづみ》（楽器様玩具）、手鞠や踊るん（ヤジロベエの一種）、鞠（蹴鞠か）、小弓。

舞い終えた能力は、見慣れぬ山伏の姿に目をつけ、不審を抱き、この由を東谷の僧に伝える。

「申し、あれに見慣れぬ客僧（山伏と同義）がおりまする。甚《はなは》だ狼藉なる者にてあれば、追っ立てる事と致そう」

「暫《しば》し待て。この場に坐《おわ》するは源平両家の童形《どうぎょう》（元服前の貴人）達なれば、流石《さすが》に左様の外人（部外者）は適《ふさ》わしからず。然《しか》れども、斯様《かよう》に申せば人を選ぶ（選り好みする）事にもなるゆえ、花見は明日《みょうにち》に日延べ致すがよろしからん。稚児殿には、ひとまずこの所を御立ちなされませ」

「いやいや、御諚《ごじょう》（お言葉）なれども、あの客僧を追っ立つるが肝心」

尚も言い立てる能力の言を遮り、高僧は「いや、稚児殿には、直ちにこの場を御立ちいただくに及《し》かず」と申して、一同を促して立ち去ったが、稚児のうち牛若のみは従わなかった。能力は「申し申し、これは如何《いか》なこと、皆々奥へおいでなされた。この場の興ざめも、あの客僧ゆえじゃ」と独り言《ご》ち、拳を振り上げて山伏を睨《にら》むと、「腹立ちや、腹立ちや」と言いつつ、走り去った。あとには牛若と山伏ばかりが残った。


〽遙かに人家を見て花あれば便《すなは》ち入る、論ぜず貴賤と親疎とを弁《わきま》へぬをこそ（『和漢朗詠集』所収の白居易の漢詩の引用）、春の習ひと聞くものを。憂き世に遠き鞍馬寺、本尊は大悲多聞天《たもんでん》、慈悲に漏れたる人かな。


牛若は山伏に近づき、言葉をかけた。

「花の下の半日《はんじつ》の客、月の前の一夜《いちや》の友、と申す短き交わりにも誼《よし》み（親しみ）はあるものを。あら傷《いた》わしや、近う寄って花を御覧なされ」

「思いも寄らぬ御言葉かな。松虫の音《ね》にだに立てぬ深山《みやま》桜（心に人を待ちながら、声も立てず、世に忘れられた我が身）に、御声をかけて下さる嬉しさよ。この山に住めども、我が身を知る人は誰《たれ》もござらぬ」

「それは、この身も同じこと、人々に立ち交わらねば、知る人も無し」

「宛《さなが》ら、『誰をかも知る人にせん高砂の』

「松も昔の」

「友ならなくに』と申す古歌の心境にてありしところ、かくて、垣穂の梅の如くに美しき稚児殿と相知り得たる嬉しさよ。世の物笑いの種を蒔《ま》くやも知れませぬが、恋い参らするこの老人を分け隔てし給うな」


〽友烏の、御物笑ひの種蒔くや、言の葉繁き恋草の、老をな隔てそ垣穂の梅、さてこそ花の情なれ。花に三春の約（春至れば咲く定め）あり、人に一夜《ひとよ》を馴れ初めて、後《のち》いかならんうちつけに、心空に楢柴《ならしば》の、馴れは増さらで、恋の増さらで、恋の増さらん悔しさよ。

さて、山伏は牛若に向き直り、「申し、唯今の稚児達は皆々帰り給いしに、何とて御一人《ごいちにん》、ここに坐《おわ》しまするや」

と問い申し上げた。
「さん候《ぞうろう》（はい）、唯今の稚児達は平家の一門、それも安《あ》芸《き》ノ守《かみ》清盛の子供ゆえ、一寺の賞翫（この寺で持囃《もてはや》される事）と申し、他山の覚え（他の寺に於ける声望）と言い、今を時めく花にござる。この身も寺を同じうすると雖《いえど》も、万《よろず》につけて面目《めんぼく》も無き有様にて、月にも花にも見捨てられており申す」
「あら傷わしや。何と申すも和上臈《わじょうろう》は源氏の君達《きんだち》（若君）、常盤《ときわ》（源義朝の妾）腹には三男の御身、毘沙門《びしゃもん》の沙の字を取り、御名《おんな》を遮那《しゃな》王《おう》殿と申し上ぐる。御身分を知り申せば、尚更に傷わしく存ぜらるる」

〽あらいたはしや御身を知れば、所も鞍馬の木蔭の月、見る人もなき山里の桜花、よその散りなん後にこそ、咲かば咲くべきに、あらいたはしの御事や。
〽松嵐《しょうらん》花の跡訪ひて、松嵐花の跡訪ひて、雪と降り雨となる。哀猿雲に叫んでは、腸《はらわた》を断つとかや、心凄《すご》の気《け》色《しき》や。夕《ゆふべ》を残す花のあたり、鐘は聞えて夜ぞ遅き、奥は鞍馬の山道の、花ぞしるべなる、こなたへ入らせ給へや。

山伏は、牛若を伴い、虚空を飛行《ひぎょう》して、次々と山城・近江・大和の桜の名所を御覧に供した。

〽さてもこのほどお供して、見せ申しつる名所は、ある時は、愛宕《あたご》高雄《たかを》の初桜、比良《ひら》や横川《よかは》の遅桜、吉野初瀬の名所を見残す方もあらばこそ。

さて、牛若が、不思議なる山伏と思い、「さるにても、御辺（あなた）は如何なる人に坐《おわ》すれば、我を慰め下さるるや。御名を名乗り給え」と問い給うと、山伏は「今は何をか包むべき、我こそ、この山に年経たる（久しく棲む）大天狗なり。君（尊敬の二人称）に於かれては、兵法《ひょうほう》の大事（奥義）を受けて、平家を滅ぼし給うべきなり。左様思し召さば、明日《みょうにち》お目にかかるべし」と正体を明かして、「さらば」と言い残し、大僧正が谷を指して、湧き立つ雲の峰を踏みつつ飛び去った。やがて、牛若もその場を立ち去った〔中入〕。

暫しの後、一人の木《こ》の葉《は》天狗が現れ、「大天狗に於かれては、遮那王殿を傷わしく存じ上げ、是非とも兵法を伝え、平家を討たせ申さんと思し召し、教え給うたところ、御器用御発明の方なれば、早や木の葉隠れ、沆瀣《こうがい》（露の気）隠れ、霧の印《いん》などと申す大事まで御伝えなされた。さるによって、われら如き木の葉天狗にも、罷《まか》り出でて遮那王殿と打太刀《うちだち》（太刀による勝負）せよとの仰せつけ、由って此処《これ》まで罷り出でた。未《いま》だ一人《いちにん》も見えぬによって、呼び出ださん」と独り言ち、「如何に木の葉天狗たち、疾《と》う疾う出でられよ」と呼ばわると、「何事にござるぞ」と言いつつ、数人の小天狗が現れた。

「さて、定めて皆罷り出でて居《お》らりょうと思うたに、未だ出られなんだ。時に御一同、今日は遮那王殿が兵法を使わせらるる（試される）によって、われら如き木の葉天狗にも、罷り出でて打太刀せよとの事じゃが、何と相手がなろうか」と問いかけると、遅参の一人が「なかなか（勿論だ）、打太刀せいでは」と言い放った。そこで、「やれやれ、遮那王殿との打太刀が何として出来ようぞ」と窘《たしな》めたところ、「むさとした（訣もない）事を言わっしゃる。遮那王殿じゃというても、鬼神ではあるまいぞ」と強がる。「さては、実《まこと》に立ち会うつもりか」と念を押すと、「なかなか」と申したので、不意に杖にて打った。

「その如くに、それがしが打つにさえ打たるるに、何として御相手がなろうぞ」

「今のは、おぬしが騙《だま》いたによっての事じゃ。尋常の打太刀ならば打たれまい」

「喃《のう》、聞かれよ。身共と打ち合うとは違おうぞ。その仔細は、遮那王殿は大事（兵法の奥義）を悉《ことごと》く覚えさせられたと聞いたほどに、中々われら如き者の打太刀はなるまい」

「その儀ならば、身共体《みどもてい》の者どもが此処《これ》にぐどぐど（愚図愚図）して打たれてはなるまい。それがしは唯もう退《の》くぞ退くぞ」

「やい退くか退くか、身共がこれに居るほどに、何事もあるまいぞ、待て待て。これはさて、早や退いた。それがしも、如何に仰せつけられたとて、打太刀して打たれてはなるまい、ただ退こう。さりながら、罷り出でた証《しるし》を残さねば、ただは戻られぬ。そうじゃ、遮那王殿を呼び出だし申そう。如何にや如何に、遮那王殿、遮那王殿」

大勢の小天狗がまず逃げ去り、残った一人も牛若の名を呼ばわると立ち去った。そのあとへ、牛若が長刀《なぎなた》を右肩に担《かた》げて現れた。

〽さても遮那王が出立《いでたち》には、肌には薄花桜の単《ひとへ》に、顕紋《けんもん》紗《しゃ》（紋柄を織り出した薄絹）の直垂《ひたたれ》の、露を結んで肩にかけ、白糸の腹巻白柄《しらえ》の長刀、

〽たとへば天魔鬼神なりとも、さこそ嵐の山桜、はなやかなりける出立かな。

そこへ大天狗が現れ、「そもそもこれ（己）は、鞍馬の奥、僧正が谷に年経て住める大天狗なり」と名乗った。

〽まづ御供の天狗は、誰々《たれたれ》ぞ筑紫《つくし》には、

〽彦山《ひこさん》（英彦山。修験道の霊地）の豊前《ぶぜん》坊。

〽四州（四国）には、

〽白峰《はくふう》（讃岐国、崇徳院崩御の地）の相模坊、大山《だいせん》（伯耆国の高山）の伯耆《はうき》坊。

〽飯綱《いづな》（信濃国飯綱山）の三郎、富士太郎、大峰《おほみね》（大和国吉野の奥地）の前鬼《ぜんき》（役行者が使役したという鬼）が一党、葛城高間《かづらきたかま》（高間山は葛城山系の主峰。河内と大和の境）、よ

そまでもあるまじ、辺土（都近辺）に於ては、

〽比良（近江国琵琶湖西岸）、

〽横川（比叡山中）、

〽如意《にょい》が岳《だけ》（京都東山の大文字山）、

〽我慢高雄《たかを》の峰に住んで、人のためには愛宕山、霞となびき雲となつて、

〽月は鞍馬の僧正が、

〽谷に満ち満ち峰を動かし、嵐木枯《こがらし》、滝の音、天狗倒しは、おびただしや。

「如何に遮那王殿、唯今、小天狗を遣わせしが、稽古の際《きわ》（手際）をば如何ほど御見せ候や」

「さん候。唯今、小天狗どもが来りしゆえ、薄手に斬りつけて稽古の際を見せ申したくは存ずれども、師匠に叱られ申さんと思い、差し控えてござる」

「あら愛《いと》おしの人や。左様に師匠を大事に思し召さるるか。されば、それについて、さる物語がござれば、語って聞かせ申さん。さて、高祖（漢の開祖劉邦）の臣下に張良と申す者があり、黄石公《こうせきこう》より兵法の一大事を相伝したる経緯《いきさつ》は次の如し。或る時、張良は騎馬の黄石公と行き逢いしが、如何《いかが》した事か、石公は左の沓《くつ》を落し、『如何《いか》に張良、あの沓取って履かせよ』と言う。心地穏やかならざれども、沓を取って履かせた。またその後、以前の如く騎馬の黄石公と行き逢いしが、今度は左右の沓を落し、『やあ、如何に張良、あの沓取って履かせよ』と言う。なお心地穏やかならざれども、よしよしこの一大事を相伝するからには我慢致さんと思い、落ちたる沓を拾うて捧げ持ち、馬上なる石公に履かせしところ、石公の心も解け、兵法奥義の伝授を得たり。その如くに、和上臈も、さも華やかなる御《おん》有様にてありながら、姿も心も荒々しき天狗を師匠や坊主と御賞翫（お持てなし）下さるは、如何にも兵法の大事を残さず伝え受けて、平家を討たんと思し召さるる故なるや、殊勝なる御志よ喃《のう》」

〽そもそも武略の、誉れの道、そもそも武略の、誉れの道、源平藤橘《げんぺいとうきつ》、四家《しけ》にもとりわき、かの家（源氏）の水《みな》上《かみ》は、清和天皇の、後胤《こういん》として、あらあら時節を、考へ来《きた》るに、驕れる平家を、西海に追つ下し、煙波《えんぱ》滄波《そうは》の、浮雲《ふうん》に飛行《ひぎやう》の、自在を受けて、敵を平らげ、会稽《かいけい》（会稽の恥。中国故事）をすゝがん、御身と守るべし、これまでなりや、お暇申して、立ち帰れば、牛若袂《たもと》に、すがり給へば、げに名残あり、西海四海の、合戦《かせん》といふとも、影身を離れず、弓矢の力を、添へ守るべし、頼めや頼めと、夕影暗き、頼めや頼めと、夕影鞍馬の、梢に翔《かけ》つて、失せにけり。

＊幸若舞曲　須永朝彦訳

未来記

ここに、牛若殿は、鞍馬の奥の僧正《そうじょう》が崖《がけ》という所へ、夜な夜な通い給うた。天下を治めん日の為に、兵法稽古の嗜《たしな》み（備え）である。

そもそも、兵法と申すものは、『三略』（中国漢代の兵書。黄石公の撰と伝えるも後世の偽書という）に極まる七書（七部の兵書。即ち『孫子』『呉子』『司馬法』『尉繚子《うつりょうし》』『三略』『六韜《りくとう》』『李衛公問対』）を淵源とする。これは、その昔、大唐（中国）商山（黄河上流、長安より東南に位置する山）のソウケイ（不明）と申す者が伝えた秘書（稀覯本）である。吉備《きび》ノ大臣（吉備真備《きびのまきび》。奈良朝の廷臣・学者。渡唐二回）が入唐《にっとう》の折、八十四巻の中より四十二帖に抜書《ぬきがき》して我が朝《ちょう》に伝えた。これを坂ノ上ノ利仁《りじん》（坂上田村麻呂と藤原利仁《としひと》を混同している）が九年三箇月に亙《わた》って習い、天下を治め給うた。扨《さて》その後《のち》に、田村丸（坂上田村麻呂）が十二年三箇月をかけて習い、奈良坂山（京都方面より奈良への入口）のかなつぶて（盗賊の名）や鈴鹿山の立烏帽子《たてえぼし》などの逆徒《げきと》を平らげて国を鎮め給うた。扨《さて》その後に廃《すた》り、比叡山に籠められていたものを、白川印地《いんぢ》の者ども（北白河辺に屯するあぶれ者）が習うと雖《いえど》も、さしたる武勇は示さなかった。

さて、牛若殿は、ひたすら山岳を走り廻って、古木の枝を伝い、身軽かつ敏捷の身となり給うた。

爰《ここ》に、天狗どもがさし集まり、寄合《よりあい》評定をして、「そもそも当山（僧正が崖）は慈覚大師（第三代天台座主円仁）の秘所（根拠無し）にして、行人《ぎょうにん》（修行者）のほかは通う者も無かりしに、鞍馬寺の牛若が謂《い》われもなく我等が住家を嘲《あざけ》る（暴れ廻る）のは許し難い。いざ、天狗の法罰を当てて遣ろう」なんどと申していた。この時、愛宕《あたご》の山の太郎坊が進み出《い》で、「そもそも、この児《ちご》が不用（役立たず）にして親にも師にも不孝ならば、天狗の法罰を与えるべきじゃ。されども、父母孝養《ぶもきょうよう》（亡き親の菩提を弔う事）のその為に、兵法稽古に励むとあれば、話は別じゃ」と異論を挟んだ。これに応じて、平野山（比良の山）の大天狗が進み出で、「我らが異名を天狗と申すは、謂《い》われのあること。昔はみな人にてありしが、仏法をよく習い、『我より外《ほか》の智者なし』と大慢心を起すゆえ、仏にはならずして、天狗道へ陥《お》ちたのじゃ。たとえ慢心を起してこの道に陥つるとも、如何《どう》して情を知らぬ事があろうか。いざ、牛若に合力（加勢）し、天狗の法（神通力の類）を許し、親の敵を討たせて遣ろう」と申すと、一同も「尤《もっと》もにござる」と賛同した。

かくて、宗徒《むねと》の（主立った）天狗七八人が若山伏の姿に変じて、牛若殿の傍に行き、「如何《いか》に少人《しょうじん》、聞し召せ。この辺りに人の住む所がござるゆえ、御出《おんい》で有って、暫《しばら》く御遊びなされ」と申し上げた。

牛若殿は聞し召し、これを徒者《ただもの》とは思《おぼ》されなかったものの、「何の仔細があろう」と思し召されて、そのまま山伏の肩に乗り、見知らぬ山を行き、深き谷へと分け入った。「何処《いずこ》まで牛若を具足する（連れて行く）つもりか、怪しき事よ」と思し召すうちに、山の気色《けしき》や木立の様が変り、巌《がん》嶺《れい》が峨々と聳《そび》え、繁木《はんぼく》は枝を並べ、花も盛りと見えた。実れる果実の匂いは芳《こう》ばしく、松や柏の緑が深い。滝の音が冷《れい》冷《れい》と響き、岩間をくぐる水の音が、此処《ここ》は清涼山《しょうりょうせん》（中国山西省の五台山清涼寺。仏教の霊地として知られた）の給孤独《ぎこどく》園《えん》（仏説に出るインドの林園。従って誤記）かと疑わせる。本堂ならびに拝殿は玉を磨けるが如く、神殿には珠玉を連ね、九重《くじゅう》の塔は雲に聳え、坊（僧坊）が棟を並べ、甍《いらか》を戴いた数多《あまた》の門が連なっている。かほどにめでたき御寺がこの辺りの川谷《せんこく》にあったかと、牛若殿は不思議に思し召され、暫く佇《たたず》んで坐《おわ》した。

折から、大坊の客殿では、宗徒の大衆《たいしゅ》（僧）が百人ばかり居並び、管絃講（読経に合せて楽器を演奏し仏を讃嘆・供養する催し）の最中にて、笙《しょう》・笛《ちゃく》・琴《きん》・箜篌《くご》（百済《クダラ》琴。竪琴様の弦楽器）を面白く奏でて興じていたが、牛若殿を見参らせて、管絃（音楽）を止《とど》め、座敷に招き上げた。遙かの座上に据え奉り、山河の美食を調え、珍饗（珍味を揃える）を尽して持てなした。乱舞《らっぷ》（正規の舞とは異なる即興の歌と踊。宴会の乱痴気騒ぎ）ともなれば、天狗どもは我劣らじと狂い出し、天骨（天性）の物の上手どもが、無尽の曲を尽して（次々と面白き技を披露して）、爰《ここ》を先途とばかりに遊び興じた。

時に、老僧たちが宴を制して、「遊びばかりにて、事が済まさりょうか。我らは、源平の合戦の、その末にあるべき事（将来の決着）を予《かね》て知り居るゆえ、少人の御持てなしに、未来の事を演じて御目にかけよ」と申された。

「承る」と申して、まず由々しげなる（立派そうな）天狗が、「これ（己）は平家の大将、安芸《あき》ノ守清盛」と名乗って進み出で、「安芸の厳島《いつくしま》の明神の御計らいにより、この世を今より治むべし。平家に野心の者（逆らう者）あらば、都の内には置くべからず、薩摩潟《さつまがた》硫黄《おう》ケ島《しま》（鬼界ケ島）へ流すべし。法皇（後白河院）をば鳥羽の古京（離宮があった）に籠《こ》め奉り、清盛の子供は繁昌し、一門六十三人、いずれも官禄重くあるべし。嫡子（重盛）一男（宗盛）は左右《そう》の大臣（史実に違う）、孫（安徳天皇）は国王、或いは百官卿《けい》相《しょう》となる。溢《あぶ》れ源氏の末々（諸国に残る源氏の末流）は、胤《たね》を断って滅ぼすべし。南都（奈良。ここでは東大寺・興福寺などの大寺院を指す）に敵が籠ると聞く。逆徒強《こわ》くて手に余らば、大仏殿に火をかけよ」と語った。

　また、「承る」と申して、新たに由々しげなる天狗が、「本三位《ほんさんみ》ノ中将重衡《しげひら》（清盛の四男）」と名乗って、「三千余騎を率いて、南都へ押し寄せ、大仏殿を焼き払う。春日（春日大社。藤原氏の氏神）の深き御咎《おとが》めを被《こうむ》って、既に早や清盛は火の病（熱病）を受け取り、宛《さなが》ら焦熱地獄の金屋《かなや》（精錬所）の焔《ほむら》に灼《や》かるる如く、これには如何《いかが》して勝ち得んや。『あら、熱や、悲しや』と焦がれ死《じに》に死す」と、斯様《かよう》に清盛の一期《いちご》を語って、さっと退いた。

　その後、「これは平家の代継《よつぎ》、右大将宗盛」と名乗って進み出で、冠束帯《かぶりそくたい》（宮廷の礼装）にて、由々しげに坐《おわ》し給い、語り始めた。

「不思議や、往《い》にし乱れ（昔の戦。平治の乱）の時、伊豆の田中（正しくは蛭《ひる》ケ小島）へ流されし頼朝は兵を起し、伊豆の目代《もくだい》（国司の代官）たる山木（平兼隆）を討って、石橋山に楯を突く（陣を張る）。その時、大場ノ三郎（大庭景親）が押し寄せ、石橋山を追い落す。頼朝は僅《わず》か主従《しゅうじゅう》七騎にて、武蔵ノ国へ落ち給う。国府《こう》（現在の府中）の六所《ろくしょ》、分《ぶん》倍《ばい》（分倍河原。多摩川畔）に旗を靡《なび》かせ、続く味方を待ち給うほどに、東国の然《さ》るべき弓取（武士）が轡《くつわ》を並べて馳せ参る。着到（着到状。集参軍勢の名を書き留めたもの）つけて御覧ずれば、頼朝の御勢《おんせい》二十八万七千余騎が旗の下に相靡き、先陣は相模ノ国の小林ノ郷（鎌倉谷《やつ》七郷の一）に京を建て、新鎌倉と称えてざざめく（騒ぎ立てる）。

　爰に、信濃ノ国の住人木曾ノ冠者《かんじゃ》義仲は、平家を攻めんその為に、五万余騎を率いて、越路《こしじ》（越前路）を辿り攻め上り、都間近き越前の燧《ひうち》ケ城《じょう》（福井県中部）に陣を取る。平家の人々は肝を消し、驚き騒ぎ給うて、十万余騎にて都を発ち、近江ノ国の愛発《あらち》（越前国敦賀との境）を越えて、ちのめ山（正しくは木の芽山）を打ち越え、帰《かえる》ノ山に陣を取る。源氏は屈強の城郭に籠り、左右《そう》なく（容易に）落城とは見えざるに、或る人の謀《たばか》り（燧ケ城に籠った平泉寺長吏《ちょうり》斎明威儀師の裏切り）によって陽谷《ようこく》の関を破られ、堪《こら》え兼ねて落ち給う。平家は後《あと》より攻め続け、加賀ノ国の篠原（現在の加賀市内）安宅（現在の小松市内）の戦いは天地も響くばかりなり。義仲は、ここをも打ち負け、加賀と越中の国境なる倶利迦羅《くりから》山に陣を取る。平家の人々は勝に乗り、かの山へ攻め上る。その時、源氏の氏神八幡大菩薩の御《おん》計らいにより、平家三万六千余騎は、一夜のうちに倶利迦羅ノ谷の朽《くち》木《き》と滅び果てる。逃げ上る平家を、源氏は跡より攻め続く。平家は都を追われ、神器《しんぎ》を取って遥かなる福原ノ京（現在の神戸市内）に落ち給う。

　さて、義仲は木曾の政道たるべき（木曾政権を樹立する筈の）ところ、頼朝の果報（幸運）に覆われて、逆賊となるべき衰相あり。逆臣の平氏と雖も情を持つに、憂《うれ》わしきかな、義仲の逆風《げきふう》（暴虐ぶり）は四海に吹き荒れ、雲の上（宮廷）まで波高し（義仲は後白河院の法住寺の御所を攻めた）。頼朝はこれを聞し召されて、『君を守らん為にこそ、義仲は都を守護すべきなるに、却《かえ》って天下を悩ます事、重ねて凶夷《きょうい》（凶徒）と申すべし。その儀にてあるならば、急ぎ討手を上らせん』と仰せられて、大将には蒲《かば》ノ御曹司《おんぞうし》範頼《のりより》を遣わす。また、この牛若は、元服して九郎義経と名乗るべし。牛若殿をば、鞍馬の多聞《たもん》（鞍馬寺の毘沙門天）と伊勢の両社（伊勢神宮の内宮・外宮）が守護し給い、弓矢（武家）の末を世に取り立て、金容（美麗なる容貌）を現し、箕裘《ききゅう》の家（父祖の遺業）を継ぐべきなり。その時、範頼と義経を両大将と定め、都へ攻めて上るべし。無残やな、義仲は天下の憎まれ者となり、朝威（朝廷の権威）の罰を受け、弓矢の末も廃り果て、粟津（近江国琵琶湖南岸）の原で討たるべし。義経は都の警固（京都の守護職）として、三種の神器を事故《ことゆえ》なく都に返し申さんと、三草《みくさ》ノ峠や鵯越《ひよどりごえ》など搦手《からめて》を廻って攻め廻る。平家は堪《こら》え得ずして城《じょう》（一の谷）を落ち延び、遂には西海の赤間ケ関（現在の山口県下関市）、壇ノ浦、早鞆《はやとも》（共に関門海峡の本州側）の沖にて、二位殿（二位尼平時子。清盛の正室）、先帝（安徳天皇）、宗盛をはじめ奉り、平家三万六千余騎は水の泡と消え果つべし。

扨《さて》その後に、牛若殿、兄に憎まれ給うなよ。梶原（景時。頼朝・義経兄弟不和の元凶と伝える）に心許すべからず。兄弟の仲が不和ならば、その身の運は尽きると知れ。六親（父母・兄弟・妻子）不和にして、三宝《さんぽう》（神仏）の加護はよも（決して）あるまい。ここまで、末（未来）をば教え遣わす。さて、その後は知らぬなり。此処《これ》まで其許《そこもと》を参らせ、対面申すしるしには、天狗の法を許すなり。これを守りに掛けよ」

かくて、天狗は鉄《くろがね》の玉を取り出し、牛若殿に差し上げると、掻《か》き消すように失せた。その時、珠玉を連ねた客殿は消え失せ、牛若殿は、僧正が崖なる松の枝に腰をかけて坐《おわ》した。「さては、天狗が牛若を拐《かど》わかしたのか」と思し召して、東光坊（牛若が宿所とする鞍馬寺の僧坊）に帰られた。

＊御伽草子　須永朝彦訳

天狗の内裏

上

　ここに、判官殿《ほうがん》（義経）は七つの年より鞍馬の寺に上り給うて、御学問を召されたが、もとよりこの君は毘沙門天（当時は鞍馬寺の本尊）の御再誕（生まれ変り）の若君にて坐《ましま》すゆえ、七つの御《おん》年に『法華経』一部八巻を読み給い、八つの年には『大般若経』六百巻、『倶舎経《くしゃ》』三十巻（インドの世親の著に成る『倶舎論』。論を経と誤る）、『噴水経』十四巻（『涅槃経』の異称。正しくは四十巻）、草紙の類は『源氏物語』『狭衣《さごろも》物語』『ふらうゐい』『ひちやうたはたはたまきすずり』『ふらうゐんしゆ』（以上三種は不明）『古今集』『万葉集』『伊勢物語』、百余帖の『草尽し』、八十二帖の『虫尽し』、鬼が読んだという『千島《ちしま》の文』、『すきのみやきりせがつぼ』（不明）なんど、二千四百二十四巻を読み明かし給うた。源（義経）は心の裡《うち》に、「悟りとやら申す事を、少し知らばや」と思し召し、十歳の時より参学（仏教の学問に携わる事）に上がり給い、十三と申す年に一千七百則を修め給うた。

　或る日の事、雨中の徒然《つれづれ》に、南の壺（坪。庭）に立ち出《い》でて、花（桜）を眺めて坐《おわ》したが、早や半ばを過ぎた花を御覧じて、「実《げ》に花も盛りの時は真《まこと》に短い。人間もかくの如し。我は幼き時に父を討たれたが、親の仇を討たずして終るのは大層口惜《くちお》しい。我等が先祖の八幡太郎義家（義経の曾祖父）は、十五の御年に門出《かどいで》し、名を天下に揚げ給うと承る。恐れ多き事ながら、先祖を嗣《つ》いで、十五にならば門出すべし。されば、十三の年までこの山にて徒《いたず》らに日を送り来《きた》る事の無念さよ。真であろうか、この山に天狗の内裏ありと音には聞けど目には見ず。如何《いか》にもして、この内裏を見たきものよ」と思し召し、雨の降る夜も降らぬ日も、風の立つ日も立たぬ夜も、彼方此方《かなたこなた》と草木を分け、尋ね巡り給うたが、もとより天狗は神通自在の者なれば、天狗の内裏は見つからなかった。

　源は心の裡《うち》に、「我は、幼き頃より毘沙門に深く頼みを懸け申す。この内裏をも、毘沙門に祈誓して尋ねん」と思し召し、三十三度の垢離《こり》（冷水を浴びて心身の汚れを清める行）を取り、毘沙門堂へ入り給い、鰐口《わにぐち》（金鼓。仏殿・社殿の軒に吊るす金属製鳴器）を丁と打ち鳴らし、「南無や大慈大悲の多聞天《たもんてん》（毘沙門天の別称）、我等、久しく歩みを運びし御利生《ごりしょう》（御利益）に、天狗に逢わせて賜われ」と、肝胆を砕いて祈り給うた。

　夜も次第に更け行き、少し微睡《まどろ》み給う折しも、その夜の夢に、ありがたや毘沙門が八旬（八十歳）許りの老僧と現じ給うて、牛若君の枕上《がみ》に立ち給い、「如何に牛若、天狗の内裏を見たく思わば、五更（寅の刻。午前三時〜五時）の天の明け行く頃、御坂口《みさかぐち》にて待ち給え。必ず教え申さん」と宣《のたも》うて、夢はそのまま覚めた。

　源は愈々《いよいよ》信仰を固め、重々の礼拝《らいはい》を参らせ、夜もほのぼのと明け行く頃に、御坂口に立ち出でて、今や遅しと御利生のほどを待ち給うた。忝《かたじけな》くも毘沙門は廿歳《はたち》許りの法師と現じ、素絹《そけん》の衣（僧一般の法服）に紋紗《もんしゃ》（紋織の紗）の袈《け》裟《さ》を纏い、皆水晶《みなずいしょう》の（悉く水晶製の）数珠を爪繰《つまぐ》り、けんしゆしやう（不明）の沓《くつ》を穿き、牛若君の先に立ち、「如何に牛若、聞き給え。天狗の内裏に行かんと欲するならば、これよりさんかい（不明）に上って尋ね給えば、五色《ごしき》の築《つい》地《ぢ》（屋根つきの塀）がある。白き築地をば左手《ゆんで》に、赤き築地をば右手《めて》に見て、青き築地、黒き築地、黄なる築地を、三界無安の塵と定めて、ただ一道《いちどう》に踏み鳴らして行かば、必ず内裏に行き着く筈じゃ」と教え給うと、掻《か》き消すように失せ給うた。

　源はありがたく思し召し、峻《けわ》しき山の岨《そば》伝いに尋ね給うたが、ほどもなく五色の築地が見えた。牛若は、「このほど心を尽して彼方此方を捜すと雖《いえど》も、尋ね逢う事も無きに、かかる奇特《きどく》のありがたさよ」と嬉しく思し召し、教えに従い急ぎ給うほどに、真に天狗の内裏の東門《とうもん》間近に着き給うた。まず外の築地を御覧ずれば、石の築地を八十余丈（約二四〇米余）に築き上げ、石の大門を建て、それより内には、鉄《くろがね》の築地を六十余丈（約一八〇米余）に築き上げ、鉄の門を建て、それより内には銀《しろがね》の築地を四十余丈（約一二〇米余）に築き、銀の門には夕日を出して立て給う。それより内には金《こがね》の築地を三十余丈（約九〇米余）に築き、金の門には朝日を出して立て給う。白洲には金の砂《いさご》を敷きつめてある。

　御曹司《おんぞうし》は怖《お》めず内に入り給い、屋形の様を御覧ずれば、七宝《しっぽう》を展《の》べたる如くにて、音に聞えた極楽世界と雖もこれには勝るまいと見えた。御曹司は唐木《からき》（舶来の木材）の階《きざ》段《はし》を六七間《けん》上がり給うて、内の体《てい》をつくづくと御覧ずれば、納言・宰相已下《いげ》、北面の者ども（院の御所を衛る武士。ここでは単に武者を言うか）が衣冠を気高く引き繕《つくろ》い、犇《ひし》と居流れ並んでいる。源の御姿を見奉り、「如何に方々、上古にも末代にも、この内裏へ人間の参る事無きに、不思議なる事じゃ」と騒ぎ立て、「さて、如何なる人ぞ」と尋ねた。源はこの由を聞し召し、「我等（己）と申すは、この山にて学問致す少人《しょうじん》にござる。当山にて、七十五人の稚児の中より、今日、某《それがし》が花の番に指名されたゆえ、花を尋ねて出かけたところ、かかる内裏へ参り申した。東方ならば薬師の浄土（十方浄土の一。浄瑠璃光世界）、南方ならば観音の無垢世界（補陀落山《ふだらくせん》）か何ぞと拝し奉る。折角此処《これ》まで参った事なれば、帝に御目にかかりたく、その由、奏聞《そうもん》願い奉る」と仰せになった。人々がこの由を承り、「只人とは見え給わず。如何さま奏聞申せ」と申して、紫宸殿《ししんでん》へ参り、大天狗にこの由を斯《かく》と申し上げると、大天狗はもとより神通自在なれば、「よしよし、この御方は苦しうなき人ぞ。源氏の遺腹《わすれがたみ》にて牛若殿と申すぞや。如何にも御馳走申せ」と申して、畳には縁金《へりがね》を渡して段々叢雲《むらくも》に敷かせ、柱をばこんきんどんきん（不明）にて巻かせ、天井をば金《こがね》や唐錦にて張らせ、正座《しょうざ》（最上の座）には畳を七畳重ねて敷かせ、銀《しろがね》ぶんとう（不明）を立てさせた。

さて、大天狗は間《あい》の障子を颯《さっ》と開け、「源様の御入りは、夢か現《うつつ》か幻か、此方《こなた》へ御入りなされませ」と申して、正座なる七畳の畳へ請じ奉り、己は畳三畳ほど引き下がり、手を合せて合掌し、三度礼拝し奉った。

さて、小天狗を一人近づけて、「愛宕《あたご》の山の太郎坊、比《ひ》良《ら》の山の二郎坊、高野山《こうやさん》の三郎坊、那智のお山の四郎坊、かんのくら（神の蔵。熊野速玉神社の背後の神倉山にある巨岩）の豊前《ぶぜん》坊、彼ら五人の天狗達に、『珍しき御客のあるゆえ、御参りあって慰め給え』と申せ」と命じた。小天狗は「承る」と申すや否や座敷を立ち、刹那の間に走り帰り、「只今、五人の天狗達、御参りある」と申す間《ま》もあらばこそ、五人の天狗が供の天狗を数多《あまた》引き具して、表の縁（縁側）に参上した。

大天狗は見るより早く、「如何に各々《おのおの》聞き給え。源様の御入りなれば、各々をも招き申した。是へ是へ」と請じ上げた。天狗達は、「畏《かしこ》まってござる」と申して、座敷に入り手を合せ、皆一同に礼拝した。五人より、黄金《こがね》三千両を金《こがね》の盆に橘形《たちばながた》に積ませて、君（牛若）に捧げ奉った。御盃事（酒宴）となれば、珍物を調え、傅《かしず》き奉った。

宴《えん》も早や半ばと見えた頃、また大天狗は小天狗を一人近づけて、「大唐（中国）のホウコウ坊、天竺（インド）の日輪坊、これら二人の天狗達に、『珍しき御客を招待申したるゆえ、御出《おんい》であれ』と申せ」と命じた。小天狗は「承る」と申して、白洲にゆらりと下りたが、片時《へんし》の間に走り帰り、「只今、二人の天狗達、筑紫の彦山《ひこさん》（英彦山）にて双《すご》六《ろく》を打って在《おわ》しましたが、今これへ」と申す間もあらばこそ、二人の天狗が供の天狗を数《す》百人打ち連れて、表の縁に参上した。

大天狗は見るより早く、「如何に二人の天狗達、源様の御入りなされてござるぞ。それへ御通りあって、御見参に入り給え」と請じ上げた。二人の天狗は、「承る」と申して、若君の御前に参り、限りなく喜んだ。面々は、我も我もと酒盛りをして、遊興に乗じた。

酒宴も取り取り（思い思い、各々）と見えた頃、大天狗は座をゆらりと立ち、「如何に二人の天狗達、さして興もござらねば、御身達の先祖より伝わる神通の伎《わざ》を、御饗応《おもてなし》に一つ御覧に入れ給え」と所望した。二人の天狗は「易きほどの事にござる」と申して、中座（中央）を指して走り出で、大唐のホウコウ坊が間《あい》の障子をさらりと開け、「御覧あれ」と申した。源がつくづくと御覧ずれば、大唐の径山《きんざん》寺《じ》（中国五山の一。浙江省臨安近辺）を眼の前に映し、燈心にて鐘を釣り、高麗国《こうらい》（朝鮮）の撞木《しゅもく》にて撞《つ》いて御目にかけ、また、なんかい堂（不明）に火をかけて一度に焼き払い、御慰みに供した。さて、天竺の日輪坊も間の障子を颯《さっ》と開け、「御覧あれ」と申した。源が御覧ずれば、霞に綱を渡し、雲に橋を架けて、遠山《えんざん》に船を泛《うか》べて、自由自在に上って見せたが、その不思議さと申すものは、量り知れなかった。

　また、大天狗は五人の天狗達に対し、「御身達も、御饗《おもて》応《なし》に兵法《ひょうほう》を一つ御覧に供し給え」と所望した。天狗達は、「承る」と申すや否や、白洲に飛んで下り、秘術を尽して御覧に供した。源は、もとより兵法を学びたき心あれば、広縁《ひろえん》に揺るぎ出で給い、間近く寄って御覧ずれば、詞も及ばぬ秘術ゆえ、限りなく喜び給うた。

　さて、大天狗は牛若殿に対かい、「二人の神通、五人の兵法も御目にかけ申した。我等（己）も、御饗応に何か御覧に入れたく存ずれども、珍しき事もござらねば、五天竺（全天竺。東・西・南・北・中と五つに分つ）を御目にかけ奉らん。此方へ入り給え」と申して、玉の座敷へ請じ申し、まず東の障子をさらりと開ければ、東城国《とうじょうこく》七百六十余州が一望の下に見渡せた。牛若殿は御覧じて、これを唐紙《からし》百帖に写し給うた。南の障子を開ければ、南《なん》天竺七百六十余州の民の住家《すみか》が残りなく見えたので、これも百帖ばかりに写し給うた。西の障子を開ければ、西《さい》天竺七百余州の山の姿や木立が目のあたりに瞭然と見えた。夢幻とも覚えず、及ばずながら書き写し給うた。北《ほく》天竺の水の流れ、中天竺、全て五天竺の様態《ようだい》を、五百余帖に写し給い、「末代（子孫）の宝にせん」と仰せられて、限りなく喜び給うた。

　その後《のち》、御台所《みだいどころ》（奥方）より大天狗の許《もと》へ御使が参り、「ちと申し上げたき事あり」と申し越された。何事ならんと簾中《れんちゅう》（夫人の居所）へ入り給うと、御台は大天狗の袂《たもと》に縋りつつ、「実《まこと》にござりましょうか、娑婆《しゃば》（人間世界）より若君が御出での由、承りました。自ら（己）も娑婆の者なれば、恋しく思いまする。娑婆より参り、御身と契りを交せし事も、昨日今日とは思えども、早や七千年にもなりまする。その年月の御情《おんなさけ》に、片時《へんし》の暇《いとま》を賜わりませ。出でて御目にかかりたく存じまする」と掻《か》き口説《くど》き給うた。夫《つま》の天狗は、この事如何《いかが》とは思えども、流石《さすが》に岩木にもあらねば、「なるほど、真《まこと》に唐土《とうど》・天竺・我が朝《ちょう》に双《なら》ぶ方なき若者なれば、御目にかかりたく思うも理《ことわり》と申すもの。疾《と》く疾く出でて対面なされ」と許された。

　御台は斜《なのめ》（格別）に喜び、十二単《ひとえ》を引き交《ちが》え、緋の袴を蹈《ふ》みしだき、あんせん王のけせうの守（不明）を掛け、口に仏語（仏の教え）を唱え、己にも劣らぬ女房達を数多引き具して立ち出でた。その姿は、玉の鬢《びん》づら（角髪《みづら》。少年の髪形ゆえここには不適）、花の顔《かんばせ》容色やかに、恰《あたか》も秋の月が遠山に出でて地水を照らすかの如くである。

源は御覧じて、「おお、これこそ大天狗の御台所」と思し召し、「なるほど、女房は過飾（贅沢）に余りし者ぞとよ。是《これ》へ是へ」と請じ給えば、御台は座敷に直り（正座）つつ、若君をつくづくと拝み申した。ややあって、御台は、「気恥しき事ながら、自《みずか》らの先祖（来歴）を申し上げましょう。かく申す自らも、娑婆の者にござりまする。国を申せば甲斐ノ国、処を申せば二橋《ふたつばし》、こきん長者と申す者が在《おわ》しましたが、そのこきん長者の一人娘、きぬひき姫とは私にござりまする。十七歳の春の頃、花園山に立ち出でて、管絃（奏楽）の遊びを致しましたところ、自らは琴の役にて、その日の爪音《つまおと》が何時《いつ》にも増して優れて響き、その為、『恐らくは日の本に双ぶ方もおられまい、今日の爪音には誰《たれ》も勝るまい』という高慢の心が生じましてござりまする。その折、神風がざっと吹き来《きた》り、そのまま天狗に誘われ、かかる内裏に参り、日を過しつつ、昨日今日とは思えども、年月を数うれば七千余年になりまする。かほどの年月を送るとも、殊更なる楽しみはござりませぬが、死して冥途に在します二人の親を、月に一度、または二度《ふたたび》三度《たび》も拝み申す事が一つの楽しみにござりまする。若君も一歳（正しくは当歳。数えでも一歳）の御年に父に後《おく》れ給うたなれば、さぞや恋しく思し召されましょう。我が夫《つま》の大天狗は、一百三十六地獄、または九《く》品《ほん》の浄土にも、日々に飛行《ひぎょう》致しておりまする。御身の父義朝は、九品の浄土に、大日（大日如来の略。胎蔵界・金剛界両曼陀羅の主尊）と変じて坐《おわ》します。構えて自ら（御台所）が申すと仰せにならずとも、大天狗に親しく頼み給わば、終《つい》には逢わせて下さりましょう」と、打ち解け顔に語った。源は斜《なのめ》めに思し召し、「さはあり（その通り）ながら不思議さよ」と仰せになった。

斯様《かよう》に打ち語らい、さて御台は、「めでたく御酒《みき》を参らせよ」と命じた。「承る」と申して、若き女房が御酌《おしゃく》に立ち、取り取りに御酒を勧め参らせた。御台も御盃事に加わり、「何の興もござりませぬが、この酒の由来を申し上げましょう。そもそも、この酒は、忝《かたじけな》くも『妙法蓮華経』の六万九千三百八十四字の文を以て回《え》向《こう》し、良薬に造りし酒にて在《おわ》します。一つ参れば衆人愛敬《しゅにんあいきょう》（多くの人に敬愛される）、二つ参れば人に羨《うらや》まれ、三つは思う事が叶い、四つ飲めば身代が定まり、五つは五体五輪（両手・両足・頭。同意語の反復）と現れ、六つは六道（衆生が輪廻する六種の迷界）の沙汰を表し、七つ飲めば仏名《ぶつみょう》に叶い、九つ飲めば国の主《ぬし》になるとか申しまする。殊に祝の御酒《ごしゅ》なれば、九《く》献《こん》召し上がりませ」と、また御曹司に差《さ》し参らせ、さて、「然らば」と暇を申して、簾中深く入り給うた。

かくて、御曹司は大天狗に対し、「さてもこの度の御饗《おもて》応《なし》、申すも中々疎《おろ》か（至り得ぬ）にて、言葉にも筆にも尽し難し。御恩のほどは、山ならば須弥《しゅみ》山《せん》よりも高く、海ならば蒼海《そうかい》よりも深しと申すとも、なお及び申さぬ。とても(ついで)の御《おん》事に、ここに一つの望みがござる。実《まこと》であろうか、娑婆にて承れば、御身は、一百三十六地獄、また十方浄土にも飛行し給うとのこと。我が父義朝には、二歳の時に死別致してござれば、如何《いか》にもして一目拝み申したく存ずる。一途に頼み申す」と仰せになると、大天狗は、「仰せは御尤もながら、これは叶いませぬ。さりながら、この度の御出《おんいで》、返す返すも忝く存じまする。時に、我と我との対談と申す事を御存じにござりましょうや。御存じならば、語り給え、聴聞《ちょうもん》致さん」と申し上げた。

御曹司は聞し召し、「我等は七つの年より鞍馬へ上り、経論・聖教《しょうぎょう》・和漢の才、詩歌管絃に心を尽し、参学なども一千七百則を学んでござる。天も鉄壁、地も鉄壁、四方鉄壁なる時は、これが我との対談ぞ。万法一如《まんぽういちにょ》(帰する所は空・真如にて一体)と聞く時は、さて三界に垣も無し。六道に辺《ほとり》無し。法に二法無し。仏に二仏坐《まし》まさず。これが我との対談にござる」と宣うた。その時、天狗は、「あらありがたや、さらば御供申すべし。此方《こなた》へ入らせ給え」と申して、簾中深く請じられた。

さて、大天狗は、御曹司を玉の台《うてな》に置き参らせ、娑婆より召された御小袖《おんこそで》と直垂《ひたたれ》をば脱《ぬ》がせ申し、大唐の緋の糸と我が朝の蓮の糸にて織った衣《きぬ》を召し替え参らせ、御髪《おぐし》も括《くく》し(括し染。絞り染)の元結《もとゆい》にて結わせ申した。而《しか》して、生《しょう》年《ねん》十三歳の若君を抱き参らせ、冥途を指して急ぎ行く。山路にかかる折もあり、浜辺に下る時もあり、一百三十六地獄を巡って御目にかける。

まず、炎の地獄と教え参らせた所は、如何にも恐ろしく、高さ百余丈(三百米余)許《ばか》りの山が、炎の立つと見るや、刹那《せつな》の間に焼け砕け、微塵となり粉灰《こはい》となり、四方へ撥《ぱっ》と飛び散った。また、彼処《かしこ》を見れば、広さ八万由旬(天竺の里程の単位。聖王の一日の行程という)、深さも八万由旬の血の池があった。「これは如何に」と問い給えば、「これこそ女人《にょにん》の堕つる血の地獄」と教え参らせた。

されば、女人と申すものは、娑婆に在る時は、月に一度の月水《がっすい》、または出産にて帯紐を解く折など、衣裳衣類を脱ぎ棄てて、海にて濯《すす》げば龍神の咎《とが》めを受け、池にて濯げば池の神の戒めを受ける。水を汲み上げて濯ぎ、その水を棄てれば、剣となって地神荒神《ちしんこうじん》の御身を刺し貫く。川にて濯げば、これを知らずに、一切衆生《しゅじょう》(人間)がこの水を汲み、仏に手向《たむ》け、出家を供養し申せば、即ち不浄食《じき》を召される事となる。

さて、この地獄の苦患《くげん》の体《てい》を申せば、血の池の面《おもて》に鉄《くろがね》の綱を張り、五人の鬼が五色に変じ、亡者《もうじゃ》を池の面に追立《おった》てて、「この綱渡れ」と呵責《かしゃく》する。中程までも渡り得ず、踏み外してかっぱと墜ち、五尺の身は血の池に沈み、丈《たけ》なす髪はただ浮草の如くゆらめく。浮き上がらんとすれば、鬼が鉄杖《てつじょう》を以てまた押し入れ、「あら悲しや」と蜘蛛の糸よりも細き声を上げる。「これこそ、汝が娑婆にて為《な》せし罪咎《とが》よ、我を怨みに思うなよ」と怒る獄卒どもの声は、鳴《なる》神《かみ》（雷鳴）よりも恐ろしく響く。

御曹司が「かかる苦患は、如何になせば遁《の》がれ得るや」と問い給えば、大天狗は「さん候《ぞうろう》（はい）、娑婆にて百三十三品の『血盆経《けつぼんきょう》』（本朝禅宗界にて作られた『女人血盆経』。『地蔵本願経』の飲血地獄をもとに作られた古代中国の『目連正教血盆経』の擬作という）を保ち、または御念仏を唱えて、後生《ごしょう》善所と祈れば、直ぐに浄土へ参りまする。娑婆にて善を為さずして悪を好み、邪慳《じゃけん》の心のみにて過し、仏《ぶつ》も法も知らずして死する女の罪業《ざいごう》にござる」と語った。

さて、血の池を過ぎ、餓鬼道《がきどう》に着き給うた。立ち寄って源が御覧ずれば、有財《うざい》餓鬼・無財餓鬼・ちくれん餓鬼など、様々なる餓鬼が数限りなく犇《ひし》めいていた。石を積み重ねる者もあり、花を摘む者もある。その中に、躍り跳ねつつ笑い喜ぶ餓鬼があった。源が不思議に思し召し、「汝にも可《お》笑《か》しき事があるよな」と宣えば、餓鬼は答えて、「さん候。我等の身に嬉しき事がござる。某《それがし》の七世の孫にて現在娑婆に在る者が出家になり申した。その功徳《くどく》にて某も近く浮ぶ事（成仏）を得る、その嬉しさに、斯様に笑うておりまする」と申し上げた。

源は聞し召し、「実《げ》に、『一人出家すれば、九族（自分を起点として高祖父母から玄孫に及ぶ親族）が天上する』と説き給う仏の御言葉が、今まさに思い知られる。親類中に一人の出家あれば、その類家の内の牛馬まで成仏申すと聞く。これが妄語ならば成仏も妄語なるべしと、今こそ思い当る。己は武士《もののふ》の志を持つと雖も、斯様《かよう》の事を思えば、兎《と》やせん角《かく》やあらんと心が揺れ、弁え（決断）に苦しむ。保元・平治の乱に、一門が皆討たれし事ゆえ、その菩提を弔う為ならば、出家も立派な処世ならん。或いは、親の敵を討って本意を遂ぐべく、弓矢を執って孝養《きょうよう》に報ぜんか」と思い迷われ、忍び泣きに涙を流し給うた。

長居も儘ならねば、餓鬼道をも打ち過ぎ通り、修羅道《しゅらどう》に着き給うた。立ち寄って、つくづく御覧ずれば、娑婆にて人に父を討たれながら敵を討たずに死んだと覚しき者が、我と我が身を切りつ突きつして一方ならぬ苦患の体である。此処《ここ》彼処《かしこ》を見給えば、娑婆の合戦と違《たが》わず、合図の鉦《かね》・太鼓・貝（法螺貝）なんどを吹き立て、入り乱れて切り結び、敗軍は逃げ行き、勝者は勝鬨《かちどき》を作り、鬨の声や矢叫びの音が天地を揺るがすばかりに響き渡る。御曹司が「さて、この苦患は、如何にすれば遁れ得るや」と宣えば、大天狗は「娑婆の軍《いくさ》のその時に、討つ敵をば鉦、剣を撞木《しゅもく》と観念し、『過去の因果はかくの如し、未来は共に成仏』と思えば、即ち解脱《げだつ》に至る、と思し召されよ」と申し上げた。

修羅道をも打ち過ぎ、数々の地獄を見給うたが、何《いず》れも疎《おろか》（なおざり）なく、呵責の隙《ひま》無き眺めにて、罪人の叫ぶ声が満ち満ちて、その恐ろしさは、中々筆にも尽し難い。

下

さて、それより、御曹司は十方浄土を拝み奉ったが、地獄の憂さに引き比べて、見仏聞法《けんぶつもんぽう》（仏を拝し仏法を聞く）し給うにつけても、諸仏如来の御相好《ごそうごう》のありがたさと申すものは、中々何にも譬えようが無かった。中にも優れて拝まれたのは西方《さいほう》極楽世界（阿弥陀の浄土）にて、この九品の浄土に如《し》く所は無い。ありがたき事に、御曹司の父義朝は、この九品の浄土に、大日如来となり給うて、中尊（中心となる仏）にて坐《ましま》した。

大天狗は北の方より参って、弥勒《みろく》菩薩に来訪の挨拶を申し上げ、礼拝して通ったが、辺りの様子はと申せば、事も疎《おろ》かや、瑠璃の砂《いさご》を敷きつめ、玉の石畳を敷き、金《こがね》を以て埒《らち》（柵）を環《めぐ》らせてある。七宝の植木は光り耀《かがや》き、功徳池《くどくち》（八功徳の水を湛える）の蓮華は光明を照らして芬々《ふんぷん》たる匂いを発している。天人の遊ぶ光、花の色の燿き、迦陵頻伽《かりょうびんが》（極楽に棲む美しき人面鳥）の囀《さえず》る声、浪の音に至るまで、法文（仏の教えを記す文章）ならずという事がない。ここに七宝を飾った門があり、御曹司が「これは如何に」と問い給えば、大天狗は「あれこそ、娑婆にて善根を積みし人が、至誠心《しじょうしん》に念仏して、さて往生を遂ぐる時、開けて迎え給う門にござる。その時には、花が降り、異香《いきょう》が薫《くん》じ、音楽が雲に響き、弥陀《みだ》如来を始め奉り観音・勢至《せいし》などの二十五菩薩が来迎《らいごう》し給う」と教え参らせた。

宮殿楼閣は過ぐれども過ぐれども尽きる事なく、金銀《こんごん》瑠璃の砂《いさご》は行けども行けども際限もなく続いている。音楽は自然《じねん》と響き、幡《はた》・華鬘《けまん》（仏前荘厳の為の装飾）・瓔珞《ようらく》（天蓋。垂飾）の懸かる所もあり、歓喜の涙に咽《むせ》びつつ拝み申した。大天狗は大極殿《だいごくでん》に参った。「これに待ち給え」と御曹司に申し上げ、大天狗は大極殿「娑婆に坐《ましま》す御子の牛若君に、不思議の縁にて、これまで御供申して参りました。若君には、一目拝みたき由、仰せられて坐《おわ》します」と申し上げれば、大日は聞し召し、「此《こ》は無念の次第かな。師弟は三世《さんぜ》の契《ちぎり》、夫婦は二世《にせ》、親子は一世《いっせ》の契なれば、叶わぬぞ」と仰せられた。大天狗が重ねて、「仰せは御尤もに存ずれども、この若君は三世を悟り給う方なれば、あわれと思し召されて、何卒《なにとぞ》御対面を」と申し上げれば、大日は「されば、仏法の三世の利益《りやく》の巷《ちまた》は如何に」と問い給うた。天狗は承り、「それこそ天上天下唯我《ゆいが》独尊と申しても、一経《いちきょう》も暗からず」と申し上げた。大日は聞し召し、「ありがたや、されば此方《こなた》へ」と仰せられて、御曹司を召された。

御曹司は御座に直り給い、仏は蓮華に坐《ざ》し給う。痛わしや、御曹司は三世を悟り給うと雖も、まだ凡夫にて坐《ましま》せば、妄執の雲に覆われて、仏の御声《み》は聞えるものの、御姿は見え給わず。「如何に牛若、諸々《もろもろ》の経の中に、第一妙法の法《ほっ》体《たい》をば、何と沙汰申しけるぞ」との御尋ねに、「それ、妙と申すは、妙即ち妙《たえ》なる法《のり》と説き給い、二つも無く三つも無し。唯一乗《いちじょう》の法《ほう》のみと、斯様《かよう》に悟り申すなり」と答え給うた。大日の御尋ねは矢継早《やつぎばや》にて坐《おわ》したが、御曹司もまた響くが如くに答え給うた。その問答は以下の如し。

大日「天地和合とふるたひちん（不明）とは奈何《いかん》」

牛若「天地和合とふるたひちんと申すは、天には九千八界七流れ、地にも九千八界七流れ、天には四十八天の雲を吐き、地にはまた四十九瀬の関を据え、天地和合とふるたひちん、各礼仏足対座《かくらいぶつそくたいざ》一めい、かくの如し」

大日「兜率《とそつ》の三関《さんかん》とは奈何」

牛若「兜率の三関と申すは、やましもやま（不明）も、引き寄せて結べば柴の庵《いおり》なり。解くれば元の原なりけり。執《しゅう》の心《しん》とは、斯様に沙汰し申し候」

大日「金剛の心とは奈何」

牛若「金剛の心とは、阿字《あじ》十万三世仏、弥字《みじ》一切諸菩薩、陀字《だじ》八万諸聖教《しょうぎょう》、皆是《これ》阿弥陀仏と沙汰し申し候」

大日「金剛の正体とは奈何、疾《と》く申せ」

牛若「さん候。金剛の正体と申すは、木の恩にて木に入り、火の恩にて火に入り、水の恩にて水に入り、金の恩にて金に入り、土の恩にて土に入り、切るも切られず、焚《や》くも焚かれず、手にも取られず、目にも見えず、唯そのままの正体なり」

大日「この土《ど》より娑婆に生まるる時、五つの借物あり。何《いず》れの仏より何を借り奉って娑婆世界へ生まれけるぞ」

牛若「さん候。五つの借物と申すは、骨は大日、肉は薬師、血は観音、筋は阿弥陀、気は釈迦の御《おん》前より借り奉って生まれ候。娑婆の縁が尽き、浄土へ参るその時は、地水火風空と定まるなり」

大日「娑婆の縁も尽き果てて、浄土に参る時、五つの借物をば、如何にして還《かえ》すぞ」

牛若「さん候。木の徳をば木に還し、火の恩をば火に還し、土の恩をば土に還し、金の恩をば金に還し、水の恩をば水に還し、木を木、火を火に還す時、風が吹き来って元の土《つち》塊《くれ》となる。斯様に悟り申すなり」

大日「如何に牛若、けんにんでう（不明）の一句をば、何と沙汰申すぞや」

牛若「さん候。けんにんでうの一句とは、凍る一天の雪消えて後、解くれば同じ谷川の水、川は五つ、水は五色に流るるなり」

大日「五戒の差別《しゃべつ》は、さて如何に」

牛若「五戒は、殺生《せっしょう》・偸盗《ちゅうとう》・邪婬《じゃいん》・妄語《もうご》・飲酒《おんじゅ》なり。まず第一、殺生戒と申すは、人間は申すに及ばす、畜類鳥類虫けらに至るまで、物の命を殺す事を戒むるなり。その戒《いましめ》の歌に曰く、

　報ふべき罪の種をや求むらん蜑《あま》の所業《しわざ》は網の目毎に

と斯様に戒め申すなり。偸盗戒と申すは、人の物を盗む事を戒むるなり。例えば紙一枚塵一条《ひとすじ》なりとも、呉れぬに取れば盗みなり。されば、歌に曰く、

浮草の一葉《ひとは》なりとも磯隠れ心なかけそ沖つ白波

また邪婬戒とは、妻の上に妻を重ぬる事を戒むるなり。総じて、人の妻を犯す事を、邪婬戒の戒とする。歌に曰く、

さなきだに重きが上の小夜衣《さよごろも》我が褄《つま》ならぬ褄な重ねそ

斯様に戒め申すなり。妄語戒と申すは、無き事を有るが如くに嘘をつき人を誑《たら》す事を戒むるなり。歌に曰く、

花雪を氷と人の眺むるはみな偽《いつは》りの種となるかな

さて、飲酒戒は、酒飲む事を戒むる。歌に曰く、

酒飲むと花に心を許すなよ酔《えひ》な醒ましそ春の山風

五戒はかくの如し」

大日「紙燭《しそく》衰滅とは奈何」

牛若「我見燈明仏《がけんとうみようぶつ》、本光瑞《ほんこうずい》、かくの如し」

大日「過去現在未来、三世《さんぜ》不可得《ふかとく》とは奈何」

牛若「過去にて為《な》せし善根は、現世《げんせ》の善となる。これ一世の不可得なり。現世にて後生菩提の心を起して発心《ほつしん》すれば、未来にて仏果を得る。斯様に執《と》り行い申し候」

　かくの如く、御曹司が言葉に花を咲かせ、さも潔く宣うたので、大日如来は大きに歓喜し給い、扇を天に投げ給うた。その時、ありがたや、妄執の霧が霽《は》れ、互いに目と目を見合せ給うた。昔も今も、娑婆も未来も、親子の契は睦まじきものと拝された。大日は「あら成人や、さても由々《ゆゆ》し（立派）の牛若や」と宣い、御喜びの涙を連々と流し給うた。御曹司は夢現とも弁えず、御涙に咽《むせ》び給う。「牛若、是へ是へ」と呼び給うゆえ、「よし、憚《はばか》りはさもあらばあれ」と御前近く参り給うと、大日は御曹司の後《おく》れの髪（後れ毛）を掻き撫《な》でて、「善哉《ぜんざい》なれや（褒め祝う呼びかけ）遮那《しやな》王《おう》、善哉なれや牛若」と仰せられた。

　ここに、御痛わしくも、義朝は口説き給うて曰く、「果報少なき若共（息子達）かな。自ら（己）が今の頃までも世に在るものならば、かかる憂目《うきめ》は見せまいに。過去（前世）の戒行拙《つたな》くて世を早うせしその後《あと》に、甲斐なき母一人を頼りとし、彼方此方と迷いし事の不憫さよ。さりながら、自らも草葉の陰にて、徒《あだ》なる風に当てまいと、影身に添うて守り来《きた》る事も、汝は夢にも知るまいが、いずれは源氏の世になすべく、力を添えようぞ」。御曹司は聞し召し、流れる涙の隙《ひま》より、「それは兎《と》もあれ角《かく》もあれ、斯様に仏になり給うて在《おわ》しませば、余《よ》に苦しみはござりませぬか」と申し上げた。仏はこの由を聞し召し、「別に苦しみは無けれども、ここに一つの思いあり。都にて平家の者共が悪《あく》行《ぎよう》をなす折々は、見るに面目なきままに、修羅の苦患は脱《のが》れ難し。千部万部の経（菩提を弔う読経）も要らぬ。ただ敵を討って呉れ給え」と仰せられた。御曹司はこれを聞し召し、「某、七つの年より鞍馬の寺へ上り、学問を究め、日々に御経を読誦《どくじゆ》し、御菩提の為と回向申して参りました。左様に思し召さるるならば、今日よりして出家の心を打ち棄てて奥州に下り、被官・家来を引率し、敵を討って参らせまする」と事もなげに宣うた。

　義朝は斜《なのめ》ならず（格別に）思し召し、「されば、来《こ》し方行

く末を粗々《あらあら》語って聞かせん。汝、よくよく聴聞せよ」と仰せられて、語り始め給うた。

「そもそも、我等と申すは、清和天皇の孫《そん》(末裔)。また先祖の八幡太郎義家は、十五の年に門出《かどいで》なされて東夷《とうい》(奥州安倍氏)を平らげ、名を天下に揚げ給う。御身も十五になる時には、奥(陸奥)へ下り、秀衡《ひでひら》や佐藤(三郎継信・四郎忠信の兄弟。藤原秀郷の末裔)を頼み、都に切って上るならば、何の仔細もあるまいぞ。

まず、来年は十四となれば、父の十三年(十三回忌)の孝養に、五条の橋にて千人斬《ぎり》を為せ。九百九十九人を斬り終えなば、その後に、熊野ノ別当湛増《たんぞう》の嫡子武蔵坊弁慶が来《きた》るが、討つな。助けて被官にせよ。後々までも御身の役に立つ者ぞ。それより屋形に立ち帰り、血祭《ちまつり》せよ。

それより吉次を頼み、東国に下り行かば、十禅寺(十禅師。京都粟田口)の小松原にて、美濃ノ国の住人関原《せきはら》与一(謡曲に『関原与市』あり)と申す者が三十六騎を率いて都へ上る途中とて、汝に遇《お》うて緩怠《かんたい》(不作法)に及ぶであろう。相構えて(用心して)、仮初事《かりそめごと》(些事)と思うとも、源氏の門出なれば、逃さず斬って落せ。汝が左手《ゆんで》を討つならば、我等が扶《たす》けて右手《めて》を討たん。

ここに一つの大事あり。汝が東国へ下ると聞き、母の常《とき》盤《わ》は追かけ留《とど》めん為に後《あと》を慕うて下り行く。されども、浅ましき(とんでもない)事には、美濃と近江の境なる山中《やまなか》という所にて、熊坂と申す夜盗の奴原《やつばら》に害せられん(幸若舞曲に『山中常盤』あり)。よし、それとても致し方なし。これも前世の宿業なり。さりながら、やがて敵は討たすであろう。その時、汝は美濃ノ国は垂井《たるい》の宿《しゅく》のちうこうばう(不明)と申す者の所に泊まるが、吉次の財宝《たから》を奪《と》らんとして、夜盗共が入り込むであろう。相構えて、母の敵なれば、逃すな、余すな、斬って棄てよ。思う本意を遂げ、血祭せよ。

それより、また下り行かば、駿河ノ国は番場《ばんば》の宿《しゅく》の藤屋太夫と申す者の所に泊まらん。無慙《むざん》やな、汝は不思議の病に冒されて後《あと》枕(仰臥時の足元と枕元)さえ弁えぬ体、それを打ち捨てて吉次は奥へ発つであろう。藤屋は優しき者なれど、女房は邪慳放逸の者にて、汝を吹上浜《ふきあげはま》の六本松に棄つるであろう。無慙やな、其処《そこ》にて汝は空しくならん。さりながら、三河ノ国より浄瑠璃《じょうるり》姫《ひめ》を下らせ、よきほどに看病さするによって、やがて平癒致そうぞ。

それより後は何の仔細もなく、奥州に下り、秀衡と佐藤を頼むべし。その後の事は以下の如し。四国は讃岐ノ国に、法眼《ほうげん》と申す者に伝わる、いしたまるた神通(不明)という巻物あり。汝は、法眼の一人《ひとり》姫《びめ》皆鶴女《みなづるおんな》に契を籠め、かの巻物を盗み取って立ち帰る。ここにまた、日の本より艮《うしとら》(東北)に当る方角に、きまん国という鬼の島あり。鬼の大将は八面大王と申し、四十二巻の巻物を所有する。かの島に渡り、大王の婿となって一人姫の朝日天女と契を為し、この巻物を引出物に取り、そこより立ち帰らば、汝が十八と申す年に、秀衡が五十万騎を引率し、汝を都へ差し上《のぼ》すであろう。

そのうちには、伊豆ノ国は北条蛭《ひる》ケ小島に在る汝が兄の兵衛佐《ひょうえのすけ》（頼朝）も、人数《にんじゅ》を催して（招集して）立つであろう。一同に心を合せ、都に押して上るならば、平家は必ず滅ぶべし。西海に追い下し、屋島の壇ノ浦（この条、壇ノ浦は誤り）にて、互いに軍《いくさ》を励む時、平家の大将能登守教経《のとのかみのりつね》が汝に会うて矢壺（射矢の狙い所）を狙うが、相構えて臆せず受けよ。これをも我等が外して遣らん。さりながら、奥州の住人佐藤荘司《しょうじ》（元治。陸奥国信夫荘司）の二人の子の兄なる継信《つぎのぶ》が汝の身替りに立ち、この矢に当って死するであろう。これも前世の宿業にて、それまでの命なり。

その後、平家は滅び、汝が二十一と申す年には、必ず天下を治むべし。兵衛佐は関東に御所を建つるゆえ、然《しか》らばこれを鎌倉殿と崇《あが》むべし。汝は都堀河ノ御所と仰がるるであろう。その時は何の仔細も無し。さりながら、梶原（景時）が汝の事を兵衛佐に讒言《ざんげん》し、兄弟不和となるであろう。その仔細を語って聞かせん。

前《さき》の世に、頼朝《らいちょう》・時政《じじょう》・景時《けいじ》坊《ぼう》と申して、三人の聖《ひじり》（僧侶）あり。頼朝と申すは今の兵衛佐、時政と申すは北条ノ四郎時政《ときまさ》、景時坊と申すは梶原の事なり。その頃、汝は大和の社に籠《こも》る鼠にてありしが、笈《おい》（旅僧などが背負う物入れ）の中に飛び入って六十余州を廻《めぐ》りし功徳により、今、牛若と生《しょう》を受くる。されど、その時に経の文字を喫《く》うたがゆえに、景時坊の憎しみを受け、讒言《ざんげん》を以て追われ、汝が三十二と申す年の四月二十九日には、奥州高館《たかだち》にて空しくならん。かくの如く、前世の因果は、車が庭に廻《めぐ》るが如し。構えて（決して）、人をも身をも怨むなよ。さて、汝が死して参るべき浄土を拝ません」

斯様に語り給うた後、大日は間《あい》の障子をさらりと開け、「あれを拝むがよい」と仰せられて、見せ給うた。ありがたや、金銀《こんごん》・瑠璃・七宝を以て展《の》べ舗《し》き、瓔珞《ようらく》にて飾り、二十五の菩薩聖衆が音楽を奏でつつ舞い遊び給う。「あわれ（ああ）、再び娑婆へ帰らずとも、かかる所に留《とど》まらばや」なんどと御曹司が思し召すほど、ありがたき景色と拝された。大日は「未《いま》だ娑婆の縁は尽きず、帰り給え、牛若。構えて後生菩提を悲しみ、片時《へんし》の間も念仏を忘れず、至誠《しじょう》心《しん》・深心《しんじん》・回《え》向発願心《こうほつがんしん》を旨とすべし。暇乞の餞《はなむけ》に、娑婆を見せ申さん」と仰せられて、とある障子を開け給えば、三千大千世界に何日《いつ》の何時《なんどき》、如何様《いかさま》の事ありと申す事も、我が身を鏡に映す如くに、一目にて見渡す事を得た。かかる奇特《きどく》は、流石に六通（過去・現在・未来を知る智恵即ち「三《さん》明《みょう》」に天耳通・知他心通・身如意通を加えた六種の通力）の仏菩薩なれば、いと易き事かと拝された。

御曹司が「御名残惜しくは存ずれども、暇申して、さらば」と仰せられて、御門を指して出で立ち給えば、大日も暫しがほど見送り給い、共に涙に咽《むせ》び給うた。

さて、御曹司は、大天狗と打ち連れて内裏に帰り給うて、紫宸殿《ししんでん》の簾中に入り、御台所に、「御身の仰せにて、父の御目にかかり、ありがたきこと限り無し。暇申さん大天狗、暇申さん御台」と仰せられて、表を指して出で給うた。大天狗も御台所も、「御名残惜しの若君や、今暫し」と引き留め申したが、「また参ろうぞ。今よりして師弟の契約を致さん」と仰せられて出で給うたので、金《こがね》の門まで送り申し上げた。「さらば」と言うたかと思う間もあらばこそ、御曹司は早や東光坊の座敷に帰り給うた。

斯様の事を聞くからには、この世の中は仁義礼智信を表とし、内には後生菩提を願うべきである。これも源氏末繁昌、百代の御果報の故《ゆえ》と見えた。

*近世俚謡『巷謡編』

うしわか

東山から月がさす、月かと思うて出て見れば、月ではなうて牛若殿の召《めし》の駒々、
牛若殿は馬を何と好まれた、白銀《しろがね》柱に金《こがね》の垂木《たるき》、八ツ棟づくりと好まれた〳〵。
牛若殿は女郎《じょうろ》に御前を忍ばれて、忍ぶ女郎は十四なり、牛若殿は十五なり、
十四十五の事なれば、そばおよるも愛らしや〳〵。
牛若殿はどこそだち、鞍馬の山の寺そだち〳〵。
牛若踊はこれまでよ〳〵。

浄瑠璃十二段草子

*御伽草子　須永朝彦訳

一　申し子

さて、御曹司《おんぞうし》（義経）は、さる御殿の畔《ほとり》に佇《たたず》み、「これは如何《いか》なる人の住家《すみか》やらん」と、心を留めて見給うた。主《あるじ》は浄瑠璃《じょうるり》御前《ごぜん》と申して、芸能（琴棋《きんき》書画の類）、情（風雅を解する）、眉目《みめ》容姿《かたち》など、当国他国に並ぶ者とて無い。それも道理、父は伏見ノ源《げん》中納言兼高《かねたか》と申して、三河ノ国の国司、母は矢矧《やはぎ》ノ長者と申して、海道一（東海道第一）の遊《ゆう》君《くん》（遊女）である。

かの長者は、万《よろず》につけて（要る物は何もかも）涌き出《い》だす宝を七つも持ち給い、白銀《しろがね》や黄金《こがね》をば水の泡ほどに思うておられた。されど、いまだ子を一人も持ち給わねば、所所（社寺）へ祈願を申されたが、示現《じげん》・験《しるし》（霊験）は一向に無かった。よって、その頃、三河ノ国に流行《はや》り給う峰ノ薬師（豊川上流寒狭《かんさ》川畔の鳳来寺《ほうらいじ》の薬師如来）へ度々参詣して、様々の祈願を籠《こ》められた。

「南無《なむ》薬師十二神《じん》（薬師如来の神力を以て信者を守護する十二神将《じんしょう》）、願わくは、自ら（私）に、男子《なんし》にても女子《にょし》にても、子種を一人授け給え。大願成就のその時は、矢矧の家に七つある宝物を、一つずつ次第次第に（順々に）参らせまする。まず一番に、紺地の錦の守袋《まもり》に、六十六尺（約二〇米）の掛帯《かけおび》（社寺参詣の折に女性が襷《たすき》の如く掛け結ぶ緋色の絹）、五尺の鬘《かづら》（髢《かもじ》、附毛）、八花形《やつはながた》の唐《から》の鏡（八枚の花弁を模した縁《へり》を持つ中国渡来の鏡）六十六面、十二の手箱を添えて参らせ、また黄金《こがね》作りの刀を三十六腰揃えて、欄干を渡して（刀で手摺を作って）参らせまする。これをも不足に思《おぼ》し召さば、真羽《まは》の征矢《そや》（真《ま》鳥羽《とりば》すなわち鷲の羽を矢羽に用いた軍用の矢）を百矢揃えて、斎垣《いがき》（神域を囲う垣根）に組んで参らせまする。白銀《しろがね》作りの太刀を百振揃えて参らせまする。紺地の錦の御《み》戸帳《とちょう》（厨子《ずし》に垂らす帳《とばり》）を三十三枚、八年の間、毎月掛け替えて参らせまする。朱糸《あけいと》にて鬣《たてがみ》を巻き（飾り）立てた黒の駒を、年に三十三匹ずつ、五年の間、引かせて参らせまする。御《み》堂の前に蓬莱山《ほうらいさん》（祝儀の飾り物、島台）を飾り立てて、黄金にて日輪を作り、白銀にて月輪を作って参らせまする。雀小 鳥《しょうちょう》、鴨の曲羽《まがりは》、鶴の本白《もとじろ》（本のみ白き黒羽）、鵁《こう》の霜降《しもふり》（白斑ある羽）を以て、御社壇を年に一度、三年の間、建て替えて参らせまする。この長者を憐れと思し召さば、男子《なんし》にても女子《によし》にても、子種を一人授け給え。これを御用い（叶えて）下さらねば、御堂の内陣にて、腹十文字に掻き切り、腸《はらわた》摑んで薬師に投げかけ、荒人神《あらひとがみ》（御霊《ごりよう》、怨霊）となり、詣《もう》づる人に障礙《しようげ》（祟り、妨げ）を為すが、その時は長者を恨み給うな」と、深く祈請申しつつ、二七日《にしち》（十四日間。神仏への参籠は七日単位）籠り給うたが、一向に示現《じげん》なく、また三七日《さんしち》（二十一日）籠り給うた。

かくて、百日が満つる暁方に、仏が八十ばかりの老僧と現じ給うて、皆水晶《みなずいしよう》の数珠を爪繰《つまぐ》りつつ、長者御前の枕上《がみ》に立ち寄り、「如何《いか》に汝、承れ。汝の嘆くところ、あまりの不憫さに、八尺（約二・四米）の金《かね》の棒（錫杖）が八寸（約二四糎）に、八寸の金足駄《かねあしだ》（金属の高下駄）が四寸に磨り減るまで尋ね廻れども、汝に授くべき子種は一人《いちにん》も無し。その謂《い》われを聞かせん。たかノ沼と申す所に池あり、深さ八万由旬《ゆじゆん》なり。前世《ぜんせ》に於て、汝はその池に棲む大蛇にて、丈《たけ》を申せば十六丈（約四八米）なり。この大蛇、多くの人を取り、生き物や鳥類を滅ぼせしゆえ、汝に子種は無きぞよ。汝が矢矧の長者と生まれ変わりしその訣《わけ》を聞かせん。かの池の畔に観音堂あり、この御堂に一人の貴き御僧が坐《ましま》して、『池の主《ぬし》、成仏せよ』とて、夜も昼も法華《ほつけ》妙典（法華経）を読誦《どくじゆ》して、汝に回向《えこう》し給う。汝、かの御経を聴聞《ちようもん》したる功力《くりき》（効験）により、ほどなく矢矧の長者に生まれたり。汝が夫《つま》の源中納言は、前世に於ては人も無き高き峰に棲む鶬《はしたか》（ハイタカ。〈鷲という鷹〉と解する説もある）にて、大空の鳥を数多《あまた》亡ぼすと雖《いえど》も、鞍馬の空を立ち廻り、朝に夕に霊仏霊山《さん》の鐘の声と御経を聴聞したる功力により、公家大名に生まれたり。されども、鳥を殺《あや》めたる因果により、子種は無し。さりながら、あまりに嘆きの深き不憫さに、子種を一人《いちにん》授くるぞ」と仰せられ、玉の手箱を開き、玉章《たまずさ》（書簡の意なれど、宝玉かという）を取り出だし、長者御前の左の袂《たもと》へ移し給うと覚えるや、夢うちさめて、長者は歓喜のあまり咽《むせ》び給うた。

礼拝《らいはい》を参らせて下向申し、さて、車五百輌を揃え、所有の七つの宝を一つずつ、次第次第に峰ノ薬師へ参らせた。その後《のち》、長者は程なく懐妊し、日数《ひかず》を経て御産の紐を解き給うた（出産なされた）。取り上げて見給えば、誠に玉を延べたる如き美しさゆえ、浄瑠璃（薬師如来の浄土を浄瑠璃光世界というに因む）と名づけた。父にとっては四十三歳の御子にして、母にとっては三十七歳の御子とも承る。

二　花揃え

弥生半ばの頃なれば、楊梅桃李《ようばいとうり》の春の花が木々の梢に咲き乱れ、大庾嶺《たいゆうれい》（中国江西省の梅の名所）の梅の花盛りもかくやと思われた。御曹司は木《こ》の本《もと》に立ち忍び、散り行く花を左右《そう》の袂に受け留めつつ、「鶯の声に誘引せられて、水辺《すいへん》に居《お》る（『和漢朗詠集』より白居易の詩句を略引）。野草芳菲《ほうひ》たり紅錦《こうきん》の地、遊糸繚乱《ゆうしりようらん》たり碧羅《へきら》の天（『和漢朗詠集』より

劉禹錫《リュウウシャク》の詩句を引用）」と古き詩歌を吟詠して立ち給う。また、

萌え出づる草の煙に末乱れおぼろに霞む春の夜の月

とも詠《よ》み給うた。折節、長者の住処の南の妻戸（寝殿造の両開き扉）の方より、爪音《つまおと》やさしき琴の音が、松吹く風（松籟）に響きつつ、りんりんと聞えてきた。御曹司は、「如何なる人が弾くやらん」と心を留めて、怪しく思し召し、琴の音《ね》に心を引かれ、立ち寄って見給えば、思いもかけず、ここに一つの不思議なる光景が現れた。

主《あるじ》は誰《たれ》とも知られぬものの、七間《しちけん》（約十四米弱）四面の屋《や》形《かた》を八棟造《やつむねづくり》（権現造）に結構し、東西両門を飾らせて、壺（中庭）の内には、樹木前栽《せんざい》（庭木・草花）その数を知らず、軒端《のきば》の紅梅は心も言葉も及ばぬ（筆舌に尽し難い）ほど見事である。一重桜や八重桜も綻びそめ、垂《しだ》り柳（枝垂柳）が春風に揺れ、見れば心も打ち乱れるばかり。花も紅葉も一盛り、南面の花園には、籬《まがき》（目の粗い竹垣柴垣）や透垣《すきがき》（隙間多き板垣）も疎《まば》らにて、月見るための板庇《いたびさし》、花見るための八重檜垣《やえひがき》（檜の薄板にて網代《あじろ》状に編む）も見える。洲浜《すはま》（地形入り組み趣多き浜辺）の形に池を掘らせて、池の中には立石《たていし》、伏石《ふせいし》、流石《ながれいし》、また仏の形に似せた羅漢石《らかんいし》、青黄赤《しょうおうしゃく》白黒《びゃっこく》という五色《ごしき》の石を数多積み重ねてある。鴛鴦《おしどり》、鷗、鸊鷉《かいつぶり》、雁《がん》、鴨など、数々の水鳥どもが清き砂《いさご》に住み慣れて、朧《おぼろ》の月影の下《もと》にて見る時は、身に染むばかり興深く、池の中には、蓬萊、方丈、瀛洲《えいじゅう》（何《いず》れも想像上の中国の仙境）とて、三つの島を形《かた》取り据え、その島内《しまうち》の結構（装飾）には百種の花が植えられている。

紅梅、白梅、八重桜、白玉椿、岩躑躅《いわつつじ》、牡丹、芍薬《しゃくやく》、杜《かき》若《つばた》、桔梗《ききょう》、刈萱《かるかや》、女郎花《おみなえし》、紫苑《しおん》、龍胆《りんどう》、吾亦香《われもこう》、白菊、黄菊、様々に、幾年積もる万年草、何を便りに浮草の、月の影をば宿すらん。

東面《おもて》の泉水《せんすい》（築山や池を配した庭園）には、唐松《からまつ》、富士松、五葉《ごよう》ノ松、引く手に靡《なび》く子《ね》ノ日ノ松など、六十六本が植えられている。松の木の間には、鶸《ひわ》、小雀《こがら》、四十雀《しじゅうから》、花（梅）に馴染む鶯などの囀《さえず》る風情を黄金《こがね》にて様々に作りなし、動かんばかりに据えられている。

北の方《かた》の泉水には、炭焼く翁（白居易『新楽府《がふ》』の「売炭《ばいたん》翁《おう》」を踏まえる）が年を経て、頭《かしら》の雪を払いかね、袂は薄くとも冬を待つ慎ましやかなる像が据え置かれている。すべて、唐土《もろこし》は長生殿《ちょうせいでん》（唐朝、華清宮にあった一殿舎）の四季の景色を真似て造られている。

百種もの花を配するゆえ、蕾《つぼみ》が綻び匂う所もあれば、花が散り行く梢もある。嵐に誘われて散る花が汀《みぎわ》の波間に浮かぶ景色を、物によくよく譬えれば、八功徳水《はっくどくすい》の池（極楽浄土に在りとする）に咲く百千万種の宝蓮華《ほうれんげ》も、如何《いかが》してこれに勝るであろうか。池の中島より陸《くが》への通いには、反橋《そりはし》を懸け、池には色々の蓮《はちす》を放ち、揺蕩《たゆと》う波も悠々として、

汀の前に吹く風も静まり、月が澄み渡る下、孔雀や鳳凰が桐や竹の間を舞遊ぶ姿（これは作り物であろう）を見れば、髣《さなが》ら極楽世界もかくやと思われた。

三　美人揃え

御曹司は御覧じて、「此《こ》は如何《いか》に、この義経、都にて多くの泉水を見たれども、かほどの泉水は未《いま》だ見ず。かかる東《あずま》の遠国にも、斯様《かよう》の所があるものか」と、甚《いた》く心引かれて御覧ずる折節、ここに一つの不思議なる光景が現れた。

主は浄瑠璃御前と申して、芸能、情、眉目容姿《みめかたち》など、当国他国に並ぶ者とて無い。それも道理、人は皆、美人を指して三十二相の容姿《かたち》（仏が具えるという三十二の優相。美人を形容する常套句）と申すが、かの浄瑠璃と申すは四十二相の容姿を具え給う。上《かみ》八十人、中下《なかしも》それぞれ八十人、合せて二百四十人の女房（侍女）を召使い給う。父は三河ノ国の国司、母は海道一の遊君にて、この二人の間より生ずる子なれば、何一つとして欠ける所もなく、琵琶や琴はもとより、万の事に至るまで、疎略ならぬ伎《わざ》とて無い。読み給う草子は何かと申せば、『古今集』『万葉集』『源氏物語』『狭衣《さごろも》物語』『恋尽し』（不明）など、和歌の心をはじめとして、情（風雅）の道を知り給う事は、当国中に聞えが高い。

さて御殿では、心（風流心）ありげなる女房たちが花園に下《お》り立ち、木々の梢や竹の末、傾く月の面影などを、歌に詠み詩に作り、連歌に興じつつ逍遥していた。

御曹司は籬の蔭に立ち忍び、花園を眺めて坐《おわ》したが、浄瑠璃御前のその夜の装束は、何日《いつ》に勝れて華やかである。浮《うけ》織物（文様を浮織りにする）、唐《から》織物（唐土舶来）、桜（襲色《かさねいろ》目《め》にて、表は白・裏は二藍《ふたあい》）、山吹（表は薄朽葉《うすくちば》・裏は黄）、濃き躑躅（表は白・裏は紅、又は表は蘇枋《すおう》・裏は萌黄《もえぎ》）、梅地（表は濃紅・裏は薄紅）、紅梅（表は紅・裏は蘇枋）、柳色（白青、又は薄萌黄）、薄紅梅（表は薄紅・裏は紫）、菖蒲襲《あやめがさね》（表は青・裏は紅梅）、菊襲（表は薄蘇枋・裏は萌黄か青）、十二単《ひとえ》を引き重ね（衣裳は季節毎に決まりがあるので、現実にはかかる出《で》鱈目《たらめ》は許されぬが、豪奢を表現せんとして斯様な修辞を弄したものであろう）、濃き紅《くれない》の千入《ちしお》（何度も染料に浸して色濃く染める）の袴を裾長《すそなが》に纏い、丈に余る翡翠《ひすい》の髪（みどりの黒髪）は山形様《よう》に畳んだ紅梅色の檀紙《だんし》にて中程を束ねて蝶が舞うような形に結び、浦吹く風にそよと靡《なび》かせて立ち給うたその風情は、心も言葉も及ばぬほど見事である。

物によくよく譬えれば、楊貴妃（唐朝は玄宗皇帝の妃）、李夫人（漢朝は武帝の寵姫）、衣通姫《そとおりひめ》（弟姫《おと》。允恭《いんぎょう》天皇の妃。艶《えん》色《しょく》衣を通して輝く美人と伝えるも半ば伝説的人物）、女《にょ》三の宮（『源氏物語』の登場人物。光源氏中年の正室）、朧月夜《おぼろづきよ》の尚侍《ないしのかみ》（『源氏物語』の登場人物。光源氏の恋人）、弘徽殿《こきでん》の細殿《ほそどの》（不詳。朧月夜の尚侍は姉の弘徽殿の女御の許に在り細殿に住んでいたので、かかる名が此処に混入したものか）も、如何してこれに勝るであろうか。

御曹司は、「都にありし時、幾人《いくにん》もの内裏の女房たち、やんごとなき上臈《じようろう》たち（貴い家柄の女たち）を、五節《ごせち》の遊び（宮中行事の一。陰暦十一月、豊明《とよのあかり》の節会《せちえ》の舞）の折に見奉れども、かほどの美人は未だ見ず。同じ人間と生まるるならば、斯様の人に相馴れ、近づき奉り、偕老同穴《かいろうどうけつ》の語らい、比翼連理の契り（仲睦まじさの譬）を籠めてこそ」と思い給うて、猿猴《えんこう》が林中に遊び、胡蝶が花に戯れるが如く、夢心地にて佇み給うた。

四　そとの管絃

月の光や花の風情を名残惜しく思われたのであろう、浄瑠璃御前は、心ありげなる女房たちを十二人召し具されて、管絃（音楽）の遊びを始め給うた。浄瑠璃御前は琴の役、月さえ殿は琵琶の役、冷泉《れいぜい》殿は篳篥《ひちりき》（管楽器）の役、十五夜殿は笙《しよう》（管楽器）の役、有明《ありあけ》殿は和琴《わごん》（六絃琴）の役にて、他に方磬《ほうきよう》（大陸渡来の打楽器）を合せる者もあり、調子は平調《ひようぢよう》である。奏で遊ばす楽は何かと申せば、「皇麞《おうじよう》」「泔州《かんしゆう》」「想夫恋《そうふれん》」「春楊柳《しゆんようりゆう》」「夜半楽《やはんらく》」など、次々と秘曲を尽された。月が西山《せいざん》に傾けば、光も影も微《かす》かにて、花は木《こ》の間に散り敷き、色も匂いも満ち満ちて、琵琶や琴の音《ね》が澄み渡り、悪業煩悩《あくごうぼんのう》の雲も晴れて、極楽浄土もかくやの趣、天人も天降《あまくだ》り、菩薩もここに現れ給うかと思われ、楽の音を知る者も知らぬ者も、皆々随喜の涙を流した。

御曹司は聞し召して、「此《こ》は如何に、折角の管絃に横笛《ようじよう》一管《いつかん》添わぬとは、田舎は物憂き（心引かれぬ）所かな。笛無きゆえ吹かぬか、笛はあれども吹く人無くて吹かぬか。されば、これにて義経が吹かん。もし咎《とが》むる人あらば、この頃もてあそぶ草刈笛（草刈童など庶民が吹く笛）と申すべし。尚も咎むるその時は、源氏重代（代々）の黄金作りの古年刀《こねんどう》（先祖伝来の古刀）の刃の続く限り斬りまくらん。この思いは裹《つつ》めども裹み得ず、忍べども忍び得ず、進退窮まる心地かな」と思し召し、腰より横笛を抜き取り、錦の油《ゆ》単《たん》（湿気避けの覆い。紙や布に油を滲ませたもの）を外し、干《かん》五上勺中六下口《ごじようさくちゆうろくげく》と八つの歌口《うたぐち》（横笛の吹穴）を花の露にて湿らせ給い、楽は様々多き中より、女は男を恋うる楽、男は女を偲ぶ楽、「想夫恋」という楽を、人目も憚《はばか》らず、矢《や》矧《はぎ》の土にもならばなれ、此処に死すとも悔は無し、辺りに響けとばかりに、門口《かどぐち》にて吹き給うた。御殿の内では、琵琶や琴の音を押し止《とど》めて、門口より響く笛の音を聴聞し給うた。

浄瑠璃はこれを聞し召し、「矢矧はさるべき（相当の）名所にて、上り下りの大名たち、また少人《しようじん》（貴なる少年、稚児の類）も留《とど》まりて、度々管絃は致せども、斯様の横笛は未だ聞かず。音声、息ざし、ほど（間合）、拍子、全て揃うて、かかる風情の面白さよ。余所《よそ》ながら聞くさえ床しきに、主《ぬし》を見たらば尚も床しからん。如何にや女房たち」と仰せられた。

仰せを承り、御前に祗候する女房の一人が、門の方《かた》まで立ち出で、直ぐさま立ち帰り、「心にくき（奥床しき）ほどの者にはござりませぬ。昼の頃、大方《おおかた》殿（矢矧ノ長者）にて遊びつる金売商人《かねうりあきびと》（義経を伴い奥州へ下る途中の吉次信高）に朝夕伺候の下人《げにん》、都の冠者《かじゃ》（元服した少年）にござりまする」と申し上げた。

浄瑠璃はこれを聞し召し、「左様に見下してはならぬ。この頃、都には、平家の悪行世に聞え、関白殿下（松殿基房）を押し込めて、大臣公卿《くぎょう》をも流し失う事（治承三年十一月）と聞く。左様の憂目《うきめ》に逢いし方が卑しき賤《しず》の真似をして、東《あずま》の方へ下り給うやも知れぬ。これへ請じ入れ、横笛《ようじょう》吹かせて聴聞致さん。琵琶、琴弾いて、この殿の旅の疲れをも慰めばや、女房たち」と仰せられた。

その時、文殊《もんじゅ》殿が進み出で、「この頃の諺《ことわざ》にも申しまする。都人《みやこびと》は目も恥し、田舎の人は口恥しや（雅びなる都人は厳しい目を持ち、また口さがない田舎者は口舌に容赦が無い）と。壁に耳あり、岩も物言う世の中に、如何《いかが》して黄金《こがね》商人の下人をば、御前間近く召し寄せて、君（浄瑠璃）の御風情（御様子）、また妾《わらわ》が有様を見らるるは、流石《さすが》に憚られまする」と叶わぬ由を申し上げた。

浄瑠璃はこれを聞し召し、「下人と申すが、左様定まるものにもあらず。されば、判り易き例《ためし》を聞かさん。大海は塵《ちり》を選ばず、花は所を定めぬもの、泥の内には蓮《はちす》あり、草の中には黄金《こがね》ありと申せば、よもや卑しき人ではあるまい。かかる人の中にこそ、管絃の達者はあるものを。如何《いか》なる風情の人か、見て参れ」と仰せつけた。

五　笛の段

玉藻《たまも》ノ前が承り、急ぎ立ち出でて門へと向かった。この女房は年を申せば十六、心が廻り（気働きがあり）、口利き（弁舌に秀でる）にて、人に優れた才幹を持つ。七つ単《ひとえ》（七枚襲の衣裳。十二単に対する略装）を引き纏い、紅《くれない》の薄衣を引き被《かず》き、丈に余る翡翠の髪を紅梅色の檀紙にて結び、門外へと立ち出でた。御曹司の御姿を一目見て参り、急ぎ立ち返り、斯様に申し上げた。

「如何に君、聞し召せ。由ありげなる人の姿をば、雲間の月の端《はし》ばかり、見奉ってござりまする。これにて粗々《あらあら》申し上げますれば、君はそれにて心静かに聞し召せ。この人は、世の常の人にてはなく、源氏の上臈（貴人）かと思われまするが、召したる衣裳の縫物（刺繡）のよろしさは、心も言葉も及びませぬ。

肌には紺龍胆《こんりんどう》の折枝《おりえだ》つけたる帷子《かたびら》を、両脇を縫わずに開け、襟引き合せて召して坐《おわ》しまする。絡巻染《からまきぞめ》（絞染）に生《すず》絹《し》裏《うら》（裏地に生糸織物を用いる）、唐綾表《からあやおもて》（表地が唐土渡来の綾織物）を二襲《ふたかさね》、花橘（襲色目にて表は白・裏は青）に皆白《みなじろ》、鶸《ひわ》柳色（淡緑）を引き重ね、精好《せいごう》の大口《おおくち》（精好織の下袴）に、顕紋紗《けんもんしゃ》（紋柄を織り出した薄布地）の直垂《ひたたれ》を召され、直垂の菊綴《きくとじ》（縫目に綴じ付ける装飾）は左右《そう》に梅と桜、日本名誉の花結び（名人級の、紐にて花型を結び作る職人）が結ぶと覚しく、見事にござりまする。

後ろ（背中）の縫物は、唐土の猿と日本の猿にて、唐土の猿は大国なれば背《せい》も大きく面《おもて》も白く見え、日本の猿は小国なれば背も小さく面も赤く見えまする。唐土の猿は日本へ越さんとし、日本の猿は唐土へ越さんとして、両国の潮《しお》境《ざかい》なる筑羅《ちくら》ケ沖（対馬海峡の中程という）にて行き合い、越そう越させぬと争う図を、物の上手（刺繍の名人）が秘曲（秘伝の技）を尽して縫いしもの。

弓手《ゆんで》（左）の袖には、杉の群立《むらだち》を千本揃えて縫わせ、更に杉の木の間《こま》より出づる月を縫わせ、馬手《めて》（右）の袖には、松を千本鮮やかに縫わせ、その松の葉越しに朝日の出づる所をほのぼのと縫わせ、弓手の肩より下には、正《しょう》八幡大菩薩の御社壇と覚しき鳥居を然《さ》も鮮やかに縫わせておりまする。左の紐《ひぼ》（直垂の飾り紐かという）は、天《あま》の啄木《たくぼく》（啄木組。紐の打ち方の一、啄木鳥《きつつき》がつついた木肌に似せて斑《まだら》に組みあげる）を以て、浅間ノ嶽の夕煙と富士ノ高根の夕煙の立ち舞う所をば京様《よう》に結んで下げて坐しまする。大口の様を見れば、源氏の白幡《しらはた》七流れ、平家の赤幡七流れ、左右に十四流れの幡竿《はたざお》が数多打ち折れ、幡をくるくると引き巻きて落つる有様をば、ありありと縫わせておりまする。

また袴の結構さを申せば、裏腰（腰板の裏布）には春の柳を萌え立つほどに縫わせ、百種の花を色鮮やかに縫わせ、花の下《もと》には数多の大名が酒宴半ばの様と見えまする。前腰（袴の正面腹部）の下には秋の野を縫わせ、玉椿、桔梗、刈萱、女郎花、切生薄《きりふすすき》（矢羽薄）、糸薄に、露打ち靡く秋の田の稲穂を照らす稲妻をほのぼのと（暈して）縫わせ、弓手、馬手の蹴廻《けまわ》し（袴の裾）にも、それぞれ趣浅からぬ景色を縫わせておりまする。また、この殿の召されたる直垂は、日本の絹にはあらず、唐絹《からぎぬ》かと見えて、心も言葉も及びませぬ。

御腰の物（腰刀、鞘巻）の結構（拵え）を申せば、鋳物《いもの》の腰胴金《こしどうがね》（鞘や柄に巻く金属の鐶）、目貫《めぬき》（刀身の留釘）の頭《かしら》は表が正八幡、裏が北野ノ天神、柄口《つかぐち》には九つの彦星と棚機《たなばた》（織姫）を彫らせ、栗形《くりかた》（鞘の金具。下緒《さげお》を付ける部分）には八人の桂男《かつらおとこ》（月世界の人）を黄金《こがね》を以て鋳させ、天《あま》の霞（錦の一種たる霞錦）を以て下緒に結び、柄頭《つかがしら》（柄先端の装飾金具）と鐺《こじり》（鞘末端の装飾金具）には、日光月光《がっこう》二つの光を鮮やかに顕し奉って坐しまする。

弓手の脇に忍ばせたる御佩刀《みはかせ》（貴人の太刀）の結構を申せば、諸々の金具の造作見事にて、目貫の頭は表が倶梨伽《くりか》羅《ら》龍王、裏が鞍馬の毘沙門天《びしゃもんてん》。斯様に見事なる御佩刀を弓手の小脇に抱え、馬手の脇には、笙の笛と横笛《ようじょう》を紫檀《したん》の矢《や》立《たて》（携帯の硯箱）に取り添えて忍ばせ給う。色好み（風流人）かと覚しく、六波羅烏帽子《ろくはらえぼし》（平家全盛時に流行）を左に（上部を左に折って）召され、色よき桜を一枝折り、烏帽子の風口《かざぐち》（縁《へり》後方の穴）に差し給う」

六　使の段

浄瑠璃はこれを聞し召し、「さればこそ、この人は由ある人にて坐すぞや。歌を詠みかけてみよ、女房たち」と仰せられた。十五夜殿が承り、門の畔に立ち出でて、御曹司の袂を控え（引き）、「如何に旅の殿、君（浄瑠璃）よりの仰せには、『風口なれど散らぬ花かな』と申せとの事にござりまする（単連歌の下句を詠みかけ、上の句を促す）、都の殿」と申し上げると、御曹司は聞し召して、「『千《ち》早《はや》ぶる神も桜を惜しむには』と申し上げ給え、女房たち」と仰せられた。十五夜はこの由承り、急ぎ立ち返り、斯様に申し上げる。

浄瑠璃はこれを聞し召して、已に劣らぬ女房たちを七人、立て続けに七度の使に立てられた。まず一番の使に十五夜殿、二度目の使には更科《さらしな》殿、三度目の使には玉藻ノ前、四度目の使には有明殿、五度目の使には朧気《おぼろげ》殿、六度目の使には月さえ殿、七度目の使には小桜殿を遣わされた。

御曹司は聞し召し、「此《こ》は如何に。義経こそ東路《あずまじ》遥かの旅をして、蹴上《けあげ》の埃（人馬が立てる泥埃）に塗《まみ》れ、色も黒みて恥しけれども、かかる便り（機会）はよもあるまい」と思し召し、直垂の衣紋《えもん》を気高く引き繕うて、広縁《ひろえん》（座敷の外に設ける幅広の縁側）まで進み給うたが、傷《いた》わしや、御曹司は、「世は末世に及べども、あたら源氏の弓取が、広縁如き所にて笛吹くべきか」と思し召し、するりとそこを通り過ぎ、浄瑠璃御前の出居《でい》（客と対面する部屋）まで通り、雲繝縁《うんげんべり》と高麗縁《こうらいべり》（雲繝錦・高麗錦にて縁《ふち》取った畳）を二畳重ねて敷いた上に虎の皮を拡げた所に、むずと直り（憚る事なく座り）給うた。

浄瑠璃御前は、一段高き所に紫縁《べり》の畳を敷かせ、金銀《こんごん》瑠璃にて御座を飾らせ、玉簾《たますだれ》（御簾）ばかりを下ろして坐せられる。浄瑠璃御前は琴の役、文殊殿は琵琶の役、更科殿は和琴の役、そのほか数々の具足（道具、ここでは楽器）を調え、管絃を始め給うた。

既に管絃も果て、御前に侍る女房たちは、辺りに源氏六十帖（『源氏物語』の冊子。六十帖は近世まで通用した巻数、天台宗の三大部六十巻に擬すともいうが、散逸巻・偽作を併せて六十巻と為すともいう）を取り散らし、御曹司の心を引き見ん（試さん）その為に、様々の古文（漢籍）聖教《しょうぎょう》（仏典）の読み方、難字、不審の事を問い尋ねた。

もとより御曹司は、七歳の年より鞍馬の寺に上って学問を召されて、鞍馬一の稚児学者、また都一の管絃者。読む事も書く事も暗からず、吹く事も弾く事も達者にて坐《ましま》せば、たやすく解《と》き釈して教え奉る。「あら怪しや、この殿は、観音、勢至《せいし》（共に阿弥陀如来の脇に侍す菩薩）の化身か。普賢《ふげん》、文殊（共に釈迦如来の脇に侍す菩薩）の再来か。筆の運びの見事さは、弘法大師と申すとも、これに勝る事はありますまい」と褒めそやして、女房たちが紅梅色の檀紙を重ねて出だし、彼是《かれこれ》と文字書く事を所望すれば、御曹司は聞し召して、五つの指に四管の筆を持ち、書いては出だし、写しては奉り給う。さて、深更に及び、女房たちは、国土の菓子（土地名産の果物）に種々の酒肴《さかな》を調えて、御曹司に勧め奉った。

酒宴も半ばを過ぎた頃、御曹司は暇乞いして帰り給う。御前の女房たちが、「今夜《こよい》はこれに留《とど》まり給うて、横笛《ようじょう》を遊ばして、妾《わらわ》どもに聴聞させ、また琵琶、琴を弾き、旅の御《おん》つれづれをも慰め給え、都の殿」と申して引き止めたが、御曹司は、「左様致したくは存ずれども、黄金商人《こがねあきびと》は用心厳しき人なれば、定めて驚き、この冠者《かじゃ》を探し尋ねて在らん。命永らえなば、廻《めぐ》り廻って、また御見参」と暇乞いして帰り給うた。女房たちは、門の辺に立ち出でて、別れを悲しみ給うたが、形見に残る物は移り香ばかりにて、面影が遠離《とおざか》りゆけば、その移り香も早や空しい。

かくて御曹司は商人《あきびと》の宿に立ち返り給うたものの、御心は上の空にて、微睡《まどろ》む事もままならず、「弓箭《きゅうせん》、兵具《ひょうぐ》を揃えたる戦《いくさ》の場《にわ》に駈け入り、討死《うちじに》するも武士《もののふ》の習い。況《いわ》んや、これほどやんごとなき女房たちに逢い馴るるならば、死なん命も惜しからず。忍び入ってみん」と熟々《つくづく》思し召し、長者の住処を立ち出でて、浄瑠璃御前の坐《おわ》す辺りへ忍び入り給うた。女房たちが寝静まるのを、今か今かと待ち給う御心のほどは、かの住吉の松にはあらねども、根ざし初《そ》めた姫小松が千代《ちよ》を経て大木となる日を待つ久しさ（もどかしさ）もかくやと思い知られた。

七　忍びの段

峰の嵐も長閑《のどか》にて、谷の小川も波立たず、知るも知らぬもおしなべて、人を咎むる里の犬、声澄むほどになりしかな。御曹司は、「今や時分もよからん」と思し召し、御殿の扉を密かに押し給うたところ、未だ門は鎖《とざ》されてはおらず、庭に入って見給えば、思いが通じていたものか、出居の妻戸も片戸が細目に開けられている。御曹司は御覧じて、「今に始まる事にはあらねども、源氏の氏神正八幡の御利《ごり》生《しょう》（御利益）ならん」と喜び給い、内へ入り給うた。

その夜の妻戸の御番衆《ごばんしゅ》には、周防《すおう》、室積《むろづみ》、須磨、明石、冷泉《れいぜい》、更科、十五夜と七人の女房たちが置かれていた。十五夜が人の気配を察して、「誰《た》そや、この鳴門《なると》（戸が鳴るに懸けて言う）の沖に音立つるは」と咎めたので、御曹司は、「月に住む桂男に誘われて、月の入《い》る山の端《は》の其方《そなた》の空の懐しさに、冠者が此処《これ》まで参りて候。御前の居所を教え給え、女房たち」と仰せられた。十五夜はこれを聞き、「月の入る山の端は、此方《こなた》の空にござりまするぞ」と申し上げた。

御曹司は甚《いた》く嬉しく思し召し、七重の屏風《びょうぶ》、八重の几帳《きちょう》、九重の御簾《みす》、十二重の錦華帳（錦の帳）を掻き分け掻き分け通り抜け、誰《たれ》に招き入れられたという訣でもなく、浄瑠璃御前の寝《やす》み給う床の錦の上近くに入り給うた。

燈火《ともしび》も未だ消え入らず、浄瑠璃御前は宵の装束のままにて、紫縁《べり》の畳の上に錦の御座《ござ》を敷き渡し、丈に余る翡翠の髪をば紅梅色の紙にて結び、七重の屛風の内に、沈《じん》（沈香という香木）の枕を傾けて、東西前後も弁《わきま》えずに微睡《まどろ》み給う。その御姿を、物によくよく譬えれば、楊柳の風に靡く風情に異ならず、御曹司は遣る方も無き心地を覚え給うた。辺りを静かに眺めれば、数々の聖教《しょうぎょう》（仏典）どもが散らし置かれている。

まず一番に天台（三大部、即ち『法華経玄義』『法華文句』『摩訶止観《まかしかん》』）は六十巻、『倶舎《クシャ》論』は三十巻、『噴水経（涅槃経）』は四十巻、浄土の三部経（『無量寿経』『観無量寿経』『阿弥陀経』）、そのほか『華厳《りごん》経』『阿含《あごん》経』『方等《ほうどう》経』『般《はん》若《にゃ》経』『法華《ほけ》経』等々、数を尽して置かれている。草子としては、『古今集』『万葉集』『伊勢物語』『源氏物語』『狭衣物語』『恋尽し』などを始めとして鬼が読むという『千《ち》島文《しまぶみ》』まで、色々と取り散らして置かれている。

また、朝夕に読むものと覚しく、白銀《しろがね》の机の上には金泥《こんでい》の『法華経』一部二十八品が置かれているが、中にも五の巻には「提婆《だいば》品《ぼん》」と称する要文あり、女人《にょにん》成仏（龍女の成仏を説く）が説かれている。六の巻の「寿量品」、七の巻の「薬王品」、八の巻の「陀羅尼《ダラニ》品」は読みかけのままに置かれている。御曹司はつくづくと御覧じて、「この義経こそ、都にて三諦《さんたい》学者（天台宗が説く三諦の理の修行者）なりしが、かかる東《あずま》の遠国にも、斯様に嗜《たしな》み深き女もあるものか」と思し召し、御胸は騒ぐばかりであった。

頃は弥生半ば、さて御曹司は、忍ぶ逢瀬は今宵が初めてゆえ、谷の戸を出て軒端の梅に宿ったものの未《いま》だ花に馴れぬ鶯の風情に似て、「とや言わん、かくや言わん」と悩み給う。暫し案じた後、腰より扇を取って三間《げん》（扇の骨四本分）ばかり押し開き、涼しきほどに（少し風が立つ程に）使い給うて、三十所に燈る油火《あぶらび》を十二所まで打ち湿らせ、松《しょう》明《みょう》を仄《ほの》かに搔き立てて、扇をきりきりと押し畳み、浄瑠璃御前が乱れ髪を片敷き（頭の下に敷いて）眠り給う床を二三度四五度鳴らして、声を懸け給うた。その言の葉のほど（調子）は如何にも優しく雅びやかに聞えた。

「君ゆえに心は雲居（空。手の届かぬ所）にあこがれて、花の都に春来《きた》れば、霞と共に立ち出でて、君の住処を尋ねつつ、東路はるかに下りたり。源氏の大将いかなれば、及ばぬ恋に身を窶《やつ》し、問わぬに（聞かれぬのに）色を顕して、

はづかしや伊勢をの海人《あま》の濡れ衣しをたれぬるを人や見るらん（『後撰和歌集』恋三・藤原伊尹《これただ》）

と打ち詠《なが》め、須磨より明石の浦伝い、岸打つ波に袖濡らし、浦吹く風に身をまかせ、君を見初《そ》めし始めより、心の闇（煩悩）に迷いにき。心つくしの果てし（「筑紫の涯」を懸ける）なる、藍染河《あいぞめがわ》（筑紫国にある。「逢初」を懸ける）の恋

の瀬に、いかなる契りを結ぶらん。思いの床に入りながら、高根の花は由なくも、手折《た》らぬ袖に匂いそめ、雲居の月はいかなれや、苔《こけ》の袂（我が粗末なる袖）に宿るらん。数ならぬ身のほど知らねども、あの山越えて彼方《あなた》なる、足引《あしびき》の（「山路」を略す）露踏み分くる小牡鹿《さおしか》の、妻恋いかねたる風情して、宿世《すくせ》を結ぶ出雲《いずも》路《じ》の、道のしるべも便りなき、都の冠者《かじゃ》が今宵しも、推参申して候《そうろう》なり。如何にや君」

浄瑠璃はこれを聞し召し、宛《さなが》ら夢の心地にて、側むきたる（横を向く、拗ねる）風情を見せ給い、寝乱れ髪の絶間より、迦陵頻伽《かりょうびんが》の声（極楽浄土の人面鳥の声。この世ならぬ美声）をあげて、斯様に仰せられた。

「誰《た》そや、聞き慣れぬ声にて都の言葉を宣《のたも》うは。それは都の習いなりや。如何《いか》な（呆れた）こと、妾《わらわ》には左様の風情（色めいた気持）は無きぞ。その上、御身《おんみ》に優る大名高家の方より玉章（手紙）数多書き寄越し、朝に夕に心を尽せども、それにも靡かず、返事もせぬ。

諺にも『所に従う絵をぞ描く（その場その場に応じた挙措を採る）、葉に従うて露ぞ置く（相手の程度に応じて対応する）、花を見てこそ枝をば折れ』と申すぞよ。雲にかけはし（雲梯。叶い難き事を望む譬）、及ばぬ恋はせぬがよいに。妾と申すは、父は伏見ノ源中納言兼高と申して三河ノ国の国司、母は矢矧ノ長者と申して海道一の遊君にて、二人の中より生ずるその子なれば、疎《おろ》か（未熟）なる所は一つとして無き身ぞ。たとえ如何《いか》なる人なりとも、如何《いかが》して妾に及ぶべきか。殊更（まして）御身は、金売吉次の下人《げにん》と聞く。及ばぬ恋をするものかな。

恋も種々《くさぐさ》にて数多あり、逢う恋（思いが叶うた相愛）、見る恋（一目惚れ）、聞く恋（噂を聞いて慕う）、待つ恋（ひたすら訪れを待つ）、忍ぶ恋（知られぬよう秘す）と五つに分くるという。及ばぬ恋をする者は、それ、天竺にては結ぶの神（産霊神の転）の、唐土にては愛染王《あいぜんおう》（愛染明王。恋愛の守護神として信仰された）の、我が朝にては出雲路の道祖神《さいのかみ》（京より出雲へ出る口にある。出雲の縁結びの神の代理）の深く憎ませ給うもの、早く帰り給え」

御曹司は聞し召し、斯様に仰せられた。

「如何に君、聞し召されよ。及ばぬ恋の例《ためし》はござる。昔、かの憲清《のりきよ》（鳥羽院の北面《ほくめん》の武士。出家して西行法師、法名は円位）、その身は東《あずま》の夷《えびす》（武家をかく言うのであろう）なれども、十九の年より、さる御息所《みやすどころ》（皇胤を儲けた女御・更衣）を恋い奉り、玉章を参らすれば、后（御息所）は御覧じて、『まことやらん（本当か）、佐藤兵衛《ひょうえ》憲清は日本一の歌人と聞く。さらば歌の題を出ださん』と仰せられて、百首の題（百首和歌の歌題）を送り給う。憲清これを賜わり、龍《りょう》が水を得たる如く、即ち連ねて奉る。后は御覧あって、『心も言葉も及ばぬ（素晴しい）。さりながら、汝に巡り逢うは、今宵を過ぎ、また明日をも打ち過ぎ、その先の世とならん。これより西の方《かた》、阿弥陀の浄土にて待つべし』と仰せある。憲清いよいよ思いに沈みければ、后の御局《みつぼね》（妃に侍る女官・女房）がこの由聞し召し、『如何に憲清、承れ。これよりも西の方、弥陀の浄土と仰せあるは、これより西に中《あた》りたる阿弥陀堂の御《おん》事なり。后はこのほど百日詣《もうで》（神仏に願掛けして百日間社寺へ詣でる）を為《な》し給うが、そも今宵を過ぎ、また明日《あす》の夜を過ぎ、その後の夜（明後夜）、これより西の阿弥陀堂にて会い給わんとの仰せなり』と仰せある。憲清この由承り、斜《なのめ》ならず（一方ならず）喜び、即ち宿所に立ち返り、その夜を今や遅しと待ち居たり。已《すで》にその夜となりぬれば、急ぎ彼《か》の御堂に参り、后の御幸《ごこう》を今か今かと待つほどに、小夜《さよ》更け方となる。太刀を枕にして打ち微睡むところに、后の御幸あり。この様子を御覧じて、后は立ち返らんとし給うも、『実《げ》にや、人の思いを切る者は蛇道に落つる（死後蛇身となる）』と思し召し、枕元に立ち寄り給い、一首の歌を詠み給う。

十五夜の月の入《い》るさを待ちかねてまどろみけるぞつたなかりける

憲清承り、夢の内に、

十五夜の月の入るさを待ちかねて夢にや見んとまどろむぞ君

と詠み申し、遂にその恋を遂げたれども、重ねて御袖に取り縋り、『さてまた（次の逢瀬は）何時《いつ》』と申し上ぐれば、后は『あこぎ』とばかり宣うて帰り給う。

さても憲清は、一寸の燈心を五分《ごぶ》に切り、掻き立てて、油火の未だ消えざるうちに百首歌を連ねて出だす（紙燭《しそく》の歌と称する和歌速製競技に似るが一首に限ったもので、百首歌の例は聞かない）ほどの歌人なれども、

伊勢の海阿漕《あこぎ》が浦に引く網も度重なれば露《あら》はれにけり

という心を知らず、これを恥として、十九の年（憲清の出家は二十三歳）に元結《もとゆい》切って西へ投げ、その名を西行法師と呼ばれしも、さながら（全く）恋ゆえとこそ承る。

如何なれば（如何したことか）、柿本《かきのもと》ノ僧正（紀ノ僧正真済の異称。死後天狗道に堕ちて染殿后に憑く云々の伝承が『拾遺往生伝』『古事談』等に載る）は、御年積もりて六十八と申すに、染殿ノ后《きさい》ノ宮（藤原明子。文徳天皇の皇后、奇怪なる伝承多し）を恋い奉り、終《つい》にその恋遂げずして、関の清水（逢坂の関の湧水）に影を映せば、青き鬼と現じ給う。その妄念を受けしゆえに、后ノ宮は赤き鬼と現じ、八万歳（永劫）の苦しみを経《へ》給うとか。これも偏《ひと》えに及ばぬ恋ゆえなり。

それ、天竺の術婆伽《しゅはぎょう》（さる王女に懸想して焦がれ死んだという話が『大智度論』に載る）は、如何なれば、星の宮（不詳）を夢に見て思いを懸け、終にその恋遂げずして、恒河《ごうが》河《がわ》（ガンジス河）へ身を投げ給うも、及ばぬ恋ゆえなり。及ば

ぬ恋と申すは、凡夫の身として神や仏を恋い奉ってこそ、実《げ》にも及ばぬ恋にござろう。凡夫が凡婦を恋うるとて、何かは（如何して）苦しう候《そうろ》うべき（不都合なる事があろうか）。如何にや君」

八　枕問答

御曹司は尚も言葉を続け給い、「実《げ》にや九重の塔高しと申せども、燕が飛べば下に在る。剣の刃は鋭しと雖も、岩の角をば削らぬもの。竹の林が高きとて、忉利《とうり》天《てん》（須弥《シュミ》山《セン》頂上、帝釈天の住処）へは昇らぬもの。三河に掛けし八橋の蜘蛛手《くもで》に（八橋が蜘蛛の手の如く八方に分かれているように、恋の為にあれこれと）物を思うことかな。一樹の蔭に雨を避けて身を寄せ合うも、一河の流れを汲みて呑み合うも、皆これ多生（他生）の縁にござるぞ。猟夫《さつお》の笛に寄る秋の鹿（繁殖期の雄は鹿笛に誘《おび》き出される）が命を捨つるも恋ゆえなり。夏の虫が火に入るも、玉虫とやらに賺《すか》されて、身を徒《いたず》らになす（滅ぼす）とかや。かかる心の無き物までも、恋の道には迷うと聞く。君が如何《いか》なる人なりとも（いかほど高貴の人であろうとも）、冠者《かじゃ》（義経）は都の者として、九重の雲居（都）を出で、八重の潮路を隔つと雖《いえど》も、恋い奉らん。君も、冠者との逢瀬を待てばこそ、今まで一人にて坐すらん。如何にや、君」と仰せられた。

浄瑠璃はこれを聞し召し、「帰り給え、都の殿。明日《みょうにち》明夜《みょうや》となれば、母の長者の耳に入り、『金売吉次の下人《げにん》こそ、姫の方へ近づきたり』とて、武士《もののふ》に仰せつけ、小路へ出だし、商人《あきびと》の手に引き渡し、死罪流《る》罪《ざい》に行われん。その時は、果敢《はか》なき身の上を恨み給うな。帰り給え、都の殿」と仰せられた。

御曹司が聞し召し、「明日は如何にもならばなれ。たとえ流罪に行わるとも、冠者が為には面目《めんぼく》（名誉）なり」と、とかく（巧みに）返答し給うゆえ、浄瑠璃御前は「この殿は諸事に賢《さか》しき人にて坐します。賺して（騙して）みん」と思し召し、「終《つい》に（飽くまで）否とは申しませぬ。妾《わらわ》と申すは、去年《こぞ》の春、父に後《おく》れ奉り（死に別れ）、その為に第三年（三回忌）を迎えぬうちに、千部の経を誦《よ》み奉る身にて候《さぶろう》。昼は一部の経を誦み、夜は一万遍の念仏、阿弥陀経を怠らず、回向し奉るなり。三年過ぎての後、ともかくも矢矧の家と妾の身とが無事ならば、その時は妻と思し召せ。生死《しょうじ》（輪廻）は廻《めぐ》る車の輪の如し。如何《いかが》して廻り逢わぬ事やあらん。且つは御身の為なるべし。御経に恐れをなして帰り給え、都の殿」と仰せられた。

御曹司は聞し召し、恐れも入らず、尚も仰せられる。「如何に君、聞し召されよ。塞《せ》きとめられし小河《おがわ》の水（恋慕の思いに譬える）も、終には漏れて流るるもの。竹の節々世をこめて（将来を期して。〈世〉は〈節《よ》〉を懸ける）、末まで思えとの仰せなりや。

それ、天竺の三蔵法師（唐僧・玄奘）は、如何なれば、波斯《ハシ》（ペルシャ）国王の姫宮に逢い馴れ初めて、臣下大臣となる御子を儲け給う。如何なれば、志賀寺ノ上人（近江国大津崇福寺の老僧）は御年八十三（九十歳とする伝承多し）と申すに、京極ノ御息所（宇多天皇の尚侍。左大臣藤原時平《ときひら》の娘）を恋い奉り給う。御息所は、上人の面影（容姿）が余りにもいぶせき（むさくるしい）ゆえ、御年十七と申すに、御簾の外まで御出《おんい》であり、御手ばかりを奉る（握る事を許した）。上人は御手ばかりを賜わり、一首の歌を読み奉り、

　初春の初音の今日の玉箒《たまははき》手に取るからにゆらぐ玉の緒

と申し上げた。御息所、聞し召し、

　いざさらば真《まこと》の道にしるべして我を誘《いざな》へゆらぐ玉の緒

と返しを詠み給うた。上人は御手ばかりを賜わり、三度胸に押し当てて、終にその恋を遂げしかば、御息所はただならぬ態となり給い、御懐妊あって、ほどなく越前ノ国敦賀ノ津と近江ノ国海津（琵琶湖北岸の宿駅）との境なる愛発《あらち》山《やま》にて、御産の紐を解き給うた。彼（嬰児）を取り上げ見給えば、面は六つ、御手は十二あり。かの地は旧《もと》はあらし山と申せども、それより初めてあらち山（産時の出血の〈荒血〉に因む）と申す。かの者（御息所の子）はやがて兜率天《とそつてん》（欲界六天の一。内院は弥勒菩薩の浄土）に上がり給い、八十億劫《こう》を経て後、梵天《ぼんてん》（欲界の上なる色界の初禅天）より天下り、敦賀ノ津に気比《けひ》大菩薩と顕れて北陸道《ほくろくどう》を守護し給う。これも宛《さなが》ら（全く）恋路の為と承る。

さてまた、小野ノ小町は、人の怨念（恋の怨み）を受けたる咎により、終には狂人となり、野辺を住処と定めて、蓬《よもぎ》が本《もと》（野末・路傍）の塵となる。『源氏物語』の女《にょ》三ノ宮は柏木ノ衛門督《えもんのかみ》（光源氏の目を盗んで密通）に逢い馴れて、薫《かおる》大将を生み給う。狭衣《さごろも》ノ大将（光源氏とすべき所）が聞し召して、

　誰《た》が世にか種をまきしと人問はば岩根の松は如何《いかが》答へん

と詠み給いしも、由来は恋の謂《い》われなり。斯様に申すこの冠者も、三歳の年より父に後れ奉り、万部の御経を怠り申さず。昼は三部の御経を誦み、夜は六万遍の念仏、阿弥陀経を誦み、更に怠る事もなし。精進の所（仏道修行に励む人の住処、即ち浄瑠璃の御殿）へ不精進の者が参るは良からねども、精進と精進（浄瑠璃と義経）が寄り合うて、この世の物語を申すならば、何かは苦しかるべき（何の差閊《さしつかえ》があろうか）」

浄瑠璃はこれを聞し召し、「妾《わらわ》と申すはこれ、卑しき賤《しず》が伏屋《ふせや》、柴の庵《いおり》（何れも粗末なる家）に住むと雖も、三世《さんぜ》（過去・現在・未来）の諸仏、常に影向《ようごう》（顕現、権現）し給う。妾が為を思い給うならば、仏に恐れをなして、御帰りあ

れ」と仰せられた。

御曹司は聞し召し、「如何に君、仏も恋を召さるればこそ、有漏《うろ》（迷い）より無漏《むろ》（悟り）路へ通う釈迦すらも、夜刃《やしゃ》大臣（やしゅ大臣・やす大臣とも）の御娘の耶輸陀羅女《やしゅだらにょ》に逢い馴れ初めて、御子には羅睺羅《らごら》尊者を儲け給う。神にさえ、結ぶの神が坐します。代々の王を百代（末）まで守らんと誓い給う神すらも、伊勢両大神宮（内宮《ないくう》の天照大御神は女神、外宮《げくう》の豊受大神は男神）が御立ちある。そのほか熱田ノ宮、諏訪ノ明神、伊豆箱根（二所権現。伊豆山神社と箱根神社）、日光山の社（二荒神社）まで、男《なん》体と女《にょ》体と坐します。ましてや諸々の諸仏三宝《さんぼう》、過去前世（同義並列）の昔より、今日今宵に至るまで、結び給える契りなり。男女和合の情（恋路）をば、君には如何《いかが》して背き得んや。煩悩すなわち菩提となり、生死すなわち涅槃《ねはん》なり。一仏皆善根《かいぜんごん》浄土（不明）と説く時は、谷の朽木《くちき》も仏となる。万法《まんぽう》一如（万物平等）と聞く時は、峰の嵐も法《のり》の声、諸法実相（万物は真実の相を表す）と観ずれば、仏も衆生《しゅじょう》も一つなり」と、仏法に擬《なぞら》えて、多くの言葉を尽し給うた。

九　やまとことば

浄瑠璃はこれを聞し召し、「此《こ》は如何に、この殿は諸事に賢しき人に坐すぞや。今より後は物言わじ」と思し召し、「木幡《こはた》山にはあらねども、ただ口なし（もう喋らぬ。藤原知家の「木幡山あるはさがなし口無（梔子）の宿かるとても答へやはせむ」等を踏まえるか）」と仰せあって、後は音も立てられぬ。御曹司は聞し召し、大和言葉に擬えて、実《まこと》に興深く斯様に仰せられた。

「如何に君、聞し召されよ。陸奥《みちのく》の人目忍ぶ（地名の信夫を懸ける）にあらねども、物は言わじと仰せあるか。津ノ国の難波《なにわ》入江にあらねども、善しとも悪しとも言わじとや（八条院高倉の〈津の国や難波に生ふるよしあしはいふ人からの言の葉ぞかし〉等を踏まえ、〈善悪〉に〈葦蘆《よしあし》〉を懸ける）。我が恋は、物によくよく譬うれば、信濃なる浅間ノ嶽の風情かな。筒井（筒状の掘井戸）の水にも然《さ》も似たり。野中の清水の風情かや。繋がぬ駒にも譬えたり。弦《つる》なき弓にも譬えたり。根笹の上の霰《あられ》かや。下這う葛《くず》にも譬えたり。笛竹の風情かや。一群薄《ひとむらすすき》の有様かや。細谷河の風情かや。うつ墨縄《すみなわ》（大工道具の墨糸）の譬えかや。二俣川《ふたまたがわ》の風情かや。清水《きよみず》坂（京都東山清水寺門前）に然《さ》も似たり。化粧の帯（美々しき模様帯）の風情かや。沖漕ぐ舟にも譬えたり。那智のお山の風情かや。埋《うず》み火の風情かや。濃き紅《くれない》の風情かや」

浄瑠璃はこれを聞し召し、「如何に物を言うまいと思えども、人より歌を詠みかけられて返歌をせぬ者は、忉利天の此方《こなた》なる山の麓にて無量劫《ごう》（永遠に近き時間）を経て、舌無き蛇身と生まるるもの。人より文を得て、文の返事をせぬ者は、盲目に生まるるもの。返事のみは致さん」と思し召し、「如何にや候《さぶろう》、都の殿。浅間ノ嶽とは、燃え立つばかりとの心かや。筒井の水の風情とは、遣る方なきとの風情かや。野中の清水とは、掻き分け参るとの仰せかや。繋がぬ駒とは、主《ぬし》なき者との仰せかや。弦《つる》なき弓とは、引くに引かれぬとの譬えかや。根笹の上の霰とは、引かば落ちよ（靡け）との譬えかや。下這う葛の風情とは、本は一つにて千々《ちぢ》に心を砕く（葛は蔓性にて四方八方へ茎を這い伸ばす）とかや。笛竹の風情とは、一《ひと》よ籠《こ》めよ（一夜の契りを籠めよ。〈一夜〉と竹の〈一節〉を懸ける）との仰せかや。一群薄とは、ただ一引《ひとひき》に靡けとの仰せかや。打つ墨縄の風情とは、ただ一筋に思い切れとの心かや。二俣川の風情とは、廻《めぐ》り逢えとの心かや。清水坂の風情とは、人目繁き（人目多きゆえたやすく逢えぬ）との譬えかや。化粧の帯の風情とは、結び合えとの心かや。沖漕ぐ舟とは、焦がれて物を思うとの仰せかや。那智のお山の風情とは、申さば叶えよとの仰せかや。埋み火の風情とは、底に焦がれて上に煙立つとの心かや。濃き紅とは、色に出づる（恋心が面に現れる）との仰せかや」と、御曹司の言葉の譬えを一つずつ解き給うた。

浄瑠璃御前は十四にて、御曹司は十五なり。十四と十五の事なれば、馴りょう馴れじ（親しまん、いやなるまい）の相撲草《すもうぐさ》、狂言綺語《きぎょ》（小説稗史に対する蔑称）に擬《なぞら》えて、言葉に花を咲かせて坐す。

御曹司は聞し召し、「如何に君。宇津ノ山辺（東海道の隘路。岡部宿と鞠子《まりこ》宿の間）の蔦の道、絶えこそなけれ細道の、安積《あさか》ノ沼（陸奥の歌枕。現在の郡山市安積山麓にあったという）の花かつみ、かつ見る人に恋まさり（『古今集』巻十四・読人不知〈陸奥の安積の沼の花かつみかつ見る人に恋ひや渡らむ〉を踏まえる）、下野《しもつけ》の室《むろ》の八《や》島《しま》に立つ煙も（池より水気が煙の如く上ったと伝える。歌枕）、風には靡くと聞くものを。水に埋《うも》るる河柳も、枝に光を放たんとて、螢に宿を貸すものを。よしやあしとて切り捨てられし呉竹《くれたけ》も、根元に一節《ひとよ》は留《とど》まるもの（一夜は泊るを懸ける）。風に揉まるる草木さへ、翼に宿をば貸す（鳥の営巣を許す）と聞く」と、尚も大和言葉に擬えて、興も豊かに仰せられた。

浄瑠璃はこれを聞し召し、「此《こ》は如何に、この殿は諸事に賢しき人にて坐します。女人と生まれし上からは、斯様の人に逢い馴れて、草の枕のうたた寝に（共寝して）、露（聊か）の情を籠めたきもの。人の思いを切る者は、蛇身と生まるるもの。明日は母の長者の耳に入り、如何なる目にも遇わば遇え、早や靡かん」と思し召し、また「数多の大名小名の方よりも、言葉を尽して言い寄り給いしが、遂に靡かず返事もせず。さりながら、金売吉次に朝夕伺候する都の冠者に、今宵しも靡かん事か」と思い悩み給うたものの、結句、「昔の諺にも『鬼の立てたる石の戸も情に開く（鬼の如き荒々しき者にても恋の情は知る）』と申すものを」と思し召し、宵は酒盛、夜中は問答、さて小夜更けて、互いに見参（対面）を召された。

十　御座移り

浄瑠璃御前は岩木を結ばぬ（情を解する）御身なれば、肌の帯の一結びの解けぬ（肌身を許さぬ）うちは淋しき思いをし給うたが、鹿島の神（常陸国鹿島神宮。常陸帯《ひたちおび》で名高い）の御心に任せ、終には御曹司と契りを結び給うた。汀の氷（凍れる心）も打ち解けて、羅綾《らりょう》の袂《たもと》を引き重ね、神ならば結ぶの神、仏ならば愛染明王、木ならば連理の枝、鳥ならば比翼の鳥、これらよりも猶も深く契り給うた。

御曹司も、「今宵は、千夜《ちよ》を一夜《ひとよ》、百夜《ももよ》を一夜に譬えても（千夜百夜にもまして）、長くあれ。天の岩戸を引き鎖《とざ》し、この世は闇にもならばなれ、この儘にてあれ」と切に思い給う。とかくの裡《うち》に夜は更け行き、程なく庭鳥《にわとり》が声々に鳴き初《そ》め、悲しき事ながら別れを惜しむ時が迫る。祇園精舎では無いけれども、諸行無常の鐘の響きが今を限りと身に沁みて聞かれる。誰とも知られぬ人なれども、草の枕（旅寝の床）に馴れ初めて、今更別れの悲しさは、千代万世《よろずよ》を共に過した夫婦と雖も、如何《いかが》してこれに優るべきか。

五更の天（明方の四時から五時頃）も過ぎ行く頃には、人目を憚り夢も覚めよう。やもめ烏《がらす》も鳴き渡り、夜はほのぼのと明けて行く。御曹司は名残の涙に袖を濡らして、暇を乞うて帰り給う。浄瑠璃はこれを聞し召し、「今日は此処《これ》に留《とど》まり給い、横笛《ようじょう》吹いて、妾《わらわ》どもに聴聞させ、女房たちにも琵琶や琴を弾かせ、旅の御《おん》つれづれを慰め給え」と仰せられた。

御曹司は聞し召し、「左様には存ずれども、商人《あきびと》の急ぐ旅なれば、さぞや吉次が探し尋ねて在らん。憂世は車の輪の如し、露の命も永らえしその時に、廻り廻って再び此処に来ぬる事あらば、問い給え」と仰せあって泣き給う。浄瑠璃御前は、御曹司の羅綾の袂を控えて（引き止め）、広縁まで出で給う。かかる折しも、霞める空の花園に鶯が囀り初《そ》めれば、御曹司は取り敢えず、

別れ行く思ひを訪《と》ふかこの宿の花を惜しみて鳴くか鶯

と詠み給うた。浄瑠璃は聞し召し、即ち返歌とて、

いとゞしく花散る里は物憂きに世を鶯のさのみ鳴くらん

と遊ばした。これを聞き給うた御曹司は、行くに行かれぬ思いにて佇み給う。

時に、長者御前（浄瑠璃の母）は、「過ぎし夜（昨夜）、姫の許にて優しき（優雅なる）笛の音《ね》が聞えつるが、如何なる人の坐《おわ》すらん、行きて見ばや」と思し召し、十二単を引き召され、住処を立ち出でて、姫君の方へ参り給うた。傷わしや、浄瑠璃御前は、母の長者を見奉り、恥しさのあまり顔に紅葉《もみじ》を散らして（顔を赤らめて）、帳台（四方に帳を垂

れる一段高き方形の寝所）の奥に忍び給うた。御曹司は、これを御覧じて、長者御前と我が身との間に、小山の印《いん》を結んで懸け（両手の指にて様々の形を作り呪文を唱え、小山を現出させて我が身を隠す。真言密教より出た呪術の類）、我が身には小鷹《こたか》の印（姿を小鷹に変える呪術）を結んで縁より飛んで下り、扇の笏《しゃく》を取り直して（扇を笏に見立てた）、「思いも寄らぬ姑《しゅうとめ》に見参《けんざん》申す恥しさよ」と独り言《ご》ち、鰭板《はたいた》（塀の羽目板）を飛び越え、三重《みえ》の塀をも飛び越え、逃れ出でた。心は矢矧に留まれども、その身は金売吉次と打ち連れて、東の奥へと下り給う。

あら傷わしや、御曹司は世の習わしに従うて、吉次の太刀をば右に持ち、源氏重代の古年刀《こねんどう》の御佩刀《みはかせ》をば左の脇に忍ばせ、未だ扱い慣れぬ竹の笞《むち》を抜き持ち給うて、四十二匹の雑駄《ぞうだ》（運搬馬）に混って御下り給うあわれさよ。

名所名所はどれどれぞ。憂きも辛きも遠江《とおとうみ》（遠く隔たるの意を懸ける）、浜名の橋の夕潮に、（竿を）差しても上る蜑《あま》小舟《おぶね》（漁夫の舟）、焦がれて（舟を漕ぐを承ける）物や思うらん。さらでも旅は物憂きに、松の梢に風通う、入江に響くは波の音、心を尽す（心痛む）夕まぐれ、池田の宿《しゅく》（天龍川附近）に着き給う。池田の宿を立ち出でて、そことも知らぬ行末を、遙かに眺め坐《まし》せば、遠き梢の花どもは、残る雪かと疑わる。習わぬ恋を駿河なる、宇津ノ山辺のうつつにも、夢にも人に逢うこともなき（『伊勢物語』の「駿河なる宇津の山べのうつゝにも夢にも人に逢はぬなりけり」に拠る）、蔦の細道分け過ぎて、小夜《さよ》ノ中山通るにも、また越ゆべしと思えども、命なりけりと（西行法師の「年たけてまた越ゆべしと思ひきや命なりけり小夜の中山」に拠る）ながむれば、心細さぞまさりける。日数《ひかず》つもれば程もなく、名を得て音に聞える、駿河の蒲原《かんばら》、田子ノ浦、吹上《ふきあげ》にこそ御着きある。

十一段　吹上

かくて御曹司は吹上に着き給うたが、その後、一日は旅の疲れ、二日目は神病み（不明。神霊憑意の類か）、三日目は病気にて、打ち臥し給うた。吉次はこの御様子を見奉り、「如何に冠者殿、聞し召せ。御身の体《てい》は、ただの風気《ふうき》（風邪）にあらず、これは大事の鬼病《きびょう》（鬼・変化《へんげ》などが齎す奇病）なり。人に移らば助かり難し。如何にせん」と申して悲しんだ。

一日二日は看護《みまも》ったが、早や四日五日を経るに及んで、吉次殿は宿の亭主を近づけ、「如何に候《そうろう》、主《あるじ》の殿、我をば誰《たれ》と思し召す。金売吉次信高と申して、奥州に隠れなき秀衡《ひでひら》殿の御代官、年《とし》に一度ずつ、御年貢備えて都へ上る者にござる。一条戻橋《もどりばし》（京都堀川に架かる）の米屋が我が定宿《じょうやど》なるが、かの米屋より、東《あずま》へ下る冠者を一人、託《ことづ》かってござる。このほど旅の疲れにや、風の心地と候ぞ。『世は情』と申せば、看病して給われ。よきに（十分に）労《いたわ》り給うならば、明年の下りには、御恩を報ぜん」と申して、爪よき

（蹄強き）馬に黄金《こがね》十両を取り添えて、主の殿に奉った。さて吉次は、「暇《いとま》申して（お別れ致す）、冠者殿」と申して袖を涙に濡らし、傷わしや御曹司を、そことも知らぬ（案内知れぬ）吹上に、唯一人打ち捨て奉り、東を指して下って行った。

　さるほどに御曹司は、吹上の宿に唯一人、打ち捨てられて坐《おわ》した。この地の癖（悪習）にて、住む人の気性は邪慳限りなく、宿の主は十両の黄金と馬をば受け取りながら、「かかる鬼病を患う人を、一つ家に置くこと叶わず」と申して、遙かの後ろノ浜（地名であろう）の、松が六本立つ所に、細竹と松葉を以て、とてもの事に雨風を防ぎ得るとは思われぬ体《てい》の小屋を作り、中に沼の真菰《まこも》（稲科の水草にて編んだ筵《むしろ》）を引き延《は》えて、桶と杓《ひしゃく》を取り添えて、無情にも御曹司を移し奉った。

　さるほどに吹上の浦人どもが、「都より東へ下る冠者が鬼病を患い、後ろノ浜に出だされてござるぞ。冠者の分際にて、身の回りに、笙、高麗笛《こまぶえ》、篳篥《ひちりき》、横笛《ようじょう》と申す四管《しかん》の吹物《ふきもの》、また、黄金作りの太刀《たち》と刀を持つとか、凡そ六万貫《がん》（六億文）にはなろうぞ。後は野となれ山となれ、いざいざ行きて、かの太刀と刀を取り、暫しも（僅かの間でも）楽しまん（金持とならん）」と申して、後ろノ浜へ押しかけたが、太刀は二十尋《はたひろ》（約四〇米弱）の大蛇と変じ、刀は小蛇《しょうじゃ》となって、近づく者を呑まんとして迫った。見る者は肝を潰し、喚《おめ》き叫んで逃げ散った。さて、その後は言問う人も無く、偶々《たまたま》訪うものと申せば、渚の千鳥、沖の鷗、浜の真砂《まさご》を吹き渡る風の他には、音もせぬ。

　傷わしや御曹司は、今を限りの態《てい》と拝見されたが、ここに忝《かたじけなく》くも正《しょう》八幡大菩薩が、世にも憐れと思し召し、濃き墨染《すみぞめ》の御《み》衣を召して老僧の姿と現じ給い、御曹司の枕上《まくらがみ》に立ち寄り給うて、大層なる高声《こうじょう》にて、「如何に冠者殿。何をか労《いたわ》り（病み）給うぞよ。何処《いずく》より何処へ通り給う人ぞ。斯様に申すは、東《あずま》より都一見の為に罷《まか》り上る客僧（旅僧、山伏）なり。もしも都に知る人坐《まし》まさば、言伝《ことづて》し給え。懇ろに届けて参らせん」と仰せられた。

　傷わしや御曹司は、甚《いた》く微《かす》かなる息の下から、「これは都より東へ下る冠者なるが、鬼病を患うてござる。『駿河の蒲原、田子ノ浦、吹上という所にて、あらぬ（ただならぬ）様にて今を限りと見えたり』と、三河ノ国は矢矧ノ宿の浄瑠璃御前の方へ、詳しく伝えて給われ」と仰せられた。源氏の氏神正八幡大菩薩は、この由を聞し召し、「確かに届けて参らせん。よきに養生し給え。暇申してさらば」と仰せられ、墨染の御袖を涙に濡らし、吹上を立ち出で給い、片時《へんし》の間に三河ノ国は矢矧ノ宿に着き給うた。

　正八幡は長者の屋形に立ち寄り給い、広縁に腰を掛け、「これは東の方より都一見の為に罷り上る客僧なるが、御茶所望《しょもう》」と仰せられて、さて壁に向かい、「味気《あじき》なき（遣る瀬なき）事よ、南無《なむ》三宝《さんぼう》。昔が今に至るまで、恋ほど辛きものはなし。故（訳）を如何にと尋ぬるに、逢うて別れの（恋人と離れて在るを悲しむ）恋やらん、逢わで恨むる（逢えずに恨む）恋やらん。都より東へ下る冠者あり、如何なる人を見初めてか、恋の病に臥し沈み、駿河の蒲原、田子ノ浦、吹上という所にて、松の木陰の囲いの内、『一日二日と過ぐる裡《うち》に、早や今日は三七日《さんしち》（二十一日）になる』と息の下より申せしが、早や空しくぞなりつらん。南無三宝」と独言《ひとりごと》を仰せになる。

女房の冷泉《れいぜい》がこれを打ち聞き、「如何にや御僧、聞し召せ。その殿の年は幾つばかりぞ、風情は何と（様子如何）見えまするか」と問い申せば、御僧は聞し召して、「背《せい》小さく、鬢《びん》の髪すこし縮みて、あくまで色白く雅びやかにて坐《おわ》します」と答え給う。冷泉がまた、「さて、衣裳は何と候うぞ。黄金作りの太刀と刀を持ち給うて坐しまするか」と問い申せば、「尋ね給う有様に少しも違《たが》わず。凡そ百万騎を率《い》る大将と申すとも苦しからず」と仰せられる間もあらばこそ、客僧は掻き消すように失せ給うた。

冷泉は急ぎ浄瑠璃の住処へ帰り、この由を申し上げた。浄瑠璃御前は、いつぞや吉次の下人に逢い馴れたとして、母より勘当を被《こうむ》り、二百四十人の女房たちとも引き別れ、乳母《めのと》一人《いちにん》ばかりを添えられて、長者の住処より遙かの奥に柴の庵《いおり》（粗末なる仮小屋）を結び、昨日の栄華と打ち変る様にて坐したが、この由を聞し召し、胸打ち騒ぎ、愈々御曹司への思いを募らせ給うた。

冷泉が「如何に君、聞し召せ。これにて歎き給うよりも、音に聞ゆる駿河ノ国、蒲原、田子ノ浦とかに、尋ねて下り給えかし。悶《もだ》え給うを見参らするも同じ苦しさゆえ、何処《いずく》へなりとも御供申しまする」と申し上げれば、浄瑠璃御前は斜《なの》めならず喜び給い、未だ習い給わぬ旅の姿に御身を扮《やつ》し、傷わしくも下り給う。今を初めの旅なれば、御足より滴り落ちる血に、道の草葉も千《ち》入《しお》（真赤）に染まり、涙を道の標《しるべ》にて、辿り給うほどに、月日の道に関守は据え得ねば（月日は止め難い）、矢矧ノ宿から吹上まで、男ならば五日《いつか》路《じ》と申す道を、九日かけて着き給うた。

さるほどに田子ノ浦へと着き給い、浦の者を近づけて、「如何に浦の殿。都より東へ下る冠者が、病を患うてこの浦に居ると聞き申すが、何処が宿なるや、教えて給われ」と仰せられたが、問われた者は皆、「いさ（さあ）知りませぬ」とばかり申し上げる。

さてもその後、浄瑠璃御前は、十二単《ひとえ》の下に召された御《おん》小袖一重《ひとかさね》を道行人《みちゆきびと》に取らせて、御曹司の行方を問い給うたところ、姫君の御姿を熟々《つらつら》と見参らせ、「あら恐ろしや、この浜へ化生《けしょう》の物が来《きた》れるぞ」と喚《わめ》いて足早に逃げ去った。これを耳にした一人の浦人が、「この浦の習わしにて、年に一度、富士ノ嶽《たけ》の妖怪《あやかし》が人身御供《ひとみごくう》を取るが、男が女を取らんとする時は眉目《みめ》よき男が下り、女人《にょにん》が男を取らんとする時は眉目よき女人が下る。今年も、男子《なんし》を取らんとて、唯今女が来れるぞ」と触れ歩いた為、浦の者どもは皆々東西に逃げ隠れ、一人も見えなくなった。

さて、浄瑠璃御前は知る辺《べ》もなきまま、高き峰や深き谷など諸所を尋ね給うたが、御曹司を見いだす事は叶わず、後ろノ浜に下り給う頃には、その日も暮れ、此処《ここ》や彼処《かしこ》に立ち寄れども、御宿を参らせる人とて無い。その夜は、浦の浜辺にて清き真砂の上に身を横たえ、千鳥や鷗の鳴声と音《ね》を争うかの如く泣き給うた。この浦の習い（気候風土）にて、吹き来る嵐が激しく、波と真砂を吹き立てるゆえ、僅かな時の間《ま》に高き所が低くなり、低き所は高くなる。よって、吹上の浦と申すのである。傷わしや姫君は、冷泉殿と唯二人、十二単の褄《つま》を寄せ来る波に濡らして、涙と共に泣き明かし給うた。

十二　御曹司東下り

夜も深更（真夜中）に至る頃、源氏の氏神正八幡は、世にも憐れと思し召し、十四五ばかりの童子の姿と現じて、後ろノ浜へ出で給い、浄瑠璃御前の有様を御覧じて、涙を押えつつ、「如何にや、姫君。尋ぬる冠者は、この浜辺の後ろなる、六本生いたる松の下《もと》に出だされてありつるが、早や空しくなりつらん。群烏《むらがらす》（死骸に集まる）が騒ぎ居たれども、昨日今日の事は知れませぬ。まず此方《こなた》へ入らせ給え、姫君」と宣《のたま》い、浄瑠璃御前の御袂《おんたもと》を控えて教え給うたが、即ち掻き消すように失せ給う。

浄瑠璃御前は夢より醒め、「如何なる神の御告げぞ」と甚《いた》く嬉しく思し召す。夜もほのぼのと明けた頃、二人が立ち出でて、後ろノ浜の松原を此処や彼処と尋ね給えば、傷わしや御曹司は、荒き浜辺の潮風が塚の如くに吹き上げた真砂の下に埋《うず》もれて、姿形も見え給わぬ。

ここに、真砂の中より、黄金作りの御佩刀《みはかせ》の石突《いしづき》（鞘の先端を覆う金具）が少し見えた。浄瑠璃はこれを頼みに思し召し、冷泉殿と唯二人、楓のようなる御手《みて》にて、泣く泣く真砂を掘り給えば、桶と杓《ひしゃく》が現れ出でた。これに愈々《いよいよ》力を得て、尚も掘り給えば、さも浅ましき（情なき）姿なる御曹司が現れ給う。美しかりし御姿も、今は萎《しぼ》める花の如くにて、見るに涙も止《とど》まらず。被《かぶ》さる砂《いさご》を衣の褄にて打ち払い、御膝に掻き乗せ奉り、天を仰ぎ地に伏して悲しみ給う御様子は、哀れと申すも愚かなり。

「如何に候《さぶろう》、都の殿。一夜の契りに馴れ初めし浄瑠璃、これまで参りて候。如何なる定業《じょうごう》（前世の業に因る運命）に坐《まし》ますとも、妾《わらわ》が此処《これ》まで参りたる志のほどを受け給うて、今一度よみがえり給え」と仰せられ、亡骸《なきがら》に胸を当て顔を当て、流涕して焦がれ給えども、その甲斐とて更に無し。姫君はあまりの悲しさに、潮水《しおみず》にて手水嗽《ちょうずうがい》をなし（手や顔を清め）、天を仰ぎ、「願わくは日本国六十六ケ国の大小の神、そのほか諸神諸仏、哀愍納受《あいみんのうじゅ》（人間を哀れみ願いを聞き届ける事）を垂れ給うて、定業なりとも、この冠者を今一度、片時《へんし》の程なりともこの世へ返し給え」と、肝胆《かんたん》を砕いて祈り給えば、不思議や、諸神諸仏の御計らいか、浄瑠璃御前の御涙が御曹司の口の中に流れ入り、これが不死の薬となり、少し息を吹き返し給うた。

浄瑠璃御前はこれに頼みを懸け給うて、所々へ宿願を立てて申された。「伊豆ノ国は走湯権現《そうとうごんげん》（熱海の伊豆山《いずさん》神社）、三島の三島大明神（三島大社）、御憐れみを垂れ給うて、この殿を今一度蘇らせ給うならば、矢矧《やはぎ》に持ちたる七つの宝を一つずつ、次第次第に参らせますする。さてまた紺地錦の御《み》戸帳《とちょう》を六十六枚織らせて、八尺の掛帯三百三十三筋、五尺の鬘《かづら》三百三十三掛、八花形《やつはながた》の唐《から》の鏡三百三十三面、十二の手箱を添えて参らせますする。真羽《まは》の征矢《そや》を百矢揃えて、斎《い》垣《がき》に結わせて参らせますする。黄金《こがね》作りの刀にて、欄干を渡して参らせますする。白銀《しろがね》作りの太刀を百振揃えて、鳥居を建てて参らせますする。卯《う》の花縅《はなおどし》の鎧三十三両、四方白《しほうじろ》の兜《かぶと》三十三刎《はね》、朱《あけ》の糸にて鬣《たてがみ》を巻き立て、馬の毛を揃えて三十三匹、引かせて参らせますする」と、深く祈請を籠め給うた。これを諸神も憐れと思し召したか、何処《いずく》よりとも知らず十六人の山伏が現れ給うて、「いざいざ、われらが行力《ぎょうりき》の奇《き》特《どく》を顕さん」と仰せられ、様々の加持《かじ》（密教の祈禱）を執《と》り行い給うた。浄瑠璃御前は斜《なのめ》ならず喜び給うて、冷泉殿と二人して御曹司に取り縋り、泣きつ笑いつして、このほどの（数日間の）心尽しの有様を語り給えば、哀れなるかな、御曹司は夢の心地にて、甚《いた》く憔《やつ》れた御袖を涙に濡らし給うた。

さるほどに姫君は、御曹司を引き具して、遙かなる山の方《かた》にそれとなく立つ煙を標《しるべ》として柴の庵を尋ね、立ち寄り給うて、一夜の宿を請い給う。内より八十ばかりの尼公《にこう》が一人立ち出でて、「此《こ》は如何に姫御前、何地《いずち》より何処へ通り給うや。かく申す自らも、二十《はたち》に余る子を一人、このほど世間に流行る風邪《かぜ》にて失い、今日は三七日《さんしち》（二十一日）に中《あた》りますする。旅の事なれば、かかる所にても御気に障《さわ》りますまい。卑しき賤《しず》が伏屋《ふせや》にて見苦しくはあれども、此方《こなた》へ入らせ給え」と申して、一夜の御宿を奉る。

浄瑠璃御前は手を合せ、「これは正《まさ》しく、母御前が申し子祈願の砌《みぎり》、妾《わらわ》を授け給いし薬師如来の化身《けしん》か」と思し召し、まず先立つものは涙と拝見された。姫君があまりの嬉しさに、肌の御守《おまもり》より黄金《こがね》一両を取りいだし、宿の尼公に与え給うと、尼公は斜ならず喜び、愈々厚く傅《かしず》く。この宿にて御曹司を二十日《はつか》ばかり看病し奉って労《いたわ》り給えば、不思議や、ほどなく旧《もと》の御姿に復《かえ》り給うた。

さるほどに御曹司は、浄瑠璃御前に対《むか》い給うて、「さても、このたびの御情、譬えん方も更に無し。山ならば須弥《シュミ》の頂よりも高く、海ならば蒼海《そうかい》よりも深し。君と離れては、片時《へんし》の間も生きられまいとは思えども、君はこれより矢矧へ御帰りあれ。冠者《かじゃ》は東へ下るべし」と仰せられた。

さるほどに御曹司は、浄瑠璃御前の御志のほどを切なく思し召すあまり、ここにて名乗らんと思いつつ、とやあらん、かくやあらんと、千度《ちたび》も百度《ももたび》も己が心を伺《うかご》うて坐《おわ》したが、途中にて心（考え）を引き変え、「これは偏《ひと》えに未練至極の我が身かな。我が素性《すじよう》、もし世に漏れ聞ゆるとも、明日は何ともならばなれ、名乗らん」と思し召し、「さても、我をば如何なる者と思し召すや。御志のありがたさに、唯今名乗り申さん。義朝には八男（史料は九男とするが、中世後期の文芸に於ては八男とするもの多し）、常盤腹《ときわばら》には三男にて、牛若丸と申せし者にござるが、七歳の年より鞍馬の寺へ上り、東光坊《とうこうぼう》にて学問し、このほど元服仕《つかまつ》り、仮名《けみよう》（通称）は源ノ源《げん》九郎、実名《じつみよう》は義経と申して、生年《しようねん》十五に罷《まか》りなる。黄金売《こがねうり》吉次を頼み、奥へ下るなり。もし命永らえなば、明年の今日の頃、必ず罷り上り、御目にかからん」と仰せられて、御涙を流し給う。「せめてもの形見に、これを御覧ぜよ」と仰せられて、金泥《こんでい》の「観音経」に一首の歌を詠み添えて、浄瑠璃御前に奉る。

移り香をめぐり逢瀬の形見にて君も忘るな我も忘れじ

浄瑠璃はこの由聞し召し、涙の隙《ひま》より、

逢ふ事も別るる事も夢の世にかさねて辛き袖の移り香

と、斯様に遊ばして、黄金の笄《こうがい》を取り出だし、御曹司に奉る。あまりの悲しさに、後《あと》への道（別離帰還）など一向に覚えず（考えられず）、「自らも、如何なる野の末、山の奥までも、御供致したく」と慕い給う。

御曹司は聞し召し、「われらも同じ思いなれども、それ、日本は六十六ケ国にて候が、せめて六ケ国なりとも源氏の支配ならばともかくも、六十六ケ国は草木までも平家に靡く有様。われらが住処は古き宮、岩の洞《ほら》、人影遠き森の下こそ露の宿りにてござる」と仰せられた。哀れなるかな、浄瑠璃はこれを聞し召し、「君の住処で坐《まし》まさば、龍《りよう》、また虎臥す野辺、鯨の寄る島なりとも、花の都にまさるべし」と仰せあって、あこがれ給う（一途に思い詰める）。

御曹司は聞し召し、「かくては叶うまじ（限がない）」と思し召して、「我はこれより奥へ下り、郎等《ろうどう》（郎党、家来）の秀衡を頼み、八十万騎の勢《せい》を引き連れ、都へ罷り上り、驕《おご》れる平家を追討し、日本を我が儘《まま》（思い通り）とし、矢矧ノ宿六万貫の所（銭六万貫相当の米を収納する土地）を君に参らせん。御名残惜しさは互《かた》みに同じ事なれども」と仰せられ、愛宕《あたご》、比良野《ひらの》（近江国比良山）の大天狗、小天狗を呼び寄せて、「如何に面々、聞き給え。この二人の人々を矢矧ノ宿《しゆく》へ送り届けて給われ」と仰せられた。大天狗が承り、「易きほどの御《おん》事」と申して、九日かけて下り来《きた》る道を、片時《へんし》の間に矢矧ノ宿へ着き給うた。

かくて御曹司は吹上を御立ちあって、足柄山（駿河・相模の国境）に差しかかり、伊豆ノ国は走湯権現、三島大明神、心静かに伏し拝み、大磯小磯、鞠子河《まりこがわ》（相模国酒匂《さかわ》川の古称）、若松、老《おい》松、下《さが》り松、片瀬川（藤沢辺）を打ち渡り、角田《すみだ》河（武蔵国隅田川）をば左手《ゆんで》に見て、青木ノ松原

（不明）に差しかかり、花は咲かねど桜川（下総国筑波山麓）、身には着ねども衣河、多くの名所を打ち過ぎて、奥州に聞えも高き磐井《いわい》ノ郡《こおり》平泉、秀衡が館《たち》に着き給う。

＊前田林外

翡翠折れ

――源九郎義経の初恋を咏じたる

これ霊郷《れいきやう》か、いと柔《やは》き
管絃《くわげん》の楽《がく》に妖艶《えうえん》の
弥生《やよひ》の空を夢のごと
魂《たま》も漂ふ心地して、
枸杞《くこ》の姫籬《ひめがき》緑なる
とざまに立つや、御曹子《おんざうし》。

耳を澄ませば、その調《しらべ》
七情《じやう》、十六声《こゑもつ》縺れ、
熱き情《なさけ》や、色、姿
秘めてぞ歌ふ吟歌《うた》ながら、
雲と翻《かへ》りて波と打つ
恋ひつ、狂ひつ、悶《もだ》えつつ。

『ああ、面白《おもしろ》の琵琶《びは》よ、琴《こと》よ、
さてはゆかしき吟歌《うた》の譜よ、
思へば、我は花洛《みやこ》にて
しば〳〵、あまた、聴きしかど、
かくも多恨《たこん》の吟歌《うた》にして
かくも趣味ある楽《がく》あらず』。

『さいへ、かほどの管絃にも
笛のなきこそ怪しけれ、
笛はあれども奏者《ふきて》なく
奏者《ふきて》あれども笛なきか、
笛は、奏者《ふきて》は、ありけれど
吹かぬ習慣《ならひ》か、東路《あづまぢ》は』。

『親より親へ吹き伝ふる
笛は自《みづか》ら合《あは》さん』。と
翡翠《かはせみを》折れの名笛《めいてき》を
玉の袖《そで》よりとり出《い》だし、
そのとこ紅《べに》の唇《くちびる》に
薫《かを》る歌口湿《うたぐちしめ》すかな。

『あはれ、この笛この律に
我《わ》が亡き父よ、霊入れて

わけて精妙《たへ》なる節節《ふしぶし》を
幽界《いうかい》よりは伝へよ』。と、
吹くに、彩《あや》ある風鳥《ふうてう》の
その鳴く音《ね》にも優《まさ》りたる。

ああ、血ぞ燃ゆる若き子が
その歓楽《がく》は楽にこそ、
楽《がく》の生命《いのち》は詩《うた》にこそ、
詩《うた》の生命《いのち》は恋にこそ、
『今、如何《いか》なれば、琴は、琵琶は
ゆかしき吟歌《うた》は、歇《や》みにしか』。

雲、紅《くれなゐ》に夕映《ゆふば》えて
春の薫《かをり》は苑《その》に満つ、
国司の守《かみ》の憩ふてふ
光明《ひかり》炫《まば》ゆき高殿《たかどの》の
碧《たま》の瓦《かはら》に彫《ゑ》りにたる
華《はな》も妙香《にほひ》を吐《は》くがごと。

孔雀《くじやく》耀《かがや》き金鶏《きんけい》の
閃《きら》めく壁画《かべゑ》背《あと》にして、
笛の音《ね》色《いろ》に打たれつつ
夢みるごとく欄干《おばしま》に、
凭《よ》るは、国司の少女《をとめ》かや

姿は精《せい》か、夕づつの。
瞳《ひとみ》、其《そ》の名の瑠璃《るり》に似て
浄《きよ》く、涼《すずし》く、麗《うる》はしく、
背《せな》に流るる黒髪は
紫紺《しこん》の波と揺《ゆら》ぐなり、
星やかざせる百合花《ゆり》やもつ
その優《や》さ指は匂《にほ》ふめり。

豊麗《ゆたか》に咲《ゑ》める芍薬《しやくやく》も
羞《は》ぢて嫋《なよ》びてうなづきつ、
薄紫《うすむらさき》の接骨木《にはとこ》と
躑躅《つつじ》濃《こ》紅《あか》の花蔭《はなかげ》を、
白き翅《つばさ》に飛ぶ鳩《はと》も
その円《まろ》き胸乱すらし。

『あはれ、小さき優《や》さ鳩よ、
八幡《かみ》の使《つかひ》の白鳩《しらはと》よ、
切なる恋を吹く笛の
少女《をとめ》が胸に響く間《ま》は、
花な啄《つ》ばみそ、汝《なれ》もまた
神に祈禱《いのり》を捧《ささ》げ来《こ》よ』。

『ああ、我《われ》いつか世に出《い》でなん

さあれ、天地《あめつち》双《なら》びなき
理想《おもひ》の恋を遂げざらば
光栄《はえ》も慰藉もなからん』。と、
湧《わ》き出《い》づる思ひこめて吹けば
笛は顫《ふる》ひぬ、憧《あこが》れて。

*御伽草子　須永朝彦訳

御曹子島渡《おんぞうししまわたり》

ここに、御曹子（義経）は、藤原ノ秀衡《ひでひら》を召されて、都へ上り源氏を再興する手段《てだて》を問い給う。秀衡は承り、「日本国は神国にて坐《ましま》せば、武士《もののふ》の手柄ばかりにては成就は難しうござる。此処《これ》よりも北の方に一つの国あり、千島とも蝦夷《えぞ》ケ島とも申しまする。その内に喜見城《きけんじょう》（本来は須弥山《シュミセン》頂上帝釈天の居城をいう）の都あり、王の名はかねひら大王と申す由。かの内裏に一つの巻物あり、その名を『大日の法』と申して、至って難しきものにござる。されば、現世《げんぜ》にては祈禱《きとう》の法、後世《ごぜ》（未来。死後転生の世）にては仏道の法に中《あた》りまする。この兵法《ひょうほう》を行い（修め）給わば、日本国は君の御意のままとならん。何とぞ御調法（留意、支度）なされませ」と申し奉る。義経はこの由を聞し召し、兎《と》やせん角やあらん（ああしようか、こうすべきか）と思案に迷い、暫しはものも宣《のたま》わず、稍《やや》あって結句、「やはり彼《か》の島へ渡らん」と思し召し、秀衡に暇乞して、旅支度を調え、四国はとさの湊（土佐。奥州から態々四国を迂回するのは不自然ゆえ、津軽の十三《とさ》かという）へ着き給うた。

さて御曹子は船頭を近づけて、「これは何処《いずく》へ行く船ぞ。数は如何《いか》ほどありや」と問い給う。船頭どもが承り、「これは北国《ほっこく》へ通う船、また高麗《こうらい》（朝鮮）へ渡る船もござりまする」と答えた。また、「名船（優秀な船）は如何ほどありや」と宣えば、船頭どもが承り、「船の数は一千艘にて、そのうち名船は、小鷹《こたか》、早著《はやつき》、波潜《なみくぐり》、早風《はやかぜ》、岩割《いわわり》、波渡《なみわたし》、岩砕《いわくだき》の七艘にござりるまする」と申し上げた。義経は聞し召し、「余（他）の船は欲しからず、早風を」と所望の船を名指して、金百両にて買取り給い、御座船《ござぶね》と号して、尋常（立派）に飾り、頭《かしら》（舳先）には鞍馬の大悲《だいひ》多《た》聞天《もんてん》、艫《とも》（船尾）には氏神の正《しょう》八幡大菩薩、艫櫂《ろかい》（舩の櫓や櫂を備えた場所）には二十五菩薩（阿弥陀仏に従う菩薩達）を懸け奉って勧請《かんじょう》し、祈誓を籠《こ》め給うて、とさの湊を漕ぎ出《い》でて、蒼《そう》波万里《はばんり》の彼方へと船を押し出だす。潮《うしお》を掬《むす》んで手水《ちょうず》となし（手などを洗い清め）、日本の神々を拝み給う。「上《かみ》は梵天、帝釈天、下《しも》は四《し》大天王《だいてんおう》（持国天・増長天・広目天・多聞天）、熊野三所の大権現、大小の神祇《じんぎ》（天神地祇）、殊には下界の龍神、塩竈《しおがま》六社（六所）の明神《みょうじん》、願わくは、大慈大悲を以て、千島へ渡し給え」と祈念して、風に任せて行くほどに、通る所は何処《どこ》何処ぞ、こんろが島、大手島、猫島、犬島、松島、牛人島《うしびとじま》、おかの島、とと島、かぶと島、竹島、もろが島、ゆみ島、鬼界が島、蛭《ひる》が島を次々と通り過ぎ、明けても暮れても行くほどに、七十五日目と申す頃に、風変りなる島に着き給うた。

渚より見給えば、高さ十丈（約三十米）ばかりの者が二三十人出で来《きた》った。腰より上は馬、腰より下は人の体《てい》にて、腰のあたりに太鼓を付けている。あまりの不思議さに、義経が、「如何に島人たち、この島は何と申すぞ」と宣えば、島人は承り、「此処《これ》は王せん島《じま》と申して、隠れもなき（名高き）馬人島《うまびとじま》とはこの所なり」と申した。御曹子がまた、「面々の腰に付けたるは、如何なるものぞ」と問い給えば、「これは太鼓と申すものなり」と答えた。「何の為に付くるか」と宣《のたま》えば、島人は「われら、あまりに背《せい》高きゆえ、倒れなば起き上がること難し。叫べど声の出でざる時、これを打ち鳴らし候《そうろう》」と申した。義経は、暫《しば》し島人と語り合うたが、逗留しても仕方なしと思し召し、また御船を押し出だした。

風に任せてゆくほどに、八十余日目と申す頃に、また或る島へ着き給うた。船を渚に寄せて見給えば、男女《おとこおんな》の隔て（区別）は知れぬが、三十人ばかりが裸にて屯《たむろ》している。御覧じて、「如何に島人、この島は何と申すぞ」と宣えば、「さん候《ぞうろう》（はい）、この島は、かしまと申して、隠れもなき裸島とはこの所にござる」と答えた。御曹子は聞し召し、「裸なるは神の誓い（思し召し）か、所の習いか、不思議なる事よ」と仰せられた。島人は、「神の誓いにても坐《ましま》さず、ただ、この所の習いにござる」と申して、一首の歌を詠み上げた。

風吹けば寒くはあれど裸島麻の衣のやうを知らねば

義経はこれを聞し召し、「優しき事を申す（詠歌を雅びやかなる行いと捉えた）ものかな。さらば、麻の衣を参らせん」と仰せられ、南に向き給い、はたひゐんと申す行い（一種の術にて〈印を結ぶ〉の類であろう）をして、三度手招きをし給えば、忽《たちま》ち越《えら》の上品《じょうぼん》（越後産の上質の麻布）七八十反が船中に現れ出でた。すなわち、これを与え給えば、島人はこの上なく喜んだ。

さて、その後《のち》、「これより千島の都へは、如何ほどの船路ぞや」と問い給えば、島人は承り、「喜見城の都へならば、順風良くして三年、悪《あ》しき時は七年にも渡るかと存じまする」と申した。御曹子は聞し召し、「彼方此方《かなたこなた》の島渡りして辛労を重ぬるよりは、此処《これ》より帰りたきものを」と思し召して、案じ煩《わずら》い給う。島人どもは、「この島に御とどまりあれ」と申し上げた。

さるほどに、義経は案じかねて坐《おわ》したが、「待て暫し、我が心、このまま帰るものならば、秀衡に何とも言うべき様も無し。見限られては源氏復興も叶うまい」と思し召し、また御船を漕ぎ出だし、日数《ひかず》も積もって七十二日目と申す頃に、また或る島に着き給う。

渚に寄って見給えば、年のほど四十ばかりの者を先頭に、十七八なる者も混じり、女ばかりが数多《あまた》集い来て、御曹子を取り囲み、「あら嬉しや、島の守《まもり》（守護神）が来《きた》る」と言うて喜び、今にも害さん（殺さん）とする態《てい》と見えた。御曹子は、「如何に島人たち、まずものを聞き給え」と仰せられたが、女たちはそれには取り合わず、「二三百年より更なる以前、葦原国《あしはらこく》（日本）より男《おのこ》が三人来りしを、われらが祖《おや》たち、これを取り押えて切り、島人の守にし給う。それより島はめでたく事運び、何事も思う儘《まま》なり。皆々寄って切り取り、守にせよ」と互いに言い合いつつ、鉾《ほこ》を横に構えて襲いかかった。義経は、今は限り（最早これまで）と思し召し、「少しの暇《いとま》を給え。竹（笛）を鳴らして聞かせん」と仰せられ、たいとう丸（笛の名）を腰より抜き出だし、干五上勺中六下口《かんごじょうさくちゅうろくげく》と申す八つの歌口（穴）を花の露にて吹き湿らせ、時に応じた調子を取り、黄鐘《おうしき》調（十二律の一）にて吹き給えば、女どもはこれを聞き、「面白いぞや、冠者《かんじゃ》（元服後の少年の呼称）。島の守にしたく思えども、竹を鳴らすが面白きゆえ、暫し許し申さん」と言い、鉾を投げ捨て、笛の音《ね》に聞き入った。

さるほどに、御曹子は謀《たばか》り得たりと思し召し、笛を吹く合間合間に物語をし給う。「我は、日本葦原国より、むくり（むくりこくり、蒙古高句麗《こうくり》。義経より後の時代の元寇の記憶が混入している）退治のその為に、十万余騎の兵士《つわもの》を揃えて渡るところなれば、これらの者を取り給え。我らを切り分け（肉片として）守として身に掛け給うより、男を一人ずつ取り、夫《つま》と定めて持ち給え。十万余騎の人数《ひとかず》は我らの意の儘なれば、急ぎ連れ参って渡さん」と仰せられたところ、島の女どもは喜び、心もうちとけ、「この島は、隠れもなき女護《にょうご》ノ島」と申した。義経が、「女ばかりにて、和合の語らい無くして、子は何として儲《もう》くるぞ」と問い給えば、女どもは、「されば、その事よ。これより南の方《かた》に南州という国あり、そこより吹き来る風を南風と申すが、その風を吸い込み、最愛の男の代りとなす。また生まるるも女のみにて、斯様《かよう》に多くなり侍る」と答えた。御曹子は聞し召し、「直ぐに男を参らせん」と暇乞して謀り果《おお》せ、御船を押し出だす。風に任せて行くほどに、三十余日目と申す頃に、また或る島に着き給うた。

さるほどに、御船を渚に寄せて見給えば、背《せい》の高さは一尺二寸（約三六糎余）ばかりにて、扇の丈に等しきほどの者が三十人ばかり出で来った。御曹子が御覧じて、「この島の名は、何と申すぞ」と問い給えば、島人は眼《まなこ》に角《かど》を立て（睨みつけて）、「何を申すか、この冠者《かじゃ》は。此処《これ》こそは隠れもなき小《ち》さ子《こ》島、またの名を菩薩島と申すぞよ。小さ子島と申すは、あまりに背の小さき故なり。また、夜も三度、昼も三度、朝も三度、南方極楽世界（補陀落《ふだらく》世界、観音の浄土。正しくは西方極楽世界とすべきところ）より、二十五の菩薩たちが管絃《かげん》を奏しつつ影向《ようごう》（顕現）し給い、四方には異香薫《いきょうくん》じ、花降り、紫雲たなびき、殊勝なり（素晴しい）。然《しか》るがゆえに、この島を菩薩島とは申す。人の命も長うして、八百歳を保つぞよ」と語り聞かせた。

義経はこれを聞し召し、「さては菩薩の坐《まし》すか、一日なりとも留《とど》まり、拝まん」と思し召した。案の如く、二十五菩薩が影向し給い、管絃を奏し給うたが、そのありがたさと申すものは、心も言葉も及ばぬ（筆舌に尽し難い）ほどである。されば、『法華経』に説かれている「令離苦得安穏《ろうりくとくあんおん》楽《らく》（釈迦の出現は、衆生《しゅじょう》をして苦より離れ安穏の楽を得させん為）」という一節を聞くに及んで、「ありがたし、ありがたし、極楽世界の上品上生《じょうぼんじょうしょう》（極楽浄土の最上階級）に生まるるは疑いなし」と思し召し、随喜の涙を流し給うた。さりながら、「誠にありがたしとは思えども、ここに心を留めても詮方《せんかた》なし」と思し召して、また御船を押し出だし、風に任せて行き給う。明けても暮れても行くほどに、九十五日目と申す頃に、また不思議なる島に着き給うた。

さるほどに、御船を寄せて見給えば、年のほど四十ばかりの者を先頭に、二三十人が出で来り、御曹子を見奉り、手を礑《はた》と打ち、「あら嬉しや」と言うや即ち、てんくわの棒（不明）と付子《ぶす》（鳥兜の根より作る毒）の矢をかざして取り囲んだ。傷《いた》わしや、御曹子は早や御命も危うき有様にて、「浅ましや（情ない）、前世の因果、今ここに廻《めぐ》りきて、かかる憂き目に遇う事よ」と心細く思し召したが、少し心を取り直し、島人を押し止め、「少しの暇《いとま》を賜われ。竹を鳴らして聞かせん」と宣えば、囲みが少し弛められた。その隙《ひま》に、たいとう丸を取り出だして音《ね》取りを済ませ（調子を合せ）、「万秋楽《まんじゅらく》」という楽（曲）を暫し吹き給えば、島人は、笛の奏《かな》での面白さに、「如何ほども（好きなだけ幾らでも）鳴らせ」と申して、皆々静まり、笛の音に聞き入り控えた。

義経は御覧じて、笛を吹く合間に物語をし給う。まず、「この島の名は、何と申すぞ」と問い給えば、島人は「蝦夷が島と申して、隠れもなき島なり」と答えた。また「此《こ》処《れ》より千島の都へは、如何ほどの船路ぞ」と問い給えば、「此処より都へは、順風よくして七十余日なれども、世の常（並大抵）の船路にあらず。同じ事ならば、此処に留《とど》まり給え。住めば何処《いずく》も都にござる。竹を鳴らして聞かせ給え。命を助くる上の頼みなれば、何も恐れ給うには及びませぬ」と答えた。義経は聞し召し、「留まるべきにもあらず」と思し召し、暇乞をし給う。島人がいろいろと留め申すゆえ、十日ばかり休み給い、その後、船を押し出だし、辺りの体を見給えば、一向渡り得るとも見えぬ。

御曹子は水垢離《みずごり》を取り、潮を掬《むす》び手水となし、数珠をさらさらと押し揉み、「南無《なむ》や梵天帝釈、四大天王、日輪月輪、総じては、氏神正八幡、願わくは、難なく島へ渡し給え」と祈念深く申し給うて、艫《とも》（艪）、櫂《かい》、楫《かじ》を取り直し、風に任せて行くほどに、遥かに遠き船路なれども、祈誓の験《しるし》が現れ、音に聞えた千島の都に着き給うた。

大王の内裏を見れば、心も言葉も及ばぬほどである。地より三里（十二粁）高く、八十丈（約二四〇米余）の鉄《くろがね》の築《つい》地《ぢ》をめぐらせ、鉄の網を張り、鉄の門を立ててある。門の辺りには、牛頭《ごず》、馬頭《めず》、阿《あ》防《ほう》羅《ら》刹《せつ》（何《いず》れも地獄の獄卒）、たたせいめうしゆやしやき（不明。タタセイミョウシュとヤシャキとに分けるべきか）などと申す鬼どもが数多《あまた》屯《たむろ》していたが、御曹子を見つけ、手を礑《はた》と打ち、「あら嬉しや、餌食にせん」と喜び謂《わめ》いて取り囲んだ。背《せい》は十丈（約三〇米余）ばかりにて、十二本の角を振り立て、霞の息を吐《つ》くや即ち、辺りは真の闇と化した。

義経は御覧じて、「日本に在るならば、十万余騎が来《きた》るとも物の数とは思わねども、かかる所にては如何《いかが》せん。とやせんかくやあらん」と思いを廻《めぐ》らせ給うたが、廻《まわ》す小車《おぐるま》の遣る方（対応法）とて無い。せめてもの名残にと思し召し、鬼どもに少しの暇を乞い給うて、たいとう丸を取り出だし、干五上勺中六下口と申す八つの歌口を花の露にて打ち湿らせ、時に応じた調子を取り合せ、黄鐘調にて「あふちう」（不明）「泔洲《かんしゅう》」「想《そう》夫《ふ》恋《れん》」「万秋楽《まんじゅらく》」「春楊柳《しゅんようりゅう》」「夜《や》半《はん》楽《らく》」という楽を今を限りと吹き給うた。阿坊羅刹はこれを聞き、「餌食にはしたく思えども、竹を鳴らすが面白きゆえ、命を許し、竹を吹かせて聞かん」と申して、霞の息を吸い込んだので、空は旧《もと》の如くに晴れ渡った。

時（暫し）の命を助かり、御曹子がここを先途《せんど》と吹き給えば、鬼どもは、「あまりに面白きゆえ、いざや我らも習うて吹かん」と申して、竹を探し求め、穴を開けて吹いてみたが、鳴る気配もない。「やはり、冠者が吹くほど面白く巧みに吹く事は、よも（恐らく）叶うまい」と申して、東西（辺り。ここでは屯する鬼たち）を静めて、義経の笛に聞き入っていたが、或る鬼が、「これほど面白き事を、我らばかりにて聞くより、いざ大王へも申し上げん」と申して、即ちその由を奏聞に及んだ。

大王はこれを聞し召し、「如何《いか》なる事ぞや、見聞せん」と仰せられ、八十二間の広縁《ひろえん》まで義経を呼び給うた。直ちに参り給い、大王の出で給う姿を見上げ給えば、身を五色《ごしき》に装い、背《せい》は十六丈（約四八米余）、手足は八つ、角は三十本あり、呼ばわる声は百里（四〇〇粁）四方に響き渡るほどにて、御曹子は肝魂《きもたましい》も身に添い給わぬ体である。

大王は、大の眼《まなこ》に角を立て（睨み）、「日本葦原国より渡りたる冠者とは汝がことか」と宣うたが、眼は朝日が輝く如くにて、「汝は、竹とやらを鳴らすと聞く。吹け、聞かん」と命ずる様子は、恐ろしきこと限り無し。されど、御曹子は、思い設けたる（予期した）事なれば、たいとう丸を取り出だし、錦の油単《ゆたん》（防水用の覆い）を外し、音《ね》取りを済ませ給うて、様々多き楽の中より、天竺のものという「ししとり」「へいとり」「団乱旋《とらでん》」「賀殿《かてん》」「りんせい」「想夫恋」「春楊柳」「ちはんらく（夜半楽か）」「霓裳羽衣曲《げいしょうういのきょく》」と申す楽を、ここを先途と吹き給うた。

大王はつくづくと聞き給うて、斜《なのめ》ならず（甚だ）喜び、

「さても、奇特《きどく》（巧妙）に鳴らすものかな。冠者は、よくも此処《これ》まで渡り来《きた》るぞ。三百年以前に、葦原国より渡り、忽ち道（途中）にて命を失うたる者のありしが、汝、此処まで難無《の》う来りし事の不思議さよ。望みありて来りしか、隠さず申せ」と尋ね給う。御曹子が、「恐れがましき事なれども、この内裏に大日の兵法の坐《まし》ます由を承り及び、此処まで参って候。御情に御伝授給われ」と宣えば、大王は聞し召し、「あら優し（感心）の冠者が志よ。難なく此処まで来り、師弟の契約を望むとな。これは七生《しちしょう》の（七度転生しても変らぬ）契りにて、『一字千金の理、師匠の恩は七百歳』と説かるる通りぞ。されば、御身《おんみ》は此処へ至る途中にて河を渡り、河の案内（様子）は知りおろう。かの河をば寒風《かんぷう》河と申すが、水の底より大風《おおかぜ》吹き上げ、白波逆《さか》巻き、氷の冷たき事は、葦原国の氷に百千《ももち》（百倍千倍）も勝るらん。その河にて、朝に三百三十三度、夕に三百三十三度の垢離を取り、三年三月《みつき》精進したる後、八月十五日に一度限り習う大事の法なり。葦原国の大天狗太郎坊（山城国愛宕山を本拠とする）も我が弟子なるが、四十二巻の巻物を漸《ようよ》うに二十一巻、『い』の法まで修めて、それより末は習うておらぬ。もしや已《すで》に、汝はそれを習うてか。それを習うてあるならば、我らが前にて悉く語るべし。その後、大事を伝えん」と宣うた。

御曹子は、もとより鞍馬育ちの事なれば、毘沙門天王の化身、文殊《もんじゅ》菩薩の再誕（生まれ変り）にて坐《まし》ます上に、文字《もんじ》にもよく通じ給うゆえ、鞍馬の奥にて習い給うた四十二巻の巻物にある法をば悉く披露し給うた。大王は御覧じて、「実《まこと》に汝は志深き者ぞ、神妙なり。さらば、許し申さん」と仰せあって、師弟の契約を為し給うた。まず、林樹の法、霞の法、小鷹の法、霧の法、雲居に飛び去る鳥の法などを伝え給い、「これより奥の法（極意、奥儀）は無益《むやく》（口授は無用）なり」と宣うて、御座敷を立ち去り給うた。

御曹子は唯一人、広庭に在《おわ》し、思案にくれて佇《たたず》み給う。大王は、ゑしやきと申す者を召し寄せ、「冠者は何処《いずく》にあるぞ、見て参れ」と命じ給う。即ち、ゑしやきは立ち出で見て、義経が元の所に在すのを能《よ》く能く確かめた上にて、立ち返り、その旨を大王に申し上げた。

大王は聞し召し、「さては不思議の者かな。されば、出でて酒盛して、竹（笛）を鳴らさせて聞かん。今度《こたび》は、姿を引き替えて（変じて）出でん」と宣うて、阿坊羅刹を千人ばかり引き具して出で給う。大王は、年の齢《よわい》四十ばかりの男の姿に出で立ち給い、烏帽子《えぼし》浄衣《じょうい》を引き繕い（整え）、三枚重ねの畳の中ほどにむずと直り（座り）、御曹子を弓《ゆん》手《で》（左）の方《かた》に呼び寄せて直らせ給うた為、御曹子の眼には最前に見給うた姿とは違うて映った。

御盃（酒宴）が始まり、大王は「冠者は竹を鳴らせ」と宣うた。義経がたいとう丸を腰より抜き出だして、「廻盃《かいばい》楽《らく》」という楽を吹き給えば、「面白いぞよ、冠者。『廻盃楽』と申す楽は、盃を廻《めぐ》らすという楽なり。されば、盃を廻らせよ」と仰せられた。順逆（上座の者から下座のものへ、また下から上へ）に盃を差しつ差されつするうちに、酒宴も半ばに差しかかれば、大王は扇を取り直して、錦の暖簾《のうれん》を掻き上げ、「あさひ天女は聞きてあるか。葦原国の冠者が竹を鳴らすが面白きゆえ、出でて聞くがよいぞ」と宣うた。天女は聞し召して、人前には出《い》づまじきものと思い給うものの、「父の仰せなれば出でん」と思し召して立ち出で給う。御装束は、唐巻染《からまきぞめ》（絡巻染。絞り染）、菊襲《がさね》、むらがさね（不明）、このはがさね（朽葉襲か）、八重がさね（不明）、唐綾一重《ひとかさ》ねなど、十二単《ひとえ》を引き重ね、女房十二人を引き連れ、七重の屏風、八重の几帳《きちょう》、九重《ここのえ》の幔幕の内より出で給う。その御《おん》有様を、ものによくよく譬えれば、十五夜の月が山の端《は》をほのぼのと出づる姿、籬《ませ》（まがき。竹・木製の目の粗き垣）の内の八重菊、大庾嶺《たいゆうれい》の梅の花かと疑われ、出で給うて父大王の馬手《めて》（右）の脇に直り給う御姿を見奉れば、三十二相、八十種好《すいこう》（共に仏が具えるめでたき相好）の形を持ち給う。

御曹子は御覧じて、「たとい命は捨つるとも、一夜《いちや》なりとも馴れて（共に過して）こそ、この世の思い出ともなるべし」と思し召し、心も空に（夢中で）憧れて、楽（曲）は様々多き中より、男は女を恋うる楽、女は男を恋うる楽、即ち「想夫恋」という楽を選んで吹き給えば、天女はこれを聞き留め、「冠者が自ら（天女の一人称）を心に懸ける優しさよ」と思し召す。大王は猶も義経に、「あの姫は、去年三月に母に離れ（死別）、心慰む方も無し。竹を鳴らして聞かせよ」と仰せられた。やがて酒宴も終り近く、大王が御座敷を立ち給えば、天女も共に立ち去り給うた。

御曹子は天女を見初《そ》め給うて、一日二日と思い続け、日《ひ》数《かず》が積もるうちに、天女も石木《いわき》（感情無きものの譬）ならねば靡《なび》き給うた。浅からず契りを籠め、心も打ち解け給うに及んで、御曹子が天女に対《むか》い、「我は葦原国より、望みありて参り候。叶えて賜わるならば、夢ばかり（少し）望みの事を語り申さん」と仰せられたところ、天女は聞し召し、「何事なりとも叶え申さん。疾《と》く（早く）仰せられませ」と答え給うた。そこで、「この内裏に、大日の兵法が坐《ましま》す由、承る。一目見せて給われ」と願い給えば、「それは、此《こ》処《れ》より丑寅《うしとら》（北東）の方《かた》、七里の奥に、壇を築き、注《し》連《め》縄《なわ》を張り、石の蔵に籠め置き、金《こがね》の箱に納めて、世の常（常識）超ゆる厳しさにて護らせ給う。殊更女の参る事は、中々成らざる所ゆえ、その望みばかりは、思いも寄らぬ事にござりまする」と仰せられた。

義経は聞し召し、「ここに一つの譬え（諺）がござる。『父の恩の高きこと、須弥山よりもなお高し、母の恩の深きこと、大海《だいかい》よりもなお深し』とは申せども、親は一世《いっせ》の結び（現世限りの縁）なり。不思議なる（思いがけぬ）事に、夫婦は二世《にせ》の契り（現世と来世に亙る縁）にてござるぞ。一夜の枕を並べし事も、百生《ひやくしよう》（百度の転生。ここは幾世の意）の契りに同じ事と思し召せ。御身と我とは、殊更に蒼波万里を隔つれども、真《まこと》に多生《たしょう》の契り（幾世にも互る縁）にて結ばれてござる。何とぞ案（智恵）をめぐらして、かの巻物を一目見せて給われ」と頼み給うた。

天女はこの由を聞し召して、「思う仲の事ゆえ、たとい父の勘当を被《こうむ》るとも、見せ参らせん」と思し召し、不浄なる身（女性、或いは非処女なるを以て斯く言うか）ながらも、守刀を持ち給うて、七里の山奥に押し入り給い、七重の注連縄を切り払い、さて石の土倉《どそう》（扉の誤りかという）を見給えば、文字《もんじ》が三流れ（三行）書かれている。これに「龍《りょう》」という字を書き、虎爪《こそう》の点を打ち給えば、即ち扉は開いた。金《こがね》の箱の蓋を開き、巻物を手に取り、我が家に帰り給えば、御曹子は斜《なのめ》ならずに喜び、三日三夜のうちに書き写し給うたが、奇特《きどく》の兵法なれば、写し取るや忽ち白紙《しらかみ》と変じた。天女はこれを見給うて、「如何にや御身、お聞きなされ。この巻物が白紙となる上は、定めて何か験《しるし》（兆し）あるべし。大事の起らぬその前《さき》に、早や早や御帰りなされませ」と仰せられた。

義経が聞し召し、「大事出来《しゅったい》して、御身の命助からぬその時は、我も御身の如く死ぬべし。然《さ》もなくば、葦原国へいざ入らせ給え、御供申さん」と宣えば、天女はこれを聞き給うて、「葦原国へ参る事、ゆめゆめ（決して）成らざる事にござりまする。別るる名残の物語に、この兵法の威徳を語り聞かせ参らせん。御身を帰し申せば、必ずや討手が向いまする。その時は、塩山《えんざん》という法を行い、後ろへお投げなされませ。海の面に塩山《しおやま》が出来し、討手を隔てまする。討手が山を超えんとする隙《ひま》に、逃げ延び給え。第三の巻物に見ゆる、らむふうひらんふう（藍婆風毘藍婆風の略かという。後には〈早風の法〉と出る）という法を行い給うものならば、ほどなく日本の地にお着きになれまする。自ら（私）の事を思し召し下さるならば、大日の一の巻に見ゆる、濡手《ぬれて》の法と申す術を行うて給わりませ。建盞《けんさん》（天目茶碗の一種という）に水を入れ、阿吽《あうん》という文字を書きて御覧あれば、その水に血が浮びまする。その時は、父の手にかかり最期を遂げしものと思し召し、御経を読み、弔《とぶろ》うて給わりませ。大事の出来《しゅったい》せぬその前《さき》に、疾《と》く疾く御帰りなされませ」と仰せられて、内裏の奥に入り給うた。

御曹子が忍んで内裏を出で給い、寒風河へ御船を乗り出だし給えば、案に違《たが》わず、内裏には火の雨が降り、雷《いかずち》が鳴り響き、辺りは暗闇と化した。大王は大いに驚き、築地《ついぢ》に腰を掛け給うて、熟々《つくづく》ものを案じ、「かの冠者が此処《これ》まで渡り、兵法を望みしを、許さずしてありつるが、天女が巻物の在処《ありか》を教え取らせけるぞ」と思い給う折から、忽ち白《しら》紙《かみ》の巻物が二三巻、御前《おんまえ》に吹き下りてきた。案に違わぬ体を御覧じて、大王が「追っかけよ」と命じ給えば、阿《あ》坊羅《ほうら》刹《せつ》の鬼どもが千人ばかり出で合うて、我先にと急ぎつつ、てんくわの棒と付子《ぶす》の矢を携えて、浮履《うきぐつ》（海上歩行用の沓）を履いた馬などに打ち乗って追跡に及んだ。

御曹子が後ろを屹《きっ》と見給えば、案にたがわず、大王の討手が天地を響かせて追いかけ来った。既に御船間近に迫ると見えたその時、天女の教え給うた塩山《えんざん》の法を行い、後ろへ投げ給えば、平々たる海の面に塩の山が七つまで出来した。討手がこの山を越えるその隙《ひま》に、早風の法を行いつつ、前《さき》に投げ給えば、俄《にわか》に大風が吹き来り、四百三十余日に亙《わた》って吹き続きしゆえ、七十五日目と申す頃には、日本のとさの湊に着き給うた。

さるほどに、鬼どもは御曹子を見失い、詮方なく立ち帰り、この由を然々《しかじか》と申し上げれば、大王は大いに腹を立て、「天女が冠者に心を合せたる事、疑いなし。天女の仕業なれば、助け置きても詮（仕方）なし」と仰せられ、花のようなる天女を八つ裂きにして打ち捨てた。この天女の本地《ほんぢ》（本来の姿。化身の逆）を詳しく尋ぬれば、日本相模ノ国江ノ島の弁財天の化身にて坐《おわ》します。義経を憐れみ、源氏の御代になさん為、鬼の女《むすめ》に生まれ給い、兵法を伝えんその為に、斯様《かよう》の方便（手段）を取り給うたとか。

さるほどに、義経は兵法の巻物を取り給うて、とさの湊へ着き給う。奥州に下り給い、秀衡に然々と語り給えば、秀衡は承り、「さても、御命の果て給うかと案じ申すところに、兵法を得て帰り給う上からは、日本を易々と切り取り給うて、源氏百代の世となす事、疑い無し。これほどの君は他にあるまい」と申して、喜ぶ事限りなく、囲繞渇仰《いにょうかつごう》して（取り囲み深く信ずる）大切に傅《かしず》いた。

さるほどに、義経が少し微睡《まどろ》み給う折から、天女が枕上《がみ》に立ち添い、「御身は何事もなく渡らせ（無事に在る）給うものかな。自らは大王の手にかかり、空しき身となれども、御身ゆえの事なれば、命は露ほど（少し）も惜しくはござりませぬ。二世の契りは朽つる事なければ、来世にて御目にかかりまする」と仰せられ、涙を流し給うかと見えたので、御曹子はかっぱと起き給い、「如何《いかが》せしや」と問わんとし給うたが、夢と知れた。憐れと思し召し、涙を流し給い、あまりの不思議さに、天女が暇乞の折に宣うた通りに、建盞に水を入れ、大日の法の一の巻に見える濡手の法を行い、阿吽《あうん》の二字を書いて御覧ずれば、約束に違《たが》わず、血が一滴浮んだ。「さては果て給う事、疑いなし」と思し召し、嘆きに沈み給う。さて、御僧に物を供え、御経を読み、様々に弔い給うた。昔より今に至るまで、夫婦の仲ほど切なる（懇ろな）ものはよも（滅多に）あるまい。かくて、義経は、兵法の御陰を蒙《こうむ》り、日本国を思いの儘に従えて、源氏の御代を招来させ給うたのである。

*前田林外

法　鼓

——源九郎義経の初陣を咏じたる

一

金碧燦《きんぺきさん》たる鳳凰堂《ほうわうだう》の
蒔絵《まきゑ》の須弥《しゆみ》壇《だん》、聖仏《みほとけ》近く、
霊香薫《れいかうくん》じて花ふる蔭《かげ》に
あれ見よ、銀台鼓《ぎんだいつづみ》を据《す》ゑたり。
『知らずや、新発意《しんぼち》、名のある鯨鐘《かね》は
撞《つ》かねど響くと聖経《みきやう》に説くに、
音なし鼓《つづみ》と仮言《かこ》つべけんや
いでいで験《ため》さん、我には貸せよ』。
新発意《しんぼち》十二の年紀《とし》は超ゆれど
鈍色法衣《にびいろごろも》の姿も可憐《かれん》。

『あらずよ、将軍魄霊《たましひ》亡くば
白狐《びやくこ》の皮は破れであるも、
よし又締緒《しめを》は紅《くれなゐ》燃ゆるも
それには必らず佳《よ》き音《ね》を宿さじ、
況《いは》んや、こはこれ「神秘《しんぴ》」の鼓《つづみ》
調《しら》ぶる伶人《れいじん》今はたありや。

伝へぬ、平治《へいぢ》にかの六波羅《ろくはら》の
戦闘《たたかひをは》了りて源家《げんけ》は悲運、
哀《あはれ》ぞ、奥州《あうしう》六郎義隆《らうよしたか》
剣《つるぎ》を龍華《りゆうげ》の雪に撑《こ》ぎつつ、
我等《われら》は西又花洛《みやこ》に入《い》りて
いつかは怨《うら》みの念《おもひ》を晴らす、
味方や、来《きた》れと鼓《つづみ》を打てば
来《きた》るは毒羽箭《どくはや》、頸《うなじ》を射たり。

義朝《よしとも》、鼓《つづみ》を紀念《かたみ》にうけて
流石《さすが》に、暫《しば》しを目を瞑《と》ぢ嘆く、
悲しや、尊《たふと》き八幡殿《はちまんどの》の
遺躰《なごり》もここに今ぞ失せぬる、
思へば、鼓《つづみ》よ、汝《な》を打つごとに
汝《な》がごと我《わ》が生命《よ》も縮まりゆくか、
さはいへ、勝負は合戦《いくさ》の常ぞ
東国《あづま》は故郷《ふるさと》いざ鞭《むち》あげん。

下《くだ》れば、大《だい》なる海洋《つみ》にも似たる
琵琶湖《びはこ》は暴風《あらし》に波瀾《なみ》立ち凄《すさ》ぶ、
岸の辺《べ》、枯葦《かれあし》さし分け出《い》でて
小舟《をぶね》は揺らげど水底《みなぞこ》深う、
遺愛の鼓《つづみ》は首《かうべ》は沈め
ゆく〳〵義朝《よしとも》顧《かへり》みすれば、
残照《ゆうひ》を浴びたる堅田《かたた》の浦曲《うらわ》
墳墓《ふんぼ》は泡沫《うたかた》、痛むに堪へんや。

この夜《よ》を、龍女《りゆうによ》が湖《うみ》の宮居《みやゐ》に
語るは青虬《みづち》に容貌《かたち》を変へて、
湖水の末流《すゑ》なる宇治《うぢ》の霊地へ
鼓《つづみ》を守護せば任務《つとめ》は足らん、
星巌《ほしいは》、龍巌《たついは》、獅子形《ししがた》の巌《いは》
峨峨《がが》たる絶壁《きりぎし》縫《ぬ》ひつつ流るる、
大河《たいが》はとこしへ白螭《はくち》の領《りやう》ぞ
翼《はね》ある金艇《きんてい》飛《とば》して降《くだ》れ。

暁《あかつき》、漁翁《ぎよをう》山門叩き
昨夜《ゆふべ》は網《あみ》して宝珠《みたま》を得たり、
妖怪《あやかし》棲《す》むてふかの橘《たちばな》の
小島が崎《さき》なる洞窟《うつろ》を見よと、
長老《ちやうらう》俄《にはか》に夢驚かし

現《うつ》に応《いら》へて堤《つつみ》を下《お》りつ
闇洞《くらあな》、探れば宝珠《みたま》はなくて
霊妙《くしび》と見るまで輝く鼓《つづみ》。

何等《なんら》の歓喜《よろこび》、菩薩《ぼさつ》に謝せよ
稀有《けう》なる奇瑞《きずい》や、「法鼓《ほふこ》」と呼ばん。
僧皆《そうみな》、緋法衣《ひごろも》、錦襴《きんらん》の袈裟《けさ》
秘めたる技倆《てなみ》を今こそ知れと、
とり〴〵取上げとり〴〵打つに
不思議や、鼓《つづみ》は音《ね》をば出《い》ださず、
之《これ》より龕《みづし》に納むと伝ふ、
願ふは、将軍御手《みて》をな触れそ』。

『善《よ》い哉《かな》、新発意《しんぼち》、汝《な》が聞くところ
平治《へいぢ》はこの軀《み》の生れける年、
且《か》つまた鼓《つづみ》と縁《えにし》は深し
抱《いだ》きて疾《と》く〳〵ここにぞ来《きた》れ。
あれ聴け、我が兵二万五千騎
尚只擾擾《なほただぜうぜう》、どよめき騒ぐ、
鏡を砕《くだ》けば少女《をとめ》は泣くに
軍紀の乱れを男児《をのこ》や耻《は》ぢざる』。

二

将軍義経、鼓《つづみ》を把《と》るや
直《ただち》に矢楼《やぐら》の上にあらはる、
緋縅《ひをどし》の鎧《よろひ》、黄金《こがね》の兜《かぶと》、
齢《よはひ》は幾歳《いくつ》ぞ二十五の春、
東の嶺《みね》をば輾《きし》りて出《い》づる
炫《まば》ゆき旭紅《あさひ》に耀《かがや》きわたり、
眉目《まみ》にぞ溢《あふ》るるその神彩《かんあや》は
似たりな、神将《しんしやう》、威ありて猛《たけ》き。

皆《まなじり》決して遠く望めば
湖《うみ》、縹渺《へうべう》として雲と濤《なみ》、
蜿蜒《ゑんえん》、春山《はるやま》伏しては起《た》ちつ
伊吹《いぶき》は濃靄《こきもや》、比良《ひら》は斑雪《むらゆき》、
何処《いづこ》ぞ内海《うちみ》か、怨《うらみ》を呑《の》みて
我父《わがちち》幽冥《よみ》なる悪趣《あくしゆ》に堕《お》ちし、
祖父《ぢぢ》の義隆《よしたか》がおくつきこそは
はかなや、彼処《かしこ》の漁村ならんか。

この地は即《すなは》ち伯翁《をぢ》頼政《よりまさ》が
義《ただ》しき声をば始めて叫び、
高倉《たかくら》のおん宮上《みやかみ》に頂き

多怨《たをん》の大敵《だいてき》防ぎし処《ところ》、
軍《いくさ》は敗れて、埋木《うもれぎ》の歌
誦《ず》しつつ悲哀《あはれ》によし果てぬれど、
云《い》はじな、数奇《すうき》の老いし歌人《かじん》と
類《るい》なき壮図《くはだて》、讃嘆すべし。

『礼拝《らいはい》、欽《つつし》みまた若《つつ》しんで
我今《われいま》、皇天《すめら》の威霊《ゐれい》にぞ誥《つ》ぐ、
嘗《かつ》ては凶暴平氏《へいし》を忌《い》みしが
ちかごろ義仲《よしなか》無下《むげ》に交代《かは》りて、
髻髪《うなゐ》が花束《はなたば》分《わか》つ如《ごと》くに
天下《てんか》を三《み》つにと志《こころざ》しては、
荒鷲《あらわし》さながら、王城《わうじやう》悩まし
竊《ひそか》に西なる平氏と結ぶ。

厥罪《そのつみ》問へよの宣旨《せんじ》をかしこみ
鎌倉出《い》でては夜《よ》を日《ひ》を馳《は》せつ、
範頼《のりより》瀬多《せた》より我は宇治《うぢ》より
渠《かれ》をば挟んで撃たんとすなり。
ああ、天神地祇《てんじんちぎ》請《こひ》ねがはくは
この戦闘《たたかひ》をもて若《も》し吉《きつ》とせば、
維《これ》この黙《もだ》せる鼓《つづみ》は鳴りて
衆をぞ励ませ、この河渡せ。

いでいざ打たんか、汝鼓《なんぢつづみ》よ
第一の声は義隆《よしたか》に回向《ゑかう》、
第二は頼政《よりまさ》、第三は父の
怨霊《をんりやう》、悪霊《あくりやう》、菩提《ぼだい》に供養』。
不思議や、鼓《つづみ》は忽《たちま》ち坎々《かんかん》
琥珀《こはく》の玉をば打ち出《いだ》すごとく、
或《あるひ》は魔王の血潮《ちしほ》に飢《う》ゑて
真夜半《まよなか》、暗きに舌《した》打つごとし。

軍兵《ぐんびやう》、等しく耳聳《そばだ》てて
令《れい》ぞと刹那《せつな》に静まりぬるに、
一韻《ゐん》一音《おん》いよ〳〵切《せつ》に
序《じよ》、破《は》、急《きふ》いづれか悲憤ならざる、
『これ遊戯《ゆげ》ならんや、声誉《ほまれ》の初陣《うひぢん》
源家《げんけ》の浮沈はこの一挙ぞ、
危険は冒せ、艱苦《かんく》は凌《しの》げ
汝等《なんぢら》勇士の名をば汚《けが》すな。

さはいへ、北岸《ほくがん》敵を眺めて
逡巡《しゆんじゆん》、渉《わた》らず怯《けふ》とや云《い》はん、
我《われ》聞く、平氏は山又海に
仮寝《かりね》の夢をば僅《わづか》に結《むす》ぶと、
やがては討たんに、その懸崖《けんがい》、
逆捲《さかま》く怒濤《どたう》を汝等《なんぢら》如何《いか》に、

さればよ、今日《けふ》より「自然」を敵とし
風とも争へ、波とも闘《せめ》げ。

ああ、この宇治川《うぢがは》、躍《おど》つて先陣《せんぢん》
誰《たれ》かは此《こ》の日の勇者《ゆうしや》と驕《おご》る』。
将軍、雄たけび終らぬ程に
小島が崎より二騎躍《をど》り出《い》づ。
何等《なんら》の不思議ぞ、紫電閃々《しでんせんせん》
晴れたる蒼空《みそら》に雲馳《は》せ驟《あつま》り、
殷々《いんいん》、鳴動《はため》く雷火《らいくわ》のしたに
鼓《つづみ》はおのづと又響きけり。

*與謝野寛

山寨

——源九郎義経と伊勢三郎との事を歌へる

一

遠《には》かにもこの日は暮れて
くらがりの如法夜《によほふや》叉闇《しややみ》
むら杉の木立《こだち》とどろと
かき乱し狂ふあらしや
面《おも》うつは雨かあられか
矢つがへて射るにも似たり
この山に魔障《ましやう》のありて
義経《よしつね》をためすとならば
其《そ》れもよし雨とあらしと
歟《や》まずあれ百日《ももか》八《や》十《そ》宵《よひ》

足柄《あしがら》を越えにし其の日
義経にひがしの国の
荒武者を三十万騎
率《ひき》ゐ立つ大将軍と
成らむこと許しまさずば
この峰をやはかは西へ
往《い》なむやと誓ひし我ぞ
されば今こをどりしつゝ
火を燧《き》りて焚《や》きても過ぎむ

あきびとのおやぢ吉次《きちじ》は
鞍馬なる法師たばかり
我君《わが》を率《ゐ》て行くほどの
末の世の不《ふ》敵人《てきじん》なり
年々《としどし》に黄金《こがね》買へばや
陸奥《みちのく》の旅も幾たび
踏みまどひ山路に暮れし
恐ろしの夜には慣れぬと
京なまり小唄をかしく
もろ手うつ大荒れの中《なか》

かゝるをり地を裂くばかり
一すぢのいなづまの影
「あ」と見れば又も一すぢ

すさまじき光さしけり
さいはひやひと目みつるは
おごそかに大きなる門《もん》
さぐりより叩きたまへば
内よりはけはひ優しく
袖おほひ手燭さしのべ
うらわかきをとめ出《い》できぬ

塩釜に詣《まう》づる者ぞ
行き暮れて雨になやめり
ゆくりなく訪《と》ふもえにしや
宿かせとのたまひたれば
額《ぬか》しろきをとめすがたの
もの羞《は》ぢて口籠《ごも》るこゑに
わが夫《せ》こそ国をゆすりて
人の知る心猛《まう》なれ
よき敵《あだ》の今日《けふ》もありてか
朝いでて未《いま》だ帰らず

宿ひと夜かしまつらむは
何ほどの事となけれど
さりとしも夫《つま》の知りなば
客人《まらうど》に悪しき目みせむ
かくいらへためらひぬるに

あさはかの事のたまふよ
あはれさは知る人ぞ知る
いささかのなさけおぼさば
足よわのこの旅の者
しばしだに寄れと云はずや

ことわりに女《め》は打《うち》笑みて
いざ内へさらば客人《まらうど》
帰り来む主《しゅ》に知らさじと
灯《ひ》は消して衾《ふすま》ひきませ
くだかけの一こゑ鳴かば
疾《と》く起きて出で立ち給へ
人の世はとにもかくにも
安からずさはりはあるよ
わび給ふ秋のひと夜も
或時はおもひでにこそ

二

みやこにも稀有《けう》なるばかり
心ある女《め》が会釈やと
うち興《きょう》じ衣《きぬ》うちしぼり
内に入りあたりを見れば
さながらに国司が館《たち》か

いかめしく城づくりせり
なかなかに灯《ひ》あかくかゝげ
常のごと高き鼾声《いびき》に
ひぢまくら吉次とならべ
おほらかに眠りましけり

夜も更けて子《ね》も過ぎしほど
門《もん》あらく足ふみならし
鬼づらの老武者《おいむしや》どもは
右ひだり四天王のさま
おのおのがとりし矛《ほこ》には
なまぐさき生血《いきち》たれたり
こは如何《いか》に勝ち誇りたる
十八の面《おも》のくれなゐ
悠々と笑ひさゞめき
山寨《さんさい》の主《しゆ》は帰りきぬ

わかき眉くろく秀でて
まなざしの怖《こは》きしたには
江戸、葛西《かさい》、西の大名
ひと目みて百里のがれむ
つはものに手斧《てをの》にぎらせ
まらうどの衾《ふすま》めぐりて
うるはしきおん顔ながめ

手を三たび拍《う》てばやう〳〵
折烏帽子《をりゑぼし》すこし揺《ゆす》れて
欠伸《あくび》して起き給ふかな

あなゆゝし此《この》年ごろを
東国《とうごく》の鄙《ひな》に育てば
われ未だまらうどのごと
をかされぬ威形《ゐぎやう》そなはり
胆《きも》ふとく天《あめ》がした呑む
将軍の相《さう》こそ知らね
沈みては龍《りゆう》もしばらく
こもり沼《ぬ》にかくれぬる世ぞ
雲まちて此《ここ》にも一人《ひとり》
名のりせむいざとぞ云へる

似かよへる汝《なれ》が若さよ
おもしろし願ひは容れむ
岩が鼻山の名きくも
をさな児が泣きをとどむる
山賊《やまだち》の姿あさまし
かくしてぞ身はやつしける

年ごろの願《ねがひ》かなひて
我君を今日《けふ》見まつると

妻《め》を呼べば青きからぎぬ
赤裳《あかも》ひき御銚子《みてうし》とりて
奉るゝはひの酒は
きこし召《め》せおふけなれど
百万の平家ありとも
みさぶらひ三郎こゝに
一人《ひとり》して楯《たて》は足れりと
雄々しくも誓ひ誓ひぬ

しろがねの轡《くつわ》はませし
君が馬おのれ口とり
奥州へ御供《みとも》の門出
さらばとて勇めるうしろ
さばかりの雨雲《あまぐも》はれて
くだかけはほがらに鳴きぬ
いはけなき女ごころや
涙ぐみ見おくる柱
将軍とわが夫《せ》の上に
下野《しもつけ》の夜は明けにけり

*與謝野寛

鳴鏑

――源九郎義経の戦功を歌へる

上

此処《ここ》は津の国住《すみ》の江、
深海《ふかうみ》の青和《あをなぎ》に
　浮鳥《うきどり》ねむる春の日、
磯霞《いそがすみ》ほのぼのと
籠《こ》めたりや大やしろ、
松にまじりて緋ざくら
珠《たま》ざくら、藤の花さき、
御階《みはし》めぐりて山吹
　橘《たちばな》、葵《あふひ》の葉、
　神水《みたらし》に
紺青《こんじやう》の陽炎《かげろふ》燃えぬ。

さても荒涼《すさ》まじ世の中、
三年《さんねん》の兵乱に
　やすき暇《いとま》も無けれや、
狩衣《かりぎぬ》に絵を競ひ
檜扇《ひあふぎ》に蒔絵《まきゑ》打ち
公卿《くぎやう》、公達《きんだち》、宮媛《みやひめ》
磯ゆする宴遊《あそび》も絶えぬ、
秀歌一首の禱《いの》りに
七夜《ななよ》の参籠《さんろう》や
　うらぶれて
痩せたまふ風流《ふうりう》も無し。

ちかき難波《なには》の浦には
このたびの催しに
　馳せ遅れたる源氏等
面猛《つらまう》のあらえびす
声高《こわだか》に船は喚べ、
院の幣帛《へいはく》さゝげて
追討の祈願満ちては
あな無聊《さびし》らの弥生《やよひ》や、
宮司《ぐうし》も伶人《れいじん》も
　うつらうつら
永き日を倦《う》んじ睡《ねむ》りぬ

あたり折から暗《くら》がり
真夜中の光景《けはひ》して
　しづかに渡る松かぜ、
一百《いつぴやく》の燈籠《とうろう》に
灯《ひ》は入りぬ星のごと、
大御《おほみ》田《た》植うる式事《しきじ》か
采女《うねめ》等の唄《うた》も聞かぬに、
御輿《みこし》洗ひの祭りか
勅使もおはさぬを、
　何なれば
時しらず灯《ひ》はたてまつる。

あら、ひんがしの空より
しろがねの轡《くつわ》の音
　蹄《ひづめ》のおとこそ近づけ、
鹿島より三島より
明神《みやうじん》のふた柱
ましろき翼《はね》の神馬《しんめ》に
白髪《しらが》垂れ並び来《き》ませば、
「いざたまへや」と内より
微妙《みめう》のおん声に
　おのづから
つと啓《あ》きぬ金《きん》の御格子《みかうし》。

今、宝殿《ほうでん》のおん上
青銅《せいどう》の燈台《みあかし》に
　松笠《まつかさ》細う燃えたり、
天《あめ》の井の水のごと
澄みわたる真鏡《まかがみ》に
三つの御像《みすがた》映《うつ》りて
梔花《くちなし》のおん衣《ぞ》似たりや、
現人神《あらひとがみ》の打解け
ざればみ、翁《おきな》さび
　ほがらかに
語ります事の畏《かしこ》き。

『あるじの翁《おぢ》も知ろさめ、
法皇の願文《ぐわんもん》の
　こたびは痛《いた》う切《せち》なり、
いかにぞや議《はか》らまく
遠乗りに斯《か》くは来ぬ、
敵は手強《てごは》の者かな
入道の帰依《きえ》に感《ほだ》され
熊野の神や、紅《べに》さす
龍女《りゆうによ》の厳島《いつくしま》
　西の海
悪龍《あくりゆう》を集《つど》へて護《も》りぬ。』

『げにや年頃浅慮《せんりよ》に
事このむ下座《げざ》の神
　あまた方人《かたうど》してけれ、
王法《わうぼふ》は衰へめ
神力《じんりき》の落つべきか、
心やすかれ、筑紫《つくし》の
宇佐が守《も》る源氏の巨人《こじん》
義経こそは優曇華《うどんげ》
玉珠の樹、光る枝
　　めづらかに
末の世の一《いち》の将軍。

過ぎける後《あと》の二月《きさらぎ》
この国の戦ひよ
語り出づるも忌々《ゆゆ》しや、
三草山《みくさやま》、一の谷
要害の城がまへ、
九国《くこく》、中国、四国ゆ
十万の精兵《せいひやう》つどへ
人天《にんでん》を呑む勢《いきほ》ひ、
海には讃岐潟《さぬきがた》
　屋島《やしま》より
いくさ船沖を掩《おほ》ひぬ。

味方の軍は五万騎
昆陽野《こやの》より二里がほど
　しら旗雪とまがへり、
宵ごとに増りゆく
両軍の篝火《かがりび》は
日本武《やまとたける》の少子《わくご》が
東国《とうごく》のえびす迎へて
焼津《やいづ》が原に火を放《さ》し
火中《ほなか》の乱兜《のけかぶと》
　　麗はしく
笑《ゑ》まひけむ其世《そのよ》に似たり。

大手《おほて》の将《しやう》は範頼《のりより》、
義経は搦手《からめて》に
　鵯越《ひよどりごえ》を落しぬ、
鹿《しか》だにも越えわぶる
荒山の大悪所《だいあくしよ》
四十五丈が懸崖《きりぎし》
千万《ちよろづ》の大鉈《まさかり》伏《ふ》せて
苔被《こけおほ》ひたる如くや、
奈落の底見れば
　　一の谷
ほのかにもひゞく貝が音《ね》。

人々わけてその時
真ツ先に手綱《たづな》とり
　大将軍は呼ばひぬ
「鹿すらも踏むところ
など馬の踰《こ》えざらむ、
大炬火《おほたいまつ》は今ぞや、」
「心得て候《さふら》ひぬる」と
古山法師《ふるやまほふし》弁慶
杉生《すぎふ》に火をさせば
　迦具土《かぐつち》の
宮のごと山は燃えけり。

大将軍は微笑《ほほゑ》み、
「時はよし、ためらふな
　馬の尻足《しりあし》しかせよ、
一に心、二に手綱
三に鞭、四《し》に鐙《あぶみ》
四つの義あれど全《また》くは
心もて乗れや、いざ先づ
わが為《す》るやうを手本に
つづけ」と鞭を揚げ
　うつぶしに
風のこと流れ落しぬ。

後ろの火の手、鳴響《どよみ》や
御空《みそら》とぶ修羅王ぞ
　源氏を引きて来ぬらし、
防矢《ふせぎや》に汗あへて
戦へど平家がた
大手《おほて》破《やぶ》れし夜討《ようち》に
搦手《からめて》の奇兵《きへい》は添ひぬ、
真昼《まひる》の潮《しほ》も退《ひ》く頃
屋島《やしま》へ遠負《とほまけ》に
　落ちのびし
そのさまの哀れなりしか。

さてまた今年《ことし》正月
四国路《しこくぢ》の戦ひを
　少しばかりや申さめ、
先づ初め難波津に
船ぞろへ評議あり、
梶原ノ平三《へいざ》景時
言ふやうは「軍《いくさ》の仕度《したく》
逆櫓《さかろ》の船は如何《いか》にぞ、
進むも退くも
　船《ふな》いくさ
かけひくに自在ならまし、」

ほくそゑみして、義経
「鎌倉の侍《さむらひ》に
　卑怯の輩《はい》も有るよな、
このたびの追ひ討ちに
乱逆《らんぎやく》の亡びずば
鬼界《きかい》、高麗《かうらい》、天竺《てんじゆく》
龍宮《りゆうぐう》の辺阪《はて》も漕ぐべし、
あな忌《いま》はしの逆櫓《さかろ》や、
逃《のが》れむ用意して
　陣に立つ
梶原は賢《かしこ》かりけり。

兵衛《ひやうゑ》ノ佐《すけ》の代官
日本《につぽん》の将軍と
　不肖なれども唯われ
敵を見ば迎へ討ち
勝たむこそ心地よき、
かねて命は惜まず
武夫《もののふ》の名のみ思ひぬ、
わが言忌《ことい》まば人々
平三《へいざ》を大将に
　百二百
逆櫓《さかろ》押し去《い》ねや東へ。」

折からすさぶ颶風《はやち》や
かき曇り氷雨《ひさめ》して
　浦浪空《そら》に吹き揚げ
百艘の大船《たいせん》も
片時《かたとき》に摧《くだ》いたり
義経「あはれ折よし
帆を張れ」と喚べば、檝取《かんどり》
「か丶る荒らびに不信や
御船《みふね》をいかがせむ、
　劫風《ごふう》に
怒ります龍《りゆう》も来て乗れ。」

「下司《げす》等《ら》に物は言はせな、
荒海ぞよかンなれ
　順《ほな》らば敵ぞ知らまし、
龍の背も渡せや」と
将軍の濃き瞳《ひとみ》、
伊勢ノ三郎突ツ立ち
「下知《げち》きかぬ檝取《かんどり》射ん」と
大《だい》の滋籐《しげどう》しぼりて、
雄たけび、脅《おびや》かし
　船ごとに
馳せ廻る鬼神《きじん》の姿。

「あはや一定《いちぢやう》死なむず
矢おもてか、海原《うなばら》か
　さは海原を択《えら》べ」と
究竟《くつきやう》の檝取《かんどり》ら
髻髪《もとどり》を切り放ち
有るが中《なか》にも将軍
畠山、土肥《とひ》、和田、佐々木
五艘が船の纜綱《ともづな》
乱音《だみね》に呪文《じゆもん》して
　解いたりな
「御空《みそら》へも吹きもて往け」と。
醜《しこ》の黄泉《よもつ》の女神《めがみ》が
千万《ちよろづ》の鴉羽《からすば》を
　国の境《さかひ》に剝《は》ぎ掛け
くらがりの底《そこ》にして
死霊《しりやう》等の呻吟《うめ》くごと
真闇《まやみ》の海のすさまじ、
目ひとつの雷《らい》の化鳥《けてう》が
腐《あざ》れし骸《から》に寄るごと
先追ふ船にのみ
　唯ひとつ
篝火《かがりび》は青に照しぬ。

剛《がう》なるものはをかしや、
さばりの荒海も
　五艘の船の乱れず、
神将《しんしやう》の馬のごと
疾風《はやかぜ》に駕《の》りたれば、
三日《みか》の船路《ふなぢ》を三時《みとき》に
阿波《あは》の国あまこが浦へ
夢のやうにて寄せたり。』
言ひさし気色《けしき》ばみ
　大神《おほかみ》は
垂らし髯《ひげ》撫《な》でましけるが、
三柱《みはしら》ながら耳たて
『にはかにも宇佐の宮
　こは何事ぞ、さわがし、
興《きよう》ふかき世がたりに
思はずも時経つ』と
きと見放《みさ》けます真西《まにし》や、
『戦ひは闌《たけなは》なるよ
あら義経の危《あやふ》し、
いでいで宇佐の方《かた》、
　力添へ
助弓《すけゆみ》に遠矢《とほや》は射らむ。』

『強弓取《つよゆみとり》は我《わ》こそ』と
眉しろき大三《おほみ》島《しま》
　会釈《ゑしやく》ゆゝしく、古《いにしへ》へ
香具山の真《ま》金《がね》とり
白鵠《しらとり》の羽《はね》矧《は》ぎし
天《あめ》の真宝生《まだからいくそ》征矢《や》、
瑞弓《みづゆみ》に手《た》握《にぎ》り持たし
御《み》足《あし》ふんばり射ませば、
黄金《こがね》の鳴鏑《なりかぶら》
　瀏々《りうりう》と
光明《ひかり》曳《ひ》き西を指しけり。

宝殿《ほうでん》ゆする響きに
宮守《みやもり》の夢さめて
　日はたそがれぬ住の江、
『末法《まつぽふ》の濁世《ぢよくせ》にも
あらたかの神慮《しんりよ》やな、
院にこそ疾《と》く奏《まう》さめ』と、
萎《な》へし衣裳《いしやう》も着かへず
あわてし大宮司《だいぐうし》
　桃尻《ももじり》に
京さして騎《う》ち上《のぼ》りける。

下

彼方《かなた》は長門《ながと》の壇の浦、
筑紫《つくし》の山を見はるかし
流れ急《きう》なる青潮《あをじほ》の
渦巻き立てる荒海《あらうみ》に、
　今日を一期《いちご》と
死ぢからの平家や。

熊野《くまの》法師の二百艘
松浦党の五百艘
九《く》国《こく》、南海、中国の
勢《せい》あつめたる五千艘、
　龍《りゆう》の吹く追風《おひかぜ》に
阿修羅の攻鼓《せめつづみ》。

朝六つよりの戦ひに
勝ちに乗りたる車陣《くるまぢん》
浮足《うきあし》たてる三千の
源氏が船を夾《はさ》み撃《うち》、
　両軍の矢叫びに
滝なす濤《なみ》湧きぬ。

あはや負色《まけいろ》見えたるに、
　紫《むらさき》裾濃《すそご》の鎧《よろひ》きて
鍬形《くはがた》うちし星甲《ほしかぶと》
弓杖《ゆんづゑ》つける軍将の、
　船頭《ふなさき》に打ツ立ち
　若《わか》げなる眼《め》を閉ぢて、

「いかに八幡加護《かご》あれ」と
禱《いの》り挙げたる折こそあれ
銀泥《ぎんでい》したる弓上に
舞へるやうにて降《くだ》れるは、
　真白羽《ましろは》の輝《て》り映《は》えて
　美《うる》はしき二羽の鳩《はと》。

また観てあれば一旒《ひとながれ》
宇佐の方より虹雲《にじぐも》に
白旗《しらはた》こそは天降《あふ》り来《く》れ、
あら又さらに東より
　青空《あをぞら》を劈《つんざ》く
　金色《こんじき》の鳴鏑《なりかぶら》。

両軍こぞりあれあれと
まのあたりなる霊瑞《れいずい》に
勇み立ツては源氏方《げんじがた》
盛りかへしたる勢ひや、
　折からを颯《さ》とばかり
　吹き変《かは》る追風《おひかぜ》。

怖気《おぢけ》立ツたる敵中《てきなか》に
大閧《おほどき》あげて入りぬれば
こは叶《かな》はじと阿波の国
成長《なりよし》勢《ぜい》が五百艘、
　平家《へいけ》を裏切し
　逆《さか》しまに攻め蒐《かか》る。

勝敗今は地を換へて
入り乱れたる大《おほ》いくさ、
くれなゐの旗ましら旗
海に揺らめくありさまは、
　桃さくらこきまぜて
　鏡にや散らすらし。

「平家栄華《えいぐわ》の一門も
今は斯《か》うなる世のさまか、
後世《ごせ》妄執《まうしふ》の腹愈《はらいせ》に
義経にこそ組むべき」と、
　敵がたの一《いち》の将
　能登ノ守教経《のりつね》、

鎧《よろひ》の袖をちぎり捨て
甲《かぶと》脱《ぬ》いだる大童《おほわらは》
身を軽々《かろがろ》と認《したた》めて
長刀《なぎなた》ひさげ覗《うかが》ふは、
　この世から、おそろし
　鬼となる面《つら》がまへ。

此方《こなた》の船に打入れて
あな危《あやふ》くも寄り添ふに、
早業《はやわざ》まさる義経は
二丈ばかりの彼方《かなた》ざま、
　敵がたの唐船《たうせん》へ
　飄《へう》とぞ飛んだる。

黄金《こがね》づくりの唐船に
紫《むらさき》引《ひ》ける幕の内
「こは御座《ござ》船《ふね》よ」白綾《しらあや》に
白袴《しらはかま》する二位の尼《あま》、
　敵将の乱入を
「狼藉《らうぜき》」と打とがめ、
おん眼《め》円《つぶ》らに額白《ぬかじろ》に
御歳《みとし》八つなる帝王を

「この青浪《あをなみ》の底にこそ
安き宮居《みやゐ》は候《さふら》へ」と、
　かき抱き、あなかしこ
　わたつみへ入れまつる。

逆巻《さかま》く潮の中なれば
救ひまつれと騒げども、
いかがはすべき、あはや又
女院《にようゐん》もつゞき入りますを、
　氏も無き雑兵《ざふひやう》の
　熊手《くまで》に引き上げて、

弥生《やよひ》の末の藤襲《ふぢがさね》
十二単《ひとへ》もぬれそぼち
白鳥《しらとり》なせる御頸《みうなじ》に
塩《しほ》たれ靡《なび》く黒御《くろみ》髪《かみ》、
　あはれ知る軍将か
　義経も泣きにけり。

漕ぎはなれたる彼方《かなた》より
有るやう見つる能登ノ守、
「世は是まで」とさし麾《まね》き
一門宗徒《むねと》打つれて、
　刺しちがへ落し入る

　血けぶりの浪がしら。

ああ戦ひは定まりぬ、
「怨敵《をんてき》今は亡《ほろ》んだり
代々《よよ》の源氏の精霊《しやうりやう》も
降《くだ》りたまへ」と舞ひ躍り
　西海《さいかい》の入日《いりひ》に
同音《どうおん》の勝鬨《かちどき》や。

＊謡曲　須永朝彦訳

舟《ふな》弁《べん》慶《けい》

〽今日思ひ立つ旅衣、今日思ひ立つ旅衣、帰洛をいつと定めん。

さて、判官《ほうがん》殿（義経）は、頼朝の代官として平家を滅ぼし天下を御《おん》鎮めあり、御兄弟の仲は日月《じつげつ》の如く並び立って在るべきところ、言い甲斐なき者の（つまらぬ者。具体的には梶原景時）讒言《ざんげん》により、仲違《たが》いに至った事は、返す返すも口おしき次第である。然《しか》し、判官殿は、親兄《しんきょう》の礼（兄に対する礼儀）を重んじ、ひとまず都を開き（「開く」は武士の忌詞にて「退く」の意）、西国《さいこく》の方《かた》へ下向して、身に誤り無き事を嘆願せんものと、この日、武蔵坊弁慶のほか僅かの従者《ずさ》を伴い、夜をこめて（徹して）、淀（山城国伏見、桂川・宇治川・木津川の合流点）より舟に乗り、津ノ国は尼ケ崎の大物《だいもつ》ノ浦へと急ぎ給うた。

〽頃は文治の初めつ方（義経の都落は文治元年十一月）、頼朝義経不会《ふくわい》（不和）のよし、すでに落居《らつきょ》し力なく、

〽判官都を遠近《をちこち》の、道狭《せば》くならぬそのさきに、西国の方へと心ざし、

〽まだ夜深くも雲居の月、出《い》づるも惜しき都の名残、一《ひと》年《とせ》平家追討の、都出《い》でには引き替へて、ただ十余人すごすごと、さも疎《おろそ》からぬ友舟《ともぶね》の、

〽上り下るや雲水《くもみづ》の、身は定めなき習ひかな。

〽世の中の、人は何とも石清水《いはしみづ》、人は何とも石清水、澄み濁るをば、神ぞ知るらんと、高き御影《みかげ》を伏し拝み、行けば程なく旅心、潮《うしほ》も波もともに引く、大物ノ浦に着きにけり、大物ノ浦に着きにけり。

大物ノ浦に着くと、弁慶は「それがし、存じ寄りの者あれば、御《おん》宿の事を申しつけまする」と申して、一行を案内して、さる船頭の家を訪うた。

「如何《いか》に、この屋の主《あるじ》は坐《おわ》すや」

「誰方《どなた》にて坐すや」

「いや、武蔵にて候」

「さて、唯今は何の為に御出でなされしや」

「さん候《ざうらふ》（左様）、我が君を此処《これ》まで御《おん》供申して候。御宿を頼み申す」

「されば、奥の間へ御通りなされ。御用心（身辺の警戒）の事は御《おん》心安く思し召されよ」

「心得て候（承知した）」

　宿に落ち着いた後、弁慶は、判官殿を慕うて一行の跡を追い来《きた》った静《しずか》（都の白拍子にて義経の愛妾。通説では吉野山で別れたとする）の行末につき、伺いを立て、「如何に、申し上げ候。恐れ多き事なれども、まさしく静は御供致す態《てい》と見受けまする。今の折節、聊《いささ》か似つかわしからぬようにござれば、適《あっぱ》れ（思い切って）此処《これ》より御《おん》帰しあるがよきかと存じ候」と進言した。「ともかくも弁慶、よきに計らえ」との下知を受け、「畏《かしこ》まって候。されば、静の御宿へ参り申し上げん」と申し、静を宿に訪ねた。

「如何に、この屋の内に静御前の坐すや。君よりの御使に武蔵が参じて候」

「武蔵殿とは、あら思い寄らぬ（思いがけぬ）こと。何の為の御使にてあるぞや」

「さん候。唯今参る事、余の儀にあらず（他でもない）、我が君の御諚《ごじょう》（仰せ）には、此処《これ》までの御《おん》供、返す返すも神《しん》妙《びょう》なり、さりながら、唯今は聊《いささ》か似つかわしからぬようにござれば、此処《これ》より都へ御帰りあれとの御《おん》事にござる」

「これは思いも寄らぬ仰せかな。何処《いずく》までも御供せんと思いしに、頼みなきは人の心、あら何とも詮方なき事よ」

「仰せ、尤《もっと》もにござる。さて、御返事《おんぺんじ》をば何と申すや」

「妾《わらわ》の御供致す事が、君の御大事（義経の一大事）となるなれば、留《とど》まりまする」

「御大事とは、あら事々しや（大袈裟だ）。ただ御留《おんと》まりなさるが肝要にござる」

「よくよく物を案ずるに、これは武蔵殿の御計らいと思わるれば、妾が参り直《じき》に御返事を申し上げまする」

「それは思し召し次第にござる。されば参られよ」

　弁慶は静を同道して、宿なる船頭の家に戻った。

「如何に、申し上げ候。静が参上致してござる」

「此方《こなた》へと申せ。おお、参ったか。如何に静、このたびは思わずも落人《おちうど》となり、落ち下るところに、此処《これ》まで遙々来《きた》る志、返す返すも神妙なり。このまま伴いたくは思えども、女の身にて行末遙かの波濤を凌《しの》ぎ下る事、然《しか》るべからず。まずこのたびは都に上り、時節を待つがよい」

　判官殿の仰せに由り、静は己が推量の誤りを悟り、「さては真《まこと》に我が君の仰せなるか。謂《い》われも無きに武蔵殿を恨み申しつる事の恥しさよ。返す返すも面目無《めんぼくの》う存ぜられまする」と申して恥じ入った。弁慶は、「いやいや、それがしが事は苦しからず候。これは、我が君が人口（世間の取沙汰）を思し召しての事、御心変りとはゆめゆめ思し召さるな」と落涙しつつ慰めたが、静は、「いや、何にもせよ、数ならぬ身には恨みも無けれども、今は舟路《ふなじ》の門出《かどで》、波風も静かにあれと願うべきその門出に、静の名を持つ妾を留め給うかと、それが悲しうて」と嘆きを喞《かこ》った。

〽波風も、静を留《とど》め給ふかと、静を留め給ふかと、涙を流し木綿四手《ゆふしで》の、神かけて変らじと、契りし事も定めなや。げに別れより、まさりて惜しき命かな、君に二度《ふたたび》逢はんとぞ思ふ（『千載集』離別・藤原公任「別れよりまさりて惜しき命かな君にふたたび逢はんと思へば」を踏まえる）行く末、

「如何に、弁慶」

「御《おん》前に候」

「静に酒を勧めよ」

「畏《かしこま》って候。実《げ》に実に今宵は喜びの舟路の門出なれば、静御前には、行末千代《ちよ》までと申す菊の盃（酒）を召されよ」

「妾《わらわ》は、君との御《おん》別れの遣る方なさに掻き昏《く》れて、涙に咽《むせ》ぶばかり」

「いやいや、御嘆きあるも無理からぬ事、さりながら、旅の舟路の門出を祝い、和歌（謡物）を謡《うと》うて舞を一差し、御披露あれ」

　弁慶に勧められて、静は立ち上がり、時の（この場に応じた）調子を取り定め、「渡口《とこう》の郵船は、風定《しずま》つて出づ。波頭の謫所は、日晴れて看《み》ゆ」（『和漢朗詠集』収載の小野篁《たかむら》の詩）と謡い出した。弁慶が傍らより、「これに烏帽子《えぼし》（白拍子の装束には不可欠）がござる。召されよ」と差し出せば、静はこれを付けて舞い始めた。

〽立ち舞ふべくもあらぬ身の、袖うち振るも恥かしや。

〽伝へ聞く陶朱公（中国古代越王の功臣范蠡《ハンレイ》）は勾践《コウセン》を伴ひ、会稽山《クワイケイザン》（浙江省東南部）に籠りゐて、種々の智略をめぐらし、つひに呉王（夫差。越王勾践と対立）を滅して、勾践の本意を達すとかや。

〽しかるに勾践は、二度《ふたたび》世を取り、会稽の恥をすすぎしも、陶朱功をなすとかや。されば越《エツ》の臣下にて、政《まつりごと》に身を任せ、功名《こうめい》富貴《たつと》く、心のごとくなるべきを、功成り名遂げて身退《しりぞ》くは、天の道と心得て、小船《せうせん》に棹さして、五湖の煙濤《えんたう》を楽しむ。

〽かかる例《ためし》も有明の、月の都を振り棄てて、西海の波濤に赴き、御身《おんみ》の科《とが》のなきよしを、嘆き給はば頼朝も、つひには靡《なび》く青柳の、枝を連ぬる御《おん》契り、などかは朽ちし果つべき。

　静は、唐土《もろこし》の古き例《ためし》を歌に託し、また「ただ頼めしめぢが原のさしも草われ世の中にあらん限りは」という清水《きよみず》観音の御歌を引き、判官殿を慰め申したが、かくするうちにも、「舟子《ふなこ》どもが、早や艫綱《ともづな》を解いておりまする。君には急ぎ御乗船を」と弁慶が促したので、判官殿も宿を立ち退かれる。静は、烏帽子や直垂《ひたたれ》を脱ぎ捨て、泣く泣く御別れを申し上げたが、その様子は見る目も（傍目にも）憐れと映った。

　さて、船着場では船頭が待ち受け、弁慶に声を掛けた。

「如何に、武蔵殿へ申し候。唯今、静御前が君に名残を惜しみ給う体《てい》を御見受け致し、われら如き者までも、そぞろに涙を流してござるが、武蔵殿には何と思し召さるや」

「何と唯今の体を、方々も見られたるや」

「中々の事（如何にもその通り）」

「武蔵も涙を流して候。また君の御諚には、遙々の波濤を凌ぎ静御前を伴うは、世間の取沙汰もあれば然るべからず（適当ならず）との御事、これも尤もにてはござらぬか」

「実《げ》に御尤もなる御事にござる」

「さて、最前申しつけたる舟をば用意せられてござるか」

「中々、随分と足早き舟を用意仕《つかまつ》れば、何時《いつ》にても御諚次第、出だし申さん」

「されば、直ちに出ださん」

「畏まって候」

かかる所へ、判官殿の従者が参り、君よりの御諚を弁慶に伝えた。

「如何に、申し候」

「何事なるぞ」

「君よりの御諚には、今日は波風荒きゆえ、御逗留と仰せ出だされて候」

「何と、御逗留と仰せあるか」

「さん候」

「これは、それがし、推量申せば、静御前に名残を惜しまれての御逗留かと存ずる。まず御心を静めて御覧ぜよ。今、この御身にて斯様《かよう》の事を仰せあるとは、御運も尽きたるかと存じ候。先年、渡辺、福島（共に摂津国の港）を出でし時は、以ての外の大風なりしに、君は御舟を出だし、平家を滅ぼし給う。此度《こたび》も同じ事ぞ。急ぎ御舟を出だすべし」

「実《げ》に実にこれは理《ことわり》にござる」

かくて、一同乗船の運びとなり、船頭は弁慶にも乗船を促す。

「皆々御舟に乗り召されよ。武蔵殿も御舟に召されよ。されば、御舟を出だし申さん。えいえい、えいえい。如何に武蔵殿、今日は君（義経）の御《おん》門出の舟出に、一段と天気よく、めでとうござる」

「実に実に一段の天気にて、武蔵も満足申して候」

「また、御座舟《ござぶね》には、究竟《くっきょう》（屈強）の舟子どもを選《え》りすぐって乗せ申してござるが、武蔵殿には何と御覧ずる」

「一段と艪手《ろて》が揃うて祝着に存ずる」

「いや、武蔵殿が左様に御覧あれば、われらも満足申して候。えいえい。さてまた武蔵殿へ、些《ち》と訴訟（請願）申したき事のござるが、これは何としょう、申し上げてよきものやら」

「それは何事にござるや」

「いや、別なる（取り立てて言うほどの）事にてもござらぬ。唯今こそ、斯様《かよう》に仲違いし給うて、西国の方へ御下向なさると雖《いえど》も、元来御兄弟の事なれば、おっつけ仲直りし給うて、御上洛ある事は疑いもござらぬ。左様の時は、この西国の海上《かいしょう》の楫取《かじとり》（西海の総元締）を、それがし一人《いちにん》に仰せつけらるるように御取成下《おんとりなし》されとの申し事に候」

「これは方々に相応《ふさわ》しき望みにござるな。我が君が世に出で給わぬ事はよも（決して）あるまい。その時は、この海上の楫取をば、方々一人に申しつけん」

「それは近頃（大変）ありがたき事と存ずる。さりながら、御主《おぬし》（御自身）の御用の時には、如何様《いかよう》なる御約束をもなさるれども、思し召すまま（思い通り）になれば、必ず忘るるものにござれば、かまえて（決して）御失念あって下さるな」

「いやいや、武蔵に限って、失念はござらぬ」

「武蔵殿が左様に仰せなれば、それがしの訴訟は、ざっと（まずまず）叶うたと申すものにござる。えいえい。やあ、あら不思議や、これまで少しも見えなんだが、あの武庫山《むこやま》（六甲山の旧称）の上に難《むつか》しい（厄介なる）雲が出た。いつもあの雲が出づれば、えてして風になりたがるが、今日は風にならぬように致したいものじゃ。えいえい。や、さればこそ（思うた通り）、僅かの間に強《したた》か（沢山）に雲を押し出だし、風が変り、海上の体《てい》が荒うなった。皆々精を出《だ》いて、押されよ。えいえい。さりながら、この船頭が自ら艪に取りつくからには、如何様《いかよう》なる波風なりとも、押し切って参るほどに、必ず御気遣なされますするな。えいえい。や、さればこそ、あれ強かなる波が打って来るは。ありゃありゃありゃ、波よ波よ波よ、退《の》け退け退け、しいしいしい。えいえい。斯様に申すを、喧《かしま》しき事と思し召さりょうが、波と申すものは心優しきものにて、叱ればそのまま静まるものにござる。えいえい。さればこそ、また彼《あれ》から波が打って来るは。波よ波よ波よ、ありゃありゃありゃありゃ、退け退け退け、しいしっしっしっ。えいえい」

この時、弁慶が、「あら笑止や（困った）、風が変って候。あの武庫山下ろしや譲葉ケ岳《ゆずりはだけ》（六甲の支峰）より吹き下ろす嵐に、この御舟は陸地《ろくぢ》に着くべき様《よう》もなし。皆々心中に御祈念なされよ」と申せば、判官殿の従者が、「如何に武蔵殿、この御舟には妖怪《あやかし》が憑《つ》いてござるぞ」と訴えた。

「あいや暫《しばら》く。左様の事をば船中にては申さぬ事ぞ」と武蔵が窘《たしな》めれば、船頭も同調する。

「ああら、ここな人は、最前舟に御乗りゃる時から、何やら一言云いたそうな口元（口つき）であったが、強かなる事を言い出いた。船中にては左様な事は申さぬ事ぞ」

「いやいや、船中不案内《ぶあんない》の事なれば、何事も武蔵に免じて許されよ」

「いや、武蔵殿が左様仰せならば、この上は申さぬが、あまりな事を仰《おしゃ》るによって申し候。えいえい。また彼《あれ》から強かなる波が打って来るは。ありゃありゃありゃありゃ、波よ波よ波よ、退け退け退け、しいしっしっしっ。えいえい」

「あら不思議や、海上を見れば、西国にて亡びし平家の一門、各々浮び出でたるぞや。かかる時節を窺《うかが》いて、恨みをなすも理なり」

　この時、判官殿が弁慶に御声を掛け給う。

「如何に弁慶」

「御《おん》前に候」

「今更驚くべからず。たとい悪霊が恨みをなすとも、そも何事のあるべきぞ。悪逆無道《ぶどう》が積もり、神明《しんめい》仏陀の冥感《みょうかん》に背き、天命に沈みし平家の一類、主上を始め奉り、一門の月卿《げっけい》（公卿）、雲霞《うんか》の如く、波に浮びて見えたるぞ」

　果して、平家の亡霊が海上に現れ、判官殿に襲いかかる。

「そもそもこれは、桓武天皇九代（正しくは十五代）の皇胤《こういん》、平ノ知盛《とももり》の幽霊なり。あら珍しや、如何に義経」

〽思ひも寄らぬ浦波の、
〽声をしるべに、出舟《いでふね》の、声をしるべに、出舟の、
〽知盛が沈みし、その有様（と同様）に、
〽また義経をも、海に鎮めんと、
〽夕波に浮べる、長刀《なぎなた》取り直し、
〽巴《ともえ》波の紋、あたりを払ひ、潮《うしほ》を蹴立《けた》て、悪風を吹きかけ、眼《まなこ》もくらみ、心も乱れて、前後を忘ずるばかりなり。
〽その時義経、すこしも騒がず、
〽その時義経、すこしも騒がず、打物《うちもの》（刀）抜き持ち、現《うつつ》の人に、向ふがごとく、言葉を交し、戦ひ給へば、弁慶押し隔て、打物業《わざ》にて、叶ふまじと、数珠さらさらと、押し揉んで、東方降三世《とうぼうがうさんぜ》、南方軍荼利夜叉《なんばうぐだりやしゃ》、西方《さいはう》大威徳、北方《ほっぽう》金剛、夜叉明王、中央大聖《だいしやう》、不動明王の、索《さく》にかけて、祈り祈られ、悪霊次第に、遠ざかれば、弁慶舟子に、力を合せ、御舟を漕ぎ退け、汀《みぎわ》に寄すれば、なほ怨霊は、慕ひ来《きた》るを、追つ払ひ祈り退け、また引く汐《しほ》に、揺られ流れ、また引く汐に、揺られ流れて、跡《あと》白波とぞ、なりにける。

*謡曲　須永朝彦訳

野口判官

〽心と共に行く月の、心と共に行く月の、西の山辺を尋ねん。

陸奥《みちのく》は衣川の僧が、未《いま》だ西国《さいこく》を見ぬとて、西国行脚《あんぎゃ》を心ざし、旅寝を重ね、都を巡り、播磨《はりま》ノ国は野口ノ里（現在の加古川市内）に差しかかった。

〽旅寝より、また旅立ちて行末の、また旅立ちて行末の、果てしも知らぬ今日こそは、都の方の山の端《は》も、遠く鳴《なる》尾《お》の浦（鳴尾潟。摂津国武庫川口附近の古称）づたひ、須磨や明石の月の影、西に向ふや秋の色、野口の里に着きにけり、野口の里に着きにけり。

「さても我、西国方に修行して、爰《ここ》を訪《と》えば、播磨ノ国野口ノ里、教信寺とか申す所に参ってみれば、仏法数《す》人《にん》の床もあり、念仏三昧《さんまい》の道場もあり、貴賤上下袖を連ね、誠に仏法擁護《おうご》の砌《みぎり》、あら面白の時節やな」と独り言《ご》ちている折しも、問いかける者があった。

「喃々《のうのう》御《おん》僧、何地《いずち》より何方《いずかた》へ御《おん》通りなさるや」

「それがしは奥州衣川より出《い》でたる僧にて候」

「衣川より出でたる者ならば、念仏の人数《にんじゅ》に列し行い給えと、この事を申さん為、言問い申して候」

「衣川より出でたる者ならば念仏の人数に列せよとは、心得がたき仰せかな」

「さても、寺の名にある教信上人と申す人は、慈悲を旨とし、明暮《あけくれ》街道へ出でて、貴賤上下を問わず、旅人の重荷を持ちて送り給いしが、この地にて空しくなり給う。即ち人々は寺を建て、年毎に大念仏を申し候。御僧は殊に陸奥の衣川より出で給いし法の人、逆縁ながら弔《とぶら》い給わば、嬉しきとも有難しとも、蓮《はちす》の上（彼岸）にて感涙を流し給う事ならん」

〽前《さき》の世になしし縁《えにし》や深かりき、前の世になしし縁や深かりき、今日この寺にめぐりきて、仮初《かりそめ》に頼む仏の御名《みな》とても、一念弥陀仏《みだぶつ》の功力《くりき》によらば誰《たれ》とても、無量の罪は消えぬべし。頼むべし、頼むべし、南無阿弥陀仏弥陀如来。

「扨々《さてさて》、教信上人とは如何《いか》なる人にて在《おわ》せしや。御《おん》物語を聞かせ給え」

「されば、語って聞かせ申さん。さても、六条ノ判官《ほうがん》為義の実子、義朝の末の御子、大夫《たいふ》判官《ほうがん》義経が奥州衣川高館《たかたち》の城に籠り給いし事は、定めて語り伝えられてあらん」

「中々（確かに）、高館の城にて御《おん》腹を召されし名大将」

「いや、御腹を召さるべきところ、折から虚空より黒雲立ち来《きた》り、かの高館を引き覆い、義経を虚空に誘《いざな》い、刹那がほど（瞬時のうち）に播磨潟《がた》に遷《うつ》し運ぶ。義経は元結《もとゆい》を払い（剃髪し）、墨染の衣を纏い、衣川の波と消えたる郎党従《ず》者《さ》の跡を弔うて、教信と号す。かくて、上人滅後に至り、肌の守《まも》袋を披《ひら》き見れば、糸図正しき義経と知られて候。即ち人々注集して、『然《さ》もありなん』と取沙汰致し、この所を御弔いの御所として、見らるる通り、今に法事を絶やし申さぬ。語れば辛き古《いにし》えの、心に懸かる身の行衛《ゆくえ》、何を包まん（隠さん）我こそは、教信と呼ばれたる世捨人の亡身《ぼうじん》なるぞ。旅人よ、重ねて見《まみ》えん、夜もすがら、夢のままにて待ち給え」

〽夢のままにて待ち給へ。武士《もののふ》の、名は高館の土に身は、
消えし跡とふ夢路かな。

さて、その夜、旅僧の旅寝の夢枕に立つ者があった。

「そもそも是《これ》は、源ノ義経とは我がことなり。思えば前世に為《な》し置きし怨みの敵《かたき》（今生の頼朝を指す）が兄弟《おとどい》と生まれ、仲を違《たが》えて運も尽き、秀衡《ひでひら》を頼み、衣川に隠れしが、秀衡の死すや忽《たちま》ち、刃向かう者ども、秀衡の子供（泰衡など）をはじめ、雲霞《うんか》の如く押し寄せ来《きた》る。城の内にては、これを見て、『真先かけて名を末代に残し置くべし』と申して、鈴木三郎重家、片岡八郎経春、増尾《ましのお》十郎、鷲尾《わしのお》三郎義久、亀井六郎重清、武蔵坊弁慶らが、命を惜しまばこそ、木戸を開かせて切って出で、喚《おめ》き叫んで奮戦す。一時《いっとき》がほどの戦いに、寄せ手の死骸は数知らず、義経の味方も思い思いに討死《うちじに》なせば、義経も鎧を脱ぎ捨て、座を組み、すでに自害のその時に、俄《にわか》に嵐が吹き来り、雲水《くもみず》渦巻き震動して、寄せ手も危うき有様。これは、鞍馬《くらま》の奥の僧正ケ谷より大天狗が小天狗を引き連れ来《きた》れるなり」

〽そもそも是は鞍馬の奥、僧正ケ谷の大天狗なり、扨《さて》も源ノ義経、若年の昔より、我に知遇の心ざし、深き験《しるし》を見せんとて、

〽木枯や木枯や、嵐の風に渦巻きたり、黒雲の天路《あまぢ》に乗物をととのへ、飛行《ひぎやう》自在の通力《つうりき》を出だし、遍満するこそ不思議なれ。

〽時刻移して叶ふまじ、時刻移して叶ふまじと、かの乗物に義経を引き乗せ、太郎坊次郎坊、左右《さう》に立ち渡り、前後を飛行し、雲や霞の跡はるばると、播磨の国に、

「播磨ノ国にて教信と言われし者も、我が義経の名を残す法名なり」と述べて、素性を明かしたと見るや、即ち旅僧の草枕の夢は破れて覚めた。

*恋川春町　須永朝彦訳

悦贔屓蝦夷押領《よろこんぶひいきのえぞおし》

上

さても、御曹子《おんぞうし》義経公は御兄源《げん》二位頼朝公と御《おん》仲不和になり給い奥州なる秀衡《ひでひら》の館《たち》へ下り給うた――と申し伝えるが、実は、御仲不和という事ではなかった。

鎌倉に差し置かれるとなれば、御弟の事ゆえ、大名並の扱いという訣《わけ》にもまいらず、少なくとも四五十万石は進ぜねばならず、かかる御倹約の御時節なればと、智恵者の秩父（畠山重忠。秩父庄司。頼朝の重臣）の案じ（考え）にて、御仲不和と偽り、秀衡の館へ申し入れたのである。行く行くは秀衡の領地たる奥州五十四郡を義経公の所領にせんとの狂言という。

義経公は御存じの名将にて、鎌倉の様子も秀衡の腹の内もよく御存じなれども、やっぱり知らぬ顔にて一杯喰うた（瞞された）ふりをして居給う。

秀衡もさる親父にて、この目論見《もくろみ》を承知ゆえ、表向きを美しく装うて愛想尽かし無しに逃れんものと考え、義経に蝦夷《えぞ》追討の事を勧め申した。

いかさま、諸色高直《しょしきこうじき》（諸物価高騰）の時節なれば、義経御一人ならず、亀井六郎、片岡八郎、伊勢三郎、駿河二郎、武蔵坊弁慶、常陸坊海尊《ひたちぼうかいそん》などと申す屈強の奴らに食いたてられては、居候には致しかねる道理である。

亀井「こいつは何よりの相談だ。何でも蝦夷錦（中国原産樺太渡来の緞子地の織物）で大どんぶり（腹掛様の大ぶりの物入れ）を拵えてこよう」

秀衡「鎌倉（頼朝）の御怒り強く、近々討手を差し下さるる由、聞えてござれば、ひとまず蝦夷ケ島へ御落ちあって、かの島を御《おん》切り従うるがよきかと存じ奉ります。予《かね》てかくあらんと存じ、持仏堂の下から蝦夷までの抜け穴を拵えておきました」

義経公「委細承知の介《すけ》、早々に打ち立たん。用意用意」

秀衡の教えの如く、義経公は、亀井、片岡、伊勢、駿河、武蔵坊、常陸坊を従え、持仏堂の抜け穴より、迫出《せりだし》（舞台のセリ）のようにぎりぎりと迫り出したところ、忽《たちま》ち蝦夷の浜辺に出《い》でた。ここにて、蝦夷人のラカサシテエル司馬《シバ》団観《ダンカン》という者を生け捕り、案内者とし給う。

亀井「おっとせい、動くな。この地口（北海の海獣オットセイに洒落た事）は松前点で蝦夷へは聞えまい（松前の和人には判るが蝦夷人には判るまい）」

司馬団観「よしよし、団観の計り事を以て、この無念を晴らしてくりょう」

義経「こう迫り出される後ろで、柳橋の太夫（二世富本豊前《ぶぜん》太夫。作者と同時代に人気を博した富本節の浄瑠璃語り。歌舞伎の舞台では浄瑠璃・長唄は出語りである事を踏まえる）に語って貰いたい」

常陸坊「亀井殿、亀井殿、蝦夷のうばにも用ありと言えばあんまり酷《むご》くはし給うな」

それより義経主従は、司馬団観を案内者として、奥蝦夷（樺太という）へ渡り給う途中、団観は悪心にてわざと道無き所を案内し、いう門の滝という所へ連れ行き、「この滝を登らざれば奥蝦夷へは渡りがたし」と教えた。されども、義経は天狗の弟子にて、鞍馬の僧正坊が現れ給うて力を添え給うゆえ、何の苦もなく、野郎の鯉の如く、ゆう門の滝を登り果《おお》せ給うた。

常陸坊「体の濡れるのはかまわぬが、着物の濡れるのが、痛しぼう大損《たいぞん》だ（己が名の常陸坊海尊の洒落）」

義経「梅が枝《え》ならば三百両にやる所だが（浄瑠璃『ひらかな盛衰記』の無間《むげん》の鐘の段を踏まえる）、紫裾濃《すそご》も剥《は》げすえだから値《ね》になるまいの、おっとせい」

団観「人の滝登りは初めて見る。妙々」

いう門の滝を登り、奥蝦夷の地に到り給うたところ、まことに不毛の地にして、人跡絶えて宿るべき所もなければ、荒海より昆布を持ち来《きた》って、仮に陣屋を設《こしら》え、一夜を明かし給う。〔奥蝦夷は、まことに北の果ゆえ寒気強く、六月土用の内ばかり少し暖かくなるゆえ、四季が一度に寄り集うて、その景色は筆舌に尽し難い。ただ、食物が無いのには困るという〕

義経「こちらの方は寒中にて、こちらは土用中なり。あつぬるくへっくさく（何とも言い難く可笑《おか》しい）という所だ」

常陸坊「蝦夷という所はとんだ所だ。半身は暑くて土用かと思えば、半身は寒くて寒中のようだ。これがほんとの半季甚だしい（寒気甚だしの洒落）というのだ」

弁慶「〔昆布を炬燵《こたつ》蒲団《ぶとん》にして片端から茶うけにしつつ〕菓子昆布ほどに旨くない」

蝦夷の地は五穀払底《ふってい》の態であるが、奥蝦夷は殊に甚だしい。ただあるものとては、昆布、数ノ子、魚ばかりである。

秀衡の館より携え来った兵糧も少なきゆえ、義経は、魚を捕って兵糧の足しにし給ううちに、別して（とりわけ）鮒《ふな》を捕り焼鮒《やきぶな》にして貯え、また米を研ぐたびに白水を夥しく囲い置き給う。

片岡「焼鮒は旨いやつだが、白水は何になる事だか知らぬ。よく洗濯にかみさんが欲しがるやつだ。亀井殿の法《ほう》楽《らく》はきついものだ」

亀井「毎日毎日鮒を焼くにも飽きはてた。鮒を焼くなら春日山（傘をさすなる春日山）、これも川の近いとて」

中

義経公が奥蝦夷のインツウフツテエスしうれん大王の城へ押し寄せ給うたところ、大なる数ノ子を以て数《す》千丈に石垣を築《つ》き立て、昆布や荒布《あらめ》の茎を干し固めて逆茂木《さかもぎ》（防塞の為に立て並べる尖った杭）に引き、用心厳しき体《てい》である。

義経公は、予て貯えて置いた白水に壁土を混ぜ、水鉄砲を以て弾《はじ》きかければ、忽ち柔らかになる。それを、後から醬油を弾きかけて残らず食い尽し、「得《え》たりや応」と攻め入り給うた。

「白水は何になると思ったら、なるほど親方の智恵は格別だ」

「イヨ、玉屋と褒めてくれろ」

難なく城を攻落し、合戦に及んだものの、蝦夷人は、かの藤甲《とうこう》の陣道具（舞台の作り物の類か）のように厚昆布を数《す》枚重ねて鍛え、これを具足にして着ているゆえ、斬れども射れども、刃も矢も通らず、義経の軍兵《ぐんぴょう》はあぐみはてて（嫌気がさして）しもうた。その時、義経は少しも騒がず、「知盛の幽霊（謡曲『舟弁慶』などに登場）に比ぶれば、お茶の子（与し易い）なり」と仰せあって、貯え置いた焼鮒を取り出だし、醬油に酒塩《さかしお》（調味料の酒）を塩梅《あんばい》して、大鍋にて煮出し、杓《ひしゃく》を以て蝦夷人に浴びせかければ、具足は忽ち柔らかくなった。敗軍するところを、亀井、片岡、駿河らが「得たりや応」と矢叫びを挙げ、箸《はし》を以て具足を挟み切り、上戸《じょうご》は酒の肴に、下戸《げこ》は夜食の菜《さい》（惣菜）にして食うてしまった。

〔煮付けの大将海尊働く〕

常陸坊「四ツ谷、赤坂、麴町《こうじまち》、たらたら落ちてお茶の水、おしょ（和尚か）で御座い、とうとう」

亀井「向かう者をば拝み打ち、めぐりあえば車切、鮒で焼くのは十文醬油、ナント新しいか」

蝦夷人「アア古い古い、古くてならぬ」

蝦夷人は皆々昆布巻のようになり、箸で挟み切られて敗軍し、残らず降参した。フツテエスしうれん大王は女王にて、娘があり、名を傀儡香薷綾不夜夫人《かいらいこうじゅあやふやぶにん》といい、容顔美麗なれば、義経公も「浄瑠璃御前（御伽草子『浄瑠璃十二段草子』などに登場する架空の人物）以来、かかる代物は無し」と満更《まんざら》でもなき思し召しの体。大王が「婿として蝦夷の主になり給え」と勧め奉れば、下地は好き（元々好色）なり御意《ぎょい》（大王の意向）はよし、渡りに舟とばかりに吉日を選んで婚姻を調え、昆布の衾《ふすま》（寝具）の内にて偕老同穴《かいろうどうけつ》の契りを結び給うた。

義経「昆布の蒲団にとが（科）を着せ、とはあの何にかあったのう。昆布の夜着蒲団は厚くて重たい。荒布を鹿子《かのこ》に染めさせよう」

義経公の御相伴《ごしょうばん》に、亀井、片岡、伊勢、駿河の面々も、びれびれする（欲情に駆られる）官女たちとそれ相応に結ばれた。

官女「飲んであげよう。オオ、おはもじい（恥ずかしい）じゃアねえ、おひもじい」

御母《おん》しうれん大王も羨ましくなり給い、武蔵坊を見立て（選んで）、ごく内々にて夫婦の語らいをし給うた。世に、弁慶はたった一度ぎりであきらめた（女性との交渉は一度のみという伝説がある）というのは、きつい（甚だしい）嘘である。

弁慶「勧進帳なら安宅《あたか》ノ関だが、安針町《あんじんちょう》（日本橋の町名）で裸の比丘尼《びくに》（盲目の私窩子《しかし》）を買う心地だ」

奥蝦夷が落城するのみならず、義経が大王の婿となり、蝦夷一国を御手に握り給うたのも、「偏《ひと》えに団観の働きゆえなり」という事にて、義経公は団観に数多《あまた》の領地を下し置かれ、あまつさえ、亀井、片岡、伊勢、駿河と同役に仰せつけられ、出頭（出世）限りなき次第とはなった。これに加えて、家来ジシヤウウラミンテエル、同じくインヲリスウエンメイと申す両人を御館《みたち》まで呼び出だし、「このたび、主人もろとも出精《しゅつせい》に働き奇特《きどく》に思し召す段、なおこの上、御為《おため》よろしく相勤め候ように」と仰せ渡され、昆布を二巻ずつ下賜《かし》し給うた。

団観「蝦夷人のそれがし、結構な御取立、各々方《おのおのがた》と御同列に仰せつけられるのみならず、家来どもまで御褒美を下し置かれ、冥加《みょうが》至極」〔などと、団観は虚拝《そらおが》みのちょちょら（見え透いた世辞）を言う〕

〔団観の家来両人、サボテン（髪形を指すかという）のまで召し出される〕

蝦夷人「数ノ子（数の身の地口）ならぬ私ども、昆布（今後の地口）かように仰せつけられ、まずは有り難山のマタ昆布からす（有難山のとんびからすの洒落）」

団観は義経の御旨に適《かの》うたのを幸いに思い、大義を謀らんものと、蝦夷中の美なるものを選んで献上し、日夜淫酒を勧め参らせ、その上に己《おの》が目論見を勧め申す。

義経「団観、一ッ飲み山（飲みやれ）飲み山。おれは女と酒さえあればかまわぬ。その案じも至極よかろう。手前の存じより（お前の考え）にて、仔細に働け働け」

団観「とかく人世の楽しみは色と酒でござります。それには日本では金銀、蝦夷では昆布と数ノ子でござります。この昆布と数ノ子を沢山御蔵に入れますには、まず日本より荒布（海藻の一）、相良布《さがらめ》（海藻の一、搗布《かじめ》の別称）、古《ごま》女《め》（片口鰯の乾燥品）を沢山取り寄せ、昆布の代りに荒布、数ノ子の代りに古女、八疋《はっぴき》相渡しまして、それを通用致させ、昆布数ノ子引替定座《じょうざ》を申し付け、その上に蝦夷中の海に昆布数ノ子の総浚《ざら》えを仰せつけられましたらよろしうござりましょう」

常陸坊海尊は行末には仙人になる（登仙伝説がある）ほどの者なれば、折々日本へ飛行《ひぎょう》して渡り、吉原堺町（遊廓街と芝居町）そのほかの珍しい事を見てきて、義経の御前に罷《まか》り出て話すゆえ、蝦夷中で話坊主と申して、あそこへもここへも引っぱられる。

「話坊海尊が芝居話も面白いが、蝦夷の人にはわかるまい。ほんの話坊主（話上手の地口）に聞き下手だ」

「夕べも文かんさんの所で、明けまで話しやした」

「今夜は司馬さんの蝦夷いし（絵草紙）がよかろう」

団観は、義経公に美なる者を数多《あまた》お閨《ねや》のお伽（閨房の相手）に差し上げ、淫酒に溺れさせ、傀儡夫人《かいらいぶにん》に遠ざかり給うように仕掛け、不届きなる事には、折を見て、予てより心を懸け参らせたる傀儡夫人を口説くに及んだ。

義経公は、物の隙《ひま》よりこの体を御覧じて、愈々《いよいよ》団観の狂言を見透かし給うた。

傀儡夫人は団観にいちゃつかれ、大いに困惑の体にて居給う。「主《ぬし》ある者といい、主人に対して不届きな」と脅しても、団観は熱くなって聞き入れず、「言うも憂し言わぬもつらき武蔵鐙《あぶみ》、では師直《もろのう》（塩谷判官《えんやはんがん》の妻に横恋慕した高師直の故事、直接的には浄瑠璃・歌舞伎の『仮名手本忠臣蔵』の師直の振舞を踏まえる）めくから、直口説《じかくどき》に致しまする」などと嘯《うそぶ》いて、猶も迫る体である。

団観が昆布と数ノ子の引替定座を立て、義経公の御威勢を以て申し触らせたゆえ、荒布《あらめ》や古女《ごまめ》と取り替えるのは厭ながらも、蝦夷中の物日《ものび》（五節句二十四節季の類）には、引きも切らず昆布と数ノ子を持ち来って引き替えて貰う。

「この昆布は少し切《きり》(不足)がございますが、何とおまけになりますまいか。昆布まけ(昆布巻の洒落)の煮凝《にこご》りというところだ」

「そんなようでも、一俵持ってきては八俵になるところは、まず得なようだ」

「損得なのやっとこな」

下

そもそも蝦夷国は、五穀のみならず、織物の値が可坊《べらぼう》に高い。蝦夷錦というものあれども、これも北京渡り(樺太経由という)にて、国の王ばかりが着し、そのほかの者は用いる事は許されず、よって皆々昆布を纏うていたが、その儘では恰好悪しとて、このたび呉服所を始め、昆布に、変り縞、あるいは小紋などの仕出《しだし》(工夫)を施して、殊のほか見事なる物を売り出だした。(蝦夷中日本の通りとの仰せが出だされたので、蝦夷八百八丁(江戸蝦夷八百八丁の地口)を開き、殊のほか賑わう)

「これはまがい(似せ物)ではございませぬ。ほんに昆布のようでございます。子供(丁稚・小僧)よー、お茶あげろ」

「京伝の小紋さい(山東京伝の滑稽本『小紋裁《だち》』)のような小紋はないかの」

「これは出世小紋と申しまして、殊のほか流行《はや》ります」

「権門かた(権力者)へ遣い物だから、高くても地合のよい昆布を見せやれ。それは上州まがい(上州紬紛い)の荒布ではないかの」

蝦夷八百八丁のほかに、海辺の葦萱《よしかや》の茂った所を切り開き、日本の吉原に擬《なぞら》え、新葦原という女郎屋を取り立て、義経の軍法に則り、街を五々二十五丁と割付けた。ただ、大門口《おおもんぐち》(正面の門)を轅門口《えんもんこう》(中国古代の軍陣の門)と名付けたのは、出塞行《しゅつさいこう》の詩(国境の要塞光景などを歌う。楽府《がふ》の好主題)を読むようで些《いささ》か大袈裟である。蝦夷開闢《かいびゃく》以来、無き事なれば、殊の外の繁昌にて、客の絶える事がない。されども、蝦夷には曾《かつ》て金銀(通貨)が無く、代りに昆布と数ノ子を使うゆえ、有徳なる蝦夷人は、昆布と数ノ子を四《よ》ツ手駕籠《でかご》に担ぎこんで持ち込み、全盛を尽す。団観の家来、インヲリスウ、ウラミンテエルの両人も、蝦夷中の諸人の用いによって大の昆布持ちとなり、日夜に葦原へ通うて楽しむ。

インヲリスウ「棒組(駕籠舁《かき》への呼びかけ)、荒布、古女《ごまめ》は嵩《かさ》があって悪いなア。日本の南鐐《なんりょう》(安永元年新鋳の二朱銀貨。悪貨の類)というところだ」

ウラミンテエル「インヲリスウもきてかの。今夜はちょび帰り（一寸遊んで帰る）にしよう」

楼主「これはこれは、御米臨有難山《ありがたやま》のとんび梶原、義経には差合《さしあい》（不都合）だ」

この両人は、昆布、数ノ子は持参せず、荒布、古女ばかりを駕籠にて持ち来って撒き散らし、御機嫌取りの者どもよりは昆布と数ノ子の進物を受け、結句、釣り（余得）を取って帰るを常とする。蝦夷（海老の地口）で鯛を釣るとはこの事である。

「内々の願いの筋、何分よろしく御取持下し置かれますよう、へへへへ」

「随分、承知々々、外《よそ》なら決してなりにくい事さ」

団観は、義経の御用と言い立て、蝦夷中の昆布、数ノ子を、荒布、相良布《さがらめ》、古女と取り替え、残らず引き上げたところ、総高〆《しめ》て十二万三千四百五十六億七万八千九百九十九俵になった。せめて半分ならば堪忍もなろうが、十分の一を義経の御倉へ納め、あとは手前の倉に納めてしまった。小豆餅《あずきもち》に砂糖をつけてお腹《なか》へ納めるとは旨い事ではある。

「引き上げられたおらが昆布や数ノ子も、この内にあるだろうナア」

「そこだぞヘンヘン、とこヘン」

「車を、引《ひき》の屋（当時の商店名）のどら焼は気なしか」

「昔ならば、鯛の味噌吸《みそず》に四方《よも》のあか一ッぱい飲みかけ山という場だ（明和・安永頃の洒落）」

団観は、蝦夷中の昆布と数ノ子を引き上げ、十分の一を義経の御倉へ詰め、残りは皆せしめたるゆえ、何不自由なく、我が居《い》屋敷を善美を尽して普請をなし、義経公を御招待申し上げる。これは、義経主従を酒を以て盛り潰《つぶ》し、残らず皆殺しにして、己が蝦夷の大王となり、日頃心を懸ける傀儡夫人を女房にせんとの企《たく》みである。

義経公は、そのくらいの謀事《はかりごと》は始めから御存じにて、団観をわざと取り立てて出頭させ、蝦夷中の昆布と数ノ子を残らず取り上げさせて、而《しか》して後に団観の屋敷へ御入りあるべき由を仰せ出だされた。団観は、一世の晴姿とて、山海の珍昆布（珍味の洒落）を尽し、義経公を迎え奉る。

義経は、神変奇特酒《じんぺんきどくしゅ》（源頼光が酒呑童子退治に用いた）を以て、しうれん大王をはじめ、こちらから残らず盛り潰して、蝦夷の者どもが前後も知らぬ内に、昆布にて設えた宮殿楼閣衣類まで剝いで、残らず刻み昆布となし、数ノ子の石垣は袋に詰めて、さしも（あれほど）に結構を尽して作り立てた蝦夷を旧《もと》の島国に復《かえ》し給うた。

義経「夫人《ぶにん》や、団観という奴は芋頭《いもがしら》のような頭でそなたを口説くとは、厭な奴だ。団観じんはいいめいもんだ。二十三夜（太陰暦十月二十三夜の月見）には、この昆布に油揚を入れよう」

〔しうれん大王をはじめ、そのほかの蝦夷人、却って義経の謀事にて盛り潰され、前後も知らず酔い臥して、丸裸にされる〕

弁慶「亀公（亀井三郎への呼びかけ）、これで昆布が一億二万俵出来たぞ。まっと精出して刻みたまえ。昆布大王九代の後胤（謡曲『舟弁慶』の「桓武天皇九代の後胤平ノ知盛」云々の捩り）は、どうだどうだ」

〔「丹波与作が歌に」などと、団観が寝言をぬかす〕

「そんな寝言はおきゃあがれ。蝦夷ぎりの寝言だ」

「平ノ知盛よりは、たらいの雨もり（当時の狂歌師、物蒙《ものもう》堂礼《どうれ》）は草双紙の作者仲間だ」

「作者仲間で浮名が立つ。ここいらが高点だ」

大王をはじめ団観そのほか、蝦夷人が目を覚ますと、日本同然に作りなした昆布の城が刻み昆布となり、辺りが縹《ひょう》渺《びょう》たる海辺と一変したるゆえ、ただ呆れ果てるばかり。これが本当の団観の夢の枕（邯鄲の夢枕の洒落）だろう。

夏かと思えば雪も降り、四季折々は目の前にて、亀井、片岡、弁慶、海尊も忽ちに飛び去った。面白くも何ともない、不思議やな、無念やな（謡曲の調子を真似る）。

団観「こう裸で団扇《うちわ》を持ったところは、湯屋に潜りこんだ泥棒が竦《すく》むようだ」

大天狗「度々現れたから『善哉《ぜんざい》々々』は止《よ》しにしよう。汝、元来山師の如し、行きたい所へうっ走れ、クワゥ」

義経公は、夥しく拵えた昆布と数ノ子を俵に詰め、数《す》万俵にして、鞍馬の僧正坊（大天狗）の力を借り、亀井、片岡、伊勢、駿河、武蔵坊、常陸坊もろとも雲に打ち乗り、飛び去り給うた。

「野郎の大黒（俵に座る大黒天と僧侶の女房の呼称を懸ける）を見るようだが、俵と雲の上は乗り心地が柔らかでよい。俵くもいが一文一文（不明）。何と珍しき地口だろう。おさらばおさらば」

「入舟《いりふね》がした（交易船入港）と思って、値段が少しだれよう」

義経公主従は雲に乗り、何処《いずこ》へ飛び去り給うたかと申せば、夥しき昆布と数ノ子を土産として日本は鎌倉の御所へ帰り給うた。元来、頼朝公と御仲不和と申すは、始めの台詞《せりふ》に言う通り、表向きばかりの事なれば、頼朝公にも殊の外の御喜びにて、かの昆布と数ノ子を浅草の市に出して売らせ、莫大の御金儲けをなされ、それを山分けにし給うた。栄え栄ゆる鎌倉山、治まる御代こそめでたけれ。

「馬だ馬だ。今年の市に安いものは昆布と数ノ子だ」

「あんまりまけたまけたと言うな。義経様は負けた事はない」

「まけた、まけた、まけた」

＊古浄瑠璃　須永朝彦訳

義経地獄破《やぶり》

第一

それ、惟《おもんみ》れば、「会者定離《えしゃじょうり》の習い、盛者《しょうじゃ》必衰の理《ことわり》、盛んなる人は一度は衰える」と、古き本文《ほんもん》（古典の文言）にある。時にこの頃、地獄は破滅して、無《む》比《び》楽《らく》国（極楽）となった。その謂《い》われを詳しく尋ねれば、清和天皇二十代の後胤《こういん》（末裔。正しくは十代目）源ノ義経の謀り事に因る。

或る時、判官《ほうがん》（官位による義経の呼称）は、武蔵（武蔵坊弁慶）を召し、「いかに弁慶、承れ。娑婆《しゃば》（現世）にて燃やせし瞋恚《しんい》の炎《ほむら》（激怒怨恨）が身を焦がすによって、今、修羅道（六道の一。猜疑・嫉妬に駆られて常に闘争を余儀なくされる世界。武者が堕ちるとされた）に堕ち、万々劫《こう》（果てしなき長年月）の苦を受くること止まず。何卒《なにとぞ》、この苦患《くげん》を免れ、安楽の身とならん事を願うが、如何《いか》に」と仰せられた。弁慶はこれを承り、「御諚《ごじょう》（お言葉）尤《もっと》もにて候。この事を考うるに、かくなる上は謀叛を遂げて、閻魔の庁を打ち破り、一万三千六地獄（一百二十六地獄を大袈裟に表すか）を君（主君に対する尊称）の御《み》心の内に治め給わん御企《おんたく》みこそ然《しか》るべしと思し召し候え」と、憚《はばか》るところもなく申し上げた。

判官は暫く思い案じ給い、「これは我らが一大事なり。卒時にては叶うまじ。承れば、平家の嫡孫小松ノ三位《さんみ》（平重盛。清盛の嫡男）は才覚無双の人と聞く。娑婆にては、源平両家とて、その覇を争うと雖《いえど》も、今、この土《ど》にては、互いに苦患を免れん事こそめでたいと申すもの。この人と和談して、合戦の意見を求めばや」と仰せられ、伊勢ノ三郎（名は義盛。義経四天王の一人）を以て使となし、「我、不慮にこの一大事を思い立つ事、真《まこと》に天の命ずるところかと存じ候。同じ事なれば、自他の心を一つにして、互いに修羅の苦患をも、逃れ給え」と申し遣わした。

小松殿はこれを聞し召し、「平家に於ても、内々この儀を謀る折から、願うところの幸いなり」と仰せあって、やがて賽《さい》の河原にて、平家と源氏とが会聚《かいじゅ》し、合戦の評定に及んだ。この時、判官が、「謀叛を企つと雖も、武具無くしては、その詮有るべからず。如何にして、これを求めんや」と仰せられた。小松殿がこれを聞し召し、「剣戟《けんげき》（剣と矛）を求めん事、いと易かるべき。まず鍛冶どもを召し集め、その様《よう》（形態）を好み（注文）の儘に打たする事に、何の仔細あらん、急ぎ召せ」と仰せられたので、弁慶が承り、召文《めしぶみ》を発して、早々に参るべき由を触れた。この弁慶の早業を褒めぬ者は無かった。

第二　刀鍛冶并《ならび》に盗人釜の蓋を盗む事

然《さ》る間、参り会うたる鍛冶どもは誰々《たれたれ》か、三条ノ小《こ》鍛冶宗近《むねちか》（平安朝末の京都の刀工）、正宗（岡崎五郎。鎌倉末期の刀工）、貞宗（鎌倉末期の相模の刀工）、波平《なみのひら》（薩摩国波平の刀工の総称。鍛冶としては行安が有名）、吉光（粟田口藤四郎。鎌倉末期の刀工）、長光（鎌倉期の備前長船《おさふね》の刀工）、当麻《たいま》ノ掾《じょう》（南北朝期の大和国の刀工）、新参なれども正恒（平安末の備前の刀工）、そのほか飛州の掾（飛騨国の刀工か）など名を得たる鍛冶どもが、数を尽してみな大床（広廂）に畏《かしこ》まる。

　判官はこれを御覧じて、「汝らをこれへ呼びしは、余の儀にあらず。修羅の苦患を逃れんため、謀叛を企つと雖も、道具なければ力なし。急ぎ槍・薙刀《なぎなた》を打って出《い》だせ。如何に〳〵」と仰せられた。鍛冶どもが承って、「御諚、畏まって候。さりながら、黒金《くろがね》（鉄）無くして、何を以て剣戟を作り候べき」と申し上げると、判官はこれを聞し召し、「黒金あり、地獄に多き釜の蓋を盗み取って打ち出だすべし」と仰せられたものの、些《ち》と思案し給い、「さりながら、これを盗まん謀り事、如何《いかが》せん」と仰せられた。義盛（伊勢ノ三郎）がこれを承り、「その儀、いと易かるべし。君の御勘当を被り無間《むげん》地獄に住居《すまい》する熊坂長範《ちょうはん》（義経に退治されたという美濃の盗賊）に仰せつけ候わば、取り得ん事に何の仔細も無かるべし」と申し上げた。これは、義盛が柳下《やげした》の小六と呼ばれていた時（幸若舞曲『烏帽子折』に「伊豆の御山の柳下の小六」とあり、また『曾我物語』にも柳下小六郎の名が見えるが、義盛とは無関係。ただ『平家物語』『源平盛衰記』は義盛の前身を鈴鹿山の山賊とする）に度々手柄を挙げたる事より案じ出した策という。

　義盛は早速に無間地獄に走り行き、長範を語らい出だし、判官の御前に連れ進《まい》らせた。長範に従い、総頭《そうかしら》盗人の掻攌《かいつか》みの鷲《わし》次郎をはじめ、窓を覗くはにらめ九郎（舞曲『烏帽子折』に「窓を覗くは空《そら》盲」とある）、友を迷わす狐三郎、天《てん》火《ぴ》稲妻霹靂《はたたがみ》、せめくちの六郎、若立《わかたち》（若年）なれど石川五右衛門豆板など、その外の小盗人《こぬすびと》は数知れず、みな御前《おんまえ》に畏まった。

　さて、判官は、「地獄に多き釜の蓋を盗み取り、鍛冶の手前に渡せよ。もし、この陣に打ち勝って、地獄を治むるその時には、以後、盗みは勝手たるべし」と仰せあって、自筆の御判（後の証拠となる書附）を下された。盗人は、これを承り、「この上は、習いし所の秘術を幹《めぐ》らし、取って見せん」と申して、選《え》りすぐりの手下三十人を引き具し、地獄を指して忍び入り、思う儘に釜の蓋を盗み取り、これを鍛冶どもに与えた。

　鍛冶は黒金を受け取って、槍・薙刀・脇差を打ち出だした。もとより鍛冶は上手にて、また黒金は地獄にて年久しく焚き鍛えたるものゆえ、かの唐土《もろこし》に名を得たる樊噲《はんかい》・張良（何《いず》れも劉邦に仕えた前漢の名将）の携えた剣にも劣るまい。判官はこれを御覧じて、「兵火出来《ひょうかしゅったい》したり。片時《へんし》も急ぎ、軍兵《ぐんぴょう》を調えよ」との御諚を下し、阿倍仲麻呂《あべのなかまろ》（奈良時代、唐に留学中、長安にて没した貴族。ここは卜占の記事ゆえ、安倍晴明とすべきところ）を召して吉日を選び、軍配を揮《ふる》うて打ち立ち給うたが、その御威勢のほどは実《まこと》に由々しく拝まれた。

第三　閻魔王へ押し寄せる事

さてもその後《のち》、まず大手には、大将軍として九郎大夫判官、悪源太義平《よしひら》（義朝の長子。義経の異母兄）、碓氷《うすい》の御曹司《おんぞうし》木曾義仲、新田義貞兄弟（弟は脇屋義助）、侍大将として楠木正成、和田ノ義盛（鎌倉幕府創立の功臣。後に北条氏に斃《たお》された）、平山ノ武者所（重季。宇治川の先陣争いの折に義経に従うた）など、その軍勢は十万余騎、剣の山の麓《ふもと》を廻《めぐ》り、閻《えん》魔《ま》の庁の東の衛《まも》りに押し寄せた。

さてまた、搦手《からめて》には、小松ノ三位重盛を大将軍として、能《の》登守《とのかみ》教経《のりつね》（教盛の次男、清盛の甥）、薩摩守忠度《ただのり》（忠盛の六男、清盛の弟。歌人）、無官の大夫敦盛（経盛の末子、清盛の甥。後世の文芸・芸能に美少年として描かれる）、平ノ高時（北条高時か）、相馬《そうま》ノ将門《まさかど》（坂東平氏）、平右馬助《へいうまのすけ》織田信長（官位は弾正忠に始まり右大臣に至るも、右馬助任官は聞かない）らを侍大将として、そのほか面々の輩が、家々の旗を死出《しで》の山下ろしの風に吹かせたる光景は、ただ龍車の飜《ひるがえ》るが如くにて、閻魔の庁の東西へ押し寄せ、鬨《とき》の声を挙げた。その声は、恰《あたか》も大山が崩れて海に入るかと思うばかりに夥《おびただ》しい。

この声を聞くや否や、一万三千六地獄に有りと有らゆる鬼どもが閻魔の庁に馳せ参じたが、そのさまはただ雲霞《うんか》の如し。閻魔王は、「油断しては敵《かの》うまじ」と宣《のたも》うて、四方の門を閉じさせ、「かの義経は小賢しき者ぞ、空《うつ》けて（ぼんやりして）囲みを破らるるな」と怒り給うた。折しも、寄せ手の大勢が弓鉄砲を発射して攻めると雖も、百人千人の鉄壁なれば、中々苦にもせせぬ。

判官はこれを御覧じて、「相州（相模国）の朝夷《あさいな》（和田三郎義秀。義盛の三男。剛力を謳われた伝説的豪傑）は居らぬか、この門破れ」と仰せられた。鬼どもはこれを見るや、「朝夷は門を破るが上手なり（和田合戦の時、幕府の惣門を破って討ち入った）。者ども、寄って抱えよ」と喚《わめ》き合い、手に手を合せて門を抑えた。寄せ手の軍勢はこれを見て、悪七兵《あくしちびょう》衛《え》景清《かげきよ》（源平合戦時の平家方の侍大将）、武蔵坊弁慶、姉歯《あねは》ノ平次《へいじ》光景《みつかげ》（義経物の謡曲・幸若舞曲に登場する豪傑。陸奥国の住人、八十五人力と作る）、御所方の五郎丸（頼朝に仕えた少年。女装して曾我五郎を捕えた逸話が名高い）らを先頭に、音に聞えた大力にて、ここを先途《せんど》と押すほどに、さしも強き門なれども、屛風を倒す如く、天地に轟音《ごうおん》を響かせて倒れた。

内にて抑えていた鬼どもは、ただ娑婆の鮨《すし》（押鮨）の如き体となった。不憫なれども、中々何とも申し様が無い。

第四　酒呑童子、頼光と組み合う事

　さるほどに、残った鬼どもは力及ばず、笞《しもと》（楚。罪人を打つムチ）・鉄杖《てつじよう》・金火箸《かなひばし》などを引提《ひつさ》げて渡り合うた。寄せ手の軍兵も剣戟を揃えて、ここを先途と戦うた。両陣に作る鬨《とき》の声は、百千《ももち》の雷霆《いかずち》が落ちるかと怪しまれるほどにて、保元・平治の代の乱れも、比べれば、九牛の一毛（取るに足らぬ事の譬え）である。鎬《しのぎ》を削り、鍔《つば》を割り、ここを先途と戦う折しも、かかる所へ、身の丈《たけ》一丈（約三米）ばかりの鬼が、悪業瞋恚《あくごうしんい》の鎧を着て、十の利剣を引提げ、真先に進み来て、「そもそも、これは大江山に住んだる酒呑《しゆてん》童子とは我がことなり。定めて音にも聞きつらん、手並のほどを見せん」と名乗り、打ち出でた。続く鬼どもは誰々か、天智天皇の御時に藤原ノ千方《ちかた》（秀郷《ひでさと》の子、孫とも。鎮守府将軍。叛逆伝説は正史に無し。この条は『太平記』巻第十六「日本朝敵ノ事」に拠る）の御内にて名を得たる金鬼《かねおに》・風鬼《かぜおに》（『太平記』に「金鬼《きんき》・風鬼《ふうき》・水鬼《すいき》・隠形鬼《おんぎやうき》と云ふ四の鬼」）を先頭に、門外指して打って出でた。

　寄せ手の強者《つわもの》どもは、この鬼どもに斬り立てられ、退《ひ》き色となったが、ここに味方の中より、武者が一騎進み出でて、大音声《だいおんじよう》にて名乗りを上げた。「そもそも、この陣に進み出で、名を上げし田村ノ将軍（坂上田村麻呂。平安朝初期の征夷大将軍）とは我がことなり。手並みのほどを見せん」と呼ばわり、先駆して討ちかかった。続く強者は誰々か、源ノ頼光《らいこう》、碓井ノ貞光《さだみつ》、卜部《うらべ》ノ季武《すえたけ》、渡辺ノ綱、坂田ノ金時（貞光以下は頼光四天王）、一人武者（謡曲『大江山』『土蜘』に登場する強者。藤原保昌の家来と設定）を先手《さきて》として、轡《くつばみ》を揃えて駆け出した。

　かかる所に、童子と頼光が出で会うた。童子は見るより早く、「敵はこれぞ」と言いざま、頼光を引提げた。もとより頼光は心利いたる者なれば、上方《うえざま》に刀を三度差し通し、互いに引組みつつどうと倒れ落ちた。されども童子は上に伸《の》しかかり、一口に喰わんとする。その時、居合わせたる綱と金時が斬りかかって童子を討ち取った。これを戦《いくさ》の始めとして、鬼には手慣れたる強者どもが、追い詰め追い詰め討つほどに、如何なる鬼神《きじん》もたまらずして、風に木の葉の散る如く、味方の陣へと引き上げた。

　かかる所に、平三位ノ中将重衡《しげひら》、左衛門ともたか、民部しげきよ等が敵の陣屋に火を掛け、三千余騎が一緒になって喚き叫びつつ駆けつけた。折しも風は向い風にて、防ぐに甲斐も無ければ、数《す》万《まん》騎の鬼どもは一方を打ち破り、三《さん》途《ず》の大河を打ち越し、橋を引き取ってしまった。寄せ手の軍兵は川岸に打ち臨み、渡らんとすれども水は深く、橋は引かれ、船は無い。向う岸には、牛頭《ごず》・馬頭《めず》・阿防羅刹（何《いず》れも地獄の獄卒）・閻魔大王・修羅（阿修羅）・迦楼羅《カルラ》（仏教世界鳥類の王）など、鬼どもが拳を振って控えている。

かかる所に、梶原ノ源太景季《かげすえ》（景時の嫡男。近世芸能では颯爽たる美男として登場）が、駒を渚に乗り入れて、大音声を発し、「昔、娑婆にて、宇治川の先陣を争いし梶原源太景季なり。娑婆にて、佐々木（四郎高綱。近江源氏）にたばかられ、その妄念いまだ晴れ難し。今、この川の先陣するぞ」と叫びながら渡った。続く者は誰々か、佐々木三郎盛綱（四郎高綱の兄。藤戸の先陣で名高い）、同じく四郎高綱、田原ノ又太郎忠綱（藤原秀郷の末裔、藤姓足利氏。以仁王《もちひとおう》挙兵の時、討伐軍に十七歳にて加わり、武名を挙げる）を先駆として、百万騎が馬筏（馬筏。足利忠綱が武名を得た戦法）を組み、互いに弓弭《ゆはず》（弦をかける弓の両端）を揃え、浪を掻き分け、叫びながら渡った。さしも広き三途の大河も、人馬に堰《せ》かれて下流は河原となった。

これを見るや、鬼どもは川岸に打ち重なり、ここを先途と防戦した。流石《さすが》に名を得たる強者揃いゆえ、鬼どもが打てども突けども、乗り越え乗り越えして打ちかかってゆく。既に鬼どもが退《ひ》き色となった所へ、手塚ノ太郎光盛（木曾義仲の家臣）、岡部ノ六弥太《ろくやた》忠純《ただずみ》（一の谷合戦にて平忠度を討った坂東武者。浄瑠璃『一谷嫩軍記』の登場人物として名高い）、熊谷《くまがえ》ノ二郎直実《なおざね》（頼朝の家臣。一の谷合戦にて平敦盛を討つ）、斎藤別当実盛《さねもり》（木曾義仲幼少時の命の恩人。後、平家方として木曾軍と戦い、手塚太郎に討たれる。謡曲『実盛』がある）らが追い詰め追い詰めして組みかかるほどに、如何なる鬼神もたまらずして、川岸に沿うて我先にと逃げ出した。この人々の手柄のほどを感ぜぬ者はなかった。

第五　地獄破滅并に閻魔王遁世の事

かかる所に、また摂州（摂津国）の住人吹田《すいた》ノ太郎左衛門（盗賊か）が「得たりや畏《かしこ》し（しめた、ありがたい）」と、摂津や河内の人々を引き具し、鬼どもを追い詰め追い詰めして、手当り次第に剝ぎ取り始めた。剝ぎ取るものは何々か、業《ごう》の秤《はかり》（亡者の罪を計る）に黒金の棒、笞《しもと》、鉄杖、鉄火《かな》箸、浄玻璃《じょうはり》の鏡（娑婆の所行を映し出す）から腰に巻いたる虎の皮の引敷《ひっしき》（腰当）まで、余さず剝ぎ取った。その時、説経ノ与七郎（寛永頃に活躍した大坂の説経節太夫。伝存正本は『さんせう（山椒）太夫』『義経地獄破』等）が、太郎左衛門の脛巾《はばき》（戦闘用の脚絆）に一首の歌を書きつけた。

▲娑婆にてもその名を得たる太郎左衛門すいた道とて
今も剝ぎけり

ここにまた、物のあわれをとどめし人は、葬頭川《そうず》（三途の川）に住み給う姥御前《うばごぜ》（奪衣婆）である。地獄は破滅し、武士《もののふ》が東西より押し寄せ、葬頭川の住居《すまい》も壊され、竹の杖に縋《すが》って当処もなく迷い出で給うた。かかる所に、太郎左衛門が出で会い、早や剝ぎ取らんとする。姥はこれを見給うて、「われら、老体の身なれば、許させ給え」と手を合せ給うたが、曾て耳にも聞き入れず、身ぐるみ剝いで取り上げた。姥は心の裡《うち》に、「かく浅ましき姿となり、つれなき命を永らえ、浮世に住まんも口惜《くちお》し」と思うて、左の指を食い切り、その血を以て、辺りの石に一首の歌を書きつけた。

▲いにしへは花のふきにし烏羽玉《うばたま》のかくなりはつる身
　こそつらけれ

斯様《かよう》にあそばして、三途の大河へ身を投げ、底の水屑《みくず》となり果てた。これを見る人も聞く者も、涙を流し袖を絞らぬ者は無かった。

その頃、閻魔王は髻《もとどり》を切って出家し、既に降参なさっておられた。義経はその姿を御覧じて、「心に染《し》まぬ道心かな。恐れながら、それがし、烏帽子親にならん」と仰せあって、不正《ふしょう》坊と名づけられた。あまりにも年久しく栄華に遊び給えば、閻魔王と雖も、盛者必衰の理を逃れ給わぬものか。墨染の衣に身を包み、実《まこと》に浅ましき次第ではある。閻魔王の凋落《ちょうらく》と義経の栄華は、ここに極まった。

「いにしえ、一万三千六地獄のありし時、その位、四海に聞えし身の、斯様に浅ましき姿となり、生きても何の詮方なし」と言うて、閻魔王を指差して笑う人も多い。その時、閻魔王は悔し紛れに、「釈尊（釈迦）も阿弥陀《あみだ》も我も同じこと古《いにし》へは王いまは入道」という歌を詠んだが、これを聞いて、「閻魔王の口遊《くちずさ》みには、似合いたるなり」と言う人も多かった。

かくて判官は、打ち取ったる首どもを実検なされ、三途の河原に懸けさせた。然る後《のち》、死出の山に上がり、数多《あまた》の遊君《ゆうくん》（遊女）を召し集め、舞いつ歌いつ酒盛し、まことに栄華の身となって、朝夕楽しみを極めていた。時に、死出の山の名を変え、それより繁り山と呼ぶとか。「長生殿の内には春秋をとどめ、不老門の前には日月《じつげつ》遅し」（『和漢朗詠集』に「長生殿裏春秋富めり、不老門前日月遅し」とある）と申すさまも、今のこの時を申すべく、めでたかりける御世ではある。

この物語が如何にして娑婆に流れ来りしか、その由を尋ねれば、左の如くである。

鞍馬（京都の北方。義経が幼少時を過したとする）の奥に住み給う大天狗が、「久しく判官殿へ無沙汰して、ついに見舞を申さぬ」と思し召し、山椒の木の皮を掃き集めて木の葉天狗に担がせ、修羅地獄を指して行き給い、判官殿の住み給う門外に佇み、「鞍馬より御見舞に参った」と案内を乞うた。この由を常盤《ときわ》御前が聞し召し、「義経、唯今は留守にて候えども、此方《こなた》へ入らせ給え」と仰せられ、女房達を出だし給うて、中の亭へ招じ入れ、乳母《めのと》の侍従に酌を取らせ、酒を様々に勧め給うた。

常盤御前は、「娑婆にて、義経を鞍馬の寺に預けたる折、何かにつけて、御坊の指南ありしにより、奢《おご》る平家を滅ぼし、名を後代に残す。自ら（常盤の一人称）、娑婆にありし時、御礼をも申すべきところ、美濃ノ国山中宿《やまなかじゅく》にて事に遭うて失せしかば（舞曲『山中常盤』は、奥州に逃れた牛若を訪ねる旅の途中、病を得て山中宿に逗留中、盗賊に殺されたとする）果たせず、残り多く思いし所に、これまでの御見舞、真《まこと》に真に過分なり。娑婆ばかりにてもあらず、ここにてもまた大将と罷《まか》り成り、閻魔の庁を打ち破り、無比楽《むびらく》（比べるものの無き幸い）の身となることも、これみな御坊の御恩なり」と宣い、格別の御馳走を振舞い給うた。暫時の後、大天狗は「さらば」と申して暇《いとま》を乞い、鞍馬に帰り給うた。

　或る人、鞍馬へ参詣して大天狗に対面し、かくの如き物語を承ると思ううちに、夢はそのまま覚めた。

＊近世随筆　須永朝彦編訳

義経異聞

作者不詳『塵塚物語』

義経の頓智

前《さき》の公方《くぼう》（足利将軍家）が御酒宴の後、或る利口者の近習が座の戯れに語った話である。

源ノ判官義経は古今第一の頓智連哲の人にて、貴賤老少みな知るところである。人目を忍んで吉野ノ県《あがた》（大和国。都落ちの途中に潜伏）を通られた折の事、或る民家の前にて遊び戯れる童《わらんべ》たちの姿を御目に留め給うた。その中に、三四歳の子を背負うて遊ばせている十歳余りの童があったが、背負われる子も背負うている童も、互いに「伯父、伯父」と呼び合うている。九郎判官はこれを耳にされ、莞爾《にっこ》として笑い、「嗚呼《ああ》、不義の奴ばらかな」と言うて過ぎ給うた。供の人々は判官の御言葉を解し得ず、得心が行かぬ心地にて通り過ぎた。武蔵坊弁慶は解せ《げ》ぬながらも「故ある事ならん」と思い、深く案じ煩うたものの、その時は終《つい》に解する事を得なかった。

さて、その日も暮れて、旅屋を借りて宿ったが、弁慶は終夜《よもすがら》この事を案じた末、漸く工夫（考え）が解《ほど》け、「嗚呼、判官義経君は百世にも超えたる頓智の御生得《ごしょうとく》（天性）なり。然《しか》りと雖《いえど》も、今は不幸不運にしてかかる浅ましき御《おん》有様、口おしく勿体なき事なり。吾が工夫の君に及ばざること遙かなり」と独り言《ご》ち、その後は同朋共に語って互いに感じ興じたという。

互いに「伯父、伯父」と呼び合う事を思案するに、仮《たと》えば夫婦の中に男女二人の子があり、その男子が母親と通じて男子一人を儲け、また女子が父親と通じて男子一人を生めば、この二人の男子が一所に在って呼び合う時は、則ち両方ともに「伯父、伯父」となる〔なお、能々《よくよく》分別すれば、その断《ことわり》は分明となる〕。判官義経が目に留めた二人の子は、かくの如き類である。

斯様《かよう》の難しき工夫をも差し当って速やかに自得し給う事は、当意即妙の利根《りこん》（賢さ）なれど、御自身の奢侈《しゃし》悪粧《あくそう》の事は曾《かつ》て自覚し給わぬものと覚しく、人の諫《いさ》めも承引なされず、身の御工夫も薄かったとみえて、終にはその身を東奥（陸奥国）の夷《えびす》に類《たぐ》えて、骸《かばね》を衣川の砂《いさご》に埋《うず》め給うたのは口おしき事である。（巻第六・源九郎義経頓智之事）

義経評判

平賀源内『そしり草』

義経は左馬頭《さまのかみ》義朝の末男にして、母は九条院の雑色《ぞうしき》常盤である。稚名《おさなな》を牛若と号する。義朝は平治の乱に敗れ、長田忠致《おさだのただむね》の為に生害して、一族は悉《ことごと》く滅んだ。牛若は未《いま》だ襁《む》褓《つき》の内に有ったが、母の常盤がその容色ゆえに清盛に寵愛《ちようあい》され、これによって牛若は刑戮《けいりく》を免れた。漸く成長し、鞍馬山の東光坊に身を寄せて学問に勤《いそ》しんだが、常に報讐の志を抱いて出家を厭い、兵術に心を委ね、十六歳にして潜《ひそ》かに鞍馬を出《い》でて奥州に至り、藤原秀衡を頼み、首服（元服）して九郎義経と号した。

治承四年、舎兄頼朝が平家追討の義兵を挙げると聞き、奥州を発向して、駿州《すんしゆう》（駿河）黄瀬川《きせがわ》に於て頼朝に謁した。頼朝は甚だ悦び、則《すなわ》ち将軍として木曾義仲を誅し、次に平家を討たしめた。

元来義経は武略に長じ、奇計妙術を廻《めぐ》らせ、大敵を亡ぼし、その勢いは普《あまね》く天下の口実（話の種）に上った。依って、元暦《げんりやく》元年五月六日、従五位下左衛門尉に叙し、則ち平家追討使の宣旨を蒙《こうむ》り、九郎判官と号した。これは一ノ谷戦功の賞という。同十一月十一日、院参（後白河法皇の御所へ参る）の節、昇殿を許された。同二年、平家は悉く滅亡し、四月廿五日には神鏡・神璽《しんじ》（三種の神器の二種）が西海より還幸、朝廷に入御《にゆうぎよ》し給うた。則ち義経の供奉《ぐぶ》あり、同廿七日に院の御厩《おうまや》別当に補《ふ》し、同八月には伊予ノ守に任ぜられた。段々の昇進は、朝敵退治の忠賞という。宜《うべ》なるかな、さしもの強敵平家を二年の間に鏖《みなごろし》になし、天子の宸《しん》襟《きん》（天皇の御心）を安んじ奉り、尚且つ父の仇《あだ》を報じ、廃れたる源氏の家名を興し、忠孝を全うして功《いさお》を遂げたのであるから、誠に古今無双《ぶそう》の英雄と云うべきである。舎兄頼朝は、居ながらにして日本の惣追捕使《そうついぶし》となり、天下の権を執り得たのも、全く義経の軍功による。

然《しか》るに、さばかり朝家（朝廷）に忠義を捧げ、兄に孝養《きようよう》を尽した義経が、讒者《ざんしや》の為に滅びたのは命《めい》（天の定め）であろうか、悲しむに堪えたりと申すべきか。奸臣は梶原景時である。されば、末代の今に至るも、児女幼童に至るまで、梶原の讒言を憎んで、既に「景時、景時」と嘲る。ひたすら義経を哀悼して、諺に判官贔屓《ほうがんびいき》と称するのも、理義の仁心を感ぜしむる処にして、これ則ち義経の陰徳ではあるまいか。嗚呼《ああ》、痛ましいかな義経、狡兎《こうと》尽きて良犬煮られ（『十八史略』の西漢の条に〈狡兎死走狗烹〉と出る。敵が滅べば功将も誅されるとの譬）、敵国定まって謀臣亡ぶる例を顧みず、保身の謀事《はかりごと》なきは如何《いかが》した事か。

と、ここまで語って不覚の涙を流したのは客四友先生。これを見て、油煙公はからからと笑い、「先生も諺の判官贔屓ではござらぬか、如何して義経が古今無双の英雄と申せようか」と言い放ち、反駁を始めた（この『そしり草』は、油煙公をはじめ見石翁《けんせきおう》・兎毛《とも》先生・楮皮子《ちょひし》などが登場して歴史上の人物を論評する趣向）。

世間挙《こぞ》って、逆櫓《さかろ》の遺恨（屋島の軍における義経と景時が交した戦略上の諍い）によって、梶原が義経を讒言した事を憎むと雖《いえど》も、逆櫓の論も景時に道理があり、義経の僻事《ひがごと》である。駈くべき時に駈け、引くべき時に引退《ひきの》き、身命を全うして敵を亡ぼしてこそ良将と申せように（『平家物語』巻第十一「逆櫓」に梶原の言として出る）、一己《いっこ》の高名《こうみょう》（功名）を得んとして危うきを顧みぬとすれば、それは暴虎《ぼうこ》憑河《ひょうが》（血気の勇に逸る。『論語』に出る）の類である。されば、梶原は、舟軍《ふないくさ》の駈引自由を得ん為に逆櫓を立てる工夫を廻《めぐ》らし、「適《あっぱ》れ能《よ》き智恵なり」と定めて自讃の心にて談じたところ、義経がこの古老の意見を無にして、「迯支度《にげじたく》なり」と嘲ったのは甚だ無道《ぶどう》である。辱《はずか》しめられた平三《へいぞう》景時が怒《いか》らぬという事があろうか、「計略を以て敵を討ち取らんとするに、隙（油断）を知らざるは猪武者《いのししむしゃ》」と嘲って非礼の詞を放ったゆえ、既に珍事に及ばんとしたが、三浦（三浦ノ介義澄。坂東八平氏の一）や畠山（次郎重忠。坂東八平氏の一）等が無事に納めた。もとより平家追討の宣旨を蒙る義経が、無益の論に大義を忘れ梶原を討ち果して犬死《いぬじに》しては、天子に不忠、兄頼朝に不忠となり、敵味方の笑い種《ぐさ》となって尸《しかばね》の上の恥辱となろう。その上、壇ノ浦にても梶原と先陣を争うたとあっては、大将の器にあらず。

思うに、義経はその身の武勇に誇り、梶原を侮って、先陣の望みを片腹痛く思うたのであろうが、梶原は元来尋常の侍にあらず、既に生田ノ森（摂津国。現在の神戸市中）の一軍《ひといくさ》にて、父子三人、武勇を揮《ふる》った様子は鬼神の如くであった。平次景高（景時の次男）は一陣に進み出て、範頼《のりより》（蒲冠者。頼朝の弟。義経と並び平家追討軍の大将）の下知をも顧みず、さしも激しき軍中に於て取り敢えず一首の秀歌を詠み、猶も進んで戦うたのは、文武二道の勇士と申すべきではあるまいか。兄源太景季《かげすえ》も、一枝の梅花を箙《えびら》に挿し、三十余騎に取籠《とりこ》められると雖も事ともせず、落花微塵に切り散らし、菊地三郎と組み打ちして首を取った。かかる武勇は猶更の事、箙の梅の風流を、平家方にても「梶原の花箙」と感賞したとか。父の平三景時も、五百余人にて平家の二千余人と戦うた折の事、無勢なれば下手へ廻って颯々《さっさつ》と引いたが、源太の生死如何《しょうしいかが》と気遣い、また二百騎にて敵中へ駈け入り、大いに武勇を揮い、「梶原の生田ノ森の二度駈《がけ》」と末代まで誉を残した。これを以て見る時は、何とて義経の勇猛に劣るべきか、誠に梶原は一人当千の剛の者と称すべきである。

然れども、世人は、梶原が義経を讒した事を憎んで、その美点を挙げず、彼を毒虫に比して忌み憎む。義経もまた罪無きにあらず。頼朝は、もとより口に蜜を発し、腹に剣を忍ばせた武将である。予《かね》て義経の武略に長じている事を心中に忌み憎む所に、朝敵滅びて京都も静謐《せいひつ》に治まり、天下（世間）挙って安堵の思いをなして、義経の武徳を称揚し、殊に後白河法皇の御《おん》覚えめでたく、殿上人《てんじょうびと》を始めとして洛中の老若男女《ろうにゃくなんにょ》に至るまで、「あわれ（ああ）、判官殿の世にてあれかし（義経が武門の頭となればよいのに）」と言い合うている由を伝え聞き、頼朝は心中快く思わなかった。「その上、義経、平家の一族平《へい》大納言時忠（高棟王流。高倉帝の外伯父、清盛の義兄）の聟《むこ》となりしは、世を憚らぬ振舞、存じの外なり」と憤り深き所に、また義経が伊予ノ守に任ぜられた為、一層快からぬ態となった。「伊予ノ守は、源家の先祖頼義《よりよし》朝臣《あそん》（八幡太郎義家の父）、これに任ぜられしより、源氏代々これを重んじて任ぜらるる人なし。然るに義経、一応の辞退もなく伊予ノ守に成りしは、この頼朝に憚らず、天下を我儘に計らう事、自立の志あるに疑いなし」と、忿《いか》りを強めた折しも、梶原が讒言して、燃える火に薪《たきぎ》を添えた。これが為に終《つい》に連枝の因《ちなみ》を絶ち、義経は衣川の泡と消えたが、浅ましき事ではある。

然しながら、或る説に、「義経は実は生害せず、秀衡が存生《ぞんしょう》の内に示し置いた密事に任せ、潜かに国を遁れて蝦夷へ落ち行き、身を全うした」と云う。これが正説《しょうせつ》ならば、たいそう賢き謀事である。

また或る説に、「西海にて建礼門院（平徳子）を擒《とりこ》にして帰路の折から、船中にて密通した」と云う。この女院は清盛の女《むすめ》と雖も、まさしく高倉院の后（中宮）にして、安徳天皇の国母《こくも》である。義経は、如何なる次第にて、王位を恐れず、世を憚らず、かかる絶倫の振舞に及んだものか。尤《もっと》も、この説、取るに足らずと雖も、義経は牛若丸と名乗った稚児の時より、好色淫風の聞え無きにしも非ず、全くの妄説とは退け得ぬかも知れぬ。義経が才智を具えながら、かかる無道を行うたのは、諺にいう猿智恵にて、信《まこと》の智は無き人であろう。俗に、「義経は向う歯反《そ》って猿眼《まなこ》」と言うゆえ、自立して天下を執らんと欲したのは、正真《しょうしん》の「猿《えん》猴《こう》が月」（猿猴捉月、猿猴取月。『僧祇律』に出る寓言。猿が水に映る月を取らんとして溺れる、即ち身の程知らずの失敗）と申すべきか。（廿九・義経）

二《に》人《にん》義経

志賀理斎『理斎随筆』

伝に曰く、周防《すおう》ノ国の住人岩国三郎兼末という者が申すには、「我等、去年、摂政殿（近衛基通か）に奉仕の折、義経の参候あり。某《それがし》、配膳の役に出《い》でしゆえ、よく見知ってござる。二十《はたち》ばかりにして色白く、面長うして鬚《ひげ》も無く、一向（全く）の小《こ》冠者《かんじゃ》（青少年）にござる。京童《きょうわらんべ》が『義経は空見《そらみ》する癖あり』と申し居るが、実は折々上の方を見上ぐる癖がござる。世に齣《むこうば》（上の歯）が差し出でたりとの風聞あるは、大いなる人違いにて、それは近江源氏の山本九郎義経の事にござる。さてこそ、山本が左兵衛尉《さひょうえのじょう》になりし時、京童が異名をつけて、『反歯《そっぱ》の兵衛』と申してござる。判官も源氏、山本も源氏、是も九郎、彼も九郎、彼もよし経、是もよし経、同姓同名なるを以て取り違えたるものかと存ずる。判官は、木曾（義仲）などとは様変り、最も優（上品）に京馴れて（洗練されて）居るやに見受け申した。然《しか》れども、ただ好色にして美女を愛すると承ってござる」云々。

また、或る説に拠れば、或る人が秘蔵する伊勢の国司北畠氏の秘本に曰く、「纐纈《きくとじ》源吾盛安は天性双六《すごろく》（現今の同名遊戯とは異なる）を好み、院中（上皇・法皇の御所）にも召されて打つうちに、双六源吾なる諢名《いみょう》を授かった。或る時、近江松殿（藤原基房。仁安～治承の摂政・関白）の御所にて、近江の山本兵衛尉義経と双六を打った。その折しも、丹波ノ国より参らせた拍栗《かちぐり》が御前にあった。勝った方にこれを賜わるとの仰せあり、三番一徳の双六が催された。盛安は双六の上手にてあれども、賽《さい》の目出でずして、義経が勝った。殿下は拍栗を山本に遣わされたが、如何なる人が書いたものか、その拍栗を入れた物の下に『双六の源吾が賽のうち栗を反歯の兵衛かちぐりにする』という狂歌が書きつけてあった」云々。

これらの事、真偽のほどはおぼつかなけれども、古《いにし》えを考える由もあろうかと思うて記しおく。（巻之四）

喜多村信節『筠庭雑録』

義経風説真偽

『新撰佐渡風土記』の「山本兵衛尉義経流罪《るざい》之事」の条（『東鑑』治承四年十二月十日ノ記に「去ル安元二年十二月晦日、佐渡ノ国に配流」云々の由、見える）に、「今、世に源九郎義経の事を『向う歯反って猿眼』と申し伝えるも、源九郎の事にあらず、山本兵衛尉義経の事なり」とあるのは、拠る所無き不稽の説（妄説）であろう。『長門本平家物語』その他も向歯が反っていたと記している。

『義経記』七巻「三の口の関通り給ふ事」の条に「色も白く向歯さし出でなどしたる者をば、道をもすぐに通さず、判官殿とて、搦《から》め捕り拷問してひしめきけり」云々。『笈《おい》さがし草』（幸若舞曲『笈捜』）に「判官殿と申すは、背小さく、色白く、向歯そつて猿眼、赤髭にましますと承り候」云々。これは実伝であろう。

また、金売《かねうり》に随《したご》うて従者《ずさ》となり、陸奥《みちのく》へ下る事（『平家物語』下巻に見える）を謡曲などに餝《かざ》って（粉飾して）作ったものを、俗人は真実と心得がちである。これも、右の『長門本平家物語』には「米を負ひ従者となりし」と記してあり、それが実録であろう。

また、安宅ノ関にて弁慶に打たれたという説に似た話が『宋書』（中国の二十四史の一）六十三「王華伝」にあり、『草廬雑談』にも『南史』（二十四史の一）を引いて、「雍州ノ刺史袁昂ハ、顗《ガ》ノ子ナリ。顗負《ヤブ》レテ沙門ニ入ル。将《マサ》ニ以テ関ヲ出デントス。関吏常人ニ非ザルヲ疑フ。沙門杖シテ

「而シテ之ニ語リ遂ニ免《マヌガ》ル」という条は、弁慶が義経を打《ちょう》擲《ちゃく》したる計略と同一なりと記している。

義経の笈

橘南谿『東遊記』

往昔《そのかみ》、源九郎義経は、兄頼朝の怒りに逢うて身の置所を失い、「古き親しみなれば秀衡を頼まん」と思案し、忍んで奥州に下り給うた。東街道（東海道）は途《みち》の守りが厳しきゆえ、北国路《ほっこくじ》（北陸路）を取り、従者共々十二人（『義経記』は上下十六人とし、義経の北の方すなわち久我《こが》大臣の姫君をも数える）の作り山伏（偽山伏）と成って下り給うたが、越前ノ国にて平泉寺《へいせんじ》（白山神社の神宮寺。現在は地名として残る）の衆徒《しゅと》に囲まれ、笛を吹いて漸《ようよ》うに危難（正体露顕の危機）を逃れた。また、安宅ノ関にては、弁慶の精忠の甲斐あって、富樫《とがし》ノ左衛門の情を得て通り抜け、まことに安き心も無きまま、辛うじて出羽ノ国三瀬《さんぜ》（山形県庄内海岸）という所まで落ち給うた。

　此所《ここ》は奥州の領地（陸奥国領主藤原秀衡の領地）であったものか、最早妨げ防ぐ者も無ければ、各々初めて安堵して少し足を休め、「作り山伏の姿もこれまでなり」と申して、みな山伏の姿を解き、土地の氏神の社に詣でて、恙《つつが》なく到着した歓びを申し述べ、各々の笈を社頭に残し置いて去り給うたという。今も、この三瀬の社に、義経主従の負い給うた笈が七つ残っており、この社第一の宝物《ほうもつ》として秘蔵する。この地は格別の辺土なれば、聞き及ぶ人も無く、『平家物語』『源平盛衰記』等にも記し漏らしている。

　誠に余（私）も北国を経て奥羽の二州に入ったが、所々国々に昔の関の跡が残っている。その古跡を見れば、誠に関所の有るべき地勢にて、今は太平の世なればこそ、斯様《かよう》に通行する事も妨げ無しと思われる。その中でも、殊に天然の嶮絶にして、国と国とを隔絶せしめ、この道筋の外に通うべき所もなく、さてまたこの道と雖《いえど》も、一人がこれを守り防げば万夫も過ぎること能《あた》わずと思われる所は、越中と越後の境にある、俗に親不知《しらず》子不知と名づける地である。此所は越中立山《たてやま》が麓《ふもと》の海中へ流れ出た所なれば、その嶮岨《けんそ》のほどは申さずとも知られよう。故に、今も此所は御領地（幕府直轄地）にて、市振《いちぶり》という関を据え、往来の人を正している。同じく賀州（加賀国。ここは加賀藩前田侯の領地を指すか）の側からも東の限りに当たれば、境ノ関（市振は越後領、境は越中領）を設けており、甚だ厳しき事は世の人の知る所である。

　さて、それより東には、越後と出羽の国堺に鼠《ねず》ケ関（念珠ケ関とも）という関所があり、これは海辺である。山路を行くには葡萄《ぶどう》峠という所を越えるが、この山中にも小さき関が数多《あまた》ある。この羽越の堺も実に天嶮にして、前に記す通りである。

　それより奥、秋田領と奥州津軽領の堺に、矢立《やたて》峠という所（大館より弘前へ抜ける）があり、此所にも両所の関所があって、出入りは甚だ厳重である。まず大抵、北辺にては、この三箇所を隔絶の天嶮と申すべきである。義経が如何に奇妙（素晴しい）の武将と言えども、この地を通らねば奥州に入る事は叶うべくもない。このうち、矢立峠は秀衡の居城平泉よりも奥なれば、通行には及ばぬものの、前の二箇所（越中越後の堺、越後出羽の堺）は是非とも通り抜けねば、その外に通うべき道も無き事ゆえ、定めて心を苦しめ給うた事と推される。平坦なる加賀・越前でさえ苦難の路、その余の危うさは言うまでも無かろうに、恙なく越え越えて、既に鼠ケ関を出づれば羽州の地ゆえ、懐に入った心地を覚えた事であろう。

この三瀬という所は、鼠ケ関より六七里、つるが岡（鶴岡）までは四里の地である。安堵して姿を改め給うたのも、実《げ》にと思われる。ここに残る主従《しゅうじゅう》の笈は七つである。軍書には「十二人の作り山伏」とあるのに、その数が足らぬのは仔細もあろう。また、秀衡の古城跡たる平泉の中尊寺に、亀井ノ六郎の笈なりと称して唯一ツが今に残っている。七人の衆はこの三瀬にて笈を下ろし、亀井抔《など》は猶そのまま奥州まで負うて行ったものであろうか。（前編巻之四）

橘南谿『東遊記』

義経渡海の地

奥州の三馬屋《みうまや》（津軽半島三厩湾西岸）は松前（北海道南端福山湾岸）へ渡海する港にて、津軽領外ケ浜（外ノ浜。津軽半島東海浜、陸奥湾西岸とするのが通説で、三厩とはやや隔たるも、江戸期までは大まかに津軽半島沿岸一帯の総称として用いたらしい。歌枕）にあり、日本の東北限である。昔、源ノ義経は高館《たかだち》（平泉の北西にあったとされる義経の居館）を逃れ、蝦夷へ渡らんと此所まで来《きた》り給うたが、渡るべき順風の無きまま、数日逗留し給うた。あまりの無風に耐えかねて、所持の観音像を海底の岩の上に置いて順風を祈ったところ、忽《たちま》ち風が変り、恙《つつが》なく松前の地に渡り給うた。その観音像は今も此所の寺にあり、義経の風祈りの観音と称する。また、波打際に大いなる岩があり、馬屋（厩舎）の如く穴が三つ並んでいる。これは、義経が馬を立て給うた所といい、よってこの地を三馬屋と称すると言い伝える。

さて、この三馬屋より七里の西北に、タツピ（龍飛岬。津軽半島北端）と申して突き出でた山がある。されども、松前への渡海は、みな三馬屋から渡るのである。この渡りは容易ならず、海中に別に大河の如く漲《みなぎ》り流れる潮筋《うしおすじ》が三筋ある。南をタツピの汐《しお》と云い、その次を中の汐と云い、北を白神《しらかみ》の汐と云う。みな幅は纔《わず》かなれども、その流れは急にして、汐先の勢いは五十里（約二〇〇粁）に及ぶ。昼夜とも常に西北より東南へ落ちて、差引往来が無く、恰《あだか》も海中に三つの大滝を懸けたかの如くである。下《しも》の方、松前の箱館（函館）と南部のオコベ（下北半島北端の奥戸か）の間の海に於ては、その汐が合流して一筋となり東へ落ちるゆえ、愈々《いよいよ》急となる。松前と三馬屋の前の海底には、大いなる巌があるゆえ、その汐が三つに分かれるという。

　松前に渡る船は、至極の順風が強き時を見計ろうて帆を十分に張り、件の汐の所に至れば、筵《むしろ》などを海中に抛《なげ》入れて、その隙《ひま》に矢を射る如く横に乗り切るという。少しなりとも風の弛《ゆる》む時は、この汐に押し落される。もし落される時は、五十里ほど瞬く間に流れ下り、大海へ出でて、汐の勢いが少し緩き所に至って船を留《とど》める。五十里より前方にて船を留める事は、人力にては及ばぬという。その汐は、初めにも記した如く、常に西より東へ落ちるのみにて、その理は解し難き事ではある。

　かくの如き所ゆえ、余も松前へ渡らんと思い、三馬屋に暫し逗留したが、順風に恵まれぬため渡り得ずして帰った。毎日順風なる事もあり、また二十日三十日も順風無き事もある。それゆえに、却《かえ》ってこの渡海に於ては、昔より難船無しと云う。南部のサイ（佐井）、或いはオコベの辺より松前の箱館辺の間は甚だ近くして、天気がよければ海を隔てて衣類が干してあるのも見えると云う。南部のサイやオコベの辺は、三馬屋などよりも大いに北東へ出でた地である。三馬屋より北の方角に藍の如き山々が遙かに見えるが、これは蝦夷地の山とも云い、またオコベ辺の山とも云う。その辺り（奥戸、佐井）は実に日本の東北限なれども、湊《みなと》にあらざるゆえ、他国の人は名すら知らぬ。（後編巻之二・三馬屋）

義経の最期

新井白石『読史餘論』

　文治三年（一一八七）、頼朝は、義経が秀衡の許に在ると聞き、京に使を馳せて奏上した〔これは、秀衡が義経を助けて反逆する由を申したのである〕。かくて、庁の下文《くだしぶみ》（検非違使ノ庁の命令書。或いは院ノ庁か）が奥州に下され、頼朝もまた雑色《ぞうしき》（下役人）を遣わした。秀衡は異心無き由を申し上げた。雑色が帰って申す所は「既に用意（反逆の意思・準備）の事ある歟《か》と」云々。故に、また鎌倉よりこの事を京に奏上した。

　十月廿九日、従《じゅ》五位ノ上鎮守府ノ将軍陸奥《むつ》ノ守《かみ》藤原秀衡は平泉の館に於て卒した（『義経記』は「文治四年十二月廿一日秀衡卒」とする）。秀衡は、父基衡《もとひら》の跡を継ぎ、陸奥・出羽を領すること三十年、後妻の子なる泰衡《やすひら》（次男）を嫡子にせんとした。錦戸《にしきど》太郎国衡（長男。西木戸太郎）は泰衡と仲良からず、為に、秀衡は死に臨んで、泰衡の母を以て国衡の妻とし、仲を直らせ、泰衡・国衡・泉ノ三郎忠衡（三男。和泉冠者）・本吉《もとよし》ノ冠者隆衡（高衡。四男）らに誓わしめ、「義経を陸奥・出羽の大将軍として国務せしむべし」と遺言して死すという。

　文治五年閏《うるう》四月晦日《みそか》、義経ならびに民部ノ少輔《しょう》藤原基《もと》成《なり》（平治の乱の首謀者信頼の異母兄。流人ともいう。泰衡・忠衡の外祖父という）、衣河ノ館《たち》（宿館と伝える。長く基成が居住し、後に義経が同居したという）に於て自殺す。泰衡が数百騎にて襲うた為、義経は先ず妻〔廿一歳〕を殺し、子〔女子四歳〕を殺して、自害した〔三十一歳〕。

五月廿二日申ノ時〔午後四時頃〕、奥州の飛脚が鎌倉に来って義経の死を報告。六月十三日、泰衡の使者新田《にった》ノ冠者《かじゃ》高平が義経の首を持参。義盛〔和田〕と景時〔梶原〕の両人が腰越《こしごえ》に出向いて実検した〔黒漆の櫃に入れ、酒に浸す〕。観る者はみな涙を拭うと云々〔義経死後四十三日〕。廿四日、頼朝は、「泰衡、日頃義経を隠し置きし科《とが》、既に反逆に過ぎたり」と言い、この者を征伐すべき由を下知した。この日、京師より能保《よしやす》〔藤原氏。通姓は一条。頼朝の妹婿〕の状《ふみ》が届き、「奥州追討〔泰衡征伐〕の事、内々に沙汰〔朝廷の内意。院政の時代ゆえ、ここでは執政者たる後白河法皇の意向〕あり。関東の鬱陶〔頼朝の鬱憤〕黙止《もだし》難しと雖《いえど》も、義経既に討たれぬ。今年、太神宮の上棟、大仏寺の造営など、かれこれ計会す〔諸事が一時に重なる〕、追討の事、猶予あるべし」云々。廿五日、頼朝は押し返して、「追討の宣旨を賜わるべし」と能保へ申し遣った。廿六日、泰衡が弟の忠衡を誅した〔二十三歳〕。義経に同意した者を誅戮《ちゅうりく》すべしとの宣旨を賜わった事に依る〔義経の死後五十五日〕。按ずるに、この年二月に忠衡は討たれたと云う。『東鑑』に見える所は六月廿六日の事である。思うに、『東鑑』の説、然るべき歟《か》。

この時、義経は死なずと世に伝える。思うに、忠衡の許に遁れたのであろう。それのみならず、義経が自殺して館に火を放つと云うならば、泰衡が献じた首は偽物であろう〔自殺して焼けた者の首が有る筈も無い〕。泰衡も初めは義経は既に死したりと思うたものの、首を得ること叶わず、似たる者の首を斬って酒に浸し、日数《ひかず》を歴《へ》たる後に鎌倉へ送ったのではあるまいか。かくて、忠衡が義経を助けて奔《はし》らしめた事を聞き、忠衡を討ったものであろう。頼朝も疑う所がある故に、頻りに「泰衡を討つべし」と望み申したもの歟。世に伝える事の如くであれば、忠衡が討たれたのは、義経が討たれた時より百日近くも前の事となる。既に忠衡が討たれたとすれば、義経の死も近くある事は、智者を待たずして〔誰にとっても〕明らかである。義経は手を束《つか》ねて死に就《つ》く人に非ず、不審の事ではある。今も蝦夷の地に義経の家の跡がある。また、夷人《いじん》が飲食の折に必ず祭る所《いわ》謂《ゆる》オキクルミと云う者は、即ち義経の事にて、義経は後には奥〔奥蝦夷。樺太・沿海州などを言うか〕へ行ったなどと申し伝えるとも聞く。〔巻一・鎌倉殿天下之権ヲ分掌スル事より抄訳〕

義経の刀

大田南畝《なんぽ》『半日閑話』

文化十三年〔一八一六〕八月頃、松前の医師にて元哲という針医から直に聞いたはなしである。〔中略〕

蝦夷地にゐさし島〔江差。鷗島という出島あり。渡島半島日本海岸〕と号して、五十町ほどの出島がある。此所にて、弁慶が馬に乗ったと云い伝える。その馬場は岩石なれども、至って平らかにて、千畳敷と名づけ、弁慶の馬の爪跡が岩石に残っている。

　蝦夷地には神仏が無きゆえ、義経を神仏として今に至るも尊敬している。また、蝦夷地に名刀があり、義経の刀と云い伝える。この刀、先年までは松前氏（蝦夷福山藩主。津軽の安東氏と若狭の武田氏の末裔、前姓は蠣崎《かきざき》氏）が代替りする度毎《たびごと》に差し出していたが、松前氏の方へ留《とど》め置いても、いつの間にか元あった所へ返るという。依って、今に至って蝦夷の重宝《ちょうほう》と致して持ち伝える。この名刀に限らず、蝦夷の者は、何にても大事の物をば四五里も先の深山へ持ち行き、大木の根を割り、そこへ入れ置くという。（巻十五・針医元哲物語より抄訳）

蝦夷と義経

秦鼎《はたかなえ》著・牧墨僊《ぼくせん》編『一宵話《いっしょうわ》』

　昔、安倍《あべ》ノ貞任《さだとう》・宗任《むねとう》の父なる頼時（平安中期の陸奥国の豪族）は、奥地（奥州）より北に国のある事を知り、其処《そこ》を我が物にせんと、子供郎党を引き具し、艤装《ふなよそおい》して彼《か》の地へ押し渡り、大河を三十日ほど漕ぎ上って見廻せば、全て無人の地であったが、俄《にわか》に両山鳴動し、胡人《こじん》（北狄《ほくてき》）が千騎ばかり現れ出で、彼《か》の大河の底《そこい》も知らぬ淵を馬にて苦もなく渡る様子を見て、胆《きも》を寒《ひや》して帰った――という話は『宇治拾遺物語』の載せる所にて、定かに蝦夷ノ国とは記しておらぬものの、これは西蝦夷地ではないかと思われる〔蝦夷人が馬に乗る事はなきゆえ、昔より、この騎馬人は胡人なりと言う〕。東方はヱドロフ（択捉）辺まで深く入るとも、胡騎に逢うべき由もなければ、この大河は、西方のイシカリ（石狩）などでもあろうか〔『宇治拾遺』の頃までは、蝦夷辺は未《いま》だ開けず、今の如くではなかった。また想うに、この物語も、宗任法師（前九年の役に破れ虜囚として京都に連行された）に直に聞いたものとも思われぬから、最初の海路出船の条もたいそう朧《おぼろ》げである〕。されど、イシカリより先もなお蝦夷地なれば、この胡騎は如何《いか》ようにして来《きた》ったのであろうか。

　唐太《カラフト》（樺太、サハリン）の地方は、山丹《サンタン》（沿海州）・満洲へと続いている〔韃靼《ダッタン》に於ても、蝦夷に於ても、尊者の事をシャムという。ゆえに地続きならんと思えども、山丹へはなお海を隔てて、唐太の西北辺ナッコという所の出崎《でさき》から海上十里ばかり離れているという。夢にだに見ぬ北溟万里の国の事なれば、定かには知り難し〕ゆえ、その辺りかと言う人もあるが、ソウヤ（宗谷）より唐太へは、海上舟路《ふなじ》にて十七八里、直径《すぐわたり》にて六七里隔たっており、この大河の事は右《と》にも左《かく》にも覚束ない。或いは、日本人として、津軽南部の海を越えて蝦夷地へ渡ったのは、この頼時が最初であろうか〔これ已前に、平ノ将門《まさかど》が叛して新皇と称した折、弟の将平《まさひら》に、「正月一日を以て、渤海《ボッカイ》国を討ち取り、東丹国を攻めんこと、領掌《てのうち》なり」と言うたのは、大胆者ではある。渤海も東丹も、みな蝦夷の北方である〕。

昔、アッケシ〔厚岸〕の酋長イトコイという者が、遙かに東北の島へ渡り、夥《おびただ》しく魚猟し、その魚《うお》を乾して持ち帰ったところから、その島をカンシャケ島と唱えたと言い伝える〔蝦夷の語にて、干《ほす》をシャッケともサッケともいう由。鮭はシヘ（不明）なれど、干すもの故にシャケというか〕。今は、カムサッカ、カムシカツトガ〔加模西葛杜加〕、カンサッカ、カムシャッタヱ、カムサスコイなどと転じた由、或る人が言うていたが、その本《もと》は審《たしか》ならず。

また山丹は、高麗夷《コウライイ》丹《タン》の地にして、遼（十世紀に契丹族が建国）の本国契丹《キッタン》の類であるが、山に拠って深く住むゆえ、山丹という。山越《サンエツ》・山戎《サンジュウ》、また生女直《セイジョチョク》（女直は女真に同じ）・熟女直の類は、例（前例、故事）あって、同じ種類をも分けて名づけたとか（漢民族側の命名を云々している）。山に住むから山丹というのは、些《いささ》か唐人らしき言様《いいよう》である〔或いは東丹が転じたものかともいう。新羅《シラギ》の始祖昔脱解《セキタッケ》は、多婆那《タバナ》国の所生である。その国は「倭国の東北一千里にあり」というのは、この辺の事か、疑わしい〕。また、山丹辺の人を、蝦夷人はキタイチンと呼ぶ。これを「漢人ならん」と言う人もあるが、やはり契丹人であろう。

また、東北にゴロヲタラハンという所がある。これは大《コロ》韃而靼《ヲタルタリヤ》であろう。即ちヲゴロ人も同じ。モンゴルは蒙古国、ヲボツコイは渤海〔中古、日本へ朝貢した渤海は、朝鮮の地続きにて、文華も有したが、契丹に降ってから、東丹と改名して、延長四年（九二六）より朝貢が絶えた〕ならんと思われるとは、或る人の言である。全て外国の名どもを沙汰するのは、口から出次第の淫語《たわけごと》の類が多い。普魯社《フロシャ》と俄羅斯《ガラシャ》は同一音の転化の如く思われるのを、清《シン》人が少し差《しゃ》別《べっ》しているのは、紅毛と喝蘭《ヲランダ》を別種なりとする舜水《シュンスイ》（朱之瑜。儒者。明《ミン》滅亡後、復興を謀るも果せず、日本に亡命）先生の説、また日本と倭《ワ》を分ける『旧唐書《くとうじょ》』等の記載と同じ事である。されど、清人が「荷蘭《ヲランダ》の人物は俄羅斯の人によく似ている」と言うているのはよろしい。如何《いか》さま良く似ているとか。『西域聞見録』（清朝の東トルキスタンに関する地誌、別名『異域瑣談』『新疆《シンチャン》外藩紀略』。七十一著、一七七七年刊、和刻本あり）に「『唐書』の戛々斯《カツカツシ》は、今の鄂羅斯《カラシャ》・亜魯西《オロシ》亜《ヤ》・莫斯哥未亜《モスコビヤ》、みな同じ国にて、古えの丁零《チンレン》なり」という。知れる人に尋ねるべきである。北溟狄地《ほくめいてきち》の国々の事は、唐人の説も大方推量《おしあて》である。唐太島は、古えの靺鞨《マカツ》（ツングース族の一。渤海・女真はこの系譜という）の地方であると、或る老先生が言われたが、己（自分）はなお考える所がある。

因みに云う。安倍ノ頼時が蝦夷へ行った事も実説にして、また義経が渡り給うた事も偽りならずとすれば、義経が秀衡の許に居給うた時、頼時の事を聞き及ばれて、後に泰衡が来襲した際、忠臣どもが防矢《ふせぎや》して討死《うちじに》する間に、忠衡などが落し参らせたのでもあろうか。

この事を今、蝦夷地案内（蝦夷通）の人に尋ねたところ、証とすべき事は、三つしか無いという。その一つは、かのヲキクルミの事である。また一つは、蝦夷の者に、義経の事を語り聞かせれば、必ず皆涙を流すが、外《ほか》の名将達の物語を聞かせても、左様の事は無い。また一つは、ヱトロフ島にヱドロフワタラという石があり、島の名もここから出て、ワタラは岩の意、ヱトロは剣鼻《つるぎのさき》の意、フは緒《お》の意にて、この岩の形が剣鼻《けんび》に似ている事からの命名なりと云う人もあり、また、唯「物の頭《かしら》」の意なりと云う人もあるが、さて、この島の蝦夷の言い伝えによれば、昔ここへ奇異なる人が二人来給い、剣をこの岩に懸け給うた事から、この名が残ったという〔この二人、一人は義経、いま一人は弁慶ならんとは、人も我も、この事を聞けば直ぐさま思いつく事である。人心の悟りは実《まこと》に奇《あや》しきものではある〕。この二人が誠に義経・弁慶ならば、ヱトロフまで至り給い、それより先は無人島《むにんじま》ゆえ、北縁《きたべり》を伝い、西方の唐太へ渡り給うたのであろう。この路は、舟とも陸《くが》とも云い難い。

この義経の事は、唐土の書に数多《あまた》載る由〔『金史別本』、『図書集成・序』等〕を云う人もあるが、みな偽造事《いつわりごと》であると聞く〔義経は、泰衡ごとき凡人に討たれ給う人にあらず、また彼の首を鎌倉にて実検したのは六月の事にて、奥州より届くまで四十六日も経ており、さすれば如何にして実の首なる事が知られようか——と云うのである〕。また、或る書〔正保三年刊、国田兵右衛門他『韃靼漂流記』等〕に、寛永年間に越前の船が韃靼地方へ漂流し彼《か》の地にて義経の像を祭るのを見た由、記しているが、これまた何かの像を見紛《みまご》うたのかも知れぬ。今、己がかかる取留《とりとめ》も無き夢物語をくだくだしく申すのも、この主《ぬし》〔義経〕が彼処《かしこ》へ渡り、その子孫は今の清朝の王であるという事を、年来実説と為《な》したく思い居る心願のあまりである。琉球の舜天王《シュンテンオウ》〔一一八七年即位〕は日本天皇の後裔たる朝公《ちょうこう》〔源為朝〕の子なり——という伝承に準《なぞら》えて見れば、如何にも快事ではあるまいか。

また、蝦夷地に義経・弁慶の旧跡なる所がままあるによって、実《まこと》に渡り給うたように論ずる人もあるが、これまた考えが足らぬと申すべきである。これは、この二君の武勇を蝦夷の者が聞き伝え、羨《うらや》ましがって己《おの》が名に付けたものを、その者の死後に、その遺跡を、後世の人が判官屋敷とか弁慶水などと呼んだものであろう。

武蔵ノ国は墨田川の辺《ほとり》なる成平《なりへい》という相撲人《すもうとり》の旧跡を在中将〔在原業平〕と取り違えて、物知人《ものしりびと》が歌にも詩にも詠ずるのは、たいそう果敢《はか》なき〔馬鹿げた〕事である。

今、子供咄《ばなし》に斯様《かよう》なものがある。——信濃ノ国へ行き通う人が、或る山家《やまが》にて、「御子達の名は何と申すか」と問うたところ、「兄は十五、弟は十三になれど、未《いま》だ名は付け侍らず」と答えた。されば、「名付親にならん。兄を頼朝、弟《おとと》を義経と名乗らするがよい」と言うと、親どもが悦び、「今、妻の腹に壱人《いちにん》儲けてござる。やがて産まれなば、また頼み参らせん」と申すゆえ、その旨約束し、その後《のち》また訪ねてみると、「余り久しう御出《おんいで》なかりしゆえ、まず仮に付け置き申した。その名は法然上人《ほうねんしょうにん》にござる」と申した由。この法然上人が生長の後に暴者《あらもの》の名を取った為、後世の人は、「この坂は彼《か》の上人が赤熊を組み伏せ給いし所なれば、この岩を上人岩と申す」と語り伝えた――云々。

これは子供の戯《たわ》れ言《ごと》なれども、深山の奥にはかかる事もあるものにて、蝦夷に弁慶の旧跡が残るのも、この類であろう。『和漢雑笈《ざつきゆう》』（作者未詳。写本で伝存）とやらいう書に、「出羽の秋田に蘇武《ソブ》屋敷といふ所あり。むかし漢の世に、蘇武（「雁書」の故事で知られる）、匈奴《キョウド》に使に行きしを、俘《とりこ》となし、北海（バイカル湖の漢名）へ移し、羝羊《おひつじ》を養《か》はせ、此の羊が子を生まば返さんと言ひし所なり」とある〔これは秋田城下より一日路ほど北方の牡鹿《おが》島（半島）の内にある。この島の図を見たところ、実《まこと》に蘇武の社がある〕〔或る人曰く、「出羽は越後の様に、臭《く》草水《そうず》（臭水。石油の古称）の多き国なり。此処もくそうづの水、そぶ（一説に地溲という）の浮く池あるから、そぶ屋敷と云ひしを、蘇武に附会せしならんか」云々〕。思うに、これも曾《そ》武《ぶ》平《へい》などと名乗った名高き人の旧跡であろう。蘇武が北海に移されたとあるのは、山丹・唐太辺りでもあろうか。秋田は程（距離）が隔たり過ぎて由も無い。さて、孔融《コウユウ》（後漢の儒者。孔子二十世の孫。曹操に誅された）が魏《ギ》の曹操《ソウソウ》に、「丁零《チンレン》〔ムスコビヤの先祖なる国の名〕が蘇武の牛羊を盗み奪った」と言うたのは、蘇武が山丹辺に住みし故か。一時の作り言と推されるゆえ、今に於ては正しようもない。その丁零が盗みを働いた場所を、秋田辺の事とするのは、千里の謬《あやま》りにて、露ほども適《かな》わぬ事である〔近来、北辺の事を物知顔に言う人あれども、大方は推量《おしあて》である。知る人は言わず、言う人は知らぬのである〕〔北狄は、兎《と》角《かく》古来より海賊強盗を為す悪風俗と見える〕。（巻之一・蝦夷）

義経の末裔

神沢杜《かんざわと》口《こう》『翁草』

「西土、今の清《シン》にて編集されし『図書集成』と号《なづ》くる一万巻の書あり。新渡（中国から日本へ新規船来したもの）にて、その部の内に『図書輯勘《ゆふかん》』と称するもの百三十巻あり、清帝の自序を附す。その自序に〈朕《チン》姓ハ源、義経之裔、其ノ先清和ニ出ヅ、故ニ国ヲ清ト号ス〉とあり、清と号するは、清和帝の清なり」と、或る儒者が考えを記しているのを、前年（数年前）目にして不審を覚えた。然るに、右の書が弥々《いよいよ》渡来したとみえ、去々丑《うし》年〔明和六年〕に新刻された『古文孝経序跋』の序に、「『古今図書集成』一万巻、宝暦庚辰《かのえたつ》歳（十年。一七六〇年）、清客（清の使節）汪縄武《オウジョウブ》、其書全套（全巻）を齎《もたら》し来り、明和甲申《きのえさる》〔元年〕、之を官庫（幕府の書物蔵。江戸城の紅葉山《もみじやま》文庫）に納む」とある。猶また、その書の渡り来《きた》る実事伝承の事あれども、爰《ここ》には記さず。されど、右の清帝自序については、その真偽を知らず。

また、『鎌倉実記』（作者未詳、一説に加藤謙斎の著という。

享保二年＝一七一七年刊。伊勢貞丈撰「偽撰書目」にも載る通俗軍記）を見れば、義経の子義鎮という者の伝を載せている。『金史別本』（佐々木氏郷《うじさと》と偽称した沢田源内作る所の偽書）に「列将伝」なる書ありとして、これを引いて委しく記し、義経は陸奥の高館《たかだち》を落居して、それより蝦夷へ渡り、更に韃靼に至り、金（十二世紀に女真族完顔氏が建てた王朝。南宋と対峙）の章宗（第六代）に随《したご》うて大功を挙げた事を記している。

右の『金史別本列将伝』という書を年来望み、書肆《しよし》に問合せてみたが、唐本（中国渡来の書籍）には見当らぬ由である。然るに、『和学弁』（篠崎東海著）を見れば、『金史別本列将伝』という書は好事《こうず》虚談なる由を委しく明らかにしている。また『義経蝦夷軍談』（実録本＝写本に同名の書あり）という書があるが、その言説の真偽は知らぬ。また『蝦夷志』（新井白石著）を見れば、「義経の事を今以てオキクルミと称して像を祭る。弁慶崎という所もある。寛永の頃、越前の船が韃靼に漂着した折、上陸した者が、かの国に於ても義経の像が祭られているのを見た」とある。地理書を考えれば、蝦夷より韃靼へ続いていると見える。今の清朝が義経の後胤ならば、西土を掌握した事となり、実に快然たるものがある。（巻之百七十七・国学忘貝《わすれがい》抜萃の一条）

＊

「清朝の天子は源義経の裔」という説については、前巻にも所々に荒増《あらまし》を評しておいた。然るに、『国学忘貝』（森長見著。天明七年刊）を見れば、右の説を詳《つまび》らかに載せている（『翁草』百七十七にあり）。故に『図書輯勘』を捜し需めたが、これを得ず。或る人の曰く、「この書、近年渡来すると雖《いえど》も、僅か三四部にすぎず、一部は江都に上り、一部は長崎の官庫に蔵《おさま》り、世に広く行われず、或いは崎府（長崎）を捜せばこれを得んか」云々。「本朝（日本）は呉《ゴ》（中国古代春秋五覇の一）の泰伯《タイハク》（太伯。周王・季歴、呉王・虞仲《グチユウ》の兄弟）の裔《すえ》」という妄説を、水戸西山公（徳川光圀《みつくに》）は甚だ悪《にく》み給うて、『本朝通《つ》鑑《がん》』（林羅山・鵞峯父子の編纂に成る漢文体国史）の官板（幕府刊行書）を停《と》め給うた事は前巻にも記した。これは、正しく天孫の国なるを、あらぬ説を設けて世を惑わし、中華の属国にする処を悪み給うたのである。

而《しか》るに、今の清朝は北虜《ほくりよ》（中華民族から見て北方の異民族）の出身ゆえ、祖先の狄虜（北方を侵す異民族を北狄と呼んだ）たる事を愧《は》じて、天子自ら『図書輯勘』に序して日本の裔と称せられた事は、我が朝の美名を万世に伝えて吾が国の光輝である。豊臣秀吉公が大量（大いなる度量）を以て中華を御《ぎよ》さんとし給うも、惜しむらくは天寿尽きて、その功半ばにして遂げ得ず。然るに、それより程もなく、韃靼族（韃靼の末裔たる義経をいう）が中華を併呑したのは、誠に天の為す処か、和漢合一の下に四隅平穏に干戈《かんか》（戦争）を包む事、既に二百年に垂《なんな》んとする。然も、今や和漢の天子（当時、清朝は乾隆帝、日本は後桜町帝か）は、各々聖主の聞えが高い。東君

(本来は日輪の意)の仁恵が海内《かいだい》(天下)に布《し》けば、和漢相倶《あいとも》に大日本神系として、万世不窮の治国となるは必定にて、開闢《かいびゃく》以来未曾有《みぞう》の勝事ではあるまいか。(巻之百八十六・清朝天子源義経裔の説再考)

義経と清朝

谷川士清《ことすが》『和訓栞』

源廷尉《げんていい》(廷尉は検非違使尉《けびいしのじょう》の漢名)義経、名を義顕《よしあき》と改め、また義行と改める。『金史列将伝』に曰く、「範車国大将軍源光録義鎮ハ、日東陸華仙権《ゴン》ノ冠者義行ノ子也。始メテ新靺鞨《マッカツブ》部ニ入リ、千戸邦ノ判事ト為ル、身長六尺七寸、性温和ニシテ勇猛、才思ハ諸部ニ甲《スグ》ル、外夷多ク随ヒ、拝シテ館ニ入学ス、礼儀ヲ弁ヘ、後ニ咸京録事ニ遷《ウツ》ル、章宗詔シテ光録大夫ニ転ジ、累《カサ》ネテ大将軍ニ任ズ、久シク範車城ヲ守リ、北方ヲ押《オサ》フ、往昔権ノ冠者東小洋藩君、章宗顧《コ》ヲ厚ウシテ、賞シテ総軍司令官ニ定メ、北鉱ニ入ラシム、日ナラズシテ蘇敵ヲ破ル、印符ヲ得テ翻来シ幕下ニ属《ショク》ス、範車ヲ築キ護ル焉、頃北天ヲ侵シ、龍海ヲ渡リ、一嶋ヲ得ル、山河麗奇ニシテ悉ク金玉《キンギヨク》也、民ハ霊草ヲ煎《イ》ルヲ知ル、少シク五穀ヲ食シ、生肉ヲ屠《ト》スヲ甚ダ嫌フ、故ニ邪煩無シ、老仙伊香保行辰本命法ヲ行フ、儀相異佐《イクワイ》無ク、徳故人ニ勝ル、義行帰趣尊敬、長寿ヲ得ル、後ニ中華ニ遊ブモ、隠顕更ニ定マラズ」云々。これは『鎌倉実記』の引く所にして、『金史別本』という。これを疑う説もまたあり、此方《こちら》(日本)にて偽作したものともいう。

長崎の後藤氏の説に、「清は清和の清にて義経の裔という事は、『図書集成』にも見えず、『金史』もまた訝しい。されど、蝦夷より韃靼まで、源廷尉を祀《まつ》る事あり、また北京南門(紫禁城であろう)の扉に甲冑《かっちゅう》を鎧《よろ》うた武将が描かれており、それは清朝太祖《たいそ》(努児哈赤《ヌルハチ》)の像なりという。これを見て帰った者が『全く源廷尉に似たり』と云うゆえ、近頃渡り越した清《シン》人に、その図に似た物を尋ねたところ、長崎諏訪《すわ》ノ社の絵馬に描かれた義経弓流しの図を指して、かくの如きものと答えた。安永二年(一七七三)、薩摩の家《け》人《にん》(島津藩家臣)が浙江《セッコウ》の海岸(寧波・温州あたり)に漂着したが、官に召されて国所を尋ねられ、『日本国王は、万代一世一日の如く、征夷源将軍(徳川氏も源姓)が国政を執り給う』と書いたところ、官人は日本の二字を削り、源の字を指さし、相笑うて賞美した。それより愈々《いよいよ》厚く遇された。今の清帝の太祖は長白山《チョウハクザン》(朝鮮との国境に聳える高山。西麓は旧満洲)より興り給うとの事にて、この山に斧斤《ふきん》を憚り、一草をも取らぬという。その麓にアワンツウと云うて八王子の三文字を書く地名があると聞く」云々。(下・与《よ》の部)

浮説を正す

桂川中良『桂林漫録』

『国学忘貝』〔森助右衛門著述〕に、「『図書集成』全部一

万巻。清の世に至りて編集せる所なり。宝暦庚辰蔵。清人汪縄武なる者、齎し来《きた》りしを、明和甲申歳、官庫に納められしとなり。書中『図書輯勘』なる書百三十巻あり。清帝の自序あり、その文に〈朕姓ハ源、義経之裔、其ノ先清和ニ出ヅ、故ニ国ヲ清ト号ス〉と有る由なり」と記しているのを見て以来、一度その書を見ん事を欲すれども、嫏嬛《ろうかん》(古代中国にて天帝の書庫を言う)の秘書に等しきものゆえ、空しく渇望するのみであったが、去年、家《か》兄(桂川甫周。幕府侍医、医学館教授)の余光に依り、始めて彼の書を見る事を得た。

まず初巻を披《ひら》き見るに、巻首に雍成帝《ヨウセイ》(第五代世宗。正しくは雍正)御製《ぎょせい》の序あるも、義経の事は記されず。次に蔣《ショウ》廷錫《テイシャク》の表文(君主に奉る文)がある。この上表に、件の文はあろうと通読すれども、その事無し。次に凡例あり、この中にも見えぬゆえ、総目を閲《けみ》すれば、『図書輯勘』なる書の名も無し。大いに望みをば失うたとは申すものの、この書を見る事を得たのは、生涯の洪福《さいわい》である。

かの説は、『忘貝』のみならず、普《あまね》く世に語り伝える所である。同好の士よ、義経と清朝の事に関しては、長く繫《け》念《ねん》を絶つべきである。『図書集成』は雍正三年に撰成る銅にて製した活板なりという。句整分暁、至って鮮明なる本である。(下巻・図書集成)

義経再興記

＊末松謙澄・内田彌八　須永朝彦訳

第一章

身（自分）は、百代の後（現代）に生まれて、数千年の昔に溯《さかのぼ》り、幽窓の下に兀坐《こつざ》（ぼんやりと坐す）して、空洋万里の異域に遊び、風帆波濤の憂いなく、古今の時勢の変遷を審《つまび》らかになし、東西万国の人情を明らかにし、且《か》つ一国の興隆する所以《ゆえん》を知り、一社会の衰頽する所以を究め、或いは今古の学者大家を一堂に集めて議論を戦わしめ、或いは東西の群雄を一場の原野に放って雌雄を決せしめ、善良を褒《ほ》め、奸悪を貶《おとし》め、忽《たちま》ち喜び、忽ち悲しみ、忽ち笑い、忽ち怒り、忽ち憂い、忽ち楽しむ。凡《およ》そ千様万種の事変を自家一身の胸中に収めて、その原因結果の由来する所と、その利害得失の係わる所とを判断し得るとすれば、そもそもこれを何人《なんぴと》の力に帰すべきであろうか。みなこれ、前人歴史家が幾多の辛苦を嘗《な》め幾多の経営を積んだその遺徳に由らぬというものは無い。我が儕《ともがら》、今、人たる者は、実にその賜物を歎美感謝せねばならぬ。

然《しか》し、眼を転じて他の一方に注げば、歴史上の問題に於て未《いま》だ氷解せぬものが甚《はなは》だ少なからず、歴史上の現象に於てもまた未だ驚愕怪訝《けげん》すべきものが甚だ少なからず存り、これは吾人（吾々・我等）の遺憾に堪えぬ所である。もし、これらの問題が氷解し、これらの現象の驚訝が消散するならば、更に歴史学の面目が一変し、後代子孫の思想が一新するのは必然であり、その利益もまた少なしとしない。されば、既に前代の賜物に浴するからには、後代の為に辛苦経営を辞さぬ事こそ、将《まさ》に我々今人の責任と申すものであろう。

西暦一二〇〇年代の初めに成吉思汗《ジンギスカン》（チンギス・ハン）という者が亜細亜《アジア》大陸に起り、欧羅巴《ヨーロッパ》に侵入し、抜山倒海の勢力を以て到る処を蹂躙《じゅうりん》し、東半球の各国が大いに驚愕恐怖した事がある。歴史家ジボン氏（エドワード・ギボン。十八世紀英国人）は、この一大騒乱を彼《か》の開闢《かいびゃく》太古に起った天然の騒乱に擬し、且つこの慓悍《ひょうかん》なる蒙古人を間接また直接に東羅馬《ローマ》帝国を傾覆滅亡させたものと考えた。成吉思汗の威名は実に古今に隠れなく稀世の偉業は東西に顕然たりと雖《いえど》も、その祖先出所の由来に至っては、世間にこれを確知する者は絶無である。故に篤実なる歴史家は、ただ

「不明」の二字を以て記載するのみ。

然るに、今を去ること七年前、東京大学校の書生の中に「成吉思汗は初めて威名を輝かせる以前に日本より逃走した人物である。日本の英傑と人に知られた源義経が乃《すなわ》ち成吉思汗であろう」との説をなす者があった。かの「東京タイムス」新聞の出版者たる米人のエチフォス氏も固くこの説を信じ、大いに左袒する所があったが、当時、充分なる証拠を確挙する事叶《かな》わず、終《つい》に空しく中絶するに至った。

余（著者の一人称）は、もとより濫《みだ》りに豪傑その人を景慕追尊するものではない。何故ならば、古来豪傑はたいてい社会の上に立って始めて豪傑たる資質を顕わすものであり、豪傑をして豪傑たらしめるものは、豪傑その人にあらず、則《すなわ》ち当時の社会にありと考えるからである。また余は、既に白骨と化したる人の遺労を借りて、我が国人（国民）を賞揚せんと勤めるものではない。然《しか》し、自己の思考の中《うち》に公益に資するものあらば、世に公にして、世人の論評に任せるに何の猶予する事があろう。進んで満腔を吐露する事こそ、男児の業《わざ》と信ずる。今、余が為さんと欲するものも、蓋《けだ》しこれに他ならぬ。数箇月前、大英国書籍館読書堂にて穿索《せんさく》し得た成果を以て、今、この趣意に著しき光輝を与え、併せてこの豪傑の出所に就いて世人が未だ五里霧中に彷徨《ほうこう》する難題を説明せんと欲するものである。

そもそも義経は、ウェルリントン（アーサー・ウェリントン。十八〜十九世紀の軍人・政治家）、ネルソン（ホラティオ・ネルソン。十八〜十九世紀の軍人）両氏の英国に於けるが如く、日本人の中にその事蹟を知らぬ人を見いだすのが困難である。源平二氏の激戦は恰《あたか》も仏国のボルガンデアン（ブルゴーニュ）とオルレニスト（オルレアン）二族の激戦の如く、白赤の軍旗を用いたのは英国薔薇戦争の如く、日本の歴史に於て最も人々の感動する所たるは殆《ほとん》ど説明を要せず、世人の熟知する所なれど、以下に当時の光景を簡短に記載する。

一一五八年十二月の事である。但《ただ》し、現今の暦数に従って精算すれば、一一五九年の始めであろう。源平二族の間に第二の戦争が当時の帝都に起り、この時、源氏の首領義《よし》朝《とも》は敗死して叛逆の汚名を蒙《こうむ》り、またその二子（義平《よしひら》、朝《とも》長《なが》）も勇闘奮戦の後、終《つい》に討死した。ここに於て、源氏の運命は殆ど滅亡に瀕するの観を呈した。然し、義朝の第三子にて当時十三歳の頼朝は平氏に逮捕されたものの、平氏の首領清盛の継母（池禅尼《いけのぜんに》）の周旋を得て僅《わず》かに鰐口《わにぐち》を免れ、後に再び回復の萌芽を顕わすのである。蓋《けだ》し、曾《かつ》て清盛の継母は一子（右馬頭家盛）を夭《わか》くして失い哀痛した事あり、同年生れにて容貌も似る頼朝を見て、只管《ひたすら》頼朝の不幸を憫《あわれ》み、種々勢術を尽して、終にその生命を救うたのであろう。その後、頼朝は伊豆に流され、義朝の季子（末子）牛若丸は、他日源家再興の後に非命を遂げた二人の幼児（今若＝阿野全成、乙若＝義円）と共に、一種奇異なる原因によって清盛に免《ゆる》された。これらの事は、実に余の説明を待つまでもなく、児童も熟知する所である。

この事と相照応する事柄に就いて後にまた記載する所があるゆえ、ここにこの精密なる光景を記載しておく。然し、余の新説を以てこの光景を記載するには及ばず、『ミカドエンパイヤ』の著者たる米人グリヒス氏（グリフィス。ハンガリー出身の歴史学者）の語より引用すれば事足りるであろう。

その語に曰く、「常盤《ときわ》（近衛帝中宮九条院呈子の雑仕《ぞうし》）は卑賤の生まれと雖も、容顔秀美なるを以て遂に義朝の妾となり、三子（今若・乙若・牛若）を挙げた。然し、盛衰栄枯の浮雲定まりなきは世の常態にして、憐れむべし、平氏の追手に追迫され、幼児を懐に抱き、中児の繊手を取り、長児に亡父の剣を携えしめ、厳冬に氷雪を踏む人となった。飢寒凍餒《だい》交々《こもごも》母子の身を侵し、逡巡して行く所を知らず、ただ天命の至るを待つのみ、その時、懐中に抱いていた幼児こそ、即ち他日の義経である。そもそも義経は義朝の季子にして、日本史上勇傑の亀鑑《きかん》と仰がれ、日本の少壮者（青少年）にして義経の名を知る者は皆その勇気に倣《なら》わんと欲し、思わずも勇気凛々《りんりん》の情に堪えぬ如くである。また、彼が嫉み深き兄頼朝の為に無残なる最期を遂げた事を痛嘆せぬ人は無い。しかのみならず、日本のバヤード（バラード＝譚詩か）となり、少壮者の心には忘れ難きものとなっている。さて、常盤の逃亡に先立ち、軍利に勝ち誇った清盛は源氏の一族を幹枝とも残らず滅亡に帰せしめんと欲したが、如何《いかん》せん常盤母子の所在を知るに由なく、ここに於て一策を案じ、常盤の母を捕えて京都に引致した。蓋し日本もまた支那の如く孝順を最も尊ぶ習慣があるゆえ、常盤が子としての道を思い患うあまり母たる道を打ち忘れ、乃《すなわ》ち来って母の赦免を請う事は鏡に掛けて見るが如しと、清盛が早くも推知した為である」云々。

氏はまた、その語に続いて、常盤が一度は平氏の追捕を逃れたものの、その後、母が平氏に捕われたと聞くや、孝順の情と子への愛情が胸中に交々《こもごも》擾乱して為《な》す所を知らず、終に子と共に清盛の許に出頭して哀訴に及んだ事、時に清盛は常盤の容姿を喜び意に従わん事を求めたが、常盤は初めは清盛の情欲を拒んだものの、母が悲泣血涙に沈むのを見て堪えること能《あた》わず、終に我が子の助命と引換えに清盛の情欲に従った事などを詳記している。これは実に、かのクレオパトラに精神を狂乱せしめられたマアクアントニー（マルクス・アントニウス。古代ローマの護民官）の二の舞である。而《しか》して子供は鞍馬山及びその他の寺院に送り、成人を待って僧となした。これこそ、平家の滅亡と源家の再興を開いた端緒たる事は、後に知られる通りである。

これは平氏が最も盛んなる時である。然し、この繁栄を長く維持する事は望むべくもなかった。何故ならば、頼朝并《なら》びに異母弟義経は、過去の繁栄を思う事なく将来を夢見る事なく徒手して自足するが如き者ではなかったからである。義経が牛若丸と呼ばれた頃、鞍馬山に在って知識を研き武力を得んとして勉強したのは、昼ではなかった。夜分にこれを為したゆえ、寺僧はその勉強の甚だしきさまを太《いた》く心痛したほどである。その後、僧になさんとするに臨んで、牛若丸は剃髪を嫌い、固くこれを拒み、十六歳の折に鞍馬山を逃れ、終生の運命を試みんと欲し、遂に奥州の鉄《かね》買《うり》（金商人。金売吉次）と親密の契りを結び、共に奥州に走った。

奥州は昔、蘇格蘭《スコットランド》の英国に於けるが如き存在にて、当時平氏の権力は殆ど日本国中普《あまね》く及ぶと雖も、ただこの国の太守藤原秀衡《ひでひら》には及ばなかった。ゆえに義経は彼に依拠せんと欲したのである。義経が東行の途中、奥州一帯を横行して甚《いた》く人民を苦しめていた大盗賊熊坂長範《くまさかちょうはん》（美濃国の盗賊というも多分に伝説的人物）及びその手下を捕え、これを殺戮《さつりく》して大いに胆力を顕わした時、同行の人々は、無用の勇気を顕わして衆人の指目する所となり却って禍本の生ぜん事を恐れ、その血気を深く戒諫した。この時より名を源義経と改め、乃ち秀衡に頼った。秀衡が義経の才幹を愛して厚く待遇し、且つ後来の事業にも大いに助力した事などは、世人の熟知する所である。

然し、兄頼朝もまた謫所《たくしょ》（配所）に空しく月日を消費する事なく、一一八〇年の秋、宿仇《しゅくきゅう》を平氏に復《かえ》さんと企て、白旗を挙げた。初めは敗北を喫するも、気を屈せず能《よ》く強敵に対し、その基礎を維持し、後にまた直ちに運命回復の期に向い、且つこの時、不思議にも義経の来援に逢うた。義経は時に二十歳であった。これに先立ち、秀衡は義経に自ら兵を挙げる事を勧めたが、義経は肯《がえん》ぜず、頼朝の許に馳せ参じた。而《しか》して義経は、精悍能く事に堪え、兵を使う技は神の如くであった。頼朝はこれを見て大いに感賞し、且つ軍事を悉《ことごと》く義経に委任し、既に集まり且つ日に日に増加する大軍を総督せしめた。

さて、かの仏帝拿破崙《ナポレオン》翁の戦争を髣髴《ほうふつ》とさせる大戦争が日本国にも起り、而して紛擾惨憺《ふんじょうさんたん》の後、政治上の大変革を来《きた》し、朝廷の政権はこれより将家に移った。かのグリヒス氏は、義経と頼朝の関係をニー（ミッシェル・ネー。ナポレオン麾下の元帥）と拿破崙翁の関係に比しているが、余に言わしむれば、この比較は恐らく至当ではあるまい。何故ならば、ニーは拿破崙翁に従い戦争の間中その命《めい》を奉じて進退したが、義経はこれとは異なり、兄頼朝が鎌倉に在って政事に鞅掌《おうしょう》している間、単独にて全軍を指揮したのである。一言を以て言えば、義経の為事は、拿破崙翁の全軍指揮と何ら変る所がない。頼朝もまた、拿破崙翁が好時期に際会して帝位に昇ったのと同様、政治上の事務をのみ整理しつつ終に覇業を創立したのである。然し、ニーは勇敢なりとは雖も軍士たるにすぎぬ。一方の義経が政事上の才幹に至るまで間然とする所が無かった事を考えれば、恐らくはこの比較は、尚一層の強き非難を免れまい。

さて、義経は大軍の将として西に進み、まず最初に従兄《いとこ》の義仲を亡ぼした。義仲はその目的を義経と同じうするも、一個独立の裡《うち》に木曽にて旗を挙げた。義仲は実に軍略に長じ、巷間《こうかん》、旭将軍と称されている。かくの如き英傑である上に、木曽の地が京都より距たること鎌倉の如く遠くはなかった事を以て、直ちに京都を占領するも、平生軍人に必要なる規律を支持すること能《あた》わず、因って衆人に賤《いや》しまれ、朝廷に疎《うと》んぜられ、終に妬み深き頼朝の敵とはなった。

この後、直ちに一の谷と八島（屋島）の戦闘が起り、終に壇の浦の戦に於て平氏は全く滅亡した。この戦争の間、義経の武名は赫々《かくかく》として顕われ、その光輝を放つさまは、恰《あたか》も旭日《きょくじつ》が東天に上がるが如くであった。実《まこと》に、二千年来の日本の歴史に於て、その兵略を凌駕する者は見当らぬ。ここにその名高き軍功を詳述する事を要せず、ただ義経の武名は、仏国の拿破崙《ナポレオン》翁、英国のマルボロー（マールボロ公チャーチル。十八世紀初頭の対仏戦争の英雄）の武名に譲る事なしと言うを以て足りよう。然るに、義経が輦轂《れんこく》の下《もと》（天子の膝元、即ち京都）に居住して恩遇を蒙《こうむ》る事は、或いは頼朝の右に出づるものがあったが、その間に昔より嶮要無二と称する鎌倉の地は早く已《すで》に頼朝の強掌中に帰した。かの拿破崙翁が仏国の政権を得た時に、一旦その輔相《ほしょう》（輔弼、宰相）を勤めた兄弟のリュシエン（末弟リュシャン・ボナパルト）を恐れ、またウィルリアム（英国王ウィリアム三世）が未だ大業を成就する前から早や既にマルボローを恐れたのも、古今の英傑が屢々《しばしば》免れ得べからざる事実なれば、もとより驚くには中《あた》らない。これと同様に頼朝も義経を恐れたが、加うるに梶原景時《かげとき》の讒言《ざんげん》を容れて弟を排除した事は吾人の熟知する所である。梶原は、曽て頼朝の命に依り軍監の職を奉じたものの、その遅鈍なる政略が義経の活発なる才幹に容れられなかった事を恨んで義経を讒したのである。ここに於て、既に総督の職を辞していた義経の身の上を最大の不幸が襲った。事ここに至っては止むを得ず、一旦親愛の情を受けた兄頼朝の間者（廻し者）に殺されるよりは寧《むし》ろ兵力を以て抵抗せんと決心し、乃ち頼朝追討の院宣を得て、新兵を募る為に京都を出立した。義経は一旦は京都の平和と秩序を確定した人物ゆえ、その出立を聞いて悲しまぬ都人は無かったという。

余は、この趣意に就いて、尚附言する事を欲する。かの義経が頼朝よりも不活発であったか、また不勇敢であったか否かを議論するのは無益の事であろう。自ずから世間評論（世論）の一定するものがあろう。然し、頼朝の政権掌握の遠図計画は、義経が一舎を譲る所であろう。今、この両人の性質を比較した後人の説として、またグリヒス氏の言を引用する。氏は、他国人なるを以て、その説も恐らくは偏する所が無いと思われる。

その言に曰《いわ》く、「頼朝は日本国中古今の名宰相・名大将の一人であると世人が許すにも係わらず、また同様に私欲臆病且つ暴政の人であるとも評される。然し、頼朝の偉業の光輝は、その私欲暴政のために消滅するものでは決してない。ただ、拿破崙翁の如き名誉を有するにも係わらず、後人及び少壮者輩が模範に仰がんと欲する所は頼朝には有らず、却《かえ》って義経にある」云々。

義経は、九州に航海中、不幸にして破船の難に逢い、唯二三の親友と味方の者は各々離散してその所在を知らず、大物浦《だいもつのうら》（摂津国尼崎）に上陸した。この間に起った出来事は捨ておき、直ちに敵の警戒する中を些少の同勢を以て能く遁走し、再び東奥秀衡の許に到着した顚末を記載する。この悲しむべき出来事及び苦痛の間、西塔弁慶・鷲尾《わしのお》三郎（名は義久。もと猟師の子にて、一の谷の戦の折に道案内をしたと伝える）らは始終義経に附従し、奥州に至れば秀衡がその兵力を以て義経の使用に供し、また一層心を尽して義経を接待した事は、吾人の熟知する所である。然し、その後、日ならずしてまた一大不幸が義経の身の上を襲った。他でもない、秀衡の死が即ちこれである。

秀衡は死に臨んで一子泰衡《やすひら》に遺言し、その領地を全て義経の使用に供し、頼朝に敵対させた。然し、朝廷の命令が泰衡に下り、頼朝はこの命令を実行させる為に兵力を差し向ける構えを見せた。ここに於て、泰衡は止むを得ず父の遺言に背き、義経の敵たる頼朝の味方となった。この時、義経主従が陣した衣川にて戦闘が起った。これは一一八九年の日本暦五月の事、義経三十歳（三十一歳とするのが通説）の時であった。

さて、泰衡は、「義経は京都より伴うた妻子を殺した後に自殺し、従者もまた尽く戦死した」と吹聴し、義経の首を鎌倉へ送って検死に具えた。然し、これは甚だ疑わしく、当時に於ても尚これを疑い、「義経は実は死んでおらず、蝦夷《えぞ》に逃走した」との風説が流れた。然《しか》り而《しこう》して、頼朝はこれを明瞭に追究せず、泰衡が朝廷の命令を実行するに際して頑固且つ遷延であった事を罰せんが為、朝廷の意に反して軍を奥州に進め、泰衡と二三戦の後、敗北せしめた。『太代一覧』（国書総目録に不載。『王代一覧』の誤記か）によれば、泰衡は蝦夷に逃走せんと欲し、その用意の最中、頼朝に降《くだ》った家臣（河田次郎）に逆殺されたという。

また或る書籍によれば、頼朝は義経に対する曩《さき》の恨みを包み蔵《かく》し、「義経が危難且つ急極に瀕して泰衡の保護を求めた時、泰衡の所業は義経に対して曖昧且つ不満足なるのみならず、また義経が頼朝の弟たる事を知りながら、尚これを亡ぼしたのは、仮《たと》え朝廷の命令を実行したと雖も、許し難きものである」と宣言して、終に奥州に攻め入り、泰衡を征討したという。この両説、果して何《いず》れが実《じつ》なるや、その説明は甚だ困難であろう。この時より頼朝は、朝廷にただ名義のみを奉附し、自ら全国の政権を掌握し、幕府の基礎を建て、封建の制を創立するに至った。而して、この制度は明治二年に至って漸《ようや》く廃された。

これよりは義経の事を記す。泰衡は義経と隠謀を交して逃走を助けたのか、或いは泰衡は実際に攻撃し義経は自ら逃走したのか、これは未だ明瞭ではない。然し、秀衡が義経を親しく愛し、死に臨んで我が子に遺言して義経を助けさせた事から見れば、義経が逃走したのは事実と考えざるを得ない。譬えこの点に就いて最良とされる歴史（史書）中に記載する所が無いとしても、最も正しき歴史の中より抜萃し得れば、満足すべきであろう。

その歴史とは乃ち『大日本史』である。『大日本史』は徳川家康の孫たる水戸侯（光圀《みつくに》）の監督を以て編輯《へんしゅう》されたものである。水戸侯は、凡《およ》そ信憑すべき記録は残らず聚《しゅう》集《しゅう》し、この大事業を疾《と》く成就せん為、苟《から》くも当時の学士・博士と称される者は大概みなこれを招聘《しょうへい》して編輯に従事させた。而して、編纂法を支那正史の体《てい》に倣い、なるべく証拠を公書の中より採るのが編者の職分であると考えた。ゆえに『大日本史』中の義経の伝は、その死に就いては恰も事実の如く簡短に記載し、その註に「世に伝ふ。義経は衣川の館に死せず、逃れて蝦夷に至ると。所謂《いはゆる》義経の死したる日と、頼朝の使者、その首を検視したる日と、その間距たること四十三日、且つ天時暑熱の候なるを以て、譬へ醇酒に浸し、またこれを函《かん》にすと雖も、この大暑中、焉《いづく》んぞ腐爛壊敗せざらんや。また誰《た》れか能くその真偽を弁別せんや。然らば則ち、義経死したりと偽り、而して逃走せしならんか。今に至るも、蝦夷土人は義経を崇奉し祀りて、これを神とす。蓋し、その故あるなり」と詳記している。

また『日本外史』（頼山陽の著作）の中に疑問を記して曰く、「六月、首至る。盛るに漆函《しつかん》を以てし、醇酒これを浸す。和田義盛、梶原景時をして、これを検せしむ。或ひと曰く、『義経死せず。匿《かく》れて蝦夷に在り』と。頼朝、復《ま》た推究せず。遂に奏す、『泰衡険を負み、化を阻み、速に勅を奉ぜず。伐たざるべからず』と」云々。

義経が蝦夷に逃走した事は実に争うべくもなき事実である。アイノ（アイヌ）人の間に、義経の事に就いて数多《あまた》の口碑がある。また義経を敬愛畏怖し、義経の紀念として大堂宇を建設し、義経の古跡を保存し、今日に至り尚アイノ人は義経を崇奉して神と仰いでいる。元来、アイノ人は文字を有せず、ゆえに書籍が無いにも関わらず、これらの事は経歴者（踏査者）の報告によって、日本人の熟知する所である。余は、この点に就いて、倫頓《ロンドン》に在って最良の書籍を得られぬ事を悲しむ（本書は、原著者末松謙澄がロンドン滞在時に書かれた）。然し、余が英国書籍館に於て発見した書籍より証左を得た事は、実に余の幸いである。その書籍の一は大内氏（弘貞。桐斎・余庵と号す）著『東蝦夷夜話《とうかいやわ》』である。氏は封建大名吉田侯（三河国吉田藩主松平氏）の医員、侯の命を奉じてその領地たる蝦夷に到り（安政三年に根室厚《アツ》岸《ケシ》に上陸）、三年間滞在の後に帰国した。而して、この書籍を出版したのは著述後数年の後（文久元年）である。その序文に曰く、「この書を著述せんとする折しも、偶々《たまたま》病を得て帰国せざるを得なかった。故に精密に吟味する事能わず、且つまた西部の地を巡歴する好機会を得る事も叶わなかった。ただ多少聞知し得た事もあるゆえ、友人の求めにより同じ話を再三繰り返す煩を省かん為、終に筆を取った」云々。余は、この書籍の中に、義経に就いて種々興味ある発見をしたが、既に記載したものと相違する所無ければ、読者諸君が退屈を来《きた》さん事を恐れてここには詳記せぬであろう。ただ、その記事中に「或る部落には義経をオキキリマイ（オキクルミ）と称し、また他の部落には判官《ほうがん》と称する」と述べているのは注目に値する。オキキリマイは、義経と同時代の蝦夷土人が義経を称した名であろう。また判官は、義経と同時代の日本人のみならず、近代の人も尚時々義経を指して呼ぶ所の称である。曾て判官の職（検非違使の尉）に在った事に由る。

かの倫頓《ロンドン》万国電信会議の日本代理者であった芳川君は、嘗《かつ》て蝦夷を経歴（巡歴）した人である。芳川君は、この事に就いて、「かくの如き口碑は、アイノ人全般に流布している。この口碑に就いては、吟味すればするほど、益々確実なる証左が認められる」と語った。また、芳川君が、蝦夷に同行した日本政府の書記小野君より聞いた話として、「小野君の本国越前には、義経主従が蝦夷を指して出帆した地がある。また、その地に義経の書類を保存する親族が居る。件《くだん》の書類は、その親族の祖先が義経に若干の米を与えた時、謝意を表する為に義経が『以後、この親切を忘れざるべし』と記載して送致したものである」と語った。余は、右の記載を以て、義経が蝦夷に遁走した事実を証明するに充分なる証拠とするに足るであろうと申したい。

第二章

これより、義経が亜細亜《アジア》大陸へ渡航した事実を記す。蝦夷は元来狭隘《きょうあい》の地にして、もとより義経の企望才幹を満足せしめるに足らず、ゆえに義経がこの地に濡滞したのは、ただ暫時《ざんじ》の間であったろう。

義経が従者と共に大陸に対峙する神岬《カムイミサキ》（積丹半島の神威岬）より大陸を指して出帆した事は、日本人或いは蝦夷土人の熟知する所である。この岬の表面に堂宇があり、またその近辺に弁慶岬（神威岬より五〇余粁南）がある。然《しか》し、この事に就いて『東蝦夷夜話』には詳記する所がなく、ただ古時経歴者（昔の踏査者）の著述にかかる『辺要分界』（近藤守重『辺要分界図考』文化元年序）より次の語を抜萃するにすぎない。その語に曰《いわ》く、「義経は東夷サルの河上に居り、屢々《しばしば》キキロイ山（今のシキサイならんか）に登った（伴信友『中外経緯伝』には「牟加波《ムカハ》といふ地の川上、紀呂呂伊《キロヽイ》といふ山上」「佐流《サル》といふ処の川上波伊毗良《ハイヒラ》といふところ」とある）が、或る時、金色鷲鳥《こんじきじゅちょう》の飛行を見て、共にその鷲に従いボンルルカ国に至った。この国はカムサスカ（カムチャッカ）の海口にあり、元はボンルルカというクルミセ（クルムセ）の国である。クルミセ人種は、土人の口碑によれば、往古蝦夷地に住居した一種の夷人の末裔《まつえい》である。蝦夷地が開けて今日のアイノ人種が繁殖するに従い、奥地に逃れ、猟虎《ラッコ》島或いはカムサスカ地方に行き、終に部落を作った」云々。

　然り而して、大内氏はまた他の章に記して曰く、「義経の勇敢なる事を顕わして人を感動せしめんと欲するも、その証左に乏しいのは、この島に文字が無かった事に由る。然し、義経が大陸に渡った証左として、左の如き見聞を挙げ得る。寛永年間（二十一年＝一六四四年）、越前の小港神保の船人（新井白石『蝦夷志』は「越前ノ国新保ノ人」とし、『韃靼漂流記』他は三国浦新保村の回船問屋竹内藤右衛門以下五八人とする）が満洲に漂着したが、折しも清《シン》朝の北京遷都の時にて、かの船人も共に北京に送られ、その途すがら、建夷奴児《ケイトレ》（建州部奴児干《ヌルガン》或いは建夷《ケンイ》奴児干とすべきところ。現在の黒龍江省・吉林省）地方の家々の門戸に義経及び弁慶の画像が貼付されているのを見た。これは、義経主従が大陸に渡った顕然たる証左である」云々。この引証の後段は、未だ東方諸国を遊歴せぬ人々には、恐らくは解し難いであろう。然し、吾人はこの事を以て通例とする。余は曾て、我が国の村落に於て、痘瘡が近隣に流行する事あれば、戸毎に為朝（源為義八男）の名を記した画像を貼付しているのを見た。為朝は義経の叔父にて、古今に並びなき強弓の達人である。この人の事は、後にまた記載する所があろう。かくの如き奇事の存する所以《ゆえん》は、生存中に悪病神に恐れられた人の画像を戸上に貼付すれば悪病神を恐怖せしめ且つまた追い払う事が出来る、と想像した迷溺の習慣である。

　余はまた、曾て朝鮮に赴いた時、各市街にて戸毎に画像の代りに種々の題字を大書した同種類の貼紙を見た。その題字の一例を挙げれば、「幸の入り来《きた》ること春の軟風の如くなるべし、不幸の去ること氷の日に於けるが如くなるべし」の類である。また支那に於ても、家毎に紙を衆人が見易き戸の上部に貼付する習慣の流行を見た事がある。

　蒙古人が戸上に勇傑の画像を貼付するのも、またその人の勇気及び軍功は悪病神の威力を防禦するに足ると考えた迷溺の感覚に由来したものであろう。時に、建夷奴児に於て船人が見た画像は真に義経及び弁慶の画像であるか否か吾人が直ちに吟味せんと欲する一疑問である。然し、読者諸君の便宜を計り、まず弁慶の来歴及び人と為《な》りを簡短に説明する。弁慶は元来が僧侶である。当時の僧侶社会は後世の如く脱離淡白ではなかったものの、弁慶は心身甚だ活発にして、なお俗界と隔たる事をよしとせず、幾許《いくばく》か世の活事務に関渉せんと決意し、遂に義経に臣従したのである。如何なる手段によって従ったかは、余の知らぬ所ながら、世人の言を信ずるならば、弁慶は世事に関渉せんと決意した後、乃《すなわ》ち有為の人を求めて仕えんと欲し、一千人に至るまで出逢う人毎に挑戦した。弁慶の千人切とは乃ちこれである。弁慶は夜中に五条橋の上に立ち、この事を実行した。初めは従うべき人を得なかったが、終りに若武士と出逢い、戦いを挑んだ所、神の如く魔の如く変幻極まりなきその人の進退に敵対すること能《あた》わず、由って直ちに服従した。この若武士は乃ち義経である云々。勿論、この事が果して信実であるか否か、証明する事は不可能である。然《しか》し、この両人の間に繰り拡げられたとする前記の如き闘争の光景は、吾人の技術〔画像・彫刻等を云う〕に採用される所である。而して読者諸君が屡々《しばしば》これを見聞した事は、余の言を待つまでもあるまい。

他にも種々勇気を顕わした事を以て、弁慶の名もまた義経の名と共に高名である。ゆえに義経の名を知る者は、また必ず弁慶の名を知る。乃ち日本の少年輩が遊技の戯れとして戦い挑む（模擬戦）時、その習慣として「ここに弁慶にも打ち勝ったる牛若あり、誰か来て戦い能《あと》うや」と呼ばわるのである。この事は、余が直ちに引用せんと欲する書籍『蝦夷勲功記』（嘉永七年の序を持つ永楽舎一水の読本『義経蝦夷勲功記』を指すか）の序文にも記載されているゆえ、益々明瞭なりと考える。然し、弁慶はただ勇士たるのみならず、また学者でもある。何故ならば、弁慶は若年の時、当時の文学の叢淵たる寺院に居住していたからである。ゆえに弁慶は、義経に従うた後は、大抵の場合、その左右を離れる事がなかった。一言にて申せば、軍士兼秘書官である。

義経が兄頼朝との間に隙を生じ、薄命がその頭上を襲うた時、弁慶は鷲尾三郎以下二十余人と固く忠義を守り、主従共々首尾よく奥州に逃走したのも、弁慶の熟練周旋に依る。弁慶は、同勢を廻国僧に装わせ、自らその棟梁となった。番兵が厳しく衛《まも》る国境の関門に至った時は、弁慶が真先に進み出て通門の許しを願い、乃ち入る事を得れば、殊更に釈杖《しやくじよう》（錫杖）を以て義経を擲《う》ち、その怠惰を懲戒するかの如き態を為して己に賞罰の権限がある事を示した。その他、勧進帳を関吏の前で誦読《じゆどく》するなど、凡《すべ》て甚《はなは》だ巧みにその狂言を仕遂げ、同勢を無難に通行させ得たのは、全く弁慶が元々僧侶としてこの道に熟達していた為である。この事は後世に浄瑠璃の好材料となり、今なお世人の愛好する所である。

ここにまた、弁慶の死に就いて、一つの口碑がある。曰く「弁慶は衣川の戦に力戦して、死の遠からぬ事を知るや、長刀《なぎなた》の柄《え》に凭《よ》って川の中流に立った。その後、敵兵が近寄り見れば、弁慶は早や既に立往生（立ったままの死）していた。而して終に河流の為に流された」云々。「弁慶の千日立」とは乃ちこれである。批評者はこれを、出来得《う》べからざる事と説明する。然し、或る記者曰く、「義経が攻撃を受けた時、傍らの者が『君に代りて死なん』と申し出て、乃ち義経の鎧を着し、『義経なり』と宣言して敵の真中にて討死した」云々。また他の記者曰く、「弁慶はもとより敵兵の恐怖する所である。ゆえに何人も必ず妄《みだ》りに近寄るまいと想像し、藁人形に鎧を着せて川の中流に据えて置いた。この計策が見事に適中し、義経主従は安全に遁走する事を得た」云々。余は、この両説が果して信実であるか否かを知らぬ。然し、当らずと雖《いえど》もまた遠くはあるまい。何故ならば、弁慶が義経に従うて蝦夷に渡った事は、アイノ人の口碑によって明瞭にし得るからである。以上が弁慶の略伝である。

さて、大英国書籍館に於て発見した第二の書籍は『蝦夷勲功記』である。この書は、義経主従が衣川より逃れた後の華々しき軍功を記載している。余は、この軍功を信ずる事が出来ぬ。甚だ些少の事を鼓張（誇張）したにすぎぬと考えるからである。然し、その序文に就いて見れば、また全く信じられぬというものにあらず、ゆえに余はこの書の性質を示さん為、その序文を抜萃する。

かの衣川の攻撃に関わる語に曰く、「ここに秋田より義経を尋ね来った国氏という人あり、義経及び弁慶・海尊・和泉三郎・亀井六郎らを蝦夷に導いた。一行は、かの地に到着するや、直ちに土人の服従を受けた。土人曰く『蝦夷の西に、千里もの肥沃の地を有する山丹（沿海州）・満洲の二国がござります。君には、何故その国を伐ち従えぬや。もしこれを為す御意なれば、願わくは吾々も君の為に身命を賭して従いまする』云々。義経はこれを聞いて大いに喜び、即ち蝦夷の事務を国氏に委任して遠征する事を決し、弁慶がまず第一に出帆した。その場所を今なお弁慶岬と云う。次いで義経主従もまたみな出帆した。その場所を加毛伊岬と云う。加毛伊《カモイ》岬はアイノ語にて神岬の意である。この遠征に、蝦夷土人の酋長数百人が随行し、樺太《カラフト》より山丹の海岸に上陸して、その地方を尽く服従せしめ、終に満洲の王となり、その子孫は加毛伊岬に義経主従二十三人の為に一大堂宇を建築し、堅木良材を以てその肖像を刻み、これに義経らが普段着用の鎧を着せた。この事は、満人の間に普《あまね》く流伝し、堂宇は満人が時々修復して今なお層々たる壮観を呈する由、吾人は、義経がただ蝦夷に渡ったのみならず満洲の王となった事を知るのである。果して然らば、満人の間に見られる頭を剃る習慣は、或いは弁慶及びその同行僧侶の禿形《とくけい》に擬したものであろうか」云々。

第三の書は、数多の古書より聚集し、或いは短縮して著述した『源平盛衰記』（寛政十二年刊・秋里籬島作・西村中和画『源平盛衰記図会』）である。この書中に曰く、「義経は、武蔵坊・常陸坊その他の良従を従え、共に蝦夷千島に渡り、その地方を伐ち従えて大将軍となり、土人は今なお義経《ギケイ》大明神と敬拝している。蝦夷土人は農業を目的とし、地理は風温にして甚だ愛すべく、種々の物産がある。北海の外に東室韋《アジア》〔亜細亜〕・俄羅斯《オロシャ》〔魯西亜〕・リュスランド等があり、これらを総称して莫斯末《ムスコビヤ》・亜韃靼《ダッタン》と云う。蒙古・哈密《ハミィ》（ハミ。本名クムル。蒙古訛音ハミルの漢訳名「哈密力」の略。天山山脈東端南麓のオアシス都市）は昔の伊吾廬《イゴロ》（哈密の中国に於ける古称）の地、唐の伊州（唐代の州名）である。兀良蛤《オランカイ》（ウリヤンハイ。興安嶺東麓、黒龍江源流）の地方は大清《たいしん》に属する。これらを総称して支那《シナ》韃靼《ダッタン》と云う。俄羅斯（ロシア人）を、蝦夷人は赤人《あかひと》と称する。満洲・樺太を我国では普通奥蝦夷と総称する。義経は、この諸国を全て服従せしめたであろう」云々。かくの如き誤謬に満ちた記載のある所以《ゆえん》は、我が国の書生が自国境界外の地理を殆ど知り得なかった事に由る。吾人はこれらの記事を信ずる事が出来ぬ。然し、総《すべ》てかくも明瞭に記載してある事なれば、また幾許か信実の部分を有すると考えざるを得ない。

かの難船者の話は最も信ずべきものであろう。余は幼少の時、数多の口碑を聞いた。曰く「満洲に義経主従の紀念碑がある。また堂宇があり、建築の結構や華表《とりい》の形状など総て日本に規範を求めており、源氏の紋たる篠龍胆《ささりんどう》を装飾とする」云々。余は、この口碑に信ずべきものがあるか否か、断言する事を得ない。尚またこの事を明記した書籍を読者諸君に指示する事も出来ぬ。譬えこれを指示する事を得ても、余の考えを以てすれば、ただ奇談をのみ記載したものにすぎぬ。これには然るべき原因があり、余は左にそれを略述する。

蓋《けだ》し頼朝の時より豊太閤の時に至る間を中世戦国の時代とする。この時期に限り、人の功名富貴は武の一偏に集まり、武人の事業でなければ決して青雲の志を得る事が叶《かな》わなかった。当時の有様は恰《あたか》も欧洲の中世時代に於けるが如く、世人は嘗《かつ》て文学を顧みる事なく、字を知り文を弄する者は、離俗の僧侶か女子に均《ひと》しき長袖《ちょうしゅう》の貴人（公家）であった。そのため、この種の人々が平時もしくは戦時の書記として用いられた。またこの種の人々が編輯した種々の歴史（史書）は甚だ多い。中には、或いは支那の歴史に勝る点無きにしもあらず、その総括力といい、その反省力といい、支那の歴史に未だ嘗《かつ》て見られぬものを有する。またその記事には、往々にして事理事実に剴切《がいせつ》する（よくあてはまる）ものが見いだされる。然し、要するに、その記事は時の政府に関する事件でなければ、幾つかの強族の盛衰起伏を記すにすぎず、曾てこの範囲を脱しその穿索を他事に及ぼしたものは見当らぬ。

元和《げんな》偃武《えんぶ》（元和元年＝一六一五年、豊臣氏が滅びて太平の世となる）の後、徳川政府の世となり、長乱僅《わず》かに治まり天日を見るに及んで、世人は初めて文学に意を用いる念慮を生ずるに至った。さればとて、もとより武の一方を忘却する訣《わけ》でも武人の名誉を減損する訣でもなく、却《かえ》って尚武の風《ふう》は益々鞏固《きょうこ》となった。かくて文武の二道が並び行われ、愈々《いよいよ》平和が継続するに従い、愈々文学の大切なる事が知られ、政府もまたこの機を誤る事なく大いに奨励し、その末葉に往々碩学鴻儒《せきがくこうじゅ》を輩出するに至った。その遺風は今日に至るもなお継続し、支那文学を学ばぬ者はない。而して国学も、支那経典の如く盛んならずと雖《いえど》も、また次第にその面目を改めた。今、漢字を以て編輯した書籍（漢文体の著作）の大趣意を約評すれば、古語の用法とその意義を解釈討究するものか、然《さ》もなくば幽冥荒唐の談を以て事実の歴史となし、自国を以て神聖侵すべからざる霊国となし、自国百般の事物を以て世界万国に超絶すると為すものか、唯この二種類であると云うても決して失言ではない。これは実に支那学派の目的であり、これを以て、この学派からは真実正統の歴史家は決して出づる事はないと言い得る。元来支那文学は、孔子の仁愛主義を研究するものにすぎぬ。畢竟《ひっきょう》、朱子派の流れが、この主義を注釈布演（敷衍）した一種の修身学であり、且つそこに止まるものである。この学派の説明者は、世界を以て漸々衰頽澆季するものと考え、数千年前の帝王・仁政府を欣慕《きんぼ》し、無為混沌の社会に恋々とし、吾人に「万物はみなこの時代（数千年前）に則るべし」と教えんとする。即ち「新」を知らんとするものにあらず、単に「故」を温《たず》ねんとするものである。前に進まんとするものにあらず、専《もっぱ》ら後ろに退かんとするものである。ゆえに偶々《たまたま》新説を唱える者あれば異端と称してこれを排斥し、事物の発明工夫あれば人心を奢美浮華に導くものと断じてこれを抑え、只管《ひたすら》新規出格の精神を世道に有害なるものと思い做《な》す。曾て支那に一学派（陽明学派を指すか）があり、孔子の主義に就いて、朱子派に比べれば聊《いささ》か確固進取の見解を下すと雖も、不幸にして朱子派のために圧倒された。支那の国は土地広漠にして人民衆多、建国以来経る年も久しいものがある。然るに、その社会が停滞不流に沈み、更に運動進歩の状が見られぬのは、もとより原因は種々あろうが、この学派（朱子派）がその一大原因を成したものと言わざるを得ない。

　而して、この学派は我が日本国に伝わり、大いに勢力を得た。のみならず、殊に幕府の主意は、国人を太平無事に誘導せんと欲する旧守政略にして、専ら新規改良を妨げる事にあり、その器械として朱子派を用いたのである。この政略と当時の事情とが互いに投合したため、全く学者の気風を一変するに至ったのも、また自然の勢いであろう。学者の輩出少なからずと雖も、彼ら終身の事業は、支那古典の半ば破損したものを玩味討究し、その書が全く破滅するに至れば他の古本を求め、その巻末に前人の註釈にまた自家の註釈を加え、これを以て恬然《てんぜん》自足するに過ぎぬのである。而して、学者の筆頭（筆先）が時として他の趣意に向えば、稀には数葉以上のものを草すると雖も、大抵は閑すべき趣意の価値なき散文にして、その他は花鳥風月等を詠じた短詩である。よしや卓識新説の、或いは人心を興起すべきものを書いたとしても、その人は世人一般に容れられず、転々《うたた》その身に奇禍を招く以外、他の結果を得る事が叶わぬのである。ゆえに歴史（史書）の如きも、ただ無益の事を記載し、必要なる事は一つも記載しておらぬ。もし吾人がこれらの書籍を繙閲すれば、書中に見る所のものは、修身学か仁愛主義である。同主義の再生でなければ、三《さん》生《しょう》（仏説の過去・現在・未来）である。終身、幾千万の巻数を見ると雖も、その形勢は恰も同一の芝居を幾千百度繰り返し見て同一の喜怒哀楽を催すに異ならぬ。されば、仮《たと》え歴史を読むとも、その益する所は何程の事があろうか。ただ千百億万の出来事を諳《そら》んじ、古話妄誕を脳裏に蓄積するのみにすぎぬ。斯様《かよう》な学派より大家と称すべき真の学者・歴史家は決して出でず、また出づるべき望みも無いのである。

然し余は、この時に歴史の著述が全く廃絶したと申すのではない。文学の腐敗が前述の如き形勢にも関わらず、却って数多の著作が輩出した。而して、歴史を書く法則は、この時、実に二種類に分かれた。その一は俗人にても容易に読み得るもの、その二は支那の法則に従うものである。前者は専ら俗人の愛好を目的とするゆえ、記事の精粗信否に係わらず、ただ華々しく記載するに至った。然し、後者は正法に従わんと欲して、記者（著者）が力のあらん限り支那の法則に倣い、出来事を装飾せず、ただ有りの儘に記載すれば文章が透明清朗になると思惟するに至った。ただ如何《いかん》せん因習の悪弊は容易に脱し得ぬものと見えて、曽て起った歴史上の材料を最も多く聚集した『大日本史』も、尚且つ支那風を脱する事を得ておらぬ。その後、我が国人の精神は恰も長眠に労《つか》れたかの如く稍々《やや》進歩を見せ始め、また確固たる見識を以て支那歴史を読む新思想が起った。しかのみならず、王権衰頽に就いて、国学と支那学の両派がこの時に互いに一致して、悲憤慷慨の思想が沸騰するに至ったのは、実に六十年より遙か以前の事ではないのである。また次いで欧羅巴《ヨーロッパ》思想が輸入されて以来、国人の思想は全く一換し、旧を放って新を競い、乃ち今日の維新文明を開発したのである。かの有名なる『日本外史』『日本政記』（何れも頼《らい》山陽の著作）は、殆どこの時期の著述である。その著者は、東方諸国（東洋の意）に於ては実に稀有の大家にて、諸国（日本国内）を経歴し、国語を以て記載し、法則も精密である。面白き数多の書籍を読み、該博にして総括力を有するなど、良き歴史家として必要なる各性質を悉《ことごと》く具有している。而して、東方諸国古来の歴史家と全く異なる新法則を以て著作を開始したのである。然し、著者の最大目的は、武門が国人の安全を掠奪した気儘なる処置を記載し、武門政府を転覆せんと欲し、世人の注意を励ましたものにすぎぬゆえ、これに直接の関係を有する事以外は一つも記載する所が無かった。数百年間、我が文学の有様はかくの如きであった。ゆえに、不明瞭なる事物の穿索は、曽てこれを為した者もなく、ただ学者は先人から伝わるものを死読する事を以て満足し、その他に一事も為す所が無かった。またこの他に鎖国主義があって、我が国人を甚《いた》く傲慢頑固に導いた。政府の真の目的もここにあり、ゆえに吾人の商賈《しょうか》（商人）は朝鮮釜山《フザン》港へ小船にて渡航するのみにて、大陸の東海岸に渡航した者は無く、また蝦夷との運輸交通も甚だ僅少であった。かくの如き有様にて、如何《いかが》して事物の穿索発明が為し得ようか。義経の運命の不明瞭なる事も、恐らくは同様の理由に帰せられよう。而して、これを証明するものは、大抵大蝦夷に渡り口碑を聞知した近代の経歴者の話のみである。然し、かくの如き話が巷間に愈々《いよいよ》流布するに従い、義経が満州の海岸に上陸したという確証を得るに至るまで、その運命が如何《いか》なるものであったかという疑問もまた愈々増加した。然るに、義経は蝦夷にて死んだとのみ考え、進んでその運命を穿索した者が無かった。何故ならば、満洲の君長及びその歴史と日本人との関係が殆ど知られていなかった為である。その後、西辺利亜《シベリア》に居住する魯人（ロシア人）と交易するに当り、我が領事館が浦潮斯徳《ウラジオストック》に置かれた。時に、その領事に任ぜられた瀬脇《せのわき》君（寿人《ひさと》。明治初頭に貿易事務官としてウラジオストックに駐留）は、その穿索に熱意を持ち、駐在中に必ずこの事を吟味せんと企てた人である。もし天が瀬脇君に年を貸したならば、必ず十分なる穿索を仕遂げたであろうと、余は信ずる。然るに、瀬脇君は函館に航海中、空気の変化により瘴氣《しょうき》（毒気）の侵す所となり、終に不帰の人となった。土人が義経のものと信ずる墓に題材を取った瀬脇君の詩を『花月新誌』の誌上に於て曾て読んだものの、またその詩には短注が添えられ地名が附記されていたにも関わらず、当時余はこの事を穿索せんとする意欲が薄かったため、今、地名などは殆ど記憶に無い。現今、倫頓《ロンドン》に駐在する日本領事館の富田君は、曾て瀬脇君より聞いた事を余に語って曰く、「満洲に判官岬あり、義経上陸の地と思われる。また日本建築の結構に従うて築造した堂宇あり、八幡と称する。八幡は神党派の敬拝する軍神である。また義経主従の墓あり、必ずそれらの人の墓と思われる。故にこの地に到り探究する事の許可を願う……と、我が外務省に通信した」云々。これによれば、瀬脇君はこの事を穿索せずして死去したものと思われる。されば、余が曩《さき》に記載した短詩は、瀬脇君が土人より由来を聞いた時に作ったものであろうか。

兎《と》に角《かく》、これらの事を捨て置いても、義経主従が蝦夷より満洲に渡航した事は全くの事実である。果して然らば、かくの如き文武両道の才幹を有する人傑が、その名声を後世に伝えるような大事業を企図する事なく空しく日月を徒費するであろうか。余は直ちに否と言わんのみ。義経は彼《か》の豪傑成吉思汗《ジンギスカン》その人であると信ずるからである。ここにまた、グリヒス氏の語を引用する。

曰く「義経の名が不朽なる事は必然である。アイノ人は崇奉敬拝して神となし、日本の少壮者は敬愛して豪傑となし、小児の紙鳶《たこ》にはその容貌を画《えが》き、絵や幟《のぼり》にもまたその容貌を画くのみならず、或いは劇場に登場せしめ、彫刻に刻み、詩に詠じ、小説に作り、凡て賞賛せぬものは無い。かくの如き英傑にして、その身に冤罪《えんざい》を蒙った義経は、勇ましき日本人の思想及び口碑が滅亡せぬ限りは、必ず永くその記憶に留《とど》まるであろう」云々。

さて、義経が果して満洲に渡航したとするならば、渺茫《びょうぼう》たる砂漠にて羊飼《ひつじかい》と共に日月を空費しなかった事は必然である。かの成吉思汗を見よ。成吉思汗は全亜細亜及び欧羅巴洲の過半を平定した世界の豪傑中の豪傑である。ホオルズ氏（不明）曰く、「大才幹を有した成吉思汗は、歴山王《アレキサンドル》の進軍に比べ得るが如き迅速なる成功を以て野蛮小種族の酋長や亜細亜君主の設置に成る国境標を崩潰させたというのみの勝将軍ではない。歴山王・拿破崙翁《ナポレオン》・帖木児《タメルラン》（チムール。十四世紀末、中央アジアに大帝国を建設）の如きは、戦争の技倆に於ては成吉思汗に伯仲すると雖も、その事業は砂を以て築いた小山に異ならず、その人が過ぎ去るや、忽《たちま》ち微塵に崩壊した。成吉思汗の事業はこれとは異なり、建立した帝国が彼の死後に至るも尚長く存在したのみならず、また大いに繁栄した。しかのみならず、社会学・経済学等の創始者にして、下民を支配する法律にもまた同じく驚嘆に価するものがある。かの近代の思想の原素たる正直・堪忍・政教・道徳等は、成吉思汗の政庁に於て早や既に悉く実行を見ていた。然るに、成吉思汗が砂漠中に生まれ、砂漠中に生育し、希臘《ギリシア》・羅馬《ローマ》等の智者にも教えられず、またシャーレマン（スレイマン大帝。十六世紀前半、オスマン＝トルコ最盛期のサルタン）やアルフレット（アルフレッド大王。九世紀末に南イングランドを統一）の如く過去の事に就いて勉強する機会も得られなかった事を思えば、吾々は、その時代の歴史（史書）をただ広大に鼓張したものと言わざるを得ず、また彼《か》の政治上の見識を疑わざるを得ぬのである」云々。

　さて読者諸君よ、成吉思汗が果して韃靼人（通説では蒙古系の一部族タタールを指すが、ここでは蒙古系部族全般を指す如くである）であるならば、ホオルズ氏の言の如く、実に驚嘆すべき事ではあるまいか。然るに、成吉思汗は韃靼人にあらざる由を聞知しながら、なお韃靼の渺茫たる砂漠中よりこの豪傑が出たと想うが如き皮相の見解をなすのであろうか。余は絶対に然《さ》にあらずと考える。野蛮国には、最も勇壮なる兵卒は生ずるとしても、豪傑と呼ばれる将帥《しょうすい》の生ぜぬ事は必然である。かのゴオル（ガリア）人やブリトン（ブリテン）人を見よ。兵卒の勇猛なる事は恐らくは世界中にこれに勝るものは無いであろう。然し、豪傑と呼ばれたゴオルやブリトンの将帥の名が今日に伝わっているであろうか。

　支那の諺《ことわざ》に曰く、「世乱れて豪傑出づ」。蓋し、火無くば絶対に烟立つ事無く、水無くばまた波立つ事無きが如く、確乎《かっこ》たる文明の進歩に伴い、血を流し火烟中に焚死し水波中に溺死するが如き惨状無くば、豪傑は決して出づる事は無いのである。かくの如きは、古今東西の歴史を通じて哲学及び宇宙の法則ならんと、余は信ずる。歴山王は決して牧場より出でず、ハンニバル（前三～二世紀のカルタゴの名将）もまた砂漠より出づる事はない。豊太閤は封建大騒動より産み出され、拿破崙翁は仏蘭西革命騒動が産み出した結果である。クロンウエル（オリヴァー・クロムウェル。十六世紀、英国に共和制を布いた政治家）や帖木児《タメルラン》もまた然り。しかのみならず、晩年に至り初めて兵事に関渉した該撒《シイザー》（ユリウス・カエサル）は、羅馬《ローマ》国内権力の騒乱中に生長し、希臘《ギリシャ》勇士の模範に教育を受けた結果ではあるまいか。ただ馬哈麻《マホメット》の興隆のみが、稍々《やや》不判然なりと言い得るであろう。然し、馬哈麻を生み出した種族は、殊に天恵を受けた種族であり、その国の光景にもまた幾許か進歩の跡が見られた。しかのみならず、馬哈麻が感化せしめた従者（信者）の宗旨上の熱意が、その成功の原因となったのである。然らば則ち馬哈麻もまた、余が主張する趣意の例外ではないのである。然るに何故、成吉思汗独りが、この例外に出づるのであろうか。余は、彼がこの例外に出でず、一旦風雲騒乱を経過し雄名豪誉を博した人である事を知る。乃ち成吉思汗は必ず義経その人なる事を知るのである。義経の豪傑たる事、及びその少壮時の事蹟は、既に余が記載した所である。

余は、これより進んで、余が真に吟味せんと欲する所の疑問に取り掛かるであろう。日本の英雄義経と世界を平定した豪傑成吉思汗とが同一人なる事に就いて、余輩は如何なる証左を有するか。余はこれを種々の点より、飽くまで穿索せんと欲するのである。

第三章

豪傑が偶然出づるものにあらざる事の理は、前章に於て已《すで》に明張した。されば今、成吉思汗と日本の英傑義経とが異名同人たる事を証明する上に大切なる事実及び余の所見を読者諸君に開示せんと欲する。然し、まずここに一言せざるを得ぬ事がある。かくも困難なる趣意を、且つかかる特別なる異境にて遠き昔に起り数多《あまた》の世を注意も払われずに経過した出来事を明瞭に証明し、「甲は此《こ》の地より起り、乙は彼《か》の地より出でた」という事実を証明する書類に拠って、昨日起った事の如く明瞭に証左を挙げ、一々これを目前に画かんと欲する事は、勿論無謀なる考えと言わざるを得ず、もとより今日に於ては為し難き事であろう。然し、なお小鎖あって、この事を推察する為の連鎖を得さしめ、且《か》つ些少の語あって、歴史上の材料を供給する。これは、今日まで人の聞知せぬ無歴史時代の事実を古事家（考古学者）に知らしむる所の隠語である。また不明彰なる人間種族の起原を語学家に知らしむる所の軽少なる指示である。余が今為さんと欲する事業の困難なる事は、古事家・語学家の事業に劣らずと雖《いえど》も、余もまた古事家・語学家と同様の結果を得ん事を冀望《きぼう》するものである。

この挙を為すに当り、余は第一に、成吉思汗の少壮時の形勢は如何なるものであったかを、また何時頃《いつ》よりその事業に取り掛かったかを、読者諸君に開誘せざるを得ない。さて、殊に諸君に記憶を願い、また余が主張せんと欲する所は、成吉思汗の祖先が不明瞭なる事と、一二〇三年（一二〇二年の誤植ならん）以前乃《すなわ》ち四十歳以前の少壮時の事蹟が不明彰なる事である。余は、成吉思汗が事業に取り掛かったのは、この時より遥か以前ではない事を知る。実に、成吉思汗と克烈《ケルイト》（モンゴル系ケレイト部。モンゴル系の有力部族）の部酋翁汗（オン・ハン、王ハン）との戦争は、成吉思汗が豪名を得た権輿《けんよ》であり、これを勝利の第一着枢（要）

とする。支那の歴史家は、この戦争を一二〇三年の事とし、『韃靼系図史』（『トルコ族系譜』。成吉思汗の祖先より十七世紀中葉に至る蒙古史）の著者カラズム（ホラズム、コラズム。十二世紀初頭より十三世紀半ばにかけて栄えた中央アジアのイスラム帝国。ここはヒヴァ・ハン国とすべきところ。現在のウズベキスタン、トルクメン）のアボルガジイ氏（アブル・ガージー・バハドゥル・ハン。十七世紀のヒヴァ・ハン国＝基華汗国の君主・歴史家）曰く、「成吉思汗は、一二〇二年には齢は殆《ほとん》ど四十歳に達していた。これより以前、韃靼には大決戦が無かったが、この時に至り、初めて成吉思汗は同盟種族と一大戦争を為し、大勝績を得た。次いでまた克烈に打ち勝った」云々。然し、ペチスデラクロキス氏（プチ・ドラクロワ。フランスの東洋史家、一七一〇年にチンギス・ハンに関する最初の近代的研究書『大ジャンギスカンの歴史』を刊行）曰く、「一一九三年、成吉思汗は克烈に打ち勝った。時に齢は殆ど四十であった」云々。かくの如き齟齬《そご》が生じた所以《ゆえん》を尋ねれば、支那の歴史家は「成吉思汗は一二二七年に死す。年六十六」と言い、またアボルガジイ氏は「一二二六年に死す。年六十五」と推定した。されば、一二〇二年は四十歳の時に相当する。然《しか》し、ペチスデラクロキス氏は、波斯《ペルシャ》の記者（著述家）を信じて「一二二六年に死す。時に七十三歳」と述べている。されば、一一九三年は四十歳の時に相当する。前記の齟齬は、これによって生じたものであろうか。然し、世人は、ペチスデラクロキス氏の説に比べれば、寧《むし》ろ支那の歴史家及びアボルガジイ氏の説が正実であるとする。ゆえに余は、克烈に対する勝績を一二〇三年とする後者両人を信ぜざるを得ない。

この戦争の後の事は、各歴史家の記す所が特別の事柄に就いては必ず一致している。これは甚《はなは》だ奇異の事と言うべきである。これより以前に起った事柄は、僅々二三に過ぎぬのに、その後は迅速の裡《うち》に驚くべき大功業が為されている。且つ戦争以前の事は不明彰なるのみならず、屢々《しばしば》誤謬が見られるゆえ、吾人は最も注意を要する。かの成吉思汗が果して韃靼人であるならば、吾人は必ずやその人の事蹟に就いて精密なる数多《あまた》の口碑を聞知するであろう。また大戦争以前に為された事業にも必ずや今日に伝わるものがあろう。何故ならば、大戦争後に顕出した成吉思汗の如き人物が、歴史家の言の如く四十歳に至るまで空しく閑居していたなどとは、殆ど信ぜられぬ事だからである。また成吉思汗少壮時の事に就いては、歴史家の記載が無いという訣《わけ》ではないが、これらはただ兎《と》園史《えんし》（俗史）にすぎず、もとより信ずるに足らぬものである。

歴史を読むには一つの法則がある。それは信ずべき所を信じ、疑うべき所は疑うという事であり、吾人の深く注意すべき所である。何故ならば、小説と雖《いえど》も必ずしも疑うべきもののみならず、また実説と雖も必ずしも信ずべきものばかりとは限らぬからである。この事は容易に言い得るものの、実行に臨んでは屢々忘却して注意を誤る所である。

成吉思汗の歴史を読む事もまた然り、克烈大勝後の事は大方信ずべきものとして信ぜざるを得ない。然るに、それ以前の事及び祖先の事は疑うべきものとして疑わざるを得ない。何故ならば、克烈大勝前の事は不規則にして甚だ疑わしきのみならず、その後の事は全くこれに反するからである。さて、斯様《かよう》に論ずれば、人あって「子《し》（君、貴方）は何故かく決定するや」と必ず問うであろう。余はこれに答えて「余の読みたる書籍、余をしてかく決定せしむるなり」と言わんのみ。

もし、韃靼人の政略及び親族に就いての正しき歴史（史書）ありとすれば、余は必ず支那に在らんと信ずる。何故ならば、支那は成吉思汗が戡定《かんてい》（平定）せんと注目した第一の国なるのみならず、韃靼人が初めて登用した外国人は支那学に熟達する金《キン》（十二～十三世紀の北朝。蒙古に亡ぼされた女真族の王朝）の逃走人であったからである。しかのみならず、支那は、成吉思汗の孫忽必烈《フビライ》が最も強盛なる帝業を定めた国であり、文学の進歩に於ても、成吉思汗の権力が達した四方の諸国中にこの国（支那）に及ぶものは無かった。『海陸旅行新集』（不明）の著者曰く、「支那は北方を韃靼に連接する。ゆえに韃靼の事情を熟知する事は、韃靼と隔たる国人の能《よ》く企て及ぶ所にあらず」云々。然し、支那の歴史（史書）中に成吉思汗少壮時の事や祖先の事を明記するものは見当らぬ。

清《シン》の有名なる評論家趙翼《チョウヨク》氏（甌北。十八～十九世紀の歴史学者）の著述に成る『二十二史箚記《さつき》』の「元史評論」の部に曰く、「元《ゲン》（フビライ創始の王朝）は朔漠（北方の砂漠）より興り、元来は文字を持たぬ。開国以来、また金の完顔や宗翰（初代太祖の息子宗幹を指すか。但し王位に就かず）等の如く先朝の事蹟を能く探索した者も見当らぬ。『元史』中に所謂《いわゆる》成吉思汗の奇勲・偉績は甚だ多しと雖も、惜しむらくは明細なる記載が無い。王鶚《おうきゅう》の請いにより先朝の事蹟の探究を史館（史閣。史書編纂所）に附したのは、実に忽必烈の中統三年（一二六一年と註するが、一二六二年）の事である。また十五年に至り（八年より国名を元とする）、翰林院（学者の詰める官庁）に勅して累朝（ジンギス汗の系統即ちボルジギン氏族累代）の事蹟を採集し、以て歴史編纂に備えた。その後、撒里蛮《サリバン》らが所謂累朝実録を進《まい》らせた。帝曰く『太宗（ジンギス汗の息子オゴタイ）の事は則ち然り、睿宗《エイソウ》（太宗の弟トウルイ）の事は聊《いささ》か易《か》うべき所あり、定宗（太宗の息子クユク）はもとより日暇《いとま》給ならず、憲宗（フビライの兄メンゲ）の事は独り能く記憶する能わざるか、行きて故老に詢《と》うべし』云々。これに由って観れば、忽必烈の兄にして先帝たる憲宗の事に就いては、尚且つ疑うべきものがある。況《いわ》んや忽必烈より遠き前世の事に於てをや」云々。また曰く、「成宗（フビライの子、元朝第二代）の時、兀都帯らが太宗・憲宗・世祖（フビライ）の実録（『大元統一志』か）を進《まい》らせた。成宗は、その中に居多（大部）の差誤舛漏《せんろう》（誤脱）を発見した。乃ちこの実録には誤謬が多く見いだされる。

この時、内廷（禁廷）に秘密の記録があり、所謂『脱必赤顔』（モンゴル語の散逸書『アルタン・デプテル＝黄金の秘冊』であろう。ラシード・アッディーン『集史』の典拠という）なるものがこれであろう。仁宗帝（成宗の甥、元朝第四代）が訳出させて『聖武開天記』（成吉思汗の出処及び事業を記載したる書籍）という（『アルタン・デプテル』の漢訳版を『聖武親征録』と題する）。その後、虞集《グシユウ》（十三～十四世紀の詩人・書家）という者が遼（契丹《きったん》）・金・宋の三史編纂の総裁となった時、この三史に関して元朝累代の事に係わる歴史上の材料を発見した。ゆえに、尚かの『脱必赤顔』を開閲して、成吉思汗以来の事跡を参訂せん事を請うたが、『この書は外人（漢族を指すか）に開閲せしむべきものに非ず』との事にて、遂に止められた。ゆえに未だ曾てこの記録を開閲した者は無いのである。かの『金史』は先世の叙事を積んで一巻に至る。然るに、『元史』では、孛端叉児《ボドンジャル》（ボルジギン氏の直系の祖先ボドンチャル）以下成吉思汗に至る十世代の叙事は千余言にすぎぬ。これに由って、当時既に徴すべき事跡の無かった事が知られる。ただ忽必烈以後には所謂実録が存在する。明《ミン》朝（一三六八年開闢）の初めに元十三朝（元朝は十一代）の実録を得て、これを底本として『元史』（宋濂・撰、二一〇巻）を編纂した。然し、この底本も誤謬を免れ得ておらぬ事は、当時の人の評論によって瞭然としている。且つ『元史』中にも旧史に誤謬多き事の指摘がある。これに由って観れば、所謂実録も必ずしも信史（信用の置ける史書）ではない。実録を底本とする『元史』が公議輿論《よろん》に協《かな》わなかったとしても怪しむに足らぬ。ゆえに『元史』が成就するや否や、朱石（不明）は〈拾遺〉を作り、解縉《カイシン》（明朝の政治家。成祖永楽帝の侍読、累進して翰林学士）は〈正誤〉を作った。而して、明《ミン》祖（朱元璋、洪武帝）もまた『元史』の正しからぬ事を知り、縉に命じて改修せしめた。然し、惜しむらくは拾遺も正誤も縉が改修する所のものも、みな今に伝わらぬのである」云々。

この評論によれば、『元史』に於て、特に成吉思汗の出処（出自）の信ずべからざる事は明瞭である。しかのみならず、『元史』及びその他の支那書籍には尚疑うべき所あり、益々吾人の見解を確乎たらしむに足るのである。

余は既に支那の歴史（史書）の不完全なる事を記載した。成吉思汗の事跡に就いて、支那の歴史が斯様な態であるならば、その他の歴史は尚一層不完全なる事は推して知るべし。かの大英国書籍館の役員ドウグラス氏（不明）は、成吉思汗の伝に序して曰く、「波斯《ペルシヤ》・蒙古等の歴史家は、成吉思汗の事業のうち、自国人に関する部分のみを記載し、その他は成吉思汗政朝が基を置いた北支那の平定に関わる記述を見るにすぎず、ゆえに成吉思汗の大功業を尽《ことごと》く知らんと欲すれば、波斯・蒙古・支那等の歴史を尽く参照せねばならぬ」云々。これ乃ち各国歴史に於て成吉思汗の事跡に関する記事が不完全なる事の好証ではあるまいか。されば、この点に就いての最良の書籍は何処《いずこ》にありや。余が聞く所によれば、波斯・土耳其《トルコ》・蒙古・魯西亜《ロシア》の人々の間に於て、この点に就いて種々の論説ある由ながら、余はこの論説を一々穿索する事を得ない。もし果して穿索し得るとしても、これらの論説に重要且つ信実なる記載の無き事は必然である。乃ち左にその理由を述べる。

　諸論説のうち殊に歴史上の論説を穿索せんと欲すれば、件の書籍が著された時代・場所及び著者の形勢を第一に注意せねばならぬ。さもなくば、その書籍の価値を知る事を得ぬのである。今、吾人は、成吉思汗の事跡に就いて、これらの書籍が著された時代・場所及び著者の形勢を穿索せんと欲する。されば、当時の事物を親しく見聞して著した良書以外には、余は決して価値を付与する事が出来ぬ。かの波斯・土耳其・魯西亜等の書籍を見よ。場所から見れば、大方は成吉思汗が功業を為した地より遥かに隔たり、また時から見ても、前後に遠く隔絶している。しかのみならず、交通もまた今日の如く迅速ならず、新聞紙上の通信もなく、また政府の信実なる教令も尚これを得ること能《あた》わず、万事万端に於てかくの如しである。而して、また当時の開化の度合や文学の光景が如何《いか》なるものであったかを想像すれば、当時の人々は必ず軽信にして迷い深く、小説を愛読するのみならず、ややもすれば自身もまた小説嘘談を作ったに相違ない。かかる時代及びかかる地方にあっては、自ら学者と称する人も、尚且《か》つこの風習を脱する事が出来ぬ。かの希臘・羅馬の古史中に往々嘘談が散見するにも関わらず、尚これを東洋諸国の歴史（史書）と比較する者は無い。これに反して、大事跡の年代記学者は支那に勝るものは無いであろう。然るに、この支那の学者も、勇傑殊に帝業を遂げた人に就いて、往々驚くべき嘘談を記載している。果してされば、支那に及ばぬその他の国の年代記は推《お》して知るべし。然し余は、余の趣意に就いて、これらの著書の全てが無価値なりと断言する訣ではない。これらの書籍中、成吉思汗が大軍を率いて攻め入った国の利害得失に関する条は、勿論吾人の注意を引くに足るのであり、価値を有するものである。然し、これらの記事中、成吉思汗の出所及び少壮時の事は全く吾人には信じ難きものである。これは必ず軽信にして迷い深き人々が国言葉にて世々伝え来った嘘談にすぎぬであろう。

　ここに、成吉思汗を他国よりの逃走人であるとするならば、これら群書中の成吉思汗の出所及び少壮時の事跡に関する記事の信実ならざる事は益々瞭然とする。ゆえに、この群書の中に前後の矛盾衝突する記事のある事も、また当然にして驚くに足らぬのである。然し、成吉思汗が果して蒙古人ならば、蒙古に於ける少壮時の事跡が針事を棒大に誇張した荒唐無稽の事と映ろうとも、吾人は道理の上から、その大概及び性質には必ず彼是《かれこれ》相一致するものが存する筈だと考える。然るに、余が読んだ書籍の中に、未だかくの如きものであるを見ない。これが成吉思汗の事跡に就いて外国人が各々の国語にて記した著書の形勢である。ゆえに、これらの著書が必要にして且つ信実なる事跡を記載しておらぬ事は必然である。

　成吉思汗が克烈《ケルイト》に大勝する以前、乃《すなわ》ち少壮時の歴史上の事跡は、全く不明彰なりと断定せざるを得ない。果して、さればまた必ずこれを明瞭ならしめるものがあろう。余が今、成吉思汗は義経なる事を証明せんと欲するのは、乃ちこの為である。もし、証明する事を得れば、両人の事跡に於て疑わしきものは必ずみな明瞭に氷解するであろう。もとより「成吉思汗は日本人なり」と明記する書籍は無い。この事を斯様《かよう》に明言しても、余の論説の趣意を妨害するものではない。何故ならば、蒙古の口碑の中には余の趣意に沿うものが些少ながらあるとして、土耳其・波斯・魯西亜の記者（著述家）には日本や蝦夷の如き島嶼《とうしょ》が存在するか否か夢にだに想像した者は恐らくあるまいと思うからである。支那人が昔より日本国を聞知していた事は疑うべくもない。然し、当時、支那人の身に即して考えれば、成吉思汗が日本・蝦夷の如き島嶼から大陸に来《きた》ったと想像する事は、一点の曖昧さも持たぬ明証が無ければ、決して有り得ぬであろう。さりとて、左様な明証は、恐らくは得る事が難しかろう。

　次に蒙古人を見よ。蒙古人は成吉思汗と居住の地を同じうすると雖も、所謂その歴史（史書）は必ずしも外国記者の著書に比して勝れたものとは言い難い。何故ならば、蒙古には元来文字が無く、その歴史は全く後世の著述に成るからであり、謂《い》う所の蒙古の正歴史は、荒漠たる平原に水や草を逐い朝夕その居を移しながら過して来た迷溺深き種族の口碑が伝える所とは異なるのである。

　勿論、種々の歴史中に吾人の趣意に沿う数多の記載無きにあらずと雖も、尽《ことごと》くこれを信ずれば、吾人はこれが為に迷わされるばかりであろう。その適例としてサナン氏（サガン・セチェン。成吉思汗二十二世の王族）の著書を挙げよう。氏は蒙古オルダス種族（オルドス。北元・オイラートタタールの後裔）の一公子にして、一六〇四年に生まれ、一六六二年に蒙古諸汗の歴史（漢名『蒙古源流』。原書名は『諸汗の源の宝の史綱』）を編輯した。その史書に於て、恰《あたか》もアボルガジイ氏が成吉思汗を「耶蘇《ヤソ》（キリスト教）高僧の末裔である」と記した如く、成吉思汗を「印度チベタン王家の血統である」と記している。ホオルズ氏はこれを評して「全くラマ人が流布した妄想である」と述べており、尤《もっと》もなる事と頷《うなず》き得る。されば、蒙古人が自国の事跡を記した書なりと雖も、サナン氏の著書を信ずるような愚者はおらぬであろう。且つ、ジボン氏の言によれば、人は戦争に勝ち名誉を得るに従い、自ずから高慢心を生じ、豪傑の事跡に関して嘘談を作るが、その嘘談たるや、時を経るに従い愈々面白く変じて、遂に輿情《よじょう》（衆多の心情）を高慢ならしめる例は到る処に認められ、殊に上古未開の世に於て最も甚だしく、これこそ驚くべき小説が往々世に顕出する所以である。かの今代の欧洲人が甚だ尊敬する所の書籍の中にも、尚この事を記載している。果して然らば、蒙古人が高慢心から自ずと豪傑の事に関して嘘談を作り、以て自ら楽しまぬという理《ことわり》があろうか。また小説の中に実説ありと雖も、時を経るに従い容貌を変じ自ら形質を失うに至らぬという理があろうか。

余は今、成吉思汗は乃《すなわ》ち義経なる事を証明するに際し、最も細密なる地点に差しかかっている。甲乙両人が同一人たる事を証明せんと欲すれば、第一に両人の年齢及び時代に注意せざるを得ない。而して、この点に就いて、義経と成吉思汗の如く、年齢が正しく相一致する例は、決して他に無いのである。余が曩《さき》に記載した如く、成吉思汗の年齢は、各記者みな記す所を異にしている。支那人曰く「成吉思汗は一二二七年に死す。時に六十六歳」。ペチスデラクロキス氏曰く「一二二六年に死す。七十三歳」。アボルガジイ氏曰く「一二二六年に死す六十五歳」。その記す所はかくの如く相違するものの、成吉思汗の没年は、その齢六十五より七十三の間であろう。また眼を転じて義経を見よ。義経は一一五九年には尚幼稚《ようち》にして慈母の懐に在ったがゆえに、一二二七年まで生存したならば、成吉思汗の推定没年たる六十五より七十三の中間、乃ち六十七八歳であろう。年齢が正しく相一致すると、前に余が述べたのはこの為である。また成吉思汗が克烈《ケルイト》部落と戦うて大勝利を得たのは一二〇三年である。義経が日本を遁走したのは一一八九年である。これに由って観れば、前後十四年の差がある。この程度の差であれば、両人の年月に就いて彼是《かれこれ》相符合する事を指示するに充分であろう。勿論、義経が日本より蒙古に至るには多少の年月を費やせざるを得ず、また成吉思汗も克烈《ケイルト》大勝以前に多少の経歴を有せざるを得ず、もし両人が同一人ならば、十四年の歳月は両人を結合させるに充分なる間隙《かんげき》経歴であろう。ゆえに吾人は、年月の方から見ても全く不都合無しと決定し得るであろう。

然し、余は、成吉思汗の事跡に関して、各歴史家の記事を全く顧みぬものではない。一方よりはその誤謬を論評し、他方よりは余の趣意に光輝を与えんと欲するものである。然し余は、勿論、前記各記者の評論及び論説に偏頗《へんぱ》左袒《さたん》するような事は決してないであろう。

第四章

余は、成吉思汗少壮時の口碑を穿索し且《か》つこれを論評するに先立ち、支那国の口碑を記載せんと欲する。これは余の見解を益々確乎たらしめるに足るであろう。然《しか》し、余はここにまず『セピユ』（後に中国雑史と記すも不明）を読む機会を得なかった事を一言せざるを得ない。この書籍中に「成吉思汗は乃ち義経なり」との明記があると、グリヒス氏の著書の中に見えている。これは真に明証ではあるまいか。況《いわ》んや、支那の歴史は、正史よりも寧《むし》ろ雑史の中に信実にして知られざる数多《あまた》の事跡を記載するに於てをや。何故ならば、雑史は正史と比較すれば、国人の無益事《むだごと》を記載する事が少ないからである。ゆえに、余はこの書を得んと欲して大英国書籍館に到り、遂に発見する事を得たが、破損参差《しんさ》して残る所甚《はなは》だ少なく、目的を達し得なかったのは悲嘆の至りである。もしこの書をして完全ならしむれば、数多の愉快なる事実を発見し得た事は疑いを容れぬのである。何故ならば、この書は有名なる趙翼氏が『元史』を精密に論評し、またその他の記者が要用なる事柄を記載したものだからである。

また趙翼氏が「元史評論」（『二十二史箚記』中）に於て、『元史』は期日迫促の編輯にして舛漏《せんろう》多き事を非難した後に記して曰《いわ》く、「孟珙《モウキョウ》（南宋末期の名将軍）の『蒙韃備録』（長く孟珙の著とされてきたが、清朝末の学者王国維《オウコクイ》によって趙珙の著と訂正された）によれば、曾《かつ》て蒙古《モウコ》斯《ス》国（『旧唐書』『新唐書』に蒙兀《モウコツ》・蒙瓦《モウガ》とある。粛慎系室韋《シツイ》部族の一）があり、北辺に雄たりしと雖《いえど》も、その後絶えて衰滅した。成吉思汗は事を挙げるに当り、蒙古斯の雄国たるを慕い、乃ちその国を大蒙古と称した。これが蒙古の名の原由である。然るに、『元史』の中にはこれを載せておらぬ」云々。趙翼氏が斯《か》様《よう》に記載したのは、成吉思汗と先の蒙古斯汗《カン》とが決して血裔の連絡するものにあらずと信じた為であろう。且つ孟珙が吾人の趣意に関して、最良の記者たる事は疑うべくもない。何故ならば、孟珙は、宋と蒙古の両国が同盟して金国を打破した時、宋軍の総督として蒙古諸将と音信を通じていたに違いないからである。しかのみならず、また両国の同盟が破解した時、国境にて大いに蒙古軍を苦しめ、自国宋を防禦した有力の人である。ゆえに、余はひとたび件の『蒙韃備録』を読み、成吉思汗の才幹に就いて左の語を見いだした。曰く「成吉思汗は驍勇果決にして大度量あり、殊に民を愛し、天地を敬し、約を守るに信を以てする」云々。

また曰く「蒙古に曾て蒙古斯国あり、その前に紇族あり、その左右に沙沱等の諸部落あり、共に金国と戦い大敗し、金帛《きんぱく》（黄金と布帛）の賄賂を与えて終《つい》に和睦を請うた。今の蒙古人は甚だ質樸（素朴）にて法典も有たぬ。余は屢々《しばしば》先の蒙古斯を穿索したが、聞く所によれば、全く衰滅したという。これは、北国地方が常に盛衰定まりなきためである。再言すれば、或る国は数千里の属地を持ち、また或る国は数百里の領地を有するも、盛衰興亡常無く、時と共に変移するためである。成吉思汗が初めて興った時、蒙古には文字が無かった。ゆえに、教令を発する時も使を遣る時も、みな割符《わりふ》を用いた。その後、金の遁走者の中より求めて蒙古韃靼《ダッタン》の臣僚となる者が現れ、初めて支那文字を教授し、この時以来、金国との通信にその文字を用いた。ここに於て、先の蒙古斯の雄国たるを慕い、成吉思汗はその国を大蒙古と名づけた。余は、副王マクリイ（成吉思汗麾下四傑の一たるムハリ。都統司計議官の職にあった趙珙は当時燕京に駐留中のムハリの許に南宋の使者として赴いた）に接する事を得たが、マクリイは『余は韃靼人なり』と言うを常とした。また議政官及び軍将などは蒙古とは何の名たるかを知らず、また自国の名を知らず、ただ『余は韃靼人なり』とのみ言うを常としていた」云々。

孟珙は、成吉思汗を外国人とはしておらぬものの、「卑賤の家に生まれ、幼少時は金国に捕われ苦役に服すること十余年、終に脱帰する。ここに於て、戦争の好結果を得て、乃ち帝位に昇った」云々と記載している。成吉思汗と時を同じうした孟珙が、当時の事として記した件の記事は、成吉思汗の産まれ及び身分が蒙古の貴人ならざる事を証明している。この記事は、成吉思汗がその旗下に人を手懐けんため政略上より自ら蒙古人と称した事、その出所、外国人なる事などの証左にはならぬが、大業を建てた蒙古に初めから居住しておらぬ事を示すには充分であろう。

また『元史』によれば、成吉思汗が克烈《ケルイト》の部酋翁汗《オウカン》と軍を合せて乃蛮《ナイマン》（タタールやケレイトと並ぶ有力部族。トルコ系）軍を攻伐した時、隣部族の酋長札木合《サマカ》（モンゴル系モンゴル部ジャラダン氏族の長ジャムハ）は成吉思汗の宿敵なるを以て、軍を率いて乃蛮を援けた。然し、乃蛮軍の敗北を見るや、乃ち間諜の語を送って成吉思汗と翁汗の交義を離間せんと企てた。その語に曰く、「君（翁汗）にとり、吾は白《はく》翎雀《れいじゃく》（留鳥）なり。他人（成吉思汗）は鴻鴈《こうがん》（『元朝秘史』は告天雀すなわち雁とする）なり」云々。これは、「鴻鴈は時来《きた》れば来り、時去れば去る。然るに、白翎雀は時の良否に関わらず常にこの地に在る。即ち永久の好朋なり」との意である。翁汗は既に成吉思汗を疑っていた。今また、この譬喩《ひゆ》に感じ、遂に己が部衆を率いて去った。これ乃ち、その翌年〔一二〇二年〕、成吉思汗と翁汗の間に起った戦争の原因であるとする。この戦争は成吉思汗の運命に好進路を与えた。この事を記載した『元史』の編者は、もちろん博識の人ではない。ゆえに、吾人は注意せざるを得ぬ。成吉思汗と翁汗はもとより故友であり、常に軍を合せて相互に応援してきた。然るに、札木合は乃蛮を援けた人である。ゆえに、成吉思汗の宿敵なるのみならず、また翁汗の宿敵でもあった。そもそも成吉思汗と翁汗の如き故友の交わりを離間せんと欲する事は容易なる業ではない。然るに札木合は、他に離間の挑発方法無きにあらずと雖も、この単純なる譬喩を以て、両雄の交わりをたやすく離間させる事を得た。この譬喩を吟味すれば、「鴻鴈は土着のものにあらず、ゆえに一時は朋友となると雖も、到底その心を保つこと能わず。これに反して、白翎雀は一時不親切なりと雖も、故友にしてまた永久の味方なり」との意を含んでいる。この譬喩中に成吉思汗の外国人たる事を含有せずとすれば、吾人はその意を解する事が出来ぬ。仮に、成吉思汗を札木合の如く克烈部落の隣人であると想像せよ。されば、則ち成吉思汗はその宿敵札木合よりは寧ろ翁汗に対して白翎雀に中《あた》るとすべきである。然るに、札木合は何故かくの如き不適当なる譬喩を為すか、恐らくは成吉思汗は克烈部落の隣人ではないのである。

曩《さき》に記載した（第二章）かの難船者の事に就いて、愉快なる点がある。殊にこれまで記載せぬと雖も、今はこれを記すに適当なる場所と考える。かの難船者が帰るに臨んで、清朝の創始者たる韃靼主が書を日本政府に贈った。その書中に曰く、「朕《ちん》、これ源義経の裔《すえ》なり。故に日本と親しく相結ばんと欲す」云々。書類数通を添えて証にしたと云う。殆どこの時、明の勇将鄭芝《テイシ》龍（国性爺《コクセンヤ》こと鄭成功の父）が韃靼軍（女真部族の建国した後金《コウキン》。所謂タタール＝韃靼部族とは別部族）と激戦中にて、援助を日本に求めていた。清祖韃靼の主（ヌルハチ汗）はこれを聞き、また使者を日本に送って援を請うた。然るに、日本国は当時（十七世紀初頭）漸《ようや》く平和を得たりと雖も、長乱及び外国遠征（文禄の役）の余痍《よい》が未だ全く痊《い》えず、よってその平和を維持せんと欲し、外国に関渉する事を好まず、ゆえに清祖の乞いを許さず、親書及び他の書類は共に礼を厚うして返附し、鄭芝龍の請をもまた拒んだという。我が幕府は不平党の心を刺激させる事を恐れて、この事を深く秘した。然し、自ずと公衆の耳に漏れ、今は国人中に普《あまね》く流伝している。

清祖が書を贈った事は何の書中に載るか、これを知らずと雖も、鄭芝龍の請《こい》に関して幕府が催した会議の事は、余も曾て『常山奇談』（湯浅常山著、元文四年序）の中にて読んだ。清祖が真に義経の裔なるか否かは、余の趣意に関係無しと雖も、当時の事情を熟察すれば、清祖韃靼主が日本の援助を求めたのは事実であろう。何故ならば、この時日本の武力は最も強盛を極めていたからである。乃ち日本国内に群雄割拠して長乱紛騒の時、我が国人の勇気は前日に百倍し、就中《なかんずく》勇敢なる人々は日本国を去って支那の東海岸に至り、数多の不平党・革命党を旗下に手懐け、本陣を置いて支那帝国を威脅させた。支那の歴史に於ては、これを「日本来攻之戦」と記載している。然るに、一方では最卑賤の兵卒より起った豊臣太閤が日本国内の群雄を全て征服した。太閤は大望を抱き、支那を征服せんと欲し、まず朝鮮を伐ってこれを従えた。この遠征軍は、太閤の死によって変革を来し、終に六年の後に至って召還された。日本脱徒の侵入及び太閤の遠征により、明朝は数多の人命を失い、数百万の金銀を費やした。この二者は真に明朝滅亡の大原因である。この機に乗じ、清祖韃靼主は明朝を亡ぼし、これに代った。かの琉球島もまた、当時我が軍の再度征服する所となった。斯様に到る所に大妨害を加えた為、兵士が帰国した後も、なお東亜細亜《アジア》全海岸の恐怖する所となり、自然と日本国の向背（様子）を以て、各々自国の安否を卜《ぼく》するに至った。ゆえに、韃靼人は支那を攻撃するに当り、同盟もしくは友邦として相親しまん事を求めたとしても不思議ではない。然し、曩に記載した如く、系図の穿索は余の趣意にあらず、またこれを明記した証左を得る事が叶《かな》わずば、決して判定すべきではない。

然るに、余の友人釈南條君が釈峻諦氏の著述に成る『真《しん》宗《しゅう》名目図』一巻をオクスホルド（オックスフォード）より余に恵贈せられた。その中に抜萃あり、曰く「明和三年（一七六六年）五月、『図書集成』九千九百九十六巻、新たに渡来す。清の蔣天錫《ショウテンシャク》（正しくは蔣廷錫）、勅を奉じて之を挟定す。その中に『輯勘録』三十巻あり、第三十の序文に云ふ、『乾隆《ケンリュウ》帝述ぶ（『図書集成』の序は雍正帝にて、以下の文は無く、『輯勘録』三十巻なるものも無しという）、吾は源義経の裔なり、その先（祖先）を清和と云ふ、姓は源なり。故に我が国を清と号す』。此事、伊藤才蔵の記に出づ」云々。ここに名の見える才蔵は、伊藤仁斎（十七世紀の儒学者、門弟三千という）の五人息子中の一人にて、一六〇〇年代終りの人である。仁斎は、長男の東涯善蔵、荻生徂徠《おぎゅうそらい》（十七〜八世紀の儒学者）と共に、日本に於ける支那古学者の三大家である。もし人あって、「日本国中に如何なる大家ありしや」と問わば、必ずこの三人の名を以て答える。恰も英人が同様の問を受けた時、ヒュム（デイヴィッド・ヒューム。十八世紀英国の哲学者・歴史家）、ジボン（ギボン）、ロペルトソン（ウィリアム・ロバートソン。十八世紀の歴史家、エディンバラ大学総長）の名を挙げて答えるのと同様の事である。善蔵には弟が四人あり、才蔵は末弟である。この兄弟は皆有名にして、各々諸国（諸藩）に仕えて儒官となった。然るに、長兄の善蔵は独り京都に留まり、父の学塾（古義堂）を相続した。この兄弟は、その名の尾《おわ》りにみな蔵の字を有し、それゆえに伊藤五蔵の名を得ている。長兄善蔵に次いで名声を博した才蔵の事はかくの如くである。されば、則ちその記載を信拠すべきものとしても何の不可なる事があろうか。かの才蔵の抜萃に従えば、清の乾隆帝は自ら「日本義経の裔なり」と述べたと考え得る。

　これに由って視れば、難船者の話は恐らく事実であろう。曩の抜萃は義経が日本人なる事を明記せぬものの、勿論この義経が日本人たる事は疑うべくもない。清帝曰く「吾は源義経の裔なり」云々。源の姓は、清和帝の孫の満仲《みつなか》（清和帝の孫は六孫王経基《ろくそんのうつねもと》で、満仲は曾孫）が賜わり、義経はその裔である。ゆえに、その一族を清和源氏と称する。清帝また曰く「我が先は清和なり」云々。系図の相連絡する事はかくの如くであり、誰かまたこの明証を疑う者があろうか。まして、かくの如き氏名が元来韃靼には無き事を見れば益々明瞭であろう。

　清帝曰く「我が姓は源なり、故に国を清と称す」云々。この事を簡短に説明する。源は水原の意を含み、清は清浄の意を含む。ゆえに清と号したのであろう。然し、義経の遠祖たる清和帝の名より清の字を分離し、国を清と号したと云う事も、また理無しとしない。この事を述べた清の乾隆帝は東方諸国に於ける数百年来の名君であるとは、近世の学者の評する所である。また支那文学も、この帝の世及びその祖先の世に於て大いに隆盛の域に進んだ。その祖先は自身が学者であったのみならず、また国人の文学を大いに奨励した。乾隆帝の如き名君は、勿論明証が無ければ、かくの如き事を決して述べぬであろう。また日本の歴史を読んで初めて悟る所があり、而して後に述べた訣でもあるまい。果して然らば、韃靼に義経なる人が存在した事は必然であり、またその実録が後世に伝わった事を知るべきである。支那現朝（清朝十一代光緒《コウチョ》帝）の親族が尚この事を述べたか否か、吾人はこれを知る事を得ず、また歴史（史書）を以てこれを証明する事も出来ぬ。何故ならば、支那には旧慣があり、現朝の記録は、その親族が出版せぬのみならず、また他人にも出版を許可せぬからである。然し、現朝の起原を記載した書籍が必ずしも無いとは断言すべきではない。実に一書あり、初めは披見を厳禁したりと雖も、私《ひそか》に手写する者があり、遂に普《あまね》く流布するに至った。ここに於て、政府は数多の章句を削り、今日見る容貌と為し、その流通を許した。

　この書中の清朝出所（出自）の記事が嘘談なる事は、成吉思汗の祖先の記事と選ぶ所がない。ゆえに歴史上の価値を有せぬものである。また余は、清朝の祖先と金朝の祖先が血統を同じうすると主張する者がある事を知っている。然し、曾て支那に駐在した英国全権公使フランシス・ダビス氏の著述に成る『支那帝国総録』に曰く、「成吉思汗の孫忽必烈《フビライ》の子孫が明朝の為に放逐され、東韃靼に隠れ、土人と婚し、乃ち満洲諸公子を儲けた。これ天命を受けて明朝を亡ぼした人である。清帝を忽必烈の裔とするのは乃ちこの為である」云々。もし、この記事が果して事実ならば、成吉思汗は清朝の遠祖という事になる。されば、乾隆皇帝が自らの祖先であるとした源義経とは何人であろうか、乃ち源義経と成吉思汗は同一人であると言うに他ならぬのである。余は、全く他の問題に属する系図の穿索をする者にあらず、また清帝が真に義経の裔なるか否かを穿索する者でもない。然し、韃靼に義経なる人が存在した事は全く争うべくもなき事実である。これは支那文学が余輩の趣意に与えた所の光輝である。

　義経が亜細亜大陸に渡り事を挙げた時の事情、及びその成功、或いはその一族がみな精神勇敢にして名声を万世に轟《とどろ》かした事情等は次章に譲り、余は直ちに成吉思汗の祖先の事跡を精索する。曩に記載した如く、これらは針事を棒大に鼓張した嘘談ゆえ、もとより信じ得ぬ事ながら、また全く棄却すべからざる事跡や事情を発見する事もあろう。

　アボルガジイ氏等曰く、「成吉思汗の姓はキャトである。その祖先キャンより取った」云々。また曰く「キャンは蒙語にて岩石を直下する飛泉《たき》の意である。キャトはその複数を示す。成吉思汗の祖先はキャンの綽号《しゃくごう》を得ていた。故に子孫は姓をキャトと称した」云々。さりながら支那の書籍に「奇渥温《キャン》」と記載している。余が思うに、或る記者（記録者・著述家）が姓氏に単数は不適当と考え、キャンを改めて複数のキャトを用いたものであろう。これは、義経の姓たる「源《ゲン》」と音・意ともに相似している。「キャン」は「ギャン」から、その「ギャン」は「ゲン」乃ち「源」から変じたのではあるまいか。斯様な変化は屢々見る所である。況《いわ》んや、蒙古人は言語の音が清濁混淆し殆ど相分別する事を得ぬに於てをや。例を挙げれば、キリンとジリン、ケルイトとゲルイト、コオカンとゴオカン、エゾカイとエゾガイ等がある。ゆえに、恐らくは「ケン」乃ち「源・ギヤン・キヤン〔奇渥温〕」は容易に変化したと想像される。支那人もまたケとキを相分別する事を得ぬものの如くにて、「ゲン」即ち「源」を読んで「キヤン」乃ち「奇渥温」とするのは事実である。また、これを弁別し得るとしても、近世の支那語にはゲの音が無い。ゲの音を用うべき所、常にキの音を用いるゆえ、ゲの正音が出ぬ事は必然である。ゆえに支那人が「ゲン」乃ち「源」を「キヤン」乃ち「奇渥温」とする事も、余の議論に影響を与えぬのである。或いは曰く、「キヤンは元来蒙語にて滝の意なり」云々。この言、或いは然《さ》もあらん。果してされば、著しき符合と申すべきである。然し、蒙古語とのみ断定ずべきではない。何故ならば、「キヤンは蒙古語にて鍛冶《かじ》の意なり」と記載するペチスデラクロキス氏の如き人が在るからである。

また、アボルガジイ氏は、この姓の起りを記して曰く、「韃靼汗（汗＝ハンは首長）と蒙古汗の二族は不断に戦争を為し、終に蒙古汗が全く敗北を喫し、その身はもとより親族もみな戦死し、ただ季子キヤンと一人の甥のみが逃れる事を得た。この二人は共に不知の地に到り、キヤンは豪力の人なるを以て、遂にその名を得て成吉思汗一族の遠祖と称されるに至った」云々。

まず余輩が感動する所は、この記事が、源氏敗北の時に義経の父及び諸兄がみな敗死した中に義経と二三の諸兄のみ逃れ得た譚《はなし》に類似している点である。アボルガジイ氏また曰く、「キヤン及び他一名の子孫が新国中に大いに繁栄し、星霜を経ること四百年の後、故国蒙古に帰らんと欲すれども帰路を得ること能わず、ここに於て、竹木石炭を積んで火を点じ、鉄鉱山を溶解し、蒙古に突入して降伏を促した。この時、韃靼人は不意の来撃に驚き、俄《にわか》に兵を集めてこれを迎撃すると雖も、終に支える事を得なかった。韃靼軍は全敗し、一旦韃靼人に押領された蒙古国は再びキヤン親族の領有に復した」云々。

また、欧洲の諸記者はこれを評して曰く、「キヤン親族が本国に於て長きに亙《わた》り絶滅していた事、二人の少数からかくの如き多人数に増加した事、また数多の時代を経過した後に不意に故国に突撃した事など、実に信じられぬ事である」云々。さりながら余は、この論評があるにも関わらず、アボルガジイ氏の紹介に係る昔話の中に事実が隠されている事を記載せんと欲する。余は再言する。譬え蒙古人がキヤン一族を自国の同族なりと主張すると雖も、四百年に亙る不在を承知していた事は、この事実によって吾人の了知する所である。これが「成吉思汗の親族は外国より来った」と主張する説に勢力を与えること、実に尠少ならざるものがある。

これ以後、成吉思汗十一代の祖たる阿蘭果火（アラン・ゴア。女性）に至る期間は記する所が無い。阿蘭果火は骨肉の兄弟（ドワ・ソゴル、ドブン・メルゲン。アラン・ゴアに求婚したのは弟のドブン・メルゲン）に嫁し、二人の男子を生み、その後に寡居した。然るに、その後も妊娠に及んだ為、族人朋友は彼女の貞節を疑うた。ペチスデラクロキス氏はこの事に就き記して曰く、「阿蘭果火は終にこの為に訴えられ、直ちにその罪に服すと雖も、なお妊娠した状を陳述し注意を請うて曰く『白光が腹を照らすこと三回、終に妊娠致しました。これは実《まこと》に怪事でございます』云々。判官（裁判官）はこれを聞き、許して産ましめた。産むに及んで、果して三子を判官の前に伴い、終に免れる事を得た」云々。而して、成吉思汗十世の祖たる孛端叉児《ボドンジャル》（ボドンチャル）は乃ちその季子である。また、この三子の子孫をヌーランエンと称し、後に訛ってニロンとなる。ニロンは蒙古語にて日子《ひのこ》の意である。ゆえに、或る記者は成吉思汗を日子であると云うに至った。乃ちペチスデラクロキス氏は「成吉思汗は日子なり」と記し、附言して曰く、「実《まこと》に蒙古人はこれを不可犯の不思議と為し、深く信じて疑わぬのである」云々。また曰く「各帝国及び有名なる親族は、皆その起りに就いて嘘談・怪事を有している。故にまた蒙古人も、その歴史を純樸たらしめんよりは寧ろ嘘談を以て華々しく装飾したのであろう」云々。前記の如き話は、蒙古人は信ずるとしても、決して他に信ずる人は無いであろう。余が思うに、これは恐らく曩に記載する所の常盤《ときわ》が三子と共に平氏に投じて清盛の糾問を受けた譚の変化したものであろう。果してこれを変化譚と捉えても、また全く驚くに足らぬのである。かの所謂「ヌーランエン」は、キャンの如く音意共にやや「日本人」に類似し、また「ニロン」は「日本」に類似する。これは甚だ奇と申すべきである。

これ以後、成吉思汗の父也速該《エゾガイ》（エスゲイ・バアトル）に至るまでの間は殆ど記事が無い。戦争を企図して隣種族を征服した事など全て成吉思汗の事業と伝える。然し、余はこれを信ずる事が出来ぬ。何故ならば、支那及び欧羅巴に於て、尚この説に反対する者が存在するからである。余は既に、成吉思汗と時を同じうした支那人孟珙（正しくは趙珙）の事を記載した。珙曰く、「成吉思汗は高貴の産にあらず」云々。またペチスデラクロキス、ホオルズの両氏曰く、「成吉思汗は鍛冶の子であり自身もまたその職に就いたと云う者があるが、余はこれを信ぜぬ」云々。これに由って観れば、両氏は信ぜぬとしても、この説が存在した事は疑うべくもないのである。ゆえに余は、まず成吉思汗の父也速該の事を信ぜぬ。余が思うに、也速該の事は成吉思汗が蝦夷海《えぞかい》より来ったとする譚の変化したものであろう。也速該は支那音ではエゾガイとする。されば、即ち「也速該」は「蝦夷海」の代名辞でもあろうか。また蝦夷海の「海」の字は、日本・支那共に往々地名の語尾に使用する。乃ち以前はかの蝦夷を漠然と蝦夷海と称していたが、現政府がこれを北海道と改めた。ゆえに「成吉思汗の父の名は也速該」と伝えるのは、成吉思汗が蝦夷海より来ったとする譚の訛伝であろう。地名が人名に、人名が地名に変ずるが如きは屡々見る所であり、各国の古史の中にもその例証は乏しくない。デオゾン氏（『モンゴル帝国史』の著者ドーソンを指すか）曰く、「也速該は元来蒙古語にて第九の意である」云々。然し、成吉思汗の父が何故この数字の名を用いたのか、余輩の知り得ぬ所である。果して也速該が蒙古語にて第九の意であるとしても、成吉思汗の父がこの名を用いた事の解釈を得なければ、余はデオゾン氏の説を以て、直ちに「也速該は人名である。也速該は蒙古人である」と断定する事は出来ぬ。「成吉思汗は鍛冶の子であり、自身もまた鍛冶であった」とする説は、義経が鉄売《かねうり》吉次と共に鞍馬山より奥州に落ち延びた事の訛伝であろう。義経のこの行は、後に功業を為す事の発途であった。

事実をして混雑せしめた事情は左の如くである。成吉思汗が果して義経であるとすれば、蒙古に入った時、何処《どこ》から来ったかを明言せず、ただ疑わしき来路を語り、「己らは元来蒙古人であるが、長き歳月に亙って他国に在り、帰心を催すに及んで、終に本国に帰来したものである」と宣言し、日本人を形取って自ら日子《ひのこ》と称したと推察される。この権謀は、勇傑が未開国に赴いた時、土人を畏服せしめる為に往々用いる所である。かのコロンブス氏が曾て亜米《アメ》利加《リカ》に至った時、自ら神の使と称し、大いに土人を手懐けたが、蓋《けだ》し義経は蒙古土人を服従せしめた後に従者と共に己が親族の盛衰及び少壮時の運命を語ったのであろう。また蒙古土人の中にこれを立ち聞きするが者あり、変じて小説となってその実《じつ》を失い、人々が軽信するに従い針事を棒大に造り替え、愈々逸脱変貌し、終に数百年の長歳月を弥《び》縫《ほう》するが如き長譚となった。殊に奇を好む僧侶及び記者らが、この長譚に数多の奇異なる人名を附加し、例えば甲は「成吉思汗はノア及びアブラハムの裔である」と云い、乙は「チベット王家の血裔である」と記した。かの蒙古官庫中の秘書（『アルタン・デプテル』）を読んだという波斯《ペルシャ》の記者ラスチイド氏（ラシード・アッディーン。一二四七～一三一八。モンゴル支配下のイル・ハン国宰相。著書『集史』は名高い）は、「古きトルコ朝の血裔である」と唱えた。

「蒙古人は毎年祝祭を執行し、大燎（大なる篝火）を設けて鉄片《てっぺん》を焼き、熱した所を汗（君長）がまずこれを打ち、次に酋長顕官以下人民が順次これを打つ」とは、アボルガジイ氏の記載する所である。またペチスデラクロキス氏も記して曰く、「蒙古の各酋長は元旦に祝祭を行い、工場を建築し、鞴《ふいご》を備えて大火を設け、鉄片を熱してこれを打ち、後に拝をなし、この祝祭を了える」云々。然し、両氏共にその起原の記載は甚だ不充分である。アボルガジイ氏曰く、「これは鉄鉱山を鎔解して蒙古に突入した紀念である」云々。然し、かくの如き不道理なる事を信ずる人は、恐らくは無いであろう。ペチスデラクロキス氏曰く、「成吉思汗の姓奇渥温《キヤン》は鍛冶の意である。その起原を尋ねれば、蒙古辺隅に一部落があり、その酋長が曽て山上に鉄工場を設けて大いに全蒙古人を利した。ここに於て、この部落の人は名声赫々《かくかく》として、全蒙古人に尊敬され、終にキャトの称を得た。成吉思汗の祖父は日子族《ひのこ》の中に在って他の諸汗と識別し易からん事を冀《ねが》い、この名を採って己が姓となしたにすぎぬ。成吉思汗の祖先は同盟によりこの部落の人と大いに親密であった。或る記者が、この事を誤り解して『成吉思汗の父は鍛冶であり、自身もまた鍛冶であった』と公言するに至った。これらの記者は、必ずやこの祝祭の理も成吉思汗の姓奇渥温の出処も知らず、ただ『成吉思汗は鍛冶たるゆえに天佑《てんゆう》を得て帝位に上り、而して斯様なる祝祭を設けた』と憶断したのであろう。これは、蒙古史を深く穿索せずに成吉思汗が賤人であると考え、帝位に昇った事を以てただ天佑にのみ帰した為である」云々。

然し、氏の論理は、氏が駁撃したる説より尚一層粗暴であり、また漠然たるものである。かくの如き両氏の説明を以て吾人は満足し得るか、否、満足し得ない。祝祭の起原に関する両氏の説明は甚だ不充分であると言わざるを得ない。而して、かの「成吉思汗は天佑を得て帝位に上り、以て祝祭を設け、その恩に報いた」とする説は、純粋にして反対し得ぬ歴史上の事実であろう。余が思うに、かの祝祭は、鞍馬山より奥州に義経を伴うた後に腹心の臣となる鉄《かね》売《うり》吉次の追祭として、成吉思汗がこれを設けたものではあるまいか。

さて、吉次が鍛冶であった事は疑うべくもない。何故ならば、当時鉄を製造しこれを販売する事は、今日の如く全く分離していた訣ではないからである。吉次に伴われた義経の奥州行は生存中の大事件であり、実に後の大事業の階梯であった。それゆえ、義経はこの事を忘却せず、事に触れて心に浮かべたに違いない。また、従者に少なからず心を用いるのは、義経の性質である。かの佐藤継信《つぐのぶ》が八島(屋島)にて戦死した時、義経は己が愛馬(大夫馬)に継信の屍を載せて寺院へ送り届けた。この馬は義経出陣の折、奥州の国主秀衡より贈られ(贈り主は後白河法皇)、宇治川及び一の谷の戦争に危難を犯して死生を共にした良馬である。また、再び奥州に入った時、戦死した従者たちの追祭として大法会《だいほうえ》を執行した。義経が従者に心を用いた事はかくの如くである。ゆえに、義経が蒙古に入った後、吉次の紀念としてまた大祭を執行した事は疑うべくもなき事実であろう。これに由って考えれば、アボルガジイ、ペチスデラクロキスの両氏の記載及びその他の理解し難き記事は尽く明瞭に氷解し得るであろう。しかのみならず、「鍛冶の子」云々の説もまた殆ど義経の事跡と近似する事を知る。されば則ち、これら皮相の反対説も、「義経は乃ち成吉思汗である」との説を採れば、双方が相一致するに至るであろう。

さて、以上に記載したものの如きは、成吉思汗の出所及び祖先の歴史に就いての余の見解である。然し余は、成吉思汗以前の蒙古諸汗の記事が全く偽りであるとは断言せぬであろう。もとより蒙古には世襲の汗が存在し、その汗に関する記事甚だ疑わしきと雖も、また事実をも含むであろう。然し、これを以て成吉思汗を蒙古の王統と判定すべきではない。何故ならば、所謂世襲の事は、余が曩《さき》に抜萃した如く、殆ど基礎を有さぬからである。而して、蒙古王統の諸伝説が源氏の事跡と相類似する事こそ実に不思議の符合と申すべきであろう。既に成吉思汗の出所及び祖先に就いては充分に余の意見を吐露したので、これより更にその伝に進む。

第五章

吾人はこれより成吉思汗の伝を精索する。既に屢々《しばしば》記載した如く、成吉思汗の出所に関して吾人に伝わるものは、みな矛盾衝突し一つとして信ずべきものは無いのである。甲曰く「成吉思汗は高貴の産である」云々、乙曰く「鍛冶の子であり、自身もまた鍛冶であった」云々、丙はまた説を異にして曰く「成吉思汗はもと賤人である。大業を興し名を垂れた事は唯非凡なる功徳に基づく」云々。而《しか》して、この諸説を論評した当の論評もまた種々の点に於て大いに齟齬を来《きた》している。然《しか》り而《しこ》うして、この諸説を比較すれば、互に相反駁して終《つい》に信ずべき残余を一つとして留《とど》めぬのである。斯様《かよう》に諸説が齟齬を来している為、成吉思汗の出所に就いて推論が五里霧中に彷徨《ほうこう》するのである。然し余は、この諸説の中に一つの実説がある事を発見した。それは、他でもない、「成吉思汗は外人であり、凡そ四十歳にして蒙古に顕れた。故に蒙古には彼の出所及び祖先を明知する者がおらぬ」云々、乃《すなわ》ちこの説である。古人は成吉思汗を「外統なり」とする。これが、この点に勢力を附与する事は実に尠少ならざるものがある。

然し、激戦を好まざる者は真の勇士ではない。故に、余は他の説を措き、最も賛成者の多い「成吉思汗は一公子なり」という説を論評するであろう。

かのアボルガジイ氏をはじめ各記者の曰く、「成吉思汗はもと一公子なり」云々。さりながら、各記者と雖《いえど》も、成吉思汗の父が衆親族を支配すること三四千より遙か以上に出でたとは、決して言うておらぬ。しかのみならず、かの成吉思汗を「一貴族の血裔なり」と記載する『元史』に於ても、所謂《いわゆる》蒙古《モウコ》斯《ス》貴族と血統の連絡ありとは決して記載しておらぬ。これに由って観れば、その出所に就いて、如何《いか》なる記載があろうとも、また件の記載は事実であると仮定しても、成吉思汗は小酋長の子にすぎぬであろう。されば、かの大業を遂げ不朽の名を垂れた事が殆《ほとん》ど門閥地位の関わる所にあらざるは、昭々乎《こ》として明らかである。ゆえに余は、成吉思汗の功業の成否を以て出所を蒙古に帰する事には、必ずしも首肯し得ぬのである。かの成吉思汗の父を見よ。その名は也速該である。也速該は支那音にて読めばエゾガイという。ゆえに余は、これは必ず成吉思汗が蝦夷海より来ったとする譚の変化したものならんと考える。

或いは曰く、「成吉思汗、十三四歳の時、その父死す」云々。これはただ成吉思汗が未だ四十の齢に達せぬ前に父が死んだという隠語にすぎぬであろう。また曰く、「その父也速該の死せる時、部衆の三分の二、叛して敵方（タイチウト氏）に属す」云々。されば、則ち父の死後、成吉思汗の幕下に留《とど》まった親族は一千にすぎぬのである。実に些少なる人数ではあるまいか。果して然らば、その驚くべき大功業を成就し得たのは、自身が蒙古の土人であった為か、この些少なる人数の助けによるものか、はたまたその身の地位が如何なる用を為したものか。もし、ただ才幹の具有が、門閥・地位・人数の如何《いかん》に関わらず、大業を成就し得る要因とすれば、天賦の才幹を有する外人が新住国にてかくの如き大業を為し得ぬという理があろうか。また「十三四歳の時、その父死す」云々に就いては、義経が蝦夷を去った後、その名を轟かすに至るまでの間に十三四年の間隙があり、乃ちその間隙を指示する話の訛伝であろう。これは、義経が日本を後にして恰《あたか》も十三四年を経た時、成吉思汗が初めて勝利を得た事に注目し、歳月の比較上から推定した事実であり、諸々の歴史を閲すれば例証は乏しくないのである。

次に吾人は、或る記載の中に、成吉思汗が叛臣と交戦した事を見る。然し、アボルガジイ氏の言は左の如くで、曰く「成吉思汗は斯様に若年なりと雖も、叛臣と激戦を交した。然し、時に利無きを如何《いかん》ともし難く、齢殆ど四十歳に至るまで退居を余儀なくされた。四十歳の時、メルキイト（モンゴル系メルキト部）・韃靼等の同盟軍が来襲を企てている事を知り、乃ち蛮族十三、その数合せて三千人を以て隊を作り、軍器食糧を備え、敵の来攻を待ち、これと戦い、大勝利を得た。また、その翌年、克烈《ケルイト》の翁汗と戦い、全くこれに打ち勝ち、終にその国の王となった」云々。或いは曰く、「この二戦争に於て、成吉思汗は敵を殺すこと五六千、生擒《いけどり》もまた多かった。而して、七十の熱湯の桶の中に容赦なくこの巨魁《きょかい》を投じた」云々。『会話辞書』（イル・ハン国後期のペルシャ語資料『書記規範＝グストゥール・アル・キヤーテイブ』か）によれば、「これ乃ち亜細亜《アジア》が成吉思汗の権威に初めて恐怖した猛悪ぶりの例である」云々。勿論、この事は甚だ疑わしきのみならず、また事実に就き数多の疑うべきものがある。然し、各記者は皆この時を以て、成吉思汗が勝利を得た権輿と記している。而して、その後かくの如き猛悪なる所業が起らなかった事は、大いに驚愕する所である。ジボン氏曰く、「社会全般が粗暴かつ猛悪なる時、大いに威権を得る術《すべ》は、賞罰共に断行する事に在る」云々。然り而して、その人が戦地土着人にあらざれば、益々その断行に依頼せざるを得ぬのである。

アボルガジイ氏は、成吉思汗少壮時の事を一つとして記載せず、ただ曰く「成吉思汗は四十歳に至るまで止むを得ず退居していた」云々。この四十歳の齢は、紀元後一二〇二年である。またこの年は、義経が日本を遁走してから恰も十三四年の後に中《あた》る。また『元史』を再見すれば、成吉思汗の四十歳以前の事に就いて、簡短かつ不明瞭なる記載ありと雖も、年齢及び事跡に関して一つとして年月を記すものが無い。

　ペチスデラクロキス氏の記事は、世人の信を置かぬ所である。乃ち氏は、克烈《ケルイト》に対する勝利を以て成吉思汗の初戦となし、他の記者の著作に比せば記す所甚だ多しと雖《いえど》も、これは畢竟《ひつきよう》些少の事に拠り長歳月を弥縫《びほう》して成吉思汗少壮時の事跡となしたにすぎぬのである。成吉思汗が果して義経ならば、日本・支那の古史書冒頭の如き記事（所謂神話的伝承を指す）は、蒙古には決して存在せぬであろう。乃ち日本・支那の古史の中には、数人を以て太古の社会を形作り往々数百年の寿命を保った奇人が登場する。

　さて、ペチスデラクロキス氏の言を略説すれば左の如くである。「成吉思汗は父の死せる時、叛臣と戦うて好結果を得た。さりながら、終《つい》に運命は敵に帰し、戦いに敗れて屢々生擒《いけど》られたが、常に機を得て逃走した。その翌年、乃ち成吉思汗十五歳の時、自ら軍を率いて遠征した。敵（モンゴル系メルキト部）はその虚を襲い、前年に娶《めと》った成吉思汗の妻バタアコオジン（メルキト族に奪われた最初の妻ボルテを指すか）を奪い去った。コオジンは虜囚として過す間に一子を産み、その後、克烈の翁汗が彼女を成吉思汗の許に送り返した。翁汗は曾《かつ》て掠奪人よりこの細君を受け取った人である」云々。この細君の事は、吾人も注意せざるを得ない。デオゾン氏等は、その名をコオジンと記さず、フジンと記載している。且つ曰く、「フジンは支那貴女の尊称であり、この細君は成吉思汗の数多の妻妾中最上の地位を占めた」云々。さて、吾人は支那歴史を吟味して支那文字中にフジンの音を見いだし得たが、貴女尊称の意を有せず、されば即ちこれを支那語と言うべきではない。成吉思汗が果して義経であり、この尊称が成吉思汗自ら名附けたものとすれば、その出所の疑問も容易に氷解し得るであろう。何故ならば、フジン〔夫人〕は、日本に於ては往々貴女の名称に用いるからである。ゆえに余は、この名称を採った先は支那ではなく日本であると断定する。また、この婚姻が果して事実ならば、余りにも年少にすぎはせぬか。然し、成吉思汗をして義経なりとするならば、これらの議論は大いに理解し易くなるであろう。

　ペチスデラクロキス氏また曰く、「成吉思汗は、父の死後七八年に亙って戦争を維持したものの、衆寡敵せず、敵の大軍に圧倒され、終にタンジョイト軍（タングートか。然し、ここはタイチウトとすべきであろう。タイチウトは成吉思汗が属したボルジギン氏の別系。因みにタングートは西夏を興したチベット・ビルマ系の部族）の手に捕えられた。然し、再び幸運を得て、虜囚の身を脱し得た事は寔《まこと》に幸いであった。

然るに、成吉思汗は初めて敵に従属しつつ己が親族の居住地を確保せんと冀《ねが》うに至り、敵との和睦に勤めるも、その甲斐なく、終に難を克烈の翁汗の許に避けた」云々。余に言わせれば、これは全く信ぜられぬ事である。何故ならば、運命の良否に従い反服常なき蛮族の中に在って、七八年の長歳月の間、不断に戦争を続け、且つ一少年の身にて大将の職務を実行するなどという事は、最も出来得ぬ事だからである。

成吉思汗が屢々生捕られ屢々逃れた事もまた甚だ至難であるとは、余の断言する所である。屢々敵の掌中に落ち、また屢々逃れたとすれば、なぜ敵は鮮血を流し多力を要する戦争の大原因たる最悪の敵成吉思汗を殺さなかったのか。また譬え殺さずとも、再び生擒《いけど》った時、なぜ厳しく番兵を附して防禦しなかったのか。もしまた、これらの事が果して事実ならば、成吉思汗が虜囚の間、その幕下の者が長歳月に亙って心を変ずる事なく、勝ち誇った敵の侵入を指揮者も無きまま如何《いかが》して支え得たのであろうか。余が思うに、斯様の事は、文明人に於てもなお稀有であり、蛮族に於ては殆ど為し得ぬのではあるまいか。

またペチスデラクロキス氏の記載に復《かえ》る。曰く「成吉思汗は克烈の翁汗の許に至った時、賓客の扱いを受けた」云々。然し、アボルガジイ氏も『元史』も共にこれを記載せず、ただ余が曩《さき》に挙げたる支那人孟珙のみがこの事に就いて些《いささ》か触れているものの、事実・場所共に全く相違している。孟珙の言に曰く、「成吉思汗は、若年の時、金人（ツングース系の女真族）の為に捕えられ、十余年間その苦役に服した」云々。成吉思汗の事跡に就いて、各記者の記事はかくの如く矛盾衝突し、殆ど歴史上の価値を有せぬのである。然し余は、この相違を比較せず、ただペチスデラクロキス氏の言に係わる検討を継続する。

氏曰く、「成吉思汗が二十歳の時、難を克烈の翁汗の許に避け、遂に無限の権力を得て公子と称し、真の公子の上に立つに至り、遂にタンジョイト部落との戦争に際して総督の任を受け、神出鬼没熟練の進退を示して大いに勇気を顕し、翁汗への貢を怠った蒙古諸汗を感動せしめた。この時翁汗は、一つとして成吉思汗に謀らず、自ら事を企てる所が無かった。成吉思汗がその才幹を顕した事はかくの如くである。ゆえに恰も永く翁汗の眷顧《けんこ》を継続したかの如く見えると雖も、如何《いかん》せん成吉思汗は有徳の人ゆえ、曾て彼を放逐した故国の敵よりも尚一層危険なる敵を引き出すに至った。他でもない、翁汗の娘が成吉思汗の勇気を愛して恋慕するに至り、札木合《サマカ》の熱望する婚姻を拒絶した。翁汗も遂に娘を成吉思汗に与え、婚儀装飾の盛んなる事は恰も翁汗自身の婚儀の如くであった。ここに於て、札木合は軽蔑され嫌忌され、恋心・名誉共に害され傷つけられ、これを忍ぶこと能《あた》わず、即ち第一に成吉思汗に、第二に翁汗に復讐せんと決心した」云々。これが果して事実ならば、成吉思汗の事跡の中でも甚だ大切なる事ではあるまいか。然るに、アボルガジイ氏も『元史』もこれを記載せぬのみならず、後世の記者の全く信ぜぬ所である。

　これに反して、アボルガジイ氏の記事及び『元史』に曰く、「成吉思汗は権威を得た後、己が息子息女と翁汗の息子息女との間に互に婚姻を企つと雖も、一つとして成就を見なかった」云々。成吉思汗の事跡の内、斯様に大切なる事に関する各記者の相違は、実に笑うべきものであるのみならず、また益々成吉思汗少壮時の事跡に就いての記事が如何《いか》に誤謬に満ちているかを証明するものであろう。然し余は、またペチスデラクロキス氏の言に係わる検討を継続する。

　氏曰く、「恋の不成就に失望したる札木合は、たやすく国人を招集し、自ら好んで復讐軍に従事する悪漢一千を得た。さりながら、事を実行するに至るまでに幾多の歳月を費やした。乃ち成吉思汗が大いなる信用を有し且つ勲功あるがゆえに、札木合及び悪漢らは長くその悪謀を企て得なかったのである。而して、他に欠点無しとするも誹謗讒言《ざんげん》を取捨する精神を完備せぬ翁汗は、終に讒言に動かされたが、幸いなるかな、未だ充分讒言に冒されぬ前に、許多の大事が起った。曩に成吉思汗を亡ぼさんとしたメルキイト（メルキト部族。成吉思汗の妻ボルテを掠奪）の族長は謀事の成らぬ事を知り、成吉思汗の保護者翁汗との友義を破り、タンジョイト部落（タイチウト氏族とすべき所）と結合して兵を合せ、翁汗と成吉思汗を共に圧倒し、曽て無き大軍を有するに至った」云々。また曰く、「成吉思汗が翁汗の保護を求めて以来、この時に至るまで、殆ど七八年の歳月を経過した」云々。この長時限もまた余には信ぜられぬのである。第一に成吉思汗の如き性質強勇なる傑人が独立の事業を為さず、長歳月の間、空しく過したとは到底信ぜられぬのである。第二に成吉思汗が真に蒙古の公子であると仮定して、右の七八年の歳月に吾人が今から記載せんと欲する歳月を附加すれば殆ど二十年に達するが、その長き歳月を果して空費したのであろうか。アボルガジイ氏の記事及び『元史』にこの事が無いのは、最も怪しむべき事ではあるまいか。

　またペチスデラクロキス氏の記事の引用を継続する。曰く「翁汗と成吉思汗は敵の同盟した事を聞くや直ちに軍備を調え、成吉思汗は自ら請うて出陣し敵に備えた。翁汗はこれを許し、その軍の半ばを割与した。ここに於て、成吉思汗は、この軍勢に曩に克烈《ケルイト》に伴うた臣属蒙古人を加え、軍旗を飜《ひるがえ》し、タンジョイト部落の境界に進軍した。この時、同盟軍中の乃蛮《ナイマン》族は、翁汗の兵力が成吉思汗に割かれて減少した事に乗じて克烈を襲撃し、翁汗を廃して、翁汗の弟に克烈族長の位を与えた。翁汗は全く敗北を喫し、養子たる成吉思汗の許に逃走した。時に、成吉思汗はタンジョイト及び同盟軍に向って進軍中であった」云々。これより翁汗の復位に至るまで二年以上の歳月が経過した。然るに、氏のその間の記事は、「成吉思汗は、己が陣中に翁汗が来《きた》った時、大いに驚き、復讐の望みありと言うて慰喩した」というにすぎぬのである。

氏の言の引用に戻る。曰く「次いで決戦をなし、成吉思汗は前備に顕れて号令を下し、士卒を励まし、大いにタンジョイト部落に打ち勝った。然し、この勝利を以て翁汗の復讐を充分に仕遂げたとは言い得ず、尚これより位を回復する事を得ず、また敵の残類を討滅し得なかったのである。ゆえに、翁汗は成吉思汗に命じて、一層の大軍を招集せしめた。因って成吉思汗は命令を発し、自ら監督し、翌年、克烈に驚くべき大軍を招集した。同盟諸汗もまた怠らず、乃蛮の汗が自ら陣頭に立って進軍した。成吉思汗もまた軍を率いてこれに出合い、自ら陣頭に立って、古来未曾有の激戦を交し、大勝利を得て、翁汗は終に故位に復する事を得た。曩の七八年にこの二年以上を加えれば、成吉思汗が難を克烈の翁汗の許に避けて以来、ここに至る歳月は殆ど十年に達するのである」云々。

余は、この長時限を信ぜぬのである。曩に記載した諸事跡に関する支那及び他国の記者の記事は甚だしく相違しており、如何《いかが》してこれを用い得ようか。各々が斯様に相反するにも関わらず、乃蛮族と成吉思汗の戦争は『元史』にも記載されている。その年月は、『元史』が成吉思汗の事跡を初めて記載した年、即ち一二〇二年である。これは、義経が日本を逃走した後の十四年目に相当する。またペチスデラクロキス氏は、戦争の挑発者札木合《サマカ》がこの戦争の後もなお成吉思汗に敵対して同盟諸汗と連合を保つと雖も、翌年には公子サンコン（セングン。オン・ハン＝翁汗の息子）の周旋を得て克烈翁汗の朝《ちょう》に帰るのを許された事と、札木合が佞人《ねいじん》の公子サンコンと陰謀を斡《めぐ》らせ翁汗と成吉思汗の交義を離間せんと企て終に翁汗を説き伏せ成吉思汗を囲ませた事を記載している。これは札木合が成吉思汗を亡ぼさんとした第二の企てから殆ど十年後の事である。

さて、成吉思汗は危難の穽《わな》に陥った。この事に就いて、またペチスデラクロキス氏の言を抜萃する。氏曰く、「この時、成吉思汗は翁汗の命を奉じ軍を率いて出陣した。翁汗は、成吉思汗とその兵士との分離を謀ったのである。何故ならば、その勇壮なる戦功及び平常の寛大さに歓喜して兵卒がみな成吉思汗を崇拝していたからである」云々。而して、夜襲の日限が決定をみた時、翁汗の下僕（牧夫とするのが通説）二人がこれを立ち聞きして成吉思汗に告げた。ここに於て、成吉思汗は直ちに軍備を調え、寡兵を以て公子サンコンと札木合《サマカ》が率いる大軍の来攻を迎え、熟練の進退の裡《うち》に全く敵を打ち破り、速やかに克烈の領主となる事を得た。この事に就いて、ペチスデラクロキス氏はまた記して曰く、「この戦いは成吉思汗の数多の勝利の前兆であった。亜剌比亜《アラビア》人の歌に曰く『天、もし汝に良運の綱を下せば、汝の敵もなお汝を助けん。況《いわ》んや、万物、汝に降伏を与えざらんや』と。この歌は終に成吉思汗の運命と符合した。成吉思汗を亡ぼさんと企てた人は、反《かえ》って彼の大業を成就させる原因となった」云々。

また氏の言によれば、この戦争は成吉思汗が殆ど四十歳の時の事という。されば、則ち成吉思汗は克烈の征服に前後二十年の星霜を費やした事になろう。これが、成吉思汗少壮時の事跡を最も委しく記したペチスデラクロキス氏の記事である。さりながら、他の記者の記事と比較すれば、決して両立すべきものではない。ゆえに、一つとして信ずるに足らぬのである。また、その出来事を弥縫《びほう》する長き時限の疑わしき事は、余が曩に記載した如く炳然《へいぜん》として蔽《おお》うべくもないのである。然し、歴史上の事には、屢々確実性を欠くものがある。ゆえに、畢竟《ひっきょう》ペチスデラクロキス氏の記事は事実に近く、その他の記者の記事は事実に遠いという事もあろう。然し、氏の記事を事実に近きものとするも、その数甚だ少なく、その記事中の詳細に亙《わた》る些少の出来事が氏の言の如く三十年の長歳月を占めると仮定するに充分な道理の存在を発見する事は至難である。成吉思汗が果して義経であるとすれば、間隙の十三四年は、この些少の出来事を為《な》すに適当なる歳月であろう。

また氏の言に従えば、その出所（出自）の如何《いかん》に関わらず、大功業を成就し名を後世に垂れた事は、決して門閥世襲の結果ではなく、曾てその国君（国主）を亡ぼし、その地を領した他国人民及び兵卒の助けによるのである。果して然らば、外国より来りし彼《か》の拿破崙翁《ナポレオン》（コルシカ出身を謂《い》うか）の如く、或いは日本の山田（長政）が暹羅国《シャム》（現在のタイ）に行き大将となり王敵を平らげ暹羅国中の一君長となりしが如く、成吉思汗は外国人乃ち義経なりとすれば、如何《いか》なる反対説が存在するのか。この反対説の曰く、「成吉思汗は、克烈《ケルイト》の生まれならざるも、必ず隣接地方の一公子である。ゆえに大功業を成就し芳名を千歳《せんざい》に垂れる事を得た。然し、成吉思汗が果して義経であるとすれば、蒙古・韃靼人とは全く異人である。されば、則ちかの大功業の成就は必ずや不可能ならん」云々。さりながら、これは必ずしも肯《うべな》い難い。余が思うに、その人に才能あらば、かかる遠近の差は大業の成否に殆ど無関係である。寧《むし》ろ大遠隔の地より来《きた》った人は往々にして大功業を成就し得るであろうと申したい。この例証は、その国に共に居住して無闇に徳を称賛された同国人よりも才幹を有する外国人を尚一層尊敬するという各国の現社会の中に屢々見る所である。これはまた、才幹を有する将帥の場合にも全く適中するが、尚一層甚だしきものがある。

その国が危急存亡の秋に至れば、愛国心はたやすく消滅し、全く価値を有たぬ事となる。この例証は、東方諸国及び欧洲の歴史に往々見る所であり、また吾人の熟知する所である。ゆえに、ここに尽《ことごと》く列挙する事を要せず、余はただ左の二例を挙げるに留める。曾て支那（清朝）に叛逆が起った時、外国人を無双に嫌悪する支那政府が欧羅巴《ヨーロッパ》人の援助を借りた事はまず措《お》いて問わず、叛人らが為す所あらんと欲して外国へ渡ったその中に日本に逃れ来た者のあった事は後人の熟知する所となった。乃ちこれが第一の例である。また次の新例は、一八七八年に謀叛が起った時（回部の乱）、外国人を用いた事である。かかる例は、現今の欧羅巴に於てもまた往々見る所である。ゆえに、義経が果して蒙古に入ったとすれば、蒙古の君長及び土人がその軍事上の才幹に敬服したに違いない。もし然らざる場合でも、義経は英傑ゆえ自ら群衆に抜きん出て首領となったであろうと仮定する事に如何なる困難があろうか。反対者曰く、「これは多少開化した国には適応するとしても、蛮族には全く適中せず」云々。然し、これまた殆ど区別は無いであろう。もし人あって初めに好結果を得て成功を収めたならば、その成功を永続させんと勤める事は、文明国より寧ろ野蛮国にあると、余は申したい。何故ならば、一たび蛮族中にその才幹を顕せば、蛮民の服従は日々に増加し、恰も蜜蜂がその首領の周囲に蝟集《いしゅう》するが如き観を呈するからである。これは全く成吉思汗の場合に当てはまる。何故ならば、成吉思汗は元来蒙古の小君長であったと言われるものの、世界を驚愕せしめたその大軍の中に蒙古人は甚だ僅少にて、大概は土耳其《トルコ》などの兵士であったからである。

曩《さき》に記載した如く、蒙古及び韃靼地方はさして野蛮ではあるまいと主張する者もある。何故ならば、韃靼人は常に襲撃を事としており、支那の如きは屢々損害を蒙《こうむ》ったからである。韃靼人が不断に襲撃を事としていたのは事実であり、余もまた聴《ゆる》す所である。然し、韃靼人は決して定住する事なく、今日に至ってもなお水や草を逐《お》うて朝夕に居を移し、確然たる文明の進歩を有せず、時々の襲撃は、その目的を以て不意に集合した烏合《うごう》兵の突出にすぎぬのである。ゆえに、この蛮民中に欠乏するものは、ただ自分輩に優る文明の教育を受けた指揮者である。而して、かの蛮族は終にその指揮者を得た。他でもない、乃ち義経である。勿論、曩に記載した部落より少し進歩した部落が万里の長城の辺りにあったとはいえ、所謂成吉思汗が興った場所は、この部落と遠く相隔たり、開化の度もまた最劣にして、余が固く主張した如く、成吉思汗の如き大創始者が出づべき地ではないのである。

成吉思汗は必ずや外来人であろうと、余は主張する。ホオマアレー氏（不明）が著す所の『亜細亜旅行・附発見記録』と題する書籍の中に曰く、「成吉思汗は元来蒙古の一私人にすぎず、蒙古人が隣国と戦った時、成吉思汗を挙げて軍将となした」云々。余が思うに、この記事を皮相的に見れば、甚だ単純なりと雖も、真に事実に適応している。成吉思汗が果して義経であるとすれば、蒙古に顕れた最初は、殆ど一私人にすぎなかったであろう。而して、蒙古人が内乱に陥り塗炭の苦しみを受けるに至って、成吉思汗を挙げて軍将となしたのは、これもまた事実であろう。この事は、直接の証拠たるのみならず、尚また彼是《かれこれ》相一致照応せぬと雖も、その実大いに意味を含有する数多の事実を全般に監察すれば、益々確然とするに至るであろう。余はこれより、その監察に取り掛かるであろう。

成吉思汗が即位の式に白旗を用いた事は、その礼式に於ける一大儀式であった。孟珙曰く、「成吉思汗は軍中に於て常に白旗を立てていた」云々。これもまた、余の注意を引くに足る価値を有している。ここに驚くべき一致が認められる事は、最も疑い深き読者諸君と雖も、また必ず許す所であろう。源氏の旗は、敵たる平氏の赤色と区別せんが為、白色であった。成吉思汗もまた白旗を用いたというが如きは、その一致を証明するものであり、かかる確証は恐らく他に無いであろう。豪傑が不運に際会しようとも、何《いず》処《こ》に遍歴しようとも、また如何なる隔地に至るとも、再び軍将と成れば、その親族伝来の旗を襲用せんと欲するのは必然であり、また吾人が期して疑わぬ所である。

然し、また反対者があって、言うであろう。「軍将は自ら好む所の旗色を選ぶであろう。成吉思汗と義経の旗色が相符合するが如きはただ偶然の出来事にすぎぬ」と。素《もと》よりかくの如き偶然の一致無しとせぬが、余はこれを偶然の一致と考える事には否定的である。尚その他、数多の事実を参照すれば、実に確乎たる証左となし得るであろう。

白色を以て特別の感覚を顕す事は、大抵各国とも相一致する所である。欧羅巴に於ては白色を妄《みだ》りに用いず、ただ評議且つ降参の印と為し、支那国に於ては白色を喪服に用い、戦争に於ても尚これを濫用しない。ゆえに余は、恐らくは軍将の旗に白色を軽々しく選用すべからずと申したい。

然し、果してこれを義経の姓《かばね》たる源氏の旗なりとすれば、成吉思汗が白色を用いた事は素より当然であり、怪しむに足らぬのである。

成吉思汗が豪傑の地位に達した後も、尚その名が成吉思汗ではなく鉄木真《テムジン》であった事は記憶しておくべきである。この名に、また斯様に名附けた事情に、吾人は注意せねばならぬ。この名の起りを説く者は実に種々様々であり、驚きに値する。或いは曰く「即位の時、初めてこの名を用いた」云々。また曰く「即位前乃ち軍将に選抜された時である」云々。年代記作者と称するサナン氏（サガン・セチェン）は、「鉄木真四十八歳の時、ケルトン河辺（ケルレン河）に於て可汗《コオカン》（大汗、大王）を称した。これより三日以前、美色の鳥が毎朝来って庭前の方形石に留まり、『成吉思《ジンギス》、成吉思』と強く啼《さけ》んだ。故にその名に成吉思の字を用いた」と述べているが、実に奇事ではあるまいか。或いは曰く、「蒙古の諸酋長及び軍将らの聚合軍が斡難河（オノン河）辺に於て成吉思汗をその総督と宣布し、一同はみな成吉思と呼んだ」云々、その注に曰く「キンキツ、チンキスは蒙古の祥鳥の鳴声である。この鳥は支那の鳳凰の如き、小説中に散見する鳥であろう」云々。アボルガジイ氏曰く、「一二〇二年、成吉思汗四十歳、蒙古諸族は全く成吉思汗に服従し、成吉思汗を君王となし、盛大なる祝儀を執行した。時に、冬中に薄衣を着て徒歩し、神像の綽号《しやくごう》を受けたコキザ（モンゴル部族の巫覡ココチュを指すか）なる人が来り、

『吾、上帝（神）の命を奉じて来る。上帝、汝に命じて成吉思汗と改名せしむ。後裔も世々汗となるべし』と告げた。また『白馬あり、常に来りて余を天に伴い到れば、則ち死して上帝と談話せし』と告げた」云々。ペチスデラクロキス氏曰く、「鉄木真は既に自ら用いて蒙古幕下《ばっか》を瞞着した計略のほか、なお数多の計策を脳裏に貯え、乃ち神宣に託して、『神が来り、《汝は世界の主となるべし。然れども成吉思と改名するを以て、汝の愉快とする所なり》と世に告げたり』と幕下の者に語った」云々。また氏の曰く、「この神宣は、成吉思汗が自ら託言したものではなく、他人がこれを為したと主張する者がある」云々。然し、これは曩に余が記載したものと類似するゆえ、ここには再言を控える。

成吉思と名附けた事情が彼是《かれこれ》相齟齬し且つ不明瞭なる事はかくの如くである。而して、各記者はその名の起りを知らずして、これを吟味せんと企てたとみえる。アボルガジイ氏は説明して曰く、「成吉思は蒙古の語にて『最大』の意を含む」云々。その他、同様の説明をなした者は少なくない。然るに、「汗」は蒙古に於ては通例の尊称であるとするも、曾てこの字に就いて説明した者は無いのである。「成吉思」が蒙古語にて真に「最大」の意を含有するか否か、余はこれを疑わざるを得ない。何故ならば、アボルガジイ氏は蒙古人の裔（成吉思汗の長子朮赤《ジュチ》の末裔）と雖も、自らは蒙古語を解し得ぬからである。蒙古語を解し得ずして「成吉思」に蒙古語の意を附加せんと企てたとすれば、たやすく誤謬に陥った事もまた疑うべきではない。ゆえに吾人は、蒙古語の真の出処を吟味せねば、その真否を決する事は出来ぬのである。或いは曰く、「成吉思は蒙古の語にて『大洋』の意を含む。これ、恐らくは『最大』の意より来ったものであろう」云々。然し、「大洋」を「成吉思」と称すると雖も、「成吉思」なる語が「最大」の意であるとは言い難い。さても「成吉思」の名に就いて、各記事の不明瞭にして不満足なる事はかくの如くである。然し、もし余の見解を適用すれば、成吉思と名附けた疑問は速やかに氷解する事を得るであろう。成吉思汗の名は、他の蒙古人の名と同様に、各記者みなその記す所を異にする。ホオルズ氏曰く、「余が読んだ書籍の内、成吉思汗の名を同様に記載した者は唯二人にすぎぬ。その余は記す所を各々異にして、その名を以て成吉思汗たる事を知り得ない」云々。また曰く「蒙古のシラス、或いはテヘラン、中国に於て、人の名を呼称する法則は、範を波斯《ペルシャ》に取った事が明瞭であり、蒙古自国の法則などは殆ど無いのである」云々。かくの如き態ゆえ、成吉思汗の名はその記す所が一様ならず、乃ちゼンギス・チンチス・キンキズ等が見られる。而して、その中の正しきものと雖も、また人の非議する所である。然し、畢竟余がここに記載した三様の名には幾許か発音上の類似が認められ、通例世人の用いる所であり、殊に日本の書生を以て最も多数とする。

さて、成吉思汗の名を、日本の書生は「成吉思汗《ジンギスカン》と源義経《ゲンギケイ》は同名である」として、数多の説を唱えた。その説は最も事実に近く、これを諸外国各記者の記載と比較すれば、その明不明は同日の論ではない。もし仮に、源義経《ゲンギケイ》の発音が成吉思汗その他ゼンギス等に変じたとしても、これは全く驚くべき事ではなく、各記者が成吉思汗の名を種々様々に記載するのは、その名が元々かかる訛伝であった為である。源義経《ゲンギケイ》の初音は「ゲ」、成吉思汗の初音は「ジ」である。然し、これは殆ど余の議論を妨げぬ。何故ならば、蒙古の語は清濁相混淆して「ゲ」「キ」「ジ」の三音は殆ど明別無くして、外国人は常にその分界を弁知する事を得ぬからである。また、成吉思汗の名の終りは「経《ケイ》」にあらずして「汗《カン》」である。ゆえに各記者曰く、「成吉思汗の汗は、蒙古に於て尊称に用いる所の汗の意である」云々。然し、これもまた余の説を妨げるものではない。何故ならば、各記者は源義経の名を聞知し得ず、蒙古に「汗」の尊称ある事を知り、遂に「経」を「汗」に変えたかも知れぬからである。ここに、汗の尊称が、豪傑の野心を満足せしめるに足らず、また豪傑は仰望すべきものではない所以を記載する事は、恐らく不要用ではあるまい。蒙古・波斯《ペルシャ》・土耳其《トルコ》等の諸国に於ては、汗はただ通例の尊称に用い、特別の高貴を表するものではなく、一地方の君長もこれを用い、一勇士にすぎぬ人もなお用いる事を得たであろう。ゆえに、成吉思汗の如き豪傑がこの尊称を用いたなどという事は、恐らく事実ではないであろう。然し、歴史家は、成吉思汗の汗を以て、即位の時もしくはその前後に用いたとする。これは実に奇というべきである。この尊称を用いれば果して人を瞞着し得るか、余には解し得ぬ所である。或いは曰く「成吉思汗の汗は可汗《コオカン》の意である。可汗は大汗（大王）の意を含む。故に成吉思汗は即位の時に、己が尊称に可汗を用いた。然し、国人或いは記者（記録者）が煩を避けて簡に即《つ》き、成吉思汗と称して可汗と呼ばず、而して可汗を全廃し、ただ成吉思とも称した」云々。然し、成吉思汗に尊称を用いたとすれば、なぜ特別の可汗を廃して唯通例の尊称たる汗を用いたのであろうか。また世人が、汗の字を尊称とせず、成吉思汗の四字を以て恰もこの大豪傑固有の名の如く受け取っているのは、寧ろ驚くべき事ではあるまいか。もし、成吉思汗の名が果して源義経《ゲンギケイ》の訛伝ならば、決して成吉思可汗とは称さず、稀にはただ成吉思と称したであろう。或いは曰く、「成吉思汗が果して義経ならば、何故再びミナモトヨシツネと称さずゲンギケイと称したのか」云々。余が思うに、源義経《みなもとのよしつね》は純粋の日本語であり、寧ろ長き言葉と言わざるを得ず、ゆえに畢竟簡短に源義経《ゲンギケイ》と称したのであろう。かくの如きは、支那や朝鮮の人と交際する日本人が往々用いる所である。もし、純粋の日本語を以て吾人の名を言い表さんとすれば、相違する数多の文字を用いねばなるまい。しかのみならず、日本語を以て言い表す事は甚だ困難である。また、勇士の名は往々漢音を用いる。乃ち義経をギケイと読むが如き例証は乏しからず、ゆえに義経をミナモトヨシツネと称さずゲンギケイと称したとしても、全く驚くに足らぬのである。然し、成吉思汗の「汗」が真に尊称の意を含み自身が斯様に称したとしても、源義《ゲンギ》経《ケイ》の「経《ケイ》」は「汗《カン》」と音相が近く、ゆえに「経」を「汗」に変えて「成吉思汗」と称したかも知れぬ。なお、他に説があり、曰く「成吉思汗なる名は、義経が源氏の汗と称した、その語の訛伝であろう」云々。

この三説の内の何《いず》れを是《ぜ》としても、三説共に成吉思汗と義経が同一人たる事を指示するものである。実に成吉思汗は、初めからその名を成吉思汗とは称さなかった。ゆえに、成吉思汗が果して義経であり、その名も同じ物であるとすれば、なぜ初めより成吉思汗と称さなかったのかと、或いはこれを疑う者もあろう。蓋し余に言わしむれば、成吉思汗はもとは本国（日本）より逃走した人である。ゆえに本名を公にする事を好まず、仮に鉄木真《テムジン》と称し、その後、勢力を得て再びその姓氏と一致する名を用いたのであろう。成吉思汗が果して義経ならば、これが最も自然の事であろう。何故ならば、不運に際会して本国を放逐され、止むを得ず仮名を用いた人が再び勢力を得れば、本名に復《かえ》さんと欲し、或いは全く本名に復さぬまでも姓氏と略《ほぼ》一致する仮名を用いんと欲する事は必然と考えるからである。これは、鉄木真なる仮名を用いた義経の光景に恰も符合する。斯様に論じ来《きた》れば、成吉思汗と名附けた事の疑問の暗裏にあるものは明瞭に氷解した事であろう。

さて、鉄木真と名附けた由来に就いて、或る記者の曰く、「成吉思汗の父也速該《エゾガイ》が敵である鉄木真なる者を滅ぼした時、適々《たまたま》成吉思汗が産まれた。ゆえに、武功を志さん為に我が子を鉄木真と名附けた」云々。然し、この言たるや、何らの価値も有しない。何故ならば、斯様の話は後代の人にも容易に作り得るからである。況んや、也速該その人も真に存在せしや否や、実に疑わしきに於てをや。吾人は既に鉄木真は義経の仮名なる事を記載した。いま一歩を進めて、この名を用いた理由を穿索する。蒙古の君長に鉄木真なる人あり、これを滅ぼした義経が、その武功を志さん為のみならず、また既に主張せし如く蒙古土人の名と我が名を一様にならしめんと欲してこの名を用いたかも知れぬのである。されど、余輩が固く信ずる所はこれと相違する。余輩が思うに、鉄木真なる名は日本の天神に由来するものであろう。鉄木真は蒙古語にて読めば、テムジンとなる。ゆえに、日本の天神に発音の上から鉄木真の字を用いたのであろう。もとより天神は、日本に於ては大政治家（菅原道真《みちざね》）の死後に贈られた尊称である。義経主従が蒙古に入った時、本名を公にするのを好まず、且つこれに滑稽を交え、また土人を瞞着せんと欲して、斯様に称したものであろう。

以上の事を記載中、余は前の浦塩斯徳《ウラジオストツク》駐在日本領事瀬脇《せのわき》氏の日記（『浦塩港日記』）より長き抜萃を得た。この抜萃は倫頓《ロンドン》駐在日本領事富田君が余に恵送されたものである。この抜萃の中で特別の箇条は今後に譲り、ここにはただ現在の趣意に附合する分のみを記載する。

伴信友《ばんのぶとも》（原文の信行を訂正。幕末の国学者）著『中外経緯伝』に曰く、「義経、蝦夷《えぞ》より粛慎《シュクシン》（古代に於けるツングース部族の呼称。ここでは居住地たる沿海洲を指す）に入り、有名なる祖先の名（源満仲。名をマンジュウと音読する）に取り此の地を満洲と改称す。土民大いに服従し、且つその才幹によりこれらの地方の領主となり、その子孫また義経の勇を受け、終に支那を統一し、帝位に即き、その姓（源氏）に取り朝名を元と号す」云々（『中外経緯伝』には相当する文章なし。或いは摘記要約したものか）。この抜萃に就いて少し説明する。源の姓は、曩に記載した如く清和帝が孫の経基に下賜した。経基に八子あり、この八子より数派の源氏が出た。その長兄を満仲と云う。義経の親族は、その子孫である。伴信友氏が満洲の名は義経の祖先の名から取ると記す所以である。次に、抜萃の後段乃ち朝名の事に進む。諸君は、成吉思汗の子孫が支那及び蒙古の帝となり、その朝を元と称した事を記憶しているであろう。

さて、かの源氏の「源」と元朝の「元」と、文字は相違すると雖も、音意ともに異なる所無くして、韻もまた同様である。ゆえに、この二字は各々同意義に用いるのみならず、また往々交換して用いる事がある。これを以て、成吉思汗の孫忽必烈《フビライ》がその朝を元と称した事は、自ずと解釈されるであろう。また、朝名を元と称した事情が吾人の説を強固にする事、実に尠少ならざるものがある。元朝以前、支那には二十以上の所謂《いわゆる》正朝が存在したほか、数多の奪位者や僭位者があった。各々その朝名を、洲名・郡名等に由来する即位前の尊称、或いはその人の興った地名に取らぬ者は無かった。かの遼東より興った金〔元の先朝〕も、その親族がナンチュビユ河辺より興ったゆえ、斯様に称した。ナンチュビユは土語にて「金」の意である。然し、元の称に就いては、地名その他、斯様の由緒ある事を聞かず、元と改称する以前には、成吉思汗は己が朝を蒙古と称した。これは、成吉思汗が蒙古地方より興った事に由る。然し、元と称した理由は、未だ全く説明されておらぬ。支那の記者曰く、「儒官の勧めにより『易経』の語を採った」云々。蓋し、恐らく儒官の勧めはあったかも知れぬ。然し、他に深き原因が無ければ、かくの如き長期に亙る朝名に関する習慣を廃棄し一朝の出来心にて元と称したとは、殆ど想像し難いのである。成吉思汗は政略の上から己が朝を蒙古と称し、孫の忽必烈に至って元と改称した。余が思うに、忽必烈は本姓の源に就いて幾許《いくばく》か聞知する所があったのではないか。ゆえに、朝名を改称せんと欲したものの、その事実を詳話して国人の注意を引く事を好まず、ここに於て、儒官の勧めを借り、支那人が甚《いた》く尊敬する儒書より採ったと託言し、文字は相違するものの同音同意の字を用いたのであろう。或いは、忽必烈は、その姓たる「源」の字及び出所を知らず、ただ「源」の音のみを幻の如くに伝聞し、終に「元」の字を用いるに至ったという事も無いとは言い難い。

　左の如きをここに記す事も全く不要用とせぬであろう。成吉思汗の長子の名はフジ（ジュチとするのが通説）である。フジ乃ち富士は、日本に於て最も有名なるのみならず、また殆ど神聖なる山の名である。また、成吉思汗の幕下に二将あり、サイタ、ヒュベ、或いはサブタイ（スブタイ）、シュビ（ジェベ）と云う。命を奉じて波斯《ペルシャ》・欧羅巴《ヨーロッパ》南部を襲撃した。義経にもまた有名なる二将あり、西塔弁慶、鷲尾《わしのお》三郎と云う。西塔は元来僧侶である。僧侶の名は一般日本人の如く二様に読む事はなく、常にただ漢音のみを以て読む。ゆえに、弁慶がもし義経と共に蒙古に在ったならば、尚その名をサイトウと称したであろう。然るに、鷲尾は純然たる日本語であり、その漢音はシュビである。ゆえに、成吉思汗の二将とこの二将が同一人なりと仮定すべからざる理由は恐らく無いであろう。

　また、瀬脇氏の日記には、その半生を日本国に費やした有名なる草木学士の和蘭《オランダ》人シイボルト氏（正しくはドイツ人）の話が引かれている。曰く「シイボルト氏が魯西亜《ロシア》に到った時、蒙古より伝わる古物の聚集中に日本造の弓矢を発見した。またオルガ河の辺りにて、元朝遠祖の宮殿なりとの伝を有つ日本造の華表《とりい》を具える宮殿を発見した。故に氏は『これらは蝦夷より満洲に渡ると屢々伝聞する義経に関して、歴史上の証左となろう』と、或る日本人に語った」云々。もしこの事が、心中に一点の疑いも無く語られた事柄ならば、成吉思汗と義経を同一人ならしめんとする吾人の企ての助けとなる説と申すべきである。

第六章

　これより、先の瀬脇君の日記を精索する。瀬脇君は、余が今為《な》しつつある如く成吉思汗と義経が同一人たる事を証明せんと企てた人にはあらず、ただ義経の最後の運命及び満洲に存在する日本人の遺跡を穿索した人である。瀬脇君が土人・支那人及び浦塩斯徳《ウラジオストック》に居住する日本人より聞知した事や自ら吟味した事などを記載する記事に従えば、満洲に日本人来住に関する口碑が今なお流伝している事は最も確実にして疑うべくもない。また各地に城堡《じょうほ》や墓があり、土人はこれを日本人の城堡・墓であるとして、曾《かつ》て疑わぬという。而《しか》して、これらの古石碑は、古跡及び種々の宮殿中より発見された数多《あまた》の書類と共に、満洲のその部落が曩《さき》に魯西亜《ロシア》に属した時、魯都（ペテルスブルク）に運ばれたという。また満洲人が相会すれば、常に日本の事を話題となすのを最も楽しみにするという。その談に曰く、「満洲は昔、日本の統御を受けた」云々。

　さて、耶蘇《ヤソ》紀元（西暦）五百年代の中頃に日本人は満洲の過半を占有していた粛慎《シュクシン》（和訓みしはせ）を侵撃、その後七百年代の初めより九百年代に至り、満洲の一部を包括して朝鮮の北境に接近した百済《クダラ》王国が日本の強盛を慕うて不断に使を送り来り、また時としては日本からも彼に使を遣った。この事は日本の歴史に明らかに記載されており、また疑うべくもなき事実である。その原因を尋ねれば、支那国と相和し得なかった事にあり、両国間の往復書類はその関係を顕さん為に今なお保存されている。然し、これを以て、日本国がこの国に対し真の主権を持していたと思惟する事は出来ぬ。ゆえに余は斯様《かよう》に謂《い》いたい。過去の何時《いつ》か、この地を支配した日本人があり、今日に至るまで強く人心を感動せしめたのであろう。さもなくば、今日に至るも満人が尚この感覚を持続している事は、実に奇と言わねばなるまい。然《しか》り而《しこう》して、この地を支配した人は乃《すなわ》ち義経であろう。

件の日記に従えば、浦塩斯徳より凡《およ》そ一五〇英里（マイル）の地に古城があり、サチャンと称するが、日本国将軍の建築に成るものという。この城に就いて、瀬脇君はサチャン城の側街に居住していた支那山丹《さんたん》人（中国沿海州の居住民）ソリボンチャン氏よりの伝聞を記している。曰く「日本の軍将が本国より危難の運命を逃れてここに来り、城を築きサチャンと名附けた。サチャンは蘇城の意である。この城址の近傍に洞窟・石碑・堡塞《ほさい》がある。その洞窟は、日本の軍将が初めてこの地に到着した時、この中に居住した事に由り、最も神聖であるとする。故に、人がもしこの洞中に入れば悪兆または不運の原因になると土人は信じている。十五六年前、疑心深き支那人がこれを意とせず、一夜を明かさんと欲して七人共に洞中に臥せった。然るに、不思議なるかな、夜中に力勢あって形なき者のために投げ出された。また、前記の市街に親族が居住しており、自ら『日本の軍将の子孫なり』と称している。凡《およ》そ三百年前に、この親族は寛永通宝と題する銅銭を鋳造した。この銅銭は今なおその隣接地方に通用する」云々。

さて、この記事の半ばは義経の景況に符合する。然し、寛永は耶蘇紀元後一六二四年より同四三年までの年号である。ゆえに、前記の親族を義経の裔《すえ》なりとするも、曾て日本国との交易交通を保持しなかったとすれば、日本の年号を聞知する道理は万々あるべき筈がない。然るに瀬脇君が浦塩斯徳に在留する数多の日本人と共にこの銅銭を見たところ、寛永年間に鋳造された日本の銅銭を髣髴《ほうふつ》とせしめ、ただ相違する所は形が小なる事のみであった。ゆえに、この銅銭の鋳造が日本の法則に従うている事は疑いを容れない。瀬脇君また曰く、「前記の軍将は、義経でなければ必ず彼の従者の一人であろう。また件の銅銭は、その後かの地に来った日本人の齎《もたら》した銅銭を模範としたものであろう。而して、これを持ち来ったのは前記（第二章参照）の難船者に相違あるまい。また、かの日本親族は満洲に残留した難船者の子孫であろう」云々。この説明は甚《はなは》だ漠然たりと雖《いえど》も、事実と符合せぬものではない。前記の軍将は一六二四年より数百年以前に彼《か》の地に来ったものであろう。而して、銅銭を鋳造したのは、必ず一六二四年より後の事であろう。ゆえに、全く同時代の事ではないのである。しかのみならず、余が思うに、この銅銭は、日本に於て偽造されたものにて、満洲に殖民した山師《やまし》が携え帰ったものであろう。もしまた、山師などが日本より携え帰ったものでなければ、かの地に於て自ら鋳造したものであろう。余がこの説をなす所以《ゆえん》は、曩に記載した如く、一四〇〇年代に日本人は亜細亜《アジア》東海岸に非常の妨害を与え、次いで安南（ベトナム）・暹羅《シャム》のみならず非利比納《ヒリピヤン》島（フィリピン）に至るまで交易を拡張し、また或る日本の諸侯は国産の船舶を以て葡萄牙《ポルトガル》の朝廷及び羅馬《ローマ》国に使者を遣りその航路を墨西哥《メキシコ》にまで至らしめた事（一六一三年、伊達政宗が支倉常長《はせくらつねなが》をスペイン及びローマに派遣した事を指すか。メキシコへ船を遣わしたのは徳川家康）がある事に由る。これは、当時の日本の航海術及び造船術の形勢を顕すに足るものである。然し、終《つい》に徳川政府が利己政略の為に禁止する所となった。この航海術及び造船術の盛んなる時、如何《いかが》して山師らが満洲の海岸に渡航せぬ事があろうか。日本と満洲の間に確乎たる交易交通が曾て成立を見ておらぬゆえ、吾人は渡航の真否を知る由もないが、この山師と以前満洲を支配した彼《か》の軍将とは自ずから別人なる事に注意せねばなるまい。

　この事は、日記中のサチャン城側街に二十年以上居住する支那山丹人ウォンチンの話を記載した章を見れば益々瞭然とする。その語に曰く、「土人の口碑に従えば、その昔この国に来った日本の軍将は二人ある。その名を金烏諸《キンウチョ》、寛永と云う。蘇城はその一人が建築したものである。然し、二人のうち、この地に先着した者が金烏諸か寛永か、また到着したのは何時《いつ》か、知る由も無い。寛永はこの地の君長となり、子孫が世襲する事は殆《ほとん》ど三百年に及んだ。銘を刻んだ碑が今なおサチャン城内に存在する。金烏諸の娘もまた城壁を築き、タンキン城と名附けた。金烏諸及び娘の櫃《ひつ》は今なおムタ河の辺りに保存されている」云々。

　さて、この抜萃には、寛永の事が多く金烏諸の事は少ない。而して、瀬脇君もまたこの名に就いて説明する所が無い。いったい寛永は日本の年号であり、これを人名に用いる事はない。ゆえに、他にかくの如き名を想像した事情がありはせぬか。銅銭に寛永の年号があるのを見て、これを人名と誤想したのではあるまいかと余は信ずる。然し、かの金烏諸は、文字及び読み方の何《いず》れから考えても、日本人の名ではあるまい。畢竟《ひっきょう》、金烏諸を蒙古土人の如くに為さんと欲し、キンウチョなる名に発音の上からこの文字を用いたものであろう。斯様に論じ来《きた》れば、余の結論は、「キンウチョ」乃ち「金烏諸」と「ジンギス」乃ち「成吉思」は同名であるという事に他ならぬ。曩に記載した如く、成吉思汗の名は種々様々にしてその記する所も一様ならず、一例を挙げれば「キンキズ」「チンキズ」等がそれで、これ乃ち「キンウチョ」と同名であろう。

前《さき》の抜萃には金鳥諸の事跡の記載が見られぬ。然し、日記の他の章に口碑を記して曰く、「日本の軍将がここに来り土人を手懐け、大軍を率いて大いに支那を攻撃し、終にその子孫は強大なる帝国を創造した」云々。これに由って観れば、金鳥諸はかの義経なる成吉思汗と同一人である。而して、その名の由来を尋ねれば、義経の変名ゲンギケイ・ジンギスカンは口碑及び土人の発音の相違から種々に変化し、その変化の一たるキンウチョは瀬脇君の聞いた所の口碑に伝わり、これは件の口碑を瀬脇君に教示した支那人が発音上から金鳥諸の文字を当てて伝えたものであろう。斯様に論じ来《きた》れば、日本人らしからざる金鳥諸の名も容易に理解し得るに至るであろう。また、この人の事跡に関して、年月が土人間に伝わらぬ事は、毫《ごう》も怪しむに足らぬ。何故ならば、かの地方の土人は開化の下等に在って、斯様の事を伝える時には多分口伝のみを以てするからである。ゆえに年月が混合し、終には金鳥諸など名を誤称したる人の事跡と空想上の人との区別を弁識せぬ態に至った。

これを以てすれば、『元史』を熟知する人が金鳥諸・成吉思汗同一人説を支持せぬとしても怪しむに足らぬのである。その故は、『元史』は「成吉思汗は元来蒙古産の人である」としており、『元史』を熟知する人もまたこの説に従い、成吉思汗・金鳥諸同一人説を解する感覚を有たぬからである。また、心中窃《ひそ》かに想像する所があるとしても、軽々しくこれを記載せぬであろう。蓋《けだ》し、或いは誤謬を犯さん事を恐れ、且《か》つまた満洲が昔日本人の手に属した事を許し得ぬからである。然し、支那人及び土人が語った事を考えれば、充分に好結果を得るであろう。かの義経に他ならぬ金鳥諸と成吉思汗が同一人たる事は昭々乎として、また疑うべくもない。蓋し、甲乙両豪傑が同一人たる事を証明せんと欲すれば、その思想・感覚、殊に宗旨・立法・軍略等の感覚を挙示する事が最も大切である。もし、かくの如き点が精密に相符合すれば、その同一人たる事を証明する間接証拠の最も有力なるものとなろう。

さて、この点に就いて成吉思汗と義経の性質を考えれば、殆ど偶然の出来事ならざる著しき符合を発見し得るであろう。何故ならば、複数の豪傑の性質の上に数多の符合を見いだす事は甚だ稀有なるゆえである。然し、余は勿論ただ宗旨・政治・軍略の三条のみと断言するにあらず、何れの場合をも問わず、二豪傑を容易に符合せしめるものがあると考える。まず第一に吾人は、成吉思汗の宗旨上の説及びこれに関する他の事情を挙示する。これは成吉思汗が日本人なる事を追究する上に、少なからぬ証左を与えるであろう。成吉思汗が宗旨に関して最も寛大なる事は人の熟知する所である。『会話辞書』中に曰く、「成吉思汗は特に一宗旨を信ぜず、廟堂に於て有徳の人が宗旨上如何《いか》なる説を有するとも皆これを能《よ》く待遇し、西蔵《チベット》・波斯《ペルシャ》・亜剌比亜《アラビア》の書籍なども蒙古語に翻訳せしめたるもの少なしとせぬのである。その子孫もまた成吉思汗の所為に倣《なろ》うたゆえ、遂に蒙古人は亜細亜の開化した国民の中に於ても稍々《やや》高位に達する事を得た」云々。ホオルズ氏曰く、「成吉思汗は曾《かつ》て我が子に『神を信ずるは、各々の信ずる所に任すべし。また神を敬拝するに、その方法の如何《いかん》は神に於て何かあらん』と語り、自身は最上の神を信じ、且つ太陽を拝した」云々。ペチスデラクロキス氏もまたこの事を記載している。而して、『会話辞書』に記載するが如き宗旨上の説を唱えた者は成吉思汗のみではない。マルコボロ（マルコ・ポーロ）氏が忽必烈《フビライ》より直《じか》に聞いた話を記載して曰く、「耶蘇《ヤソ》信者は耶蘇（イエス）を神とし、亜剌伯《アラビア》人は馬哈麻《マホメット》を、猶太《ユダヤ》人は摩西《モセス》（モーゼ）を、偶像信者サゴ人はその最も敬拝する偶像マンプラカンを神とする（愛宕《おたぎ》松男氏の訳によれば「偶像教徒はサガモニ・ボルカン、すなわち最初に偶像として作製された人物をあげる」となる。偶像教徒は仏教徒、サガモニは釈迦牟尼《シャカムニ》）。余はこの四神をみな敬拝し、その保護を求める。何故ならば、この中には必ず在天の真神ありと思うからである」云々。この抜萃により、成吉思汗の宗旨上の説が、欧羅巴人と全く相反する不偏不党の自由主義たる事は容易に了知し得るであろう。而して、その子孫もまたこれに倣うたと。

この宗旨に関する不偏の性質の中に、日本人固有の性質を発見する事も少なしとしない。然し、斯様に論ずるからと申して、余は日本人は不敬の人なりと云うのではない。日本人は全般に道徳・信用等を厳守し、名義・組織には殆ど注意を払わぬ。各々信ずる宗旨を異にするも、社会交際の美事《びじ》に一つとして妨害を与えぬ。蓋し、刑罰の相違ゆえに同胞兄弟を殺戮《さつりく》するが如き野蛮を有せず、また信仰の相違ゆえに同胞兄弟を残酷に処置するが如き行為もせぬ。

またペチスデラクロキス氏の記事に曰く、「成吉思汗が仏加里《ボッカリ》（ブハラ。中央アジアのオアシス都市）の市街に入った時、市内の学士二人を引見し、その信仰する所を問うた。学士曰く『一神、万物を創造し、他に同類の神無しとする彼《か》の馬哈麻信者の信仰に同じ』云々。成吉思汗は自身も学士と信ずる所を同じうする由を告げ、また馬哈麻の事に就いて、その説を問うた。学士曰く『神、馬哈麻を下し、人間の遵守《じゅんしゅ》すべき教令を教えたり』云々。成吉思汗は称誉して曰く『余もまたこれを信ず。何となれば、余の如き神の奴僕《ぬぼく》も、日々各国へ使者を送るのみならず、なお余自身の幕下にも使者を送り、余の歓楽を告知すればなり』云々。その後、学士は拝礼の趣意・時刻等に就いて成吉思汗と談話した。成吉思汗は、その定規を褒《ほ》め、また馬哈麻信者のラマダン月の断食を褒めて曰く『一ケ月間の断食は道理に適応す。何となれば、年中この月を除く外《ほか》は好むままに飲食し、終夜愉快に経過するのみならず、この尊崇すべきラマダン月にも尚かくの如くすればなり』云々。然し、馬哈麻信者が礼拝堂を建築し、これを神堂と称し、この堂内にて神を敬拝すると語った時、成吉思汗曰く『全世界は全く神堂なり。神は何《いず》れの場所を問わず人の礼拝を受くべし』

云々。而して、彼等の習慣に就いて数多の疑いを抱いた。時に学士は成吉思汗の感覚が己らに甚だ好都合なる事を欣《よろこ》び、また成吉思汗が真の馬哈麻信者なる事を悟り、各々その住居に帰った。然し、礼拝堂に関する成吉思汗の言は好まなかった」云々。これは、今日、日本の才子社会の人々が外国人と談話する光景に恰も符合する。然し、成吉思汗の宗旨上の説は自由である。ゆえに、その説は乃ち日本人の宗旨上の説であると云えば、反対者は必ず「豪傑の保持すべき説にあらず」と言うであろう。ゆえに余は、成吉思汗の実行した宗旨信仰の例を挙示しよう。

この例は、常に日本人の実行する所である。而してまたペチスデラクロキス氏の記事より抜萃する。曰く「一二二七年（この事件は一二一八年とするのが通説）、カラズムの君長（ホラズム＝シャーのサルタン・ムハマッド二世。当時のイスラム世界最強の王）が成吉思汗の使者及び商賈（回教徒の隊商）四百五十人（四、五十人ともいう）を残酷に殺戮した時、成吉思汗はこれを聞いて大いに慟哭《どうこく》し、直ちに復讐の用意を整え、小山の頂上に登り、帽子を脱ぎ、神助を得てこの暴虐なる君長を誅罰せん事を祈り、三日三夜食を断って山嶺に留《とど》まったが、三日目の夜半、夢に黒衣の僧が現れ、『恐るること勿《なか》れ』と言うた」云々。さて、信仰の目的にて二三週間山嶺の聖地に留まり且つ断食する事は、日本の宗旨に於て通例の礼式である。義経を奥州に伴うた吉次は、鞍馬山に留まって神助を祈った事がある。また日本に於ては、難事を企てる前に神助を求める事は殆ど一般的なる習慣である。各記者は成吉思汗が仏加里《ボッカリ》（ブハラ。当時はサマルカンドに亜ぐホラズム帝国の大都市）に来った時の景況を記して曰く、「成吉思汗は礼拝堂の前に至り、止まって熟視し、『土耳其《トルコ》帝の宮殿なりや』と問うた。而して、宮殿にあらず神堂なりと聞き、即ち恭《うやうや》しく車を下り、歩して神堂の方に進み、歩欄に登った」云々。これは甚だ細事ながら、成吉思汗が一宗旨に偏信せぬ事を証するに足る逸話である。而して、これまた日本の習慣に符合する。日本に於ては、貴顕が神堂に近寄れば車馬より下りるのみならず、大社大寺の前には下乗場を掲示する。大豪傑たる成吉思汗が無宗旨の地に生まれ宗旨上の習慣を持たなかったとすれば、攻撃した市街に入った時、かくの如き礼式を実行したなどとは実に信ぜられぬのである。

ジボン氏曰く、「忽必烈《フビライ》は、太祖（成吉思汗）の如くに宗旨に淡白ではなかった。仏像に供物を供え、且つ西蔵《チベット》のラマ僧及び支那の僧侶を愛信したために、儒者の非難を受けた」云々。またその註に曰く、「忽必烈はラマ僧及び支那僧侶を愛信し、官吏はこれを怨恨した」云々。これに由って観れば、これ乃ち印度・西蔵《チベット》・暹羅《シャム》・日本等の門徒間に於て人気を集める宗門の僧侶と同じものであろう。然し、この趣意はなお雲間に埋没しており、この雲は亜細亜社会を精密に穿索すれば、逐次に駆逐する事を得るであろう。成吉思汗の子孫が仏を愛信するに至った事は実に驚くべき事実であり、それはジボン氏の記載により略々《ほぼ》知り得よう。然し、余の説を以てこの困難を除去しよう。而して、これを為すに当り、亜細亜社会の助けを借りよう。

蒙古・韃靼に於て、現今、仏法が流行する事は、世人の熟知する所である。而して、これらの地方に仏教が伝わったのは何時《いつ》か、余はこれを記載せんと欲する。曽て耶蘇宣教師コワルデナント氏(不明。フェルディナントか)が東韃靼を旅行した時に聞き得た一話あり、曰く「ゲルブロリン氏の説によれば、蒙古人は全く西蔵宗乃《すなわ》ち仏像信者である。この仏は蒙古語にてフチキと称する。蒙古に先代の歴史を熟知する一公子あり、ケルブロリン氏の問に答えて『忽必烈帝の治世、蒙古国にラマ僧が来り、この宗旨を伝えた。然し、このラマは今日のラマと大いに相違する』と語った」云々。これは恐らく実説であろう。余は、友人南條氏より『元朝仏法の起り』と題する支那書籍より次の如き抜萃を恵まれた。

曰く「忽必烈が未だ即位する以前、西蔵に高僧ありと聞き、終にシイルラン国に行き、西蔵王に使を遣って高僧を求めた。西蔵王は答えて『この貴人は既に死す。然し、一人の甥あり、名をパスパアと云う。今年十六歳なりと雖も、仏教を能《よ》く熟知す。寡人(王侯自称の謙辞)、願わくはこの人を君公の許に致さん』と語った」云々。また同書に曰く、「パスパアは忽必烈に仕え、尊称を得た」云々。而して、この事は支那の歴史(史書)にもまた記載されている。ゆえに、吾人は仏法が蒙古に伝わったのは、判然この時を以て初めと為す。果して然らば、前に無宗旨の国より来って、後に仏法を非常に嫌忌する支那の学者の中に居住した忽必烈が、なぜ仏法をかくも愛信するに至ったか、吾人はこれを穿索せねばなるまい。

余が思うに、成吉思汗は日本人である。ゆえに、その親族は常に仏法の事を話題となし、その譚が忽必烈の心に刻まれ、終に西蔵より高僧を聘《へい》し、支那人が非常に嫌忌するにも関わらず、尊称を与えて厚遇したものであろう。かの印度より支那に仏法が初めて伝わった事は、乃ちこの一例である。支那の歴史によれば、仏法は後漢の明帝(後漢第二代皇帝)の時に初めて伝来した。明帝は金光の神使を夢に見て西土に仏のある事を聞き、乃ち印度より二僧を招聘《しょうへい》した。これを仏法が支那に伝来したる初めとなす(仏教の中国伝来は一説に前漢第十一代哀帝の世という)。然し、印度との境界にて戦っていた将軍が持ち帰った金像により、明帝は既にこの宗旨を聞知していたであろう。ゆえに、夢に託してこれを導いたにすぎぬと推し得る。而して、忽必烈もまたこの計略を用いた。忽必烈は蒙古に在った時、既にこの宗旨を聞知していた。しかのみならず、或る記者は、成吉思汗もまた既に仏法を知っていたと明言している。

韃靼及び蒙古を九度に亙って巡歴したゲルブロリン氏曰く、「仏は蒙古に於てはフチキと称する。或る説によれば、韃靼に於てはフチキと称し、蒙古に於てはボイガンまたはプリチアンと称する」云々。この両国の何れに於てフチキと称するとも、それは殆ど余の趣意には関係がない。このフチキに就いて、また議論がある。余が思うに、フチキは日本のホトケの訛伝であろう。日本では、かの忽必烈の時代より数百年以前から仏を通常ホトケと称している。また、蒙古に全権ラマ僧があり、クチュクチュ（虎墩兎。モンゴル語にて「ラマ教の聖者」の意）と称し、今なお存在する。然し、アスレエ氏（アラブ世界の歴史家イブン・アル・アスィールか）の書に曰く、「ストラヘンボルグに於ては、これをホトゲトと称する」云々。このホトゲトは日本のホトケに略々《ほぼ》類似する。然し、フチキ、クチュクチュ、ホトゲトは音声の変化より生じた同じ言葉ではない。何故ならば、クチュクチュはフチキやホトゲト等と全く異なる支那語だからである。殊にクチュクチュは近来の言葉であり、その証左を記載する。かの第一代ダライラマは、余の聞く所によれば、一三八九年もしくは九一年に生まれ、一四七三年もしくは七六年に死去した（一三九一～一四七四）。この人は勿論ダライの尊称を有しなかった。何故ならば、ダライは蒙古語であり、当時西蔵人は蒙古人と交通を有たなかったからである。而して、ダライラマが蒙古にその主義を伝布したのは、一五四三年以降、第三代ダライラマが強盛を示した間である。その詳細なる年月に就いては、種々の説ありと雖も、余が思うに、ラマ宗組織が整頓を見たのが上記の年月である事は、当らずと雖も遠くはあるまい。クチュクチュはその一階級、或いは全権ダライの称号である。ゆえに、必ずやこの組織整頓の後に初めて用いた言葉であろう。

　さて、眼を日本の仏法に転ずれば、これをホトケと称し始めたのは、この時より数百年を遡り、成吉思汗の時代より遙か以前の事である。余は、この語の起原を穿索せんと欲し、友人南條氏に書を送り、その解説を求めたが、氏の答は左の如くである。

「耶蘇紀元後五五二年、朝鮮王（百済の聖明王）が仏教（経論）及び仏像を日本皇帝（欽明天皇）に奉呈した。時に、受領不受領を繞《めぐ》って廟議は二派に分かれ、決する所がなかった。ここに於て、皇帝は受領派の一人たる稲目《いなめ》（蘇我氏）に仏像を下賜した。稲目はその家を捨てて寺院となし、仏像を安置した。これを日本に於ける寺院の嚆矢《こうし》とする。この年、時疫（伝染病）が大流行した。仏法受容に反対する尾輿《おこし》（物部《もののべ》氏）らは『これは全く外教を受けたせいである』と言い、乃ち上書（奏上）して寺院を焼き、仏像を川に投じた。また六八四年（五八四年の誤り）、人（鹿深臣《かふかのおみ》等）あり、朝鮮より仏像を持ち帰った。時に、稲目の子の馬子《うまこ》は邸内に寺院を築き、仏像を安置し、娘（唐から帰化した司馬《しば》達等《だつと》の娘という）及び支那朝鮮の仏僧らをこの寺院の僧侶となし、祝日を定めた。然し、翌年の春、また疫疾が流行した。ここに於て、尾輿の子の守屋らは馬子を国教背反者としてその罪を弾劾し、また寺院を焼き、金石《きんせき》仏像（鉱物製仏像）

の輒《たやす》く灰滅せぬものを浪速《なにわ》川（難波の堀江）に投じ、僧侶を刑罰に処した。この時、守屋の一党は『このホトリケ〔熱病の意〕は全く国教背反者の結果である』と難じた。これを以て仏を悪病神と考え、ホトリケを短縮してホトケと称するに至った。これは、日本の僧侶間の通説であり、その由来を尋ねれば、一二六二年に真宗（浄土真宗）の開宗者親鸞《しんらん》上人が仏像を詠じた歌に基づく」云々。これに由って観れば、この語は、成吉思汗の時代より遙か以前、既に日本に於て用いた所である。

さて、韃靼人ならびに蒙古人が仏をフチキ或いはホトゲトと称した事は既に記載した。余が思うに、この二語及び日本のホトケは、元来必ず同語に相違あるまい。ゆえに、彼（蒙古）より日本に伝わったのでなければ、日本より彼に伝わった事は必然である。果して然らば、日本より彼に伝わった事は、言うを待たない。されば、これを伝えたのは何人であろうか。余が思うに、成吉思汗と同一人たる義経か、さもなくば必ずその従者であろう。成吉思汗の時に蒙古人が初めて仏法を知り、その孫たる忽必烈の治世に至って仏法が蒙古中に伝播《でんぱ》したのを見れば、この事は益々瞭然とする。

余は既に、宗旨に就いて斯様に長く記載した。ゆえに、これより眼を立法・兵術に転ずる。まず義経の軍事上の性質を略説すれば、義経は大いに活発なる軍将であった。而して成吉思汗もまた然り。ホオルズ氏の著した『蒙古史』（ハワースの「History of Mongols」か。一八七六～一九二七年、全五巻）によれば、成吉思汗が兵士に命じて曰く、「平日は静かなること牝牛の如く、戦に臨めば敵に突入すること飢鷹《きよう》の餌食を攫《つか》むが如くせよ」云々。これは、恰《あたか》も義経の軍略を記載した事に異ならぬ。また成吉思汗は屢々自ら陣頭に立って軍を指揮した。義経もまた然り。成吉思汗は軍中に厳律を実行し、将の直許なくして掠奪した者は尽《ことごと》く死刑に処した。義経もまた然り。成吉思汗は間諜を置いて敵の内情を洞察し、たやすく不平者を手懐けた。義経もまた常に敵の挙動及び目的を能く洞察した。この両人の軍略に関して、なお同一人たる事を証明するに充分な数多の符合ありと雖も、それらは畢竟《ひっきょう》その性質の相似を証明する二次的な証左にすぎぬ。ゆえに、その記事が精密にして甚だ愉快なりと雖も、余はここに記載せず、ただ「歴史上より考えれば両人の軍略は各点に於て全く相符合する」と云うを以て満足する。

さて、これより立法及び政略に遷《うつ》る。この二者は、時の古今と地の東西により、多少変化相違する所がある。風俗猛悪にして国に定法《じょうほう》無く起居に定住無き国人の中から、新社会を組織し法律を整頓するが如き英傑の出づべき筈の無い事は、余の信じて疑わぬ所である。然るに、成吉思汗はこれを為したのみならず、なお蒙古国民を組織し、初めて法律を布《し》き、また数多の新思想を誘入した。ゆえに吾人は、この行為にただ驚愕する他はない。前記の如き場所及び国人の中から、経歴も無く、突然にこの豪傑が起ったとは決して信ぜられぬからである。その他、立法・政略に就いて成吉思汗の行為を見ると、義経が日本に在りし日の行為と異なる所がない。

決論

余輩は既に、日本の英雄義経が彼《か》の豪傑成吉思汗と同一人たる事を証明する事実・議論・勘考等を読者諸君に挙示した。この証拠の結果は、各々その心により価値を異にするであろう。何故ならば、余輩と同一の見解を取る者もあり、また反対の見解を取る者もあろうからである。然《しか》し、この疑問は歴史を勉強する日本の書生にとって甚《はなは》だ面白きのみならず、一般の読者にもまた全く不愉快なるものとはならぬのである。ゆえに、余はここに前記の諸説を略述し、以て結論となすであろう。

まず吾人は、この両人が同一人たる事を証明するに際して、その年代及び年齢に関して歴史上一点の不明瞭も無く、また一点の困難も無き事を挙示した。この二人は、同時代に繁栄し、また年齢も殆《ほとん》ど相一致している。

余輩は既に、源義経が日本に於ける最も英傑なる軍将且《か》つ軍法家の一人たる事を記載した。義経は一一〇〇年代の終りより一八六七年まで継続した幕府の創始者頼朝の季弟(末弟)である。幕府以前、日本は天皇陛下が親しく統御し給う所なりと雖《いえど》も、幕府創立後は、幕府がこれを支配し、封建制度が全く確定した。この制度大改革の実行には頼朝・義経兄弟の力が多く与《あず》かった。然し、二人の性質は、その目的・趣向共に各々相違している。乃《すなわ》ち頼朝は専《もっぱ》ら力を政治に用い、義経はただ名義のみ頼朝の命令に従うと雖も、その実、軍事上の進退は全くこれを専行した。平氏滅亡後、兄弟の間は隔離し、終に不和を生ずるに至った。その原因は、義経の罪過よりも寧《むし》ろ頼朝の猜疑心にある。この関係が極端に走り、義経は策を用いて日本を脱走し、まず蝦夷に渡り、蝦夷よりまた韃靼に渡った。韃靼に渡った事は、最も明瞭なる証拠を以て既にこれを証明した。

さて、義経が本国を遁走したのは一一八九年であり、齢は殆ど三十歳であった。嘗《かつ》て威権を有し屢々《しばしば》軍功を奏した義経の如き経験才幹共に具える人傑は、もし本国を出でて他国に赴くとも、空しく歳月を徒費せず、以前の如き大業を再び企図するのは必然であり、また疑うべきではない。ゆえに、もし義経にして独立の事業を企てなかったとすれば、その地の君長に従うて軍事の才幹を尽したと仮定するとも、何ら問題は無いであろう。然し、当時は交易交通が未だ開けず、ゆえに歴史家は全く義経の所行を知る事を得なかった。

また眼を他方に転ずれば、この時、韃靼地方の蛮族間に突如として豪傑が顕出している。この豪傑の名は種々にして記す所は一様ならずと雖も、通常成吉思汗と称する。成吉思汗は大いに名誉を有し、政略・軍才共に非凡であり、文明世界の英傑と雖も殆ど並立する事を得ぬのである。斯《か》様《よう》に政治に長じ、また経験を有する人傑が、何故に彼《か》の未開地方に産まれたのか、成吉思汗の事を記載する各記者にこれを疑わぬ者は無く、また驚愕せぬ者も無かった。余は、この豪傑が乃ち有名なる義経と同一人なる事を証明せんと企てた。この説をなす者は、現今、余の他になお多人数あるのみならず、曩《さき》に記載したように、昔の学士もまたこの説を主張した。

成吉思汗の年齢は六十六、或いは六十七、また七十三ともいう。これは一二二七年もしくは二六年に死去した時の年齢である。さて、成吉思汗は抜群の功を顕わさんと欲し、驚くべき迅速なる成功を以て自ら大帝国の君主となるも、その出所及び四十歳以前少壮時の事跡は一つとして信ずべきものが伝わっておらぬ。この時〔四十歳〕、恰も空中より顕出したかの如く突然現れて数多《あまた》の大功業を成就したと映るのである。ここに於て、年齢の上から成吉思汗を義経と結合させる事に、一つの困難をも発見し得ない。何故ならば、義経は一一五九年の初めにはなお慈母の懐にあったゆえ、一二二六年まで存命したならば、殆ど六十七八歳となるからである。されば、成吉思汗の行年に就いて、余が曩に記載した両限界より相隔たること遠くはない。次に、義経が日本を逃走したのは一一八九年ゆえ、成吉思汗の顕出〔一二〇三年〕より恰も十三四年前の事となる。これを以て、年齢及び時代に関しては、一点の相違も発見する事を得ぬのである。

さて、余が再三記載し、またここに再言したく思うものは、他でもない、支那及び他の諸国の記者〔著述者〕の論評に従えば、成吉思汗の親族及び少壮時の事跡に関しては一つも瞭然たるものが無く、却《かえ》って互いに矛盾衝突する昔話・口碑の類が残存するにすぎぬという事である。これらは、精密に吟味すれば、小説や記伝から不明瞭なるものを抜萃し、これに驚くべき雑談を加え、年月の不明瞭なる事を隠匿しているにすぎない。その人物が外国人であり先祖も判然とせぬ場合、かくの如き状を呈する事はごく自然であり、素より驚くに足らぬのである。

また、この事に就いて、吾人の見解を補助する数多の隠語がある。乃ち成吉思汗の姓「奇渥温《キヤン》」〔キャト・ボルジギン氏〕は滝の意を含み、義経の姓「源《ゲン》」は水源の意である。蒙古人はケとキを殆ど区別できぬのみか、また往々にして換用する。支那の雑史『セピユ』の中に「成吉思汗は源義経である」と明記してある。成吉思汗は嘗《かつ》て日子《ひこ》族の長であったという。日子族は発音から吟味すれば、正に日本人の変化したものであろう。また、成吉思汗の父の名は也速該《ガイ》であるとする。也速該は蝦《え》夷《ゾ》海《かい》と音相が近い。ゆえに、也速《エゾ》発音の上から蝦夷海に也速該なる文字を適用し、成吉思汗が蝦夷海より来った事を指示するものであろう。口碑に「成吉思汗の父、その名は也速該なり」と云うのは、これに由来するものであろう。また、成吉思汗の第一后妃の尊称はフジンである。この尊称が、日本支那の両国の語より取られた事は必然なりと雖も、支那の用語より取ったものとは言い得ず、ゆえに必ず日本より伝わったものであろう。日本に於て、フジン・夫人は貴女の尊称である。成吉思汗が即位式に用いた旗及び軍旗は純白である。源氏の旗及び軍旗もまた純白である。また、成吉思汗と称した理由及び事情に関する各記者の説明は最も笑嗤《しょうし》すべきものである。然し、吾人は曩に記載した如く、これを「源義経《ゲンギケイ》」或いは「源氏汗」の変化したものと説明し、大いに満足する事を得た。成吉思汗が初めに仮名鉄木真《テムジン》を用いた真意は、多分逃走人たる事を隠さん為であろう。鉄木真は蒙古語にて読めばテムジンである。ゆえに日本の天神に由来する名であろう。また「源」の音が屢々「ジン」「セン」「チン」等に変化したのは、韃靼及び蒙古語が「ゲ」の音を有せぬ為である。

　孟珙の記載によれば、成吉思汗は前の蒙古斯《モウコス》と無関係なれど、政略上から蒙古と称し、孫の忽必烈《フビライ》に至って元と改称した。「元」は義経の姓「源」と音意共に同じであり、ゆえに往々交換して用いる事がある。これに由って観れば、「元」が「源」に由来している事は必然である。元朝以前に二十以上の正朝及び数多の奪位者ありと雖も、各々朝名を登位前の尊称或いは出所の地名に取らぬ者は無かった。然るに、元朝のみは他の諸朝の如き朝名の由来が一つとして無く、吾人の説に適応するのである。また、成吉思汗の時代より改称された満洲の名は、伴氏《ばん》（伴信友）の説に従えば、義経の祖先満仲の名を取ったものであろう。また、瀬脇《せのわき》氏の記載に従えば、満洲土人の間に口碑あり、曰く「日本の軍将がこの地に来って君長となり、その後支那を攻撃し、子孫は終に強盛なる帝国を創造した」云々。軍将の名は金烏諸《キンウチョ》である。この名は成吉思汗の変名チンギスまたキンキズと同じものであろうと余は信ずる。日本の難船者が実見した満洲市街の門戸に貼付されてた義経及び弁慶が日本の鎧を着した画像、魯西亜《ロシア》に於てシイボルト氏が親しく実見した満洲より魯西亜に遷《うつ》されたという日本造の弓矢及び古物、且つまたオルガ河辺に存在する元朝遠祖の宮殿の前に直立する日本造の華表《とりい》等は、凡て吾人の挙示した証拠中、実に有力なるものである。

　以上列挙したものは、これみな余の説にとっては直接の証拠である。然し、なお間接の証拠があり、余は今よりこの事を略述する。余は、第四章に於て、成吉思汗の親族に関する口碑を尽く記載し、またこの口碑が義経少壮時の出来事に符合する事を指示した。乃ち成吉思汗の親族が蒙古にて全く断滅し四百年を経過した後に突然帰り来って兵力を以て故郷を回復したとする口碑は、成吉思汗の親族が外国より来ったと主張する説を一層確乎たるものとするのである。また鉄鉱山を鎔解したとする口碑、熱鉄を打つ礼式、成吉思汗は嘗《かつ》て鍛冶であったと主張する説などは、自ずと吾人をして、これが義経若年中の事跡の訛伝であると決定せしめる。譬え「成吉思汗は日本人なり」と明言した者無しと雖も、札木合《サマカ》が用いた鴻鴈と白翎雀《はくれいじゃく》の譬喩の内に、成吉思汗の外国人たる事が明瞭に示唆されている事実を記憶すべきである。

また吾人は、かの難船者が日本に帰還した時に韃靼主乃ち清祖（清朝の開祖ヌルハチ）が船乗に与えた書簡に於て自ら「源義経の子孫なり」と述べて日本と親しく相結ばんと求めた事、また『輯勘録』に於て乾隆帝が自ら「源義経の裔なり」と述べた事を再思せねばなるまい。この二帝の言を解釈すれば、明瞭にして疑い得ぬ事実と符合すると云うに他ならぬ。もし然らずとしても、他に解釈の方法があるとは思われぬ。なお上記の系図に就いて穿索すべき数多の事跡のある事は余の信じて疑わぬ所であり、義経が韃靼に於て君長となった事は争い得ぬ事実である。また、曩に「同一人なり」と記載した二豪傑の性質は、宗旨・政治・軍略の三点に於て著しく相一致している。これは、二人が同一人たる事を証明するに当っては実に《まこと》有力なる証左であり、殊に仏法が蒙古に伝来した事情及びフチキとホトゲトの由来は、吾人の深く注意すべき所である。この事は既に第六章に委しく記載した。

さて、余は第一に年齢及び年代に就いて余の説を明らかに吐露し、次に親族・土地及び成吉思汗の朝廷に関する個個の記録中より数多の証左を引いて記載した。尚これを補助するに際し、独立の事実・論説、また満洲に存在する日本の石碑・遺物及び有名なる日本軍将の事跡に関する口碑を記載した瀬脇君の日記中の明証を以てした。その軍将の名が成吉思の訛伝なる事は容易に知り得るであろう。ゆえにまた源義経《ゲンギケイ》の訛伝なる事も疑い得ぬであろう。然りと雖も、これらの事に全く関係なく、また別に人あり、「義経の性質は、かくの如き大業を成就するに適したるや」と問うかも知れぬが、余には直ちに確答する用意がある。

勿論、義経は、曩に記載した如く日本最大の英傑であり、常に詩歌・小説に於てその功徳を称誉される所である。而して、その身に薄命が迫った時、止むを得ず本国を去って外国に行き、大業を企図するに至った。また、その親族は、他族に抜きん出る勇敢の精神を持していた。ゆえに、名声が世人の胸中に活存する所の英傑は、殆どこの親族より出ている。その英傑中の一人たる為朝は義経の叔父である。為朝は幼少時に性質不順を以て京師より放逐され、九州に至り、外父（舅）の助けを得て、殆ど九州全島を征服した。時に十三歳であった。政府は、彼の父（為義）を獄に繋ぎ、これを以て為朝を帰順せしめた。ここに於て、為朝は初めて皇帝の権威に帰服した。その後、争位の乱（保元の乱）に際して大いに尽力し、終に琉球に渡り、先の王朝を創立した。為朝は、義経の思想上の模範である。また、政略に長じた兄の頼朝は、全く新政府乃ち幕府を創立した。義経も初めは頼朝と共に同心協力して事に従うた。

源氏の親族及び義経その人の願望・野心に固有のものの何たるかは、前節の記載によって乃ち瞭然としている。果して然らば、その後、義経が名声赫々として四隣を畏怖せしむる大帝業を創立したとする事も、素より驚くに足らぬのである。

余輩が既に記載した証左は、かくの如き場合に応用すべきではない。然し、個々に分離すれば薄弱なりと雖も、合体すれば、正直不偏なる思想を有する人ならば誰もその基礎の是非を問い得ぬが如き数多の特証及び小鎖を具えるに至る。これを以て、吾人の見解は既に確定したと余輩は信ずる。否、確定せん事を冀望《きぼう》する。果して余輩の説、乃ち「成吉思汗は、定住の習い無き猛悪なる蛮族の中より出でた者ではない」とする説が全く確定するならば、かの「英雄豪傑は文明の進歩に伴い、鮮血を流し、死屍を火烟中に葬るが如き殺戮無くしては決して出でず」とする哲理（第二章参照）も更に確定すべきである。

義経と弁慶

*海音寺潮五郎

一

民衆は自分らの愛している英雄を死なせたがらない。生きていさせたいという気持、生きていてほしいと思う気持が、いつか生きているということになる。義経はその代表者である。

義経以前には鎮西八郎為朝が伊豆の大島で死なずして琉球にわたって尚《しょう》王家の祖舜天王の父となったという伝説があり、以後には朝日奈三郎が和田合戦に死せずして朝鮮に渡ったという説があり、豊臣秀頼が大坂落城の時、木村重成、真田幸村らとともに薩摩にのがれて残生を全うしたとの伝説があり、大塩平八郎が大陸にわたって太平天国の主洪秀全《こうしゅうぜん》となったという説があり、河口雪蓬と名をかえて沖の永良部《えらぶ》島に潜伏しているうち、ここに流謫《るたく》せられて来た西郷南洲と知り合い、後年西郷家に寄食して、西郷の子供らの家庭教師となり、明治になってから鹿児島で死んだという説があり、最近では米大陸にわたってそこで天寿を以て終ったという説まで出て来た。

西郷南洲もまたそうだ。城山に死せずしてロシアにのがれたという説が出来、明治二十何年かにロシアの皇太子が日本に来る時同行して来るとのうわさが立って日本中大騒ぎしたことがある。

最も真近くは、インド独立運動の志士チャンドラ・ボースだ。彼はこの大戦争中日本の援助のもとに印度《インド》独立軍を組織し大いに奮戦したが、日本軍の敗戦直後、日本を経てソ連に潜入するため、サイゴンを飛び立った。しかし途中、台北飛行場で飛行機の事故のために死んだのであるが、今日に至るまで印度の民衆は彼の死を認めようとせず、いつかボースがかえって来るとかたく信じきっているので、インド政府は決してこのことに触れようとしないと聞いている。

山下奉文が軍事裁判によって処刑された当時、山下大将ほどの人をアメリカがむざむざと殺すはずはない、死刑にしたことにしてどこかにかくまっているのであろうとの説をなす人々の少《すく》なかったことは、人々の記憶に新らしいことであろう。

非命にして死んだ英雄を愛惜し悲しむ民衆の感情がそうさせるのだ。これを「英雄不死伝説」といって、いつの時代にも、またどこの国にもある現象である。これらの諸伝説はほとんど全部が信ずべからざるものであるが、二・二六事件の時の岡田首相のように、殺されたとばかり報道され、またそう思われていた人が、女中部屋の押入れかなんぞで熱かんで一ぱいやっていた事例もあるのだから、正統派の歴史家の説くところだけを信ずるわけに行かないのは、当然の感情であろう。

二

「判官《ほうがん》びいき」ということばさえあるくらいで、義経ほど日本の民衆に愛せられた英雄はない。その数奇な生い立ち、成年後のはなやかな戦闘ぶり、末路の悲惨さ、その生涯はさながらに大ドラマだ、いやがおうでも人の涙をしぼらずにおかないように出来ている。そのため民衆はくりかえしまきかえし、彼の最後の運命を創作した。大抵の英雄の末路ブームは一回でおわるが、彼には今日まで少くとも五回おこっている。

最初は江戸中期だ。この時代には、義経衣川に死せずして蝦夷《えぞ》地（北海道）にのがれたという説であり、第二次は中期の末で北海道から北海をこえて大陸に入り、その子が金《きん》の将軍となったという説になり、第三次の幕末から明治にかけては清朝の祖となったという説になり、第四次は大正年代にジンギス汗即ち義経の後身であるという説になり、川端龍子画伯などはこの大戦中これにモチーフを得て、日本の甲冑《かっちゅう》をつけて駱駝《らくだ》にまたがるジンギス汗をえがいて発表した。第五次はつい近頃だ。推理小説家の高木彬光《あきみつ》氏が「成吉思汗の秘密」という題名の小説を書いて発表してから、また一部に再燃した。

おどろくべきことだ。義経がいかに日本人に好まれ、愛惜されている英雄であるかがわかるのである。

高木氏の「成吉思汗の秘密」は小説ではあるが、天才的な推理力を持つ法医学者神津恭介がジンギス汗義経説を持して、東大史学科の助教授井村梅吉博士とわたり合う議論の応酬が興味の中心をなしているだけ、古来の説を実に丹念に集めている。全然漏《も》らすところがない。作者としての用意のほどを感心させられるのであるが、この問題については神津氏の天才を以てしても推理力だけでは解決がつかず、神秘的な輪廻《りんね》説を以て結末をつけている。

ずいぶん苦しい結末のつけ方だが、正統史学の人々に言わせれば、これはしかたがない、神津恭介君ははじめっから無理な仮説の上に立っている、というであろう。

三

義経が兄頼朝の怒りに触れて追捕《ついふ》をこうむるようになっ

たので、諸所にかくれ忍んだ後、身のおき所ないままに北陸路を経て奥州平泉を志し、藤原秀衡《ひでひら》に身を寄せたのは、文治三年の二月であった。

秀衡は、義経が少年の頃鞍馬の僧院を脱して自分をたよって来た時から頼朝挙兵の報を得て馳せ参ずるまでの間、これを保護した因縁があるだけでなく、近頃では平家討滅後頼朝の勢威が隆々と上って来て、やがては自分の王国である奥羽の独立もおびやかされそうな予感がしていたので、義経の来投を大いに喜んだ。鎌倉との間の平和が破れた場合、義経の軍事的天才が大いに役に立つであろうと思ったのだ。

秀衡は義経を衣川の館におき、心をつくして待遇した。

ところが、その年の冬十月二十九日、秀衡は病死した。死にのぞんで、彼は長子泰衡《やすひら》らに、

「伊予守（義経）殿に疎略を存してはならんぞ。われ亡きあとは、この殿を大将軍と仰ぎ、戦さのことはもとよりのこと、政治上のこともさしずを受けるようにするがよい。この殿がおわすかぎり、わが家は安泰でいることが出来ると思え」

と、くれぐれも遺言した。

秀衡はじめ遺子らは、皆この遺言を奉じて、よく義経につかえた。

一方、頼朝は義経が平泉藤原氏に身を寄せていると知った時から、京都朝廷をつついては、早く義経を討ち取ってさし出せ、叛逆人義経を庇護するにおいてはその方も叛逆人と見なすぞというような院宣や庁宣を平泉に送らせたのであるが、秀衡が死んだと聞くと、一層馬力をかけた。東鑑によると文治四年だけでも三度院宣が泰衡につきつけられている。頼朝自身も直接の使者をさし立てている。泰衡の心はようやく動揺しはじめる。

泰衡のこの動揺は、頼朝の威嚇《いかく》におびえたためでもあるが、一つには義経の勢威があまり大きくなったので、

「うかうかしていると、ひさしを貸しておも屋をとられる阿呆なことになりかねないぞ」

と、泰衡が不安になったためでもあるようだ。

「義経記」はずっと後世に出来たもので、あてにはならない書物だが、全部がウソというわけではない、他書にないいい材料もあると、「大日本史」でも言っているが、その「義経記」の中に泰衡の郎党が、義経が泰衡の弟である泉ノ三郎忠衡と心を合わせて謀反をくわだてているとの風評があると告げたので、泰衡は安からぬことに思って、泉ノ三郎を夜討ちして殺したと書いてある。

泉ノ三郎が泰衡に殺されたのはこの時ではなく、義経が殺されてからのことではあるが、東鑑にも「忠衡は義経にくみしていた」とあるから、多少なり泰衡を不安がらせるようなところが、義経の行動にあったと思われる。

とにかくも、文治五年閏《うるう》四月三十日、泰衡は兵数百をひきいて、衣川の館におしよせた。義経は郎党を指揮し奮

戦したが、衆寡の勢いはついに敵せず、戦いやぶれたので、持仏堂に入り、二十二才になる妻と四才になる娘とを刺し殺した後、三十一才を一期《ご》として自殺した。

この妻は坂東武士川越重頼の女《むすめ》で、頼朝の世話でもらった、義経の正妻であった。義経はこれを京都から陸奥まで連れて来たのだ。にせ山伏になってのこの旅の間、妻は稚児に変装していたのだが、妊娠中であった。娘はその時の子だ。

泰衡は義経の首を頼朝の許におくることにしたが、ちょうどこの時、頼朝は鶴ガ岡八幡宮内に亡き母の供養のために塔を建て、その祭典の日を六月九日に予定し、一切の準備がととのっていたので、使いを出して、首は塔の供養がすんでから鎌倉に到着するよう持って来いと言ってやった。そのため、首は、討たれてから四十三日目の六月十三日に、泰衡の使者新田ノ冠者高平がたずさえて、腰越に到着した。

頼朝は和田義盛と梶原景時とを検分役としてつかわした。二人は鎧直垂《よろいひたたれ》をつけ、甲冑した従者二十騎ずつ従えて腰越におもむいた。

首は黒漆塗りの櫃《ひつ》に美酒をみたして浸してあった。

二人は検分して、

「たしかに前伊予守殿のみしるしに相違なし」

と認めて、頼朝に報告した。

これが正統派の歴史家の説く所であるが、義経の死をおしみいたむのあまり死なしたくない人々が先ず目をつけたのは、首の運搬に暑熱の候四十三日もかかっているという点であった。

「いくら美酒に浸してあったにしても、腐爛《ふらん》してくずれないはずはない。どうして義経の首であると誤らず認定することが出来ようか」

というのである。当然のこととして、

「義経衣川に死せずして、蝦夷地へのがれた」

という説が出て来た。

この説が最初に中央にあらわれたのは、徳川四代の将軍家綱《のぶのり》の半ばから八代吉宗の治世の半ば頃までの人である馬場信意（京都の人、武田家の名将馬場美濃守信房六世の孫で、町学者だ）の「義経勲功記」と、同じ時代の加藤謙斎（京都の町医者で町学者）の「鎌倉実記」からである。

この両書は史書というより小説と見た方が適当な書であるが、最もまじめな史書である大日本史にも、義経列伝の末尾にワリガキして、

「相距ること四十三日、天時に暑熱、函して酒に浸すといえども、いずくんぞ壊乱腐敗せざるを得んや。たれか能《よ》くその真偽を弁ぜんや。然《しか》れば則ち義経偽り死して遁《のが》れ去りしか。今に至るまで夷人義経を崇奉し、祀《まつ》りて之《これ》を神とす。けだし或はその故あるなり」

と記している。

しかし、現代の正統派の歴史家連は、こう反駁《はんばく》するのだ。

「梶原景時を検分役の一人としたところに、頼朝の用意が

いかに周到であったかを見るべきである。頼朝麾下《きか》の東国武士の中で、景時ほど義経となかの悪かった者はない。その景時が義経の首と認めて復命したのだ。見あやまりのあろうはずはない」

ぼくもそう思う。首は腐敗していたかも知れないが、識別のつかないほどではなかったろうと思うのだ。景時と義経との間には深い怨恨と憎悪がからんでいる。一点でも怪しい点があったら景時がそれを頼朝に報告しないはずはないのである。

少くとも、義経偽死説は、首が識別出来ないほど腐爛壊損していたろうという仮定の上に立っての推理だが、こちらは景時の義経にたいする憎悪という既定事実の上に立っている推理だ。

また、義経偽死説の人々は、義経の首が到着した十一日後には、早くも頼朝が平泉征伐の計を立てて、将士を会して軍議し、追討の院宣を乞い、朝廷が「泰衡すでに義経を討ってその首を頼朝に献じた以上、頼朝に降伏したのであるから、これを討つの理なし」とて、院宣を下さなかったところ、「兵事に将軍の命を聞いて詔を聞かざるは古来例あることである」と、京都には届け捨てにして大軍をくり出して陸奥に向ったことを挙げて、これは義経の首と称して届けて来たのが贋首らしかったので、頼朝は不安を感じて征伐を急いだのであるという。

これにたいして、今の正統派は言う。

「平泉征伐は頼朝の意志であった。当時の奥羽地方は平泉藤原氏によって統治されている独立王国ともいうべき地域であった。天下統一を以て念としている頼朝にとって、その存在は許容しておけるものではなかった。いずれはこれを討平げようと思っていたのだ。ただ義経がその軍事的天才を以て藤原氏の大軍をひきいて戦うことをおそれて、猶予していたのである。その義経がなくなった以上、もはやためらわねばならない理由はない。時をうつさず討伐にとりかかったのは、最も当然なことである」

ぼくにはこの両説の当否如何《いかん》より、同じ材料からまるで正反対の結論が出て来るところに興味がある。

かつてぼくはある人が大石良雄をダラ幹であるときめつけて、その論拠を色々と示している史論を読んで、

「ぼくはここに使われている同じ材料を使って、大石良雄は最も見事な忠臣であったという結論を導き出すことが出来るな」

と、笑って友人に語ったことがある。歴史上の議論にはそんなことが少くない。この問題などもそれだ。

歴史上のことは物理や化学とちがって、同一条件をそなえておいての実験が出来ない。推理だけに頼らなければならない場合が多いのであるが、この推理というやつほど頼りないものはない。仮説の立て方で白にも黒にもなるのだ。つまり、史論の結論は最初から論者の胸中にきまっている。論理はあとからさがされるのである。

だから、史学は科学より文学に近いのであり、文学より哲学に近いものだとぼくは思っている。

四

青森県や岩手県の各地には、義経の遺跡と称する土地が多く、それぞれにおもしろい伝説がのこっていて、これがまたその土地々々の人々や、義経不死説の人々に、義経衣川に死せずして蝦夷地にのがれたとの信念を強くさせている。

前章で引いた大日本史の義経伝の末尾にアイヌ人が今に至るまで義経を神として祀っているとあるのもその一つだ。

やはり元禄時代を中心にして、その前後にかけて生きていた人である新井白石の「蝦夷志」に、「アイヌ人等は祀壇を設け義経を祀り、これをオキクルミといい、飲食する毎にいのりをささげている。（原漢文）」

とあるのも、先ず先ずそのことが心中にあるのであろう。

しかし、この反駁は高木彬光氏が「成吉思汗の秘密」の中で、井村梅吉博士に語らせているところが、最も要を得ているから、要約して左にかかげる。この説はたしか言語学者の金田一京助博士の説だったと記憶している。

「戦国時代から江戸時代の初期にかけて、奥羽地方には吟遊詩人ともいうべき人々が存在していた。この人々は義経の一代記を、たとえば平家物語を語り歩くめくら法師の如く、拍子に合せて各地を語り歩いた。今日『仙台浄瑠璃』とか『奥浄瑠璃』とかいわれているもののもとだ。

この人々の語る物語と、民衆の心の底にある英雄不死の信仰とがあいまって、各地に義経の史蹟を生み出した。ちょうど熱海にお宮の松があり、逗子に浪子不動があるようなものだ。しかも、この奥浄瑠璃は津軽海峡をこえて北海道に入り、アイヌ人の間にもひろまった。アイヌがオキクルミを義経様であるというのは、彼等の本来の神であるオキクルミと義経とが、いつの間にか習合したのである云々」

というのである。

要するに、義経衣川に死せずの説を持する人々が、その議論を発展させて、

「義経は北海道に渡った。その証拠には奥州の各地に衣川の戦い後の義経の史蹟がのこり、北海道のアイヌの間に義経の英雄談がのこり、神として尊崇されているではないか」

と主張するのにたいして、反対者側では、史蹟も、伝説も、アイヌ人の間にのこる信仰も、すべて奥浄瑠璃によって生じたとするのだ。

ぼくは奥浄瑠璃説に軍配を上げたい。伝説というものは多くの場合、こうして発生する。たとえば小野小町や和泉式部にまつわる伝説の土地が全国に多いが、それらは小町物語や式部物語を語って歩いたゴゼのような人々によってまき散らされ、植えつけられたのだと考えられている。

しかしながら、これとても推理にすぎない。動かない証拠があるわけではない。義経衣川に死せずして北海道にのがれたという説には、一〇パーセント位いの可能性は認めてよいかも知れない。

現に、東鑑に、平泉藤原氏が頼朝に亡ぼされた後、泰衡の部将であった大河兼任《かねとう》という者は、泰衡の亡ぼされた年の冬から、あるいは伊予守義経、あるいは木曽義仲の子旭ノ冠者義高であると称して兵を募って、数カ月の間幕府の軍勢に反抗していることが出ているのだ。ひょっとすると、義経は生きのびて蝦夷地へのがれたのかも知れない。肯定にも否定にも決定的なキメ手はない。否定説の推理の方がやや巧妙に見えるというだけのことである。

五

前章に引いた新井白石の文章のつづきに、またこうある。

「蝦夷地の西部の地名に弁慶崎というのがある。一説によると、義経はここから北海を越えて去ったと。寛永年間に、越前の新保の人が難船して韃靼《だったん》の地に漂着した。その年は癸未《きび》寛永二十年であった。清の皇帝はその人を連れて北京に入り、一年余とどまらせてから、勅して朝鮮におくり、朝鮮から日本に送りかえさせた」その者がこう言った。「奴児《ヌル》干部《カンブ》（今の満州吉林の東部から露領沿海州に至る地方）の人家の門戸には神像をかかげてあったが、それは北海道で見る義経の画像に似ていたと。なんとめずらしい話ではないか。（原漢文）」

さすがに白石ほどの大学者であってみれば、軽卒に断定はしないが、一応の色気は見せている。

前にあげた「義経勲功記」や「鎌倉実記」はこの時代のもので、やはり義経が蝦夷地から大陸にわたり、その子孫が清朝の祖となったという説であるが、その他にもそう主張しているものはある。それは経済雑誌社の「大日本人名辞書」の源義経の項に、手際よくまとめてあるから、それを布衍《ふえん》しながら述べよう。

その一つはこうだ。

ある古老の談に、徳川時代の初め、鄭成功《ていせいこう》が支那の南方に拠って明朝を護《まも》って大いに清朝を苦しめた頃、清朝では成功の母は日本人なので、その縁によって日本政府が鄭氏を援助するかも知れないと心配した。事実、鄭成功は幕府に援助を乞い、三代将軍家光は諸大名を集めてそのことについて相談までしているのだ。

清朝では心配のあまり日本に使者をつかわし、わが清朝の皇帝は貴国人の末裔《まつえい》であるから、親しく隣交を結びたいと、文書礼物をそなえて幕府に贈り、これはわが祖先の着用したもので伝家の重宝であるが、前言を証するために贈るとて、古い日本製の鎧の草摺《くさずり》一ひらを添えてよこしたという。この草ズリと文書は久しく幕府の庫に秘めてあったが、明治になってから徳川家から宮内省へ献納したという。

その二つはこうだ。

森助右衛門という人の「国学忘貝」という書の中にこうある。

「清国で編纂《へんさん》した『図書集成』という叢書《そうしょ》は全部で一万巻ある。宝暦十年に清人汪縄武《おうじょうぶ》なる者が持って来たのを、明和元年に幕府の文庫におさめた。その叢書の中に『図書輯勘』なる書が三十巻ある。それに清の乾隆帝の序文がついている。その文はこういうのだ。

『朕ノ姓ハ源、義経ノ裔ナリ。ソノ先ハ清和ヨリ出ヅ。故ニ清国ト号ス』」

ところが、ここのことを桂川中良（十代家治、十一代家斉の頃の人。蘭医）がその著『桂林漫録』の中でこう言っている。

『自分はかねてから、『国学忘貝』に言う所の『図書集成』中の『図書輯勘』なる書を見たいと思っていたところ、この頃兄桂川甫周が幕医であるお陰で見ることが出来たが、『図書集成』の中には『図書輯勘』なる書はない。総目録を検しても見当らない。従って、乾隆帝自筆の序文などあろうはずなし』

その三はこうだ。

沢田源内という人物が、「別本金史外伝」なる書を見つけ出したと言い出した。その書中に、

「範車大将軍源光録ハ、日東ノ陸華山ノ権冠者源義経ノ子ナリ。其ノ先《せん》義経蝦夷ニ奔リ、土人ヲ領シ、金ニ至リテ章宗ニ事フ。章宗詔シテ光録太夫ニ命ズ。大将軍ニ累任シ、久シク範車城ヲ守リ、北方ヲ鎮ス云々」

とあるので、世間はさわぎ出したが、これは享保頃の学者である篠崎東海が偽書であることを看破して、沢田源内を面責屈服させたということが、東海の著書「東海談」にある。

その四は明治になってからのことだ。

ある者が、伊藤蘭嵎《ぐう》（仁斎の第五子、紀州藩儒）と智景耀という坊さんの書いたものの中に、

「明和三丙戌五月、新渡ノ図書集成六百套九千九百九十六巻中ニ輯勘録三十巻有リ。第三十ノ序ニ云フ、乾隆皇帝述ブ、我ガ姓ハ源、義経ノ裔、其ノ先ハ清和、姓ハ源、故ニ国ヲ清ト号ス（原漢文）」

とあるのを写して、当時の儒者の団体であった斯文《しぶん》会に提出して、

「清国と善隣の交りを結ぶようになった今日、この点が明らかになれば、まことに工合がよい。よろしくお調査を請う」

と頼んだ。斯文会の蒲生《がもう》重章、大学の漢学教授であった人であるが、早速に当時の清国公使黎庶昌に質したところ、その返事はこうであった。

「わが皇上の先祖は金源の後に出ている。貴邦の源氏とは関係ない」

大体以上でつきるのであるが、いずれも何よりも信じた

感ぜられる。い、そうあってほしいといった心持があふれていることが

六

以上述べて来た通り、明治年代までは、義経は清朝の祖となったという説だけで、まだジンギス汗説は出て来ないが、大正年代になって、小谷部全一郎という人が、「成吉思汗は源義経也」という書物を出した。

この書物の説く所は、当時の史学者から総攻撃を受けたが世間では大好評で、天皇もごらんになったということである。

小谷部氏は自ら蒙古地方に行って何年か調査した後、この説をなしたのであった。その説の詳細は、今手許にその書物がないのではっきりとは述べられないが、昔読んだ記憶をたどると、蒙古の人情風俗が日本の鎌倉時代と似たものがあること、蒙古の伝説ではジンギス汗は外国人であったと言われていること。彼の性格が非常に鎌倉武士的であること等を上げて、そういう結論に達していたようであった。

たとえば、ヤブサメなども蒙古ではこれをヤブサメルといって、騎射の術のことを言うとか、笹竜胆《ささりんどう》の文様があるとか、というようなことをあげていたように記憶している。

蒙古の習俗が日本の習俗に似ていることは、多少なり蒙古のことを調べたものにはよくわかる。ドーソンの蒙古史によると、蒙古人は衣服の色は白を最貴とするとある。これは東洋民族の中で、日本人と蒙古人だけである。中国なぞでは白は凶色として、喪服以外にはつかわない。またシメナワ類似のものを祭時には使うという。即ち紐の所々に羊毛をはさんで垂らし、これをはりめぐらすのであるという。新年には各部族の長が白馬を大首長に献上するというが、これは江戸時代まで京都御所で正月七日に行われていた白馬の節会（アオウマのセチエとよむ）に似ている。まだ色々とあるが、これは日本人と蒙古人とが系統を同じくする民族であるという旁証にはなっても、ジンギス汗と義経とが同一人であるという証拠にはなるまい。

日本人が蒙古人と系統を同じくしている人種であることは、日本人に蒙古斑（赤んぼのおしりの青い斑点）や蒙古襞（目頭のしわ）のあることや、日本語と蒙古語とが酷似したくみ立てをもっていることからも言われていることで、べつだん新しい発見ではない。

現在の蒙古の人情風俗が日本の鎌倉時代のそれに似ているというのも、共に騎馬を主として武張ったことばかりしているところから出たことで、何の不思議もないのである。ジンギス汗一人の力で全蒙古人の人情風俗をかえられると思うのは、個人の力を大きく見過ぎることになろう。

蒙古人はジンギス汗の後約百年にわたって中国本土に君臨し支配していたのだ。たとえジンギス汗によって人情風

俗が一変したとしても、その後の中国の人情風俗の影響によってそれは消えたはずである。現代蒙古のそれらと鎌倉時代の日本武士のそれらとが似ているのは、生活の目的と生活環境が似ているための自然の結果で、どちらかの影響でそうなったと考えるのは、生物の順応本能を考えない論である。

笹竜胆の文様は源氏は源氏でも村上源氏の紋章で、清和源氏の紋章ではない。したがって、清和源氏の嫡家に生まれた義経には何の関係もない。今日鎌倉市が市の紋章として笹竜胆を用いているのは意味のないことである。

何よりも決定的なことは、ジンギス汗は生まれ落ちた時から死に至るまで、はっきりとその生涯がわかっている点だ、それどころか、彼の父のことも、母のこともわかっている。現代の蒙古人の伝説でどういわれていようと、外国人であるという説など入りこむすきは一分もない。

高木氏の小説の中で神津恭介は、このジンギス汗に義経が入れかわったのだと主張している。即ち、ジンギス汗が殺されたか病死したかした後に、義経が入れかわってジンギス汗と名のったのだというのだ。

小説としては面白いが、現実の世の中では出来そうもないことだ。ジンギス汗の家族や家臣共がそれを承認するだろうか。ある程度の数の者は承認させ得ても、大多数は承認しないにきまっている。権力者の地位ならなおさらのことだ。小説の世界だけで可能なことで、現実の世界ではとうてい不可能なことだ。

仮に百歩をゆずって、ジンギス汗が義経であったとしても、彼らを彼らたらしめた戦術にはなんらの共通点がないのをどうしよう。義経の戦術は常に寡を以て衆を奇襲する戦術であり、兵員個々は一騎討ちしたのだ。これに反してジンギス汗の戦術は大軍をもって堂々とおして行く集団戦術であった。

当時の戦闘法は、蒙古をのぞいては、日本も、中国も、ペルシャも、アラビヤも、ヨーロッパ諸国も、一騎討ちの戦法であった。蒙古だけが集団戦法であった。この戦法によって、蒙古軍は無敵だったのだ。この極端にちがう戦術を、どうして同一人の方寸の中にもとめることが出来よう。

一体、戦術というものは、どんな天才でも、種類のちがう戦術の案出は出来ないものだ。テーベのエパミノンダスは斜陣しか出来なかった。ナポレオンは敵の最強部に集中砲火を浴びせかけてこれを動揺させ、騎兵を以て突破させるという戦術しか出来なかった。だから、堂々の陣をそなえないパルチザン戦術にかかると、スペインでもロシアでもみじめな敗れ方をしたのだ。

さらに両者の性格だ。小谷部氏は似ているというが、ぼくには二人が勇敢で剛毅であったという以外には、更に似たところを見ることが出来ない。義経は戦争には勇敢でも、源平盛衰記の諸所に、「情ある人」にてとあるが、ジンギス汗には野蛮人特有の残虐さが強いのである。

ドーソンの蒙古史によると、ペルシャのホラズム国のタルメッド市を陥れた時、彼は住民の全部を城外に出し、諸隊に分配して虐殺させたが、一人の老婆が、

「いのちを助けて下さるなら、美しい真珠を献上します」

と言った。

「その真珠はどこにあるのだ」

「のみこんでしまって腹に入っています」

兵士はいきなり老婆を殺し、腹を剖《さ》いて真珠をさぐり出した。すると、このことを聞いたジンギス汗は、

「そんなものがほかにもあるかも知れんな」

といって、全部の死者の腹を剖かせたという。

彼がホラズムの首都オルカンジュを陥れた時には、兵一人につき二十四人を殺したが、兵数は五万であったから、百二十万を虐殺したのである。

サマルカンドを征服してしばらく滞陣の後、進軍するにあたって、サマルカンドのサルタン・モハメットの母后とその寡婦らを捕虜として連れ去ったが、その際、ジンギス汗は母后らに、

「国に訣別の礼じゃ。そこに立って泣け」

と命じて路旁に立たしてワアワア泣かせたという。

ある日、ジンギス汗は諸将にその方共は人生で何が一番楽しいことと思うかと聞いて、それぞれ答えさせた後、言ったという。

「人生最大の快楽は、仇敵を撃破し、これを追いはらい、その所有の財宝を奪い、その者と親しかった人々が悲しげな顔で泣くのを見、その馬をわがものとし、その妻とその娘を納《い》れて後宮に備うるにある」

あげて行けば、はてかぎりなくある。このジンギス汗のどこに「情ある人」らしいところがあろう。二人の性質は最も根本的なところで正反対なのである。

二人ともあまり酒を嗜《たしな》まず、相当以上に好色であったという点は、とくに二人の特性として取り上げるほどのことではあるまい。そんな人間はあまりにも多いのである。

更に宗教だ。義経は当時の日本人らしく、神仏に対する信仰が深い。とりわけ鞍馬にいた関係もあって、仏に対する信仰は強烈であったが、ジンギス汗は自分自身を神なりとすると同時に太陽を礼拝し、シャーマン教の粗野な儀式を遵奉《じゅんぽう》していたというのだ。これらは蒙古人特有の宗教を土台にした信仰だ。当時の人々にとっては宗教はきわめて重大なものだ。小谷部氏は義経は仏教を棄てて蒙古人の信仰に帰依したというのであろうか。

詮ずるところ、義経が衣川で死せずして北海道にわたったというのは、一〇パーセント程度の可能性があるが、そこから更に大陸にわたったということには〇・五パーセントくらいの可能性しかなく、更にそれがジンギス汗になったという説にはまるで可能性がない、といわざるを得ない。小説は別だ。小説は現実の世界を描くのではない。その小説だけの世界を描けばいいのだから。

七

最後に弁慶のことを少し書こう。

弁慶は実在の人物である。源平盛衰記にも平家物語にも、東鑑にも名が出て来る。

しかし、どんな素姓の人間であったかはわからない。熊野別当湛《たん》せうが子で鬼若といったのが、比叡山に入って西塔に住んで修業しているうちに、乱暴者なので皆にきらわれて自ら髪を剃って西塔の武蔵坊弁慶と名をつけて比叡山を出、播州書写山に入り、またここで喧嘩して寺に火をつけて焼きはらい、京に出て来て、千腰の太刀をそろえようと、夜な夜な辻に立って人の太刀を奪い、九百九十九腰そろえて、千腰目に牛若丸に逢って、うちまけて家来になったとは、義経記の記述だ。しかし、義経記は小説だからあてにはならない。

せめて西塔の武蔵坊弁慶という名のりが信用の出来る書物に出ていてくれれば、比叡山の西塔にいたことがあるというだけでもわかるのだが、東鑑には単に「弁慶法師」と出ているだけだし、源平盛衰記と平家物語には「武蔵坊弁慶」としか出ていない。つまり、比叡山にいたということもあやしいのである。

今日考えられているほど強かったかどうかも疑わしい。盛衰記にも平家にも、いつも義経の郎党の名前を連記した中に、それも末尾に武蔵坊弁慶とあるにすぎない。「…等という一騎当千の者共」とあるから、相当強かったには相違ないが、特別な働きはしていない。義経が三草《みくさ》越えしてひよどり越えに赴く途中、鷲尾ノ三郎経春という猟師の息子を案内者としてさがして来たことだけが、特別な手柄といえば手柄だ。

今日伝わっている弁慶の武勇談や忠誠談は、すべて義経記以後に出来たお伽草紙と謡曲がもとになっている。思うに弁慶の時代は寺院の勢力の大きい時代であり、僧兵の武勇の目立つ時代なので、僧兵の代表者として、後世の文学者らが弁慶の武勇談を創作したのであろう。

ぼくの友人の中沢巠夫君は、弁慶は出羽羽黒の修験者上りではなかろうかと言っている。

これはまことに卓見である。

弁慶の名がはじめて文献に出てくるのは、盛衰記の宇治川合戦の数日前の伊勢における源氏勢ぞろえの場であるから、弁慶が義経の家来になったのはそれ以前でなければならないが、もし比叡山の坊主上りで京住いしていたとすれば、その時期がない。

義経がまだ鞍馬にいた頃だとすれば、奥州下りについて行かないのが不思議であり、平治物語に全然出ていないのもいぶかしい話である。

義経記では苦しまぎれに、義経は奥州に下ってから、学問武芸の稽古《けいこ》をするためにすぐまた京上りして、鬼一法眼《きいちほうげん》なる人物について兵法を学んだが、その間に、刀とりの弁慶に出逢って家来にしたとしている。

しかし、弁慶を羽黒の山伏とすれば、そんな無理な細工はいらない。義経が奥羽にいる間に随身したことになって、まことにすらりと行く。

当時山伏が国名を坊名とするのは、ごく普通のことであった。山伏でも武蔵坊と名のって少しも不思議はないのである。

また、後に義経が頼朝の怒りを受けてから、ニセ山伏となって北陸道を経て平泉へ落ちたことは、東鑑にもあって事実であるが、それにも都合がよかったはずである。

しかし、これとても、確言は出来ない。確証はないのである。推理に過ぎないのである。

＊杉本苑子

義経をめぐる女性たち

物語や演劇の世界では、義経の女性関係はたいへん華やかに仕組まれている。また、事実、信用のおける史料にさえ、

「年が若いわりに、女好きな性格だった」

と書かれたほど、彼の身辺には一時期、スキャンダラスなうわさが絶えなかった。

それも無理ではない。飛ぶ鳥落とす鎌倉殿《どの》の弟、そしてその、代官として義経は上洛し、たちまち木曾義仲を敗死させてしまったのだ。木曾勢の乱暴に手を焼いていた廷臣や京の町人らが、水ぎわ立った義経の将帥ぶりに賛辞を惜しまなかったのは当然といえよう。

さらに義経は、平家の軍勢を一ノ谷、屋島とつづけざまに撃破し、とうとう長門《ながと》の壇ノ浦に追いつめて、一門ことごとく滅亡させるという大手柄まで立てた。凱旋してきた晴れ姿を、都の人々が歓呼して迎えたであろうことは、想像にかたくない。まさにこの時期こそ、義経は得意の絶頂にあったわけで、女たちにもちやほやされただろうし、彼自身、兄頼朝の思惑すら念頭に置かずに発展して、のちの悲劇の、種をまくことにもなったのである。

頼朝が不快に思い、警戒もしたのは、義経が自分にことわりもせず平時忠《たいらのときただ》の娘を愛人の一人に加えたことだ。太政入道清盛の妻は二位ノ尼時子という。平時忠はこの、時子の弟である。つまり時忠の娘は、清盛の姪《めい》ということになる。

平家一族とたいへん濃いつながりを持つこのような女性と、かるがるしく関係を結ぶなどという行為は、義経の立場からすれば許されない。時忠側が執拗に働きかけたとしても、また、娘そのものを好いてしまったとしても、義経としては自制すべき恋だった。

平時忠は平家がまだ全盛を誇っていた当時、姉の威光を笠に着て肩で風切って歩いた男で、例の「平家にあらずんば人にあらず」の放言も、その口から出たと取り沙汰されたほどの荒公達《あらきんだち》である。

一門一族があらかた死に絶えた壇ノ浦合戦以後もしぶとく生き残ったばかりか、昨日まで敵将として憎んだはずの義経へ、娘を贈って保身をはかる変り身の早さなど、なかなかの策士といえよう。こういう油断ならない人物の娘を、

鎌倉の意向を無視してまで閨《ねや》へ入れた義経の思慮のたりなさは、批判されても仕方があるまい。若いとはいっても、すでにこのとき彼は二十八歳であった。全軍を統治しなければならぬ身分上の責任からも、気ままな恋情に流されてよいとはいえないはずである。やはり史料が語る通り、得意のまっさかりにあったこの時期に、女にだらしなくなる資質の上での短所が、はっきり露呈してしまったのだと評せよう。

それといま一つ、頼朝の眉をしかめさせたのは、建礼門院徳子とのうわさであった。このスキャンダルには確証はないけれども、江戸時代の末まで根づよくささやかれて、川柳や春本の素材となった。頼山陽の作と伝えられる『壇ノ浦夜合戦記』あたり、さしずめその、代表格だが、『源平盛衰記』に、

一つ船の中の住居なりしかば、兄の宗盛に名を立つと云ふ。聞きにくきことを云ふもまた、九郎判官に生けどられて、心ならぬ仇名を立て候へば、畜生道に云ひなされたり。まことに女人の身ばかり、申すにつけて悲しけれども……

とある個所などが、火もとになっているのは言うまでもない。真偽はともかく、これで見ると、せまい船上ぐらしのつれづれに、徳子は心ならずも兄の宗盛と醜関係を結び、捕われてからはさらに敵将義経の辱《はずかし》めを受けたことになる。もし、この記述が事実ならば、勝者の優位をふりかざしたとはいえ先帝高倉院の后《きさき》、太政大臣清盛の息女、そして安徳幼帝の生みの母である女性に対して、義経はずいぶん思いあがった行動に出たものである。

「それもこれも、定まった妻がないからだ」

と判断したのか、頼朝が仲人を買って出て、河越太郎重頼の娘をはるばる義経のもとへ輿入れさせた。武門の出だし、きっすいの坂東《ばんどう》女だから、でも、この正妻は、都ごのみの義経に嫌われたらしい。鎌倉方のお目附け役のようにも邪推されたのであろう。のちに義経が兄と不仲になって、京を逃がれ出るさい、置き去りにされ、淋しく東国へ帰っている。

都へつれもどされたあと、建礼門院徳子が東山の長楽寺に入って飾りをおろし、晩年を洛北大原の、寂光院にこもって過ごしたことはよく知られている。これら幸《さち》うすい女性たちにくらべて、不幸は不幸ながらせいいっぱい、義経との愛をつらぬいて生きたのが、白拍子《しらびょうし》の静であった。

烏帽子《えぼし》をいただき狩衣《かりぎぬ》を着、太刀を佩《は》くという男装で、歌をうたい舞いを舞い、酒席をとりもった遊女を、鎌倉時代、白拍子と呼んだ。いわばプロの女性である。深窓育ちの娘たちにくらべて、彼女ははるかに、しっかりした気性の持ちぬしだったのではなかろうか。土佐坊昌俊が堀川館《やかた》へ夜討ちをかけて来たさいの、内助のかいがいしさなどに、その男まさりな性格は現われているし、頼朝追討の挙兵に失敗して都落ちする急場にさえ、義経は静を同伴して

いる。したがって大物《だいもつ》ノ浦での難船後、潜伏した義経と苦労を共にしたのも数多い愛人中、静一人だった。

　しかし義経主従が吉野山中に隠れると、女人禁制の掟《おきて》にはばまれて彼女は泣く泣く一行と袂《たもと》を分かたなければならなくなった。雪の吉野山での劇的な別離は、ドラマの好材料と見なされて後世、能や歌舞伎、文芸作品などにくり返し取り上げられたけれども、このとき静は、すでに義経の子をみごもっていたのであった。

　そのため捕われて、彼女は鎌倉へ護送された。しかし毅然とした態度は崩さず、鶴岡八幡宮社頭で法楽《ほうらく》の舞いを強制されたさいも、「吉野山峯の白雪ふみ分けて」と、臆さず義経への思慕を歌いあげている。やがて月満ちて、生まれた子は男の子……。叛逆者の種ということでただちに殺され、静は都へ送り返された。その後の消息は不明である。

　以上が、『吾妻鏡《あづまかがみ》』その他、信憑《しんぴょう》性の高い史料から抜き出した〝義経をめぐる女たち〟だが、むろん、このほかにも記録されないロマンスは、たくさんあったろうと思われる。衣川の館《たち》へ落ちのびてからも、義経は二人の子の父親になっているのだ。『義経記《ぎけいき》』あたりには、久我内大臣の姫ぎみなどと書かれているけれど、子らの母の素性や名はわからない。たぶん奥州藤原氏の一族か、重臣の娘といった身分の女性ではなかったろうか。

　いま一つ、義経の性格上の欠点は、兄頼朝の樹立した武家政権の本質を、まったく理解できなかった点にある。都で生まれ、都で育った彼には、藤原氏や平氏がやった摂関体制以外に、〝政治〟というものが考えられなかった。一族の首長が官界での最高位に就《つ》き、その下の重要ポストをつぎつぎに同族が占《し》めて、いわば座布団を並べる形で横拡がりに、朝廷での威勢を伸ばしてゆく。それを義経は、理想的なスタイルと信じていたのだ。

　ところが頼朝が京都と手を切り、新天地の鎌倉に打ち立てた新体制は、御家人《ごけにん》や一般大衆を煉瓦《れんが》と見、一個一個それを積み上げて、三角錐《さんかくすい》の頂点に、彼らの利益代表――つまり源氏嫡流の血を持つ頼朝を、一本の旗として翻《ひるがえ》らせるピラミッド型の、上下一体となった繁栄の図式だった。したがって、たかが兵衛尉《ひょうえじょう》・伊予守程度の官職を得たことに大喜びし、座布団の一枚を手に入れたがごとく報告してくる義経の単純さが、頼朝にすればなんとも腹立たしかったにちがいない。

　武将としての義経は、たしかに奇襲戦法の天才だが、彼は全軍の総帥でもある。暴風雨をついての出撃など、もし失敗し、義経が討死でもしたら味方に与えるダメージは計り知れない。軍監の要職にあった梶原景時が諫止したのは当然なのに、歴史知識に乏《とぼ》しい江戸時代の芝居作者らが、義経没落の要因すべてを、〝梶原の讒言〟ときめつけ、白塗りの二枚目役者に義経を演じさせたおかげで、"判官《ほうがん》贔屓《びいき》〟なる現象が、日本人の意識の中に抜けがたく刷り込まれてしまう結果となった。つまり若さの気負《きお》いに驕《おご》った驍将《ぎょうしょう》、兄の政治認識を理解できぬ体質的な古さ、その上、女性関係にもいささか無思慮だった青年というのが、源義経の実像であり、彼の晩年の不幸にもつながる要因だったといえるのである。

＊郡司正勝

義経芸能の流れ

義経が、芸能の世界に登場してくるのは、源平合戦後であることはいうまでもない。文学史上でいえば『平家物語』や『義経記』『吾妻鏡』などの世界の人物である。

しかし、どうして義経ばかりが、華やかな登場振りをみせるのであろうかといえば、源平の合戦の花形で、輝かしい武勲を挙げ若い美しい勇ましい武将としての資格がまず第一条件である。もっとも、本人は背が低く、色黒く、出っ歯で、猿眼《まなこ》だという説もあるが、スターとしての、民衆の願望の前には、それも一種のやっかみとしてしか役に立たず、義経のイメージ・ダウンには一向にならない。

しかし、それだけでは、判官贔屓《ほうがんびいき》としての民衆の心情のなかに根を下ろすことができない。第二の条件としては、その華やかな頂点から、一挙に転落の道を辿ることの哀れさがなくてはならない。華やかさと哀れが表裏一体になっていることが肝要な条件なのである。そして、これには貴種流離譚という民衆の心意伝承性が待ち受けており、漂泊する貴公子として際限なくふくらみ、最後には、衣川の館で非業な戦死を遂げるといった御霊神《ごりょうしん》としての資格がもう一つ加わって、いよいよ完璧になるのである。

さらに、美しい華やかな配偶者としての白拍子《しらびょうし》静御前の彩りが備わり、美しき稚児上りの優美な武将と、荒法師の弁慶という対照の妙もあり、幾多のエピソードが、これにまといついて、民衆の望み通りにお膳立てが揃い、そして、それらは芸能の舞台の上で、美しい夢を限りなく開いていったのである。いつしか、奥州の旅芝居や地芝居で、義経公が現われぬと収まらず、なんの芝居でも、莞爾《かんじ》として御大将が登場し〽かくて源氏の御大将、九郎判官義経公出で給いしが、さして用事もあらざれば、一間の内へぞ」と語らせて、舞台を一巡して引込んだといった落し咄《ばなし》までが成立したころは判官贔屓は、江戸民衆の人気を、曾我と二分した二大潮流をなしたのである。

はじめは、『曾我物語』や『義経記』は、琵琶《びわ》法師や勧進比丘尼《びくに》などの旅の放浪芸能者の群れによって、津々浦々にまで運ばれていったものとおもわれるが、やがて、戦国の武将たちによって好まれた幸若舞曲のうちで、まず、幾多の判官物が形成されていった。「伏見常盤」「常盤問答」「靡《なびき》常盤」「山中常盤」などは、義経の母の常盤の物語であるが、いわば義経の幼児体験あるいは前生譚ともいうべき部分であり、「笛巻」「未来記」「鞍馬出」「烏帽子折」などは、やがて世に出るまでの、いわゆる牛若丸時代の、一種の未来記でもあった。また凋落《ちょうらく》の義経を描いたものに「堀川」「腰越」「四国落」「静」「富樫」「笈さがし」「岡山」「和泉が城」「高館」などがあり、赫々《かっかく》たる武勲の勇しい義経については、「屋嶋軍」一曲があるが、これとても、ありし日の回想シーンとしてであった。

　義経が山伏姿に身をやつして、落ちのびてゆく過程には、かならずや山伏集団がまつわりついていたはずで、やがて奥州の山伏神楽や番楽《ばんがく》のなかで、数々の義経物を伝承していて、能への橋渡しとなっているのである。「堀川」「鞍馬」「八嶋」など、ことに天狗と牛若の兵法くらべなどは、まさしく山伏の世界を色濃く残しているのが知られる。

　能では、これらの幸若舞曲を承けたものが多く、現行曲で九曲を数えるが、おもしろいことには、義経自身がシテであるのは、「屋島」一曲だけで、それとても義経の亡霊である。あとは「烏帽子折」「鞍馬天狗」「橋弁慶」「船弁慶」「正尊」「忠信」「安宅」「摂待」と、すべて、義経はこれらの曲では主人公ではなく、ツレであり、子方が演ずるものとなっている。

　やがて、近世の歌舞伎、人形浄瑠璃の舞台では、義経は、民衆の声に答えて、もっと生身なスターとして登場してくる。ここで義経は、若衆方と色立役とに変身する。前者は牛若丸であり、後者はいうまでもなく九郎判官義経である。

　さらに若衆方の牛若丸は、色若衆と荒若衆の二つのケースに別れてゆく。色若衆の代表たる牛若丸は、浄瑠璃御前と皆鶴姫との色事師・濡れ事師としてのそれである。

浄るりに笛を合せる濡れ事師

とは、前者の場合で、いうまでもなく浄瑠璃御前とは「浄瑠璃十二段草子」の女主人公、牛若が奥州下りの途中立ちよる、三河矢矧の宿の長者が娘のことで、その姫との忍びの段で、牛若が吹く笛は、幸若の「笛巻」で、母常盤から与えられた笛であったかどうかはわからぬが、五条橋の牛若も笛を吹くから、とにかく牛若と笛はつきものである。あるいは敦盛の面影も一緒になっているかも知れぬが、若衆と笛は、まずは付きものなのである。

　後者の皆鶴姫と牛若の情事も、いうまでもなく、「鬼一法眼三略巻」の菊畑の一段で、牛若は鬼一の娘皆鶴姫をたらかして、虎の巻の一巻をまき上げるといった、前髪立ちの大振袖の色奴姿である。

　これに対して荒若衆としての牛若は、能の「現在熊坂」（廃曲）とか「鞍馬山」のそれで、大盗熊坂長範や天狗とわたりあう牛若で、かぶきでは「鞍馬のだんまり」のそれである。「五条橋」の牛若も「三略巻」では、千人斬りの荒若衆となっているので、「橋弁慶」をひっくり返した趣向となっている。この牛若の早業の系譜は、若衆芸の伝承からいえば、八艘飛びの軽業事が、やがて因幡小僧や鼠小僧、あるいは弁天小僧につながる白浪物に結びつくはずのもので、「黒手組助六」に、牛若伝次という巾着切が出るのは、世は末といえども、故なしとしない。

吉野落ちの義経は、「吉野静」「碁盤忠信」「吉野忠信」のごとく、むしろ主人公は佐藤忠信や静に移っている。「千本桜」の義経は、むしろ義経伝説の面影を宿した、大和の源九郎狐が主人公ですらある。そして「勧進帳」の義経となると、むしろ能の子方に立ち戻っているとすらおもわれる。やがて現われる「義経腰越状」は、義経記の世界を難波戦記に移したとき、その若衆振りは、豊臣秀頼に見立てられるので、こうして義経のイメージは生きつづけるのだといっていい。

鹿児島の与論島の十五夜踊（大和踊）の、長刀は、「牛若弁慶」といわれて、南へ下り、北海道のアイヌ族のオキクルミが義経に見立てられ、ペンケが弁慶となって北上し、さらに韃靼《だったん》に渡って、成吉思汗《ジンギスカン》にまでその見立てはおよぶのである。

こうなると、見立ての力は、義経を源泉として、義経を越えてゆくので、こうした民衆の共同幻想の翼《はばた》きをだれも止めることができないのである。

解題

義経伝説

須永朝彦

洋の東西を問わず、古来、非命悲運に終った英雄の人気は高い。日本でも、倭建・源為朝・源義経・曾我兄弟などがその好例である。

同じ非命悲運でも、日本では、叛乱に挫折したり謀られて絶命したりして恨みを呑んで死んだ者は祟りをなすと考えられ、平安時代初期以来、御霊《ごりょう》として祀られる例が多く、早良《さわら》親王・伊予親王・菅原道真・平将門・崇徳院などが直ちに想起される。一口に御霊と申すものの、ひたすら恐れられて鎮撫される霊から、その霊力に肖《あやか》りたいと敬愛されるものまで、霊格は様々である。例えば、天満宮として祀られた菅公は、雷神と化して、初めは専ら畏怖されたものの、生前の豊かな学殖が顧みられて、次第に学問の神として信仰されるに至った。また曾我兄弟などは、その若々しい霊力に肖りたいと願う大衆の近親の情によって、芸能の世界に於て近世まで手厚く鎮撫されている。

悲運の武将として語られる頻度が誰よりも高い源義経の場合はどうか。無論、義経にも御霊となる資格は充分過ぎるほど認められるが、愛惜されるあまり、所謂《いわゆる》御霊神には納まらずに、貴種流離譚や不死伝説に語られて、《判官贔《ほうがんびい》屓《き》》という言葉まで生んでいる。かかる展開を辿ったのは、知名度抜群なるにもかかわらず、その生涯の過半が不明である事に起因していよう。源平藤橘以下諸氏の系図来歴を知る上で最も信頼の置ける史料とされる『尊卑分脈』（洞《とう》院公定《いんきんさだ》著、室町時代初期）に拠って義経の生涯を辿れば、次の如くである（漢文体原文より記事の摘要を抜萃）。

①平治元年十二月、父義朝没落の後、母常盤《ときわ》は公方（平清盛）の責めを懼《おそ》れ、三人の幼子を相随《したが》え、大和国に沈落、その時まさに義経二歳。

②十一歳より鞍馬寺に住み、東光坊阿闍梨の弟子となる。頻りに武芸を嗜む云々。

③承安四年三月三日暁天、時に十六歳、窃《ひそ》かに鞍馬山を立ち出《い》で、東国に赴き奥州に下着、秀衡《ひでひら》の館に寄宿、五六箇年を送る。

④舎兄兵衛佐《ひょうえのすけ》頼朝、義兵の治承四年十月、奥州を超えてかの陣に赴き、初めて対面。

⑤元暦《げんりゃく》元年正月、木曾義仲追討の院宣を奉じ、東軍を差し進《まい》らする時、範頼・義経兄弟を両大将と為す。上洛、忽ち義仲を誅す。同二月、範頼と共に西国に進発、平家を一の谷に追落し、数多《あまた》討取る。帰京の後、範頼を三河守に任じ、義経を伊予守、并《ならび》に検非違使《けびいし》、五位

尉《じょう》に補す。

⑥同二年二月廿日、重ねて讃州八島（屋島）に下向、平家を追落す。同三月、豊前国《ぶぜんのくに》門司、長門国赤間壇浦等に於て合戦。同廿四日、悉く平家余党を追伏し、女院（建礼門院）并に宗盛公父子等を虜となし奉り、三種霊品を向い奉り、同四月廿四日入洛。即ち宗盛公父子を相伴い、東国へ下向の処、景時の讒佞《ざんねい》に依り、舎兄源二位（頼朝）、忽ち勘気絶向、義経を鎌倉の中に入れず、義経帰洛。

⑦その後、頼朝卿、土《と》佐房《さのぼう》昌俊を差し上らせ判官の館を夜討するも、予て了知し散々防戦、昌俊を俘囚となして斬る。その後、関東より重ねて時政（北条）が討手として上洛と聞き、文治元年十一月、判官は西国へ赴くも、難風に遇い舟は分散、暫く南都（奈良）を経《へ》廻《めぐ》り、その後、北国《ほっこく》を経て、文治二年夏頃、奥州の秀衡館に下着。三四箇年を送る。

⑧同四年十二月、秀衡死去の後、同五年四月、鎌倉より泰衡《やすひら》に討手を仰せ付けらる。泰衡は忽ち亡父の遺命に背き、累年の芳交を変じて判官の館に発向、仍ち《すなわ》判官の郎等共廿四人、皆討死。文治五年閏《うるう》四月廿九日、平泉衣川の館を焼き、遂に以て自害せしむ。三十一歳。

右の条々の内、第一等史料と目される文献に記載されているのは、④の黄瀬川《きせがわ》の陣屋に於ける頼朝との対面以後の事跡である。義経の幼少期の事は、『吾妻鏡』が載せるこの兄弟対面の記事中に初めて略述されるが、『吾妻鏡』は鎌倉幕府の公用日記とされるものの、その実は鎌倉後期に編纂された可能性が高いという。⑤⑥の武将として活躍した時期の事をニュースとして記録しているのは、九条兼実《かねざね》（藤原摂関家）の『玉葉《ぎょくよう》』、藤原忠親《ただちか》の『山槐記《さんかいき》』、藤原経房《つねふさ》の『吉記《きっき》』など公家の日記のみ（兼実の弟の慈円が著した史論『愚管抄』にも義経の記事はあるが、やや時代が下る）であり、その間わずかに三年、⑦の都落ち以後の事は虚実半ばする伝聞の類であろう。つまり、都や西海に於て華々しい戦果を挙げた時期以外の事跡に就いては、十全の信を置く訣《わけ》にはまいらぬ如くである。

当時の公家の日記や『吾妻鏡』に見える義経関連記事を追ってゆくと、義経は稀なる武人的才腕の持主（頼朝の代官として共に西上した兄の範頼と比べれば判然とする）であり、源氏方の勝利は大方のところ義経によって齎《もたら》されたものと知られ、この義経の軍功を頼朝が正当に評価していないという印象を受ける。自ら出馬する事もせずに朝廷と対峙する一大勢力を築いた頼朝、多大な貢献をしたにも関わらず鎌倉武士団から疎外され朝敵の汚名を被《き》せられて滅ぶ義経——この対比に於て義経への同情が芽生え、《判官贔屓》というものが醸成されたのであろう。

因みに「ハンガンびいき」ではなく「ホウガンびいき」と言うのは何故か。そもそも「判官」とは四部官の第三等官（佑・弁・丞・允・進・忠・尉・掾・監など）を指し、大方ハンガンと発音するが、令外官《りようがい》の検非違使の尉に限ってホウガンと音便形になるという。検非違使の尉は別当・佐《すけ》に次ぐ官職だが、武士が専ら任官するもので実質的には京都警察の長と言える。義経は後白河法皇の寵を得てこの官に任ぜられ（頼朝の承認無し）、相当の手腕を発揮した形跡がある。法皇には、義経を都の武門の長に据えて、鎌倉の武力に対抗させようとする意図があったかも知れない。義経はどうやら都（朝廷）と東国（頼朝の鎌倉武士団）の対立という図式の中で、利用された果に凋落していった如くに見える。頼朝支持派の九条兼実でさえ、「義経、大功ヲ成シ、其ノ詮ナシト雖《イヘド》モ、武勇ト仁義ニ於テハ、後代ニ佳名ヲ貽《ノコ》スモノカ、歎美スベシ、歎美スベシ」（原文は漢文体）と記しており、恰《あたか》も後世に讖《しん》をなす言の如くである。義経への同情が《義経贔屓》という言葉にならずに《判官贔屓》となった裡には、斯様《かよう》な背景がある。

　都および西国の人々には、彗星の如く現れて朝敵退治や王城警固に手腕を揮った俊敏なる武将が一転して悲劇的な運命を辿ったという印象が強く残ったであろう。最期を伝える遙かな陸奥よりの伝聞の効果が思い遣られる。義経への愛惜の情は、彼が経歴・事跡の不明なる部分を選んで、そこに様々な想像や願望を託し、幾多の伝説を育む事となる。因みに《判官贔屓》という言葉が生まれたのは室町後期とされ（用例としては近世初期寛永年間成立の俳書『毛吹草』に載る「世や花に判官贔屓春の風」などが早いものという）、この語を生ましめたとも言い得る『義経記《ぎけいき》』の成立は室町の初期から中期にかけてであろうとされる。

　本書には義経伝説に関する文芸を集めたが、編集に際しては敢えて史実から逸れたものを選んでいる。

　まず義経幼少時を描くものとして、與謝野寛の譚詩『清水詣』、『義経記』の巻一、謡曲『橋弁慶』『鞍馬天狗』、幸若舞曲『未来記』、御伽草子『天狗の内裏』『浄瑠璃十二段草子』『御曹子島渡』、近世歌謡「うしわか」、前田林外の譚詩『翡翠《ひすい》折れ』を収録したが、これらは歴史登場以前の義経を貴種流離譚の形のうちに描き出したものゆえ、悉く伝説の類だと申しても差閊《さしつか》えあるまい。活躍期に関しては、古典に適当なものが見出し得なかったので、與謝野寛と前田林外の譚詩を収めた。都落ちを描くものとして謡曲『舟弁慶』、不死伝説を扱ったものとして謡曲『野口判官』と黄表紙『悦贔屓蝦夷押領《よろこんぶひいきのえぞおし》』、冥土の義経を描くものとして古浄瑠璃『義経地獄破』を収録、及ばずながらも伝説的義経の一代が見渡せるよう配慮したつもりである。この他、義経に言及した近世の随筆の中から興趣ありと思われるものを選び輯《あつ》め『義経異聞』として一括収載した。近代・現代の小説も載せたいと思ったが、義経を扱ったものは殆ど長篇であり（直木三十五、村上元三、高木彬光、司馬遼太郎、邦光史郎、長部日出雄、三好京三など）、適当な短篇が見出し得なかったので、義経＝ジンギス汗説の嚆矢とされる『義経再興記』を採り、また現代諸家のエッセーから三篇を収録した。

成立年代順に挙げれば、義経が登場する最初の文芸作品は軍記の『平治物語』だが、流布本が載せる「常盤六波羅へ参る事」「牛若奥州下りの事」などは成立当初には無かった章で、後世に付加されたものであろうと推定され、その際『吾妻鏡』の補足的な義経幼少時の記事が大きく影響しているとされる。『吾妻鏡』が載せる義経幼少時の事跡は、前述の如く義経の黄瀬川参陣の条（治承四年十月廿一日）に挿入されているが、「此ノ主《ヌシ》ハ、去ンヌル平治二年正月、襁褓《キヤウホ》ノ内ニ於テ父ノ喪ニ逢フノ後、継父一条大蔵卿長成《ナガナリ》ノ扶持ニ依ツテ、出家ノ為ニ鞍馬ニ登山ス。成人ノ時ニ至リ、頻リニ会稽ノ思ヒ（復讐の念）ヲ催ス。手ヅカラ首服（元服）ヲ加ヘ、秀衡ノ猛勢ヲ恃ミ、奥州ニ下向シ、多年ヲ歴《ヘ》タル也」とあるのみ、あとは文治元年五月廿四日の条に載せる名高い〈腰越状〉の申し開きの中に、「故頭《カウノ》殿《トノ》（義朝）御他界ノ間、実無キノ子ト成リ、母ノ懐中ニ抱カレテ、大和国宇多郡《ウダノコホリ》龍門ノ牧ニ赴キテヨリ以来《コノカタ》、一日片時トシテ安堵ノ思ヒニ住セズ。甲斐無キ命許リ存《ナガラ》フト雖モ、京都ノ経廻難治ノ間、諸国ヲ流レ行カシメ、身ヲ在々所々ニ隠シ、辺土遠国ヲ栖《スミカ》トナシ、土民百姓等《ラ》ニ服仕セラル」とあるばかりだが、これらの記事を基として義経幼少時の物語が伏流水の如く生まれ且つ語り始められ、鎌倉幕府瓦解を待って、一挙に噴き出し、形を成したのであろう。

『平家物語』は、義経の生い立ちには触れず（広本系の異本とされる『源平盛衰記』には多少触れる所がある）、専ら木曾義仲および平家との合戦に於ける活躍を語っているが、所謂史実との間にさほど径庭が認められぬせいか、以後もこの世盛りの事跡にはあまり尾《お》鰭《ひれ》が付かず、後続の義経物の文芸では寧ろ素気なく扱われるようになる。『義経記』は、語り物の軍記の形を踏襲する義経の一代記（巷間に育まれた種々の義経物語を集成したものと推定され、その集成作者は都人であろうという）だが、全八巻の内、三巻を生い立ちに費やし、あとの五巻は悲運を語っている。巻四の初めに、黄瀬川対面と源平合戦を取り上げるものの甚だ簡略に切り上げ、直ちに腰越状・堀川夜討・都落ちに移っており、まさしく貴種流離譚の観がある。義経像も、『平家物語』のそれに比べると、容姿が格段に貴公子然とするなど、少なからず変貌を遂げている。本書には、牛若の鞍馬出《いで》までを語る巻一を収めたが、これが義経生長伝説のオーソドックスであると申せよう。

謡曲『橋弁慶』は弁慶との出会を描く。ここでは鞍馬入《いり》以前の事と設えてあるが、『義経記』では一旦奥州に下り再《ま》た都に戻った折の事とする。御伽草子にも『橋弁慶』と題する物語がある。武蔵坊弁慶の名は、『平家物語』にも見える（因みに『吾妻鏡』には僅か二箇所ながら名が録されているので実在が知られる）ものの、さしたる記事にあらず、例えば伊勢三郎の活躍ぶりには遠く及ばない。庇護者の如く義経にぴたりと付き添うて縦横に活躍する——といった我々に親しい弁慶像は『義経記』に始まるもので、巻三は殆ど弁慶物語の観を呈している。荒法師然とした弁慶は義経の裏返しの理想化だという説もあり、弁慶像の膨張によって、義経には愈々《いよいよ》貴公子の面影が色濃く具わった如くである。

『鞍馬天狗』『未来記』『天狗の内裏』の三篇は、義経伝説の中でも最も史実から逸れた類で、恐らく、鞍馬時代に武芸を嗜んだという伝説が肥大化したものであろう。謡曲『鞍馬天狗』には衆道《しゅどう》趣味が認められるが、この大天狗の恋慕は後代に弁慶と義経の関係にも投影される事になる。

幸若《こうわか》舞曲『未来記』は、中世に流行を見せた一種の歴史語り（名高い『聖徳太子未来記』のほか、『太平記』などにも載せる）の形を借りたもの。『未来記』の冒頭には兵法の事がいろいろ書かれているが、聊《いささ》か怪しげな所があるので、訳出に際しては意が通ずるように少々整理の手を加えた。武士に愛好された幸若舞曲には義経を扱った所謂〈判官物〉が甚だ多く、曾我兄弟を扱ったものと双璧をなしている。二十曲に余る判官物は義経の一代をほぼ網羅しており、常盤物語（伏見常盤・靡《なびき》常盤・常盤問答・山中《やまなか》常盤）、生長譚（笛の巻・未来記・烏帽子《えぼし》折《おり》）、兄弟対立（腰越・堀川夜討）、逃避行（四国落・静・富樫《とがし》・笈捜《おいさがし》・八島《やしま》）、最期（清重《きよしげ》・和泉《いずみ》が城《じょう》・高館《たかだち》・含《ふくみ》状）という具合に大別できるが、やはり京洛・西海での活躍ぶりは語られない。

御伽草子の『浄瑠璃十二段草子』は『浄瑠璃物語』『十二段草子』とも呼ばれる。元来が語り物であったと推定され、御覧の如く随所に道行の修辞《レトリック》が駆使されている。十二段の構成は操り人形芝居に懸けられた時に施されたものという。応仁の乱より幾許も経ぬ頃には語り物として愛好されていた模様で、戦国期に大いに流行したので、その節廻しが語り物の主流となり、物語のヒロインの名がそのまま語り物の呼称になったとされる。義経が奇病で死に再た蘇生するなど大いに空想を逞しくしているが、この物語の義経は、既に武人というよりも都の貴公子である。第十一段と第十二段の区切りは伝本によって異同があり、また各段に題を付さぬ伝本もある。

「うしわか」は土佐国土佐郡神田村の小踊歌で、鹿持雅澄が土佐に伝わる神楽歌・田植歌・盆踊歌などを集めて編んだ『巷謡編』（天保六年＝一八三五）に載っている。歌詞に「女郎《じょうろ》に御前」とあるのは、「浄瑠璃御前」の訛伝であろう。

前田林外の『翡翠折れ』も『浄瑠璃十二段草子』に取材したものである。本書に収めた與謝野寛と前田林外の譚詩は、新詩社『明星』誌上にて催された叙事長詩競作・第一回〈源九郎義経〉（明治三十六年）の為に制作されたもので、他に平木白星が参加している。因みに第二回目の対象は〈日本武尊〉で、寛・晶子・相馬御風・平野萬里・山崎紫紅など総勢九人が参加しているが、一回目二回目を通じて寛の修辞力が他を圧している。

　御伽草子『御曹子島渡』は、奥州に下った後、藤原秀衡の庇護を受けた時の事と設えている。兵法の秘書を得る為に持主の息女に近づきその助力を得て望みを達成するという展開は、『義経記』巻二末尾の「義経鬼《き》一法眼《いちほうげん》が所へ御出での事」と殆ど同じであり、この両譚の間には何らかの関係があろう。或いは原拠・祖型を同じくするものか。鬼一法眼の事は、謡曲『湛海』や御伽草子『判官都ばなし』『皆鶴《みなづる》』などにも作られ、近世には浄瑠璃『鬼一法眼三略巻』などが語られている。『御曹子島渡』は近世に行われた架空遍歴譚の先駆でもある。尚、御伽草子の判官物には他に『義経東《あずま》下り』『秀衡入』『弁慶物語』等がある。

　謡曲『舟弁慶』は幸若舞曲の『四国落』と同題材ながら、静御前との別離を先に語っている所が異なる。即ち静御前が前ジテで、後ジテを平知盛の亡霊とする。弁慶がワキで、義経は已《すで》に成人であるにも関わらず子方《こかた》が演ずる（他の判官物の能も大方同じ）。郡司正勝の「義経芸能の流れ」にも指摘がある通り、義経をシテとする能は至って少なく、静（二人静・安達静・吉野静・鶴岡《つるがおか》など）や家臣（忠信・愛寿忠信・空腹・語鈴木・追熊鈴木・安宅など）をシテとするものが過半を占める。

　謡曲『野口判官』（廃曲）は、義経が大天狗に助けられて播磨国に脱れて余生を送ったという話が珍しいので採録した。義経の亡霊が登場する能としては、この他に修羅物の『屋島』や『熊手判官』（廃曲）がある。

　恋川春町《こいかわはるまち》の『悦贔屓蝦夷押領』は天明八年（一七八八）の刊行で絵師は北尾政美《まさよし》である。近世に喧《かまびす》しく取沙汰された義経渡海伝説を仕組んでいるが、当時、工藤平助が『赤蝦夷風説考』を著したり、蝦夷に幕府の調査隊が派遣されたりした事に刺激されたものであろう。絵で筋を運び江戸前の穿ちを眼目とする黄表紙のことゆえ、会話・台詞の部分は必ずしも筋に繋がらず、絵を見ないと判然としない箇所もある。蝦夷に対する理解は十全ならずとしても、黄表紙としては、まず傑作の部類に属するかと思う。近世小説の判官物を些か挙げれば、浮世草子に『御前義経記』（西沢一風・元禄十三年）『義経風流鑑』（八文字自笑・正徳五年）『義経倭軍談』（江島《えじま》其磧《きせき》・享保四年）『鬼一法眼虎之巻』（其磧・享保十八年）など、読本には『義経磐石《ばんじゃく》伝』（一舟子・文化五年）『俊寛僧都《そうず》島物語』（曲亭馬琴・文化六年）『義経勲功図会』（好花堂序・西村中和画・文政八〜九年）『義経蝦夷勲功記』（永楽舎一水・安政四年）など、赤本・黒本・青本・黄表紙・合巻の類は枚挙の暇もないほど出ているので省略する。

　古浄瑠璃の『義経地獄破』は、説経浄瑠璃でも語られた模様である。近世の初期から中期にかけて流行した地獄遍歴物の変種で、御覧の通り、地獄に堕ちた義経が閻魔王を滅ぼして地獄を極楽に変えるという可坊《べらぼう》な話である。寛文元年（一六六一）の正本が伝存していたが消失した由。これは飛び抜けて変った話柄だが、浄瑠璃には義経伝説の王道を往く態の判官物が数多語られている。古浄瑠璃時代には『たかだち』『いずみがじやう（和泉が城）』『吹上秀衡入』『きよしげ』『判官吉野合戦』『牛王《ごおう》の姫』『碁盤忠信』『源氏十二段天狗内裏』『牛若千人切』等々、近松門左衛門の作としては『十二段』『門出《かどいで》八島』『源氏烏帽子折』『新板腰越状』『義経東《あずま》六法』『源義経将棊経』『源氏冷泉節《れいぜいぶし》』『孕常盤《はらみ》』『平家女護島《にょごのしま》』等々があり、その後の判官物の主なるものは次の如くである。

末広十二段〔紀海音〕正徳五年（一七一五）
義経新高館〔紀海音〕享保四年（一七一九）
右大将鎌倉実記〔竹田出雲〕享保九年（一七二四）
清和十二段〔並木宗助・安田蛙文〕享保十二年
須磨都源平躑躅《すまのだいりげんぺいつつじ》〔長谷川千四・文耕堂〕享保十五年
鬼一法眼三略巻〔長谷川千四・文耕堂〕享保十六年
御所桜堀川夜討〔文耕堂・他〕元文二年（一七三七）
奥州秀衡有鬠婿《うはつのはなむこ》〔並木宗輔〕元文四年（一七三九）
ひらかな盛衰記〔文耕堂・三好松洛・他〕元文四年
児《ちご》源氏道中軍記〔三好松洛・他〕延享元年（一七四四）
義経千本桜〔竹田出雲・三好松洛・他〕延享二年
一谷嫩軍記《いちのたにふたばぐんき》〔浅田一鳥・他〕宝暦元年（一七五一）
伊達錦五十四郡《だてにしきごじゅうしぐん》〔近松半二・三好松洛・他〕宝暦二年
義経腰越状〔並木永輔〕宝暦四年（一七五四）
古戦場鐘懸《かねかけ》の松〔近松半二・二歩軒・他〕宝暦十一年
源平阿古屋《あこや》の松〔近松半二・竹本三郎兵衛〕宝暦十四年
源平鵯鳥越《ひよどりごえ》〔菅専助・他〕明和七年（一七七〇）

右の内、『義経新高館』や『義経腰越状』は〈義経記〉の世界を借りて〈大坂の陣〉を語ったもので、義経の悲運は豊臣秀頼に重ねられている。『右大将鎌倉実記』にはもう一人の義経、即ち近江源氏の山本義経が登場する。『義経千本桜』は堀川夜討・四国落・吉野山合戦に焦点を絞って衰運の義経を描くが、平氏の知盛・維盛《これもり》・教経《のりつね》が実は生きていたという趣向が設えてあり、活躍するのはこの三人といがみの権太という悪党や狐が化けた佐藤忠信であり、義経は寧ろ脇役である。『一谷嫩軍記』でも平氏の敦盛や忠度《ただのり》がクローズアップされている。この二作は歌舞伎にも移され、人形浄瑠璃・歌舞伎共々今日に命脈を保っている。近松半二の『伊達錦五十四郡』と『古戦場鐘懸の松』は、いずれも大詰に蝦夷渡海の趣向を仕組んでいる。

歌舞伎でも判官物は〈義経記の世界〉として定着、江戸だけでも少なくとも百本近く上演を見ている。江戸出来の作に限って言えば、元禄年間に『吉野静碁盤忠信』『高館弁慶状』『星合十二段』『源氏十二段』などが上演され、浄瑠璃の『義経千本桜』『鬼一法眼三略巻』『御所桜堀川夜討』なども移され（義太夫狂言という）、また延享頃からは華やかな顔見世狂言に仕組まれるようになるが、今日に残るものは殆ど義太夫狂言のみで、僅かに桜田治助の『御摂《ごひいき》勧進帳』（安永二年十一月・中村座顔見世）が復活上演を見たのみにて、あとは松羽目物《まつばめもの》（能狂言に取材）の『勧進帳』『舟弁慶』くらいである。

『義経異聞』として一括した近世随筆の内、『そしり草』を平賀源内の作としたが、これは別人の作であるかも知れぬという。終りの方に建礼門院との密通の事が云々されているが、この説は早く『源平盛衰記』が匂わせ、水戸光圀《みつくに》が編纂を指揮した『大日本史』にも「后具《ツブ》サニ軍中ノ窘厄《キンヤク》、横《ホシイ》マヽニ汚辱ヲ受クルコトヲ説キテ嗚咽《ヲエツ》禁ゼズ」などという記述があり、後には『平太后快話』『波津葉那《はつはな》』『大東閨語』などの艶本に作られるに至る。『波津葉那』を漢訳した趣の『幽燈録』などは余りにも能文ゆえ、頼山陽の作だという説が流布している。

　橘南谿「義経渡海の地」以後に収めたものは、全て不死伝説を云々している。この事は海音寺潮五郎の「義経と弁慶」に詳述されている（引用文に多少の誤りがある）ので、概ねの所を記すにとどめる。そもそも蝦夷渡海説は、林羅山・鵞峯《がほう》父子が幕命を受けて編纂した『本朝通鑑《つがん》』（寛文十年＝一六七〇）の義経の条に異説と断って「或ハ曰《イ》フ、衣河ノ役《エキ》、義経死セズ、逃レテ蝦夷ケ島ニ至ル、其ノ遺種今ニ存ス」云々と記したあたりに端を発しているらしい。水戸光圀の『大日本史』も異説として渡海説を載せる。これを大幅に展開させたのが馬場信意《のぶのり》の雑史『義経勲功記』（正徳二年＝一七一二）であり、蝦夷の棟梁となり子孫を残したと記している。これより以前、沢田源内という者が『金史』の「別本・列将伝」なる中国の書物に義経の息子の義鎮なる者が大陸に渡って金国の将軍になったという記述があると言い出し、この説が相当に世間を惑わした模様で、碩学《せきがく》の新井白石なども関心を示している。尤も、白石は一文披見の後には書簡に「文字の拙き一句として見るに足るべくも候所なく覚え候」云々と記して一蹴した。但し、蝦夷渡海説は完全に否定せず、『読史餘論』（正徳二年）や『蝦夷志』（享保五年＝一七二〇）に於ては左様なる異伝のある事を記している。さて、件の『金史』別本なる書は、源内が捏造したもので、彼は名うての偽書作者であった。源内は元和《げんな》年間の生まれというから、別本を捏造したのは十七世紀中頃の事か。この偽書を取り込んで義経を蝦夷から更に大陸に渡らせたのが『鎌倉実記』（享保二年）である。谷川士清《ことすが》も『鎌倉実記』から『金史』別本の記事を孫引しているが真贋は述べていない。ただ、「源廷尉義経、義顕ト改メ、又義行ト改ム」とするのは聊か誤解を招く記載で、この改名（まず義行、次いで義顕）は朝廷が朝敵となった義経の名を勝手に変えたもの（一説に、九条兼実の嫡子良経と同音たる事を忌むという）で、本人の与《あず》かり知らぬ事なのであった。因みに、伊勢貞丈は『義経勲功記』と『鎌倉実記』を〈偽撰の書目〉に挙げている。その貞丈は『安斎随筆』(天明四年＝一七八四)の中で、応永の中頃(十四世紀初頭)に坂東で謀叛を起した小山悪四郎隆政(小山下野大掾義政の庶子)という者が北上して蝦夷に渡り奥蝦夷の長者の婿となった事があり、この悪四郎の事跡が義経の事として誤伝されたと述べている。

『金史』別本の次に取沙汰された書に、清国より渡来した『古今図書集成』一万巻中の「図書輯勘《ゆうかん》」なるものがある。件の書の序文に、清朝の祖先は義経と明記されていると、森長見が『国学忘貝《わすれがい》』(天明三年序、七年刊)と題する著作の中で唱えたのだが、相当に流布した形跡が認められ、例えば大坂の狂言作者並木正三も遺作となった『和布苅《めかりの》神《しん》事《じ》』の中で常陸坊海尊《ひたちぼうかいそん》(義経の家臣として諸伝説に登場、多くは仙術の達人と作る)に未然の事として「義経は蝦夷から千島に渡り、唐土高麗《もろこしこうらい》を攻め平らげ四百余州に清和源氏の名を輝かさん、清朝の清は清和の謂《いい》に他ならぬ」と言わせているほどである。結局は桂川中良(戯作の筆名は森島中良)が実物を閲覧して「誤説なり」と止めを刺している(伊勢貞丈も序の写しを見て夙《つと》に否定していた)が、その後も伴《ばん》信友(中外経緯伝)や松浦静山(甲子夜話)などは、尚この説を信じて筆に上せている。

義経不死伝説の最後に現れたのがジンギス汗同一人説である。この説を初めに唱えたのは彼《か》のシーボルトで、『日本』という著作の中に見える由ながら、江戸時代の日本人には知り得なかったろう。シーボルトの説を踏まえ、日本人として最初にこの説を発表したのは末松謙澄《すえまつけんちょう》(ノリズミとも)で、明治初期に英国はケンブリッジ大学に留学、卒業論文として提出した「Identity of the Great Conquer or Genghis Khan with Japanese Hero Yoshistune＝征服者ジンギス汗は日本の英雄義経と同一人物である」がそれである。末松は帰朝後、官僚から政治家に転身した人(源氏物語の英訳者としても知られる)であるが、日本を清の属国と見るが如き当時の英国人の誤解を正さん為に敢えて斯様な説を唱えたのだという。この論文の複写が日本に伝わり、偶々《たまたま》それを目にした慶応義塾の学生内田彌八《やはち》が、著者に無断で邦訳刊行したのが本書に収めた『義経再興記』である(原著者の名を記さず〈内田彌八訳述〉とする。山岡鉄舟が題字を寄せ、漢学者の石川鴻斎と土田淡堂が序文と頭評を寄せている)。夙に江戸時代に否定された諸説を証拠として挙げるなど、粗雑の観は免れ得ないが、今日も一部に信じられている義経＝ジンギス汗説の嚆矢として取り上げた次第である。明治十八年(一八八五)三月初版、二十年二月には七版を出している(更に後刷があるかも知れぬ)から相当に読まれたものと思われる。訳文は当時の文語ながら、漢文訓読文風である上に、「無きに非《あら》ざる」式の二重否定が頻出するので、聊か珍なる事ではあるが読者の便宜を考えて原文の面影を残しつつ〈邦訳の邦訳〉を試みた。何分、明治も初期の訳書ゆえ、人名や地名の表記に精確さを欠いており、極力調査し註を附して正したが、未解決の箇所が少なからず残ったのは遺憾である。

その後、小谷部全一郎の『成吉思汗は源義経也』（大正十三年＝一九二四）が一世を風靡した事は、海音寺のエッセイに詳しい。当時の史学者は挙《こぞ》って反駁したが、小谷部は『成吉思汗は源義経也　著述の動機と再論』（大正十四年）を著して再反論し、更に『満州と源九郎義経』（昭和八年）『義経と満州』（昭和十年）を刊行している。

その後、高木彬光が『成吉思汗の秘密』と題するミステリー（昭和三十三年・雑誌『宝石』に連載）を発表したのを受けて義経＝ジンギス汗説がまた浮上した。この作品はミステリーとしては結末が弱いが、義経渡海伝説の大概を知るには好適の書と申し得る。

近代に至っても《判官贔屓》の庶民感情は衰えなかった如くで、義経の伝記や研究の類が数多《あまた》書かれている。その中から昭和期以降の主なるものを次に挙げておこう。

『義経伝説と文学』島津久基・明治書院・昭和10年
『義経入夷渡満説書誌』岩崎克己編・昭和18年
『源義経』数江教一・弘文堂・昭和29年
『源義経の悲劇』数江教一・二見書房・昭和41年
『義経伝説』高橋富雄・中公新書・昭和41年
『源義経』渡辺保・吉川弘文館人物叢書・昭和41年
『源義経』角川源義他・角川新書・昭和41年
『源義経の旅』菊村紀彦・雪華社・昭和41年
『義経の周囲』大佛次郎・朝日新聞社・昭和41年
『義経と日本人』和歌森太郎・講談社現代新書・昭和41年
『義経をめぐる女たち』桑田忠親・秋田書店・昭和41年
『源義経』高柳光寿・文藝春秋・昭和42年
『源義経』上横手雅敬・平凡社・昭和43年
『義経は生きていた上・下』佐々木勝三他・内外緑地出版部・昭和45～46年
『源義経　物語と史蹟をたずねて』土橋治重・成美堂出版・昭和47年
『義経の生涯――能楽義経像』田居尚・檜書店・昭和53年
『九郎義経の謎』伊藤加津子・共栄書房・昭和56年
『義経北行の記録』佐々木勝三他・あづま書房・昭和60年
『義経＝ジンギス汗　新証拠』鹿島昇・新国民社・62年
『源義経　一の谷合戦の謎』梅村伸雄・新人物往来社・平成元年
『源義経　伝説に生きる英雄』関幸彦・清水書院清水新書・平成2年

昭和四十一年に刊行が集中しているのはNHKの大河ドラマが義経を取り上げたからである。雑誌の特集としては、「太陽」一一一号〈特集伝説源義経〉、「歴史読本」27巻7号〈特集悲運の英雄源義経〉、「別冊歴史読本」11巻6号〈源義経のすべて〉などがある。また、逸する事の出来ぬ論文に柳田國男の「東北文学の研究」（『雪国の春』所収）がある。

収録著者・作品略伝

與謝野《よさの》寛《ひろし》（一八七三―一九三五）歌人、詩人。初め鉄幹と号す。詩歌集「東西南北」「鉄幹子」、訳詩集「リラの花」他。

前田《まえだ》林外《りんがい》（一八六四―一九四六）詩人。詩集「夏花少女」「花妻」他。

恋川《こいかわ》春町《はるまち》（一七四四―八九）黄表紙・洒落本・狂歌作者。著作に「金々先生栄花夢」「無益委記」「我頼人正直」他。

末松《すえまつ》謙澄《けんちょう》（一八五五―一九二〇）政治家。著作に「演劇改良意見」「日本文章論」等、翻訳に「谷間の姫百合」「羅馬古法典」等。

海音寺《かいおんじ》潮五郎《ちょうごろう》（一九〇一―七七）。小説家。小説「天と地と」「平将門」他。

杉本《すぎもと》苑子《そのこ》（一九二五―　）小説家。小説「孤愁の岸」「華の碑文」「傾く滝」他。

郡司《ぐんじ》正勝《まさかつ》（一九一三―九八）古典演劇学者。著作に「郡司正勝刪定集」「童子考」他。

表記・テクストについて

一、「書物の王国」においては、原文の趣を損なうことのないように配慮しながら、次のように表記がえを行なった。

（イ）旧かなづかいを現代かなづかいにあらためる。ただし、原文が文語体のとき、および詩歌については、原文のままとする。

（ロ）「常用漢字表」に掲げられている漢字は原則として新字体に改める。

（ハ）漢字語のうち、代名詞・副詞・接続詞など、使用頻度の高いものを一定枠内で平がなに改める。

（ニ）読みにくいと思われる漢字には振りがなを付ける。

一、今日の人権意識に照らして不当・不適切と思われる語句や表現については、時代背景と作品の価値に鑑み、そのままとした。

一、本巻収録の作品のテクストには次のものを使用した。

清水詣　『明治文学全集51』筑摩書房
牛若物語　新訳
橋弁慶　新訳
鞍馬天狗　新訳
未来記　新訳
天狗の内裏　新訳
うしわか　『近世文藝叢書11』國書刊行会
浄瑠璃十二段草子　新訳
翡翠折れ　『明治文学全集60』筑摩書房
御曹子島渡　新訳
法鼓　『明治文学全集60』筑摩書房
山寨　『明治文学全集51』筑摩書房
鳴鏑　『明治文学全集51』筑摩書房
舟弁慶　新訳
野口判官　新訳
悦贔屓蝦夷押領　新訳
義経地獄破　新訳
義経異聞　新訳
義経再興記　新訳
義経と弁慶　『得意の人・失意の人』光書房
義経をめぐる女性たち　「義経伝説の芸能」芸団協
義経芸能の流れ　「義経伝説の芸能」芸団協

書物の王国⑳
義経
二〇〇〇年四月一八日初版第一刷印刷
二〇〇〇年四月二四日初版第一刷発行
著　者　海音寺潮五郎ほか
発行者　佐藤今朝夫
発行所　株式会社国書刊行会
東京都板橋区志村一―一三―一五
電話〇三(五九七〇)七四二一　FAX〇三(五九七〇)七四二七
印　刷　㈱キャップス・セイユウ写真印刷株式会社
製　本　大口製本印刷株式会社
装　幀　妹尾浩也
ISBN4-336-04020-6

書物の王国　全二十巻

1 架空の町★
2 夢★
3 王侯★
4 月★
5 植物★
6 鉱物★
7 人形★
8 美少年★
9 両性具有★
10 同性愛★
11 分身★
12 吸血鬼★
13 芸術家★
14 美食★
15 奇跡★
16 復讐
17 怪獣★
18 妖怪★
19 王朝★
20 義経★

★＝既刊